Pour secourir un enfant

*

Une inquiétante ressemblance

NICOLE HELM

Pour secourir un enfant

Traduction française de
CAROLE PAUWELS

BLACK ROSE

HARLEQUIN

Collection : BLACK ROSE

Ce roman a déjà été publié en 2021

Titre original :
ISOLATED THREAT

HARPERCOLLINS FRANCE
83-85, boulevard Vincent-Auriol, 75646 PARIS CEDEX 13
Service Clients — https://www.harlequin.fr/contenu/contactez-nous
ISBN 978-2-2805-2159-8 — ISSN 1950-2753

Édité par HarperCollins France.
Composition et mise en pages Nord Compo.
Imprimé en juillet 2025 par CPI Black Print (Barcelone)
en utilisant 100% d'électricité renouvelable.
Dépôt légal : août 2025.

MIXTE
Papier
FSC
FSC® C159065

Pour limiter l'empreinte environnementale de ses livres, HarperCollins France s'engage à n'utiliser que du papier fabriqué à partir de bois provenant de forêts gérées durablement et de manière responsable.

1

L'appartement était plongé dans l'obscurité.

Brady Wyatt se demandait s'il n'allait pas se prendre une bonne cuite.

Ce n'était pas dans ses habitudes. Autant que possible, il évitait de sombrer dans les extrêmes. S'il buvait de l'alcool, il se limitait à deux bières. Il n'avait jamais fumé une cigarette, ni consommé de drogue.

Globalement, il se considérait comme un type correct. Il croyait au bien et au mal…

En tout cas, il s'estimait largement plus intelligent, plus honnête et plus fort que son père, qui venait d'être transféré dans une prison fédérale de haute sécurité, du fait d'un nombre considérable de charges pesant sur lui, dont une tentative de meurtre.

Quand Brady pensait à Gage, son frère jumeau, qui avait failli mourir étranglé par Ace, ça lui donnait encore plus envie de boire.

Si seulement il parvenait à se convaincre qu'Ace Wyatt ne représentait plus une menace…

Son père n'avait pas de pouvoirs surnaturels, il le savait. Mais parfois, même s'il se disait que ce n'était pas possible, Brady avait l'impression qu'Ace exerçait toujours sur lui une emprise bien réelle.

Une fois qu'il aurait repris le travail, ça irait mieux. Les pensées moroses, cette impression d'être perpétuellement environné de ténèbres menaçantes... Tout ça disparaîtrait dès qu'il pourrait sortir d'ici.

Le fait d'avoir été blessé par balle était un sacré contretemps mais, en acceptant le poste de shérif adjoint de Valiant County, dans le Dakota du Sud, il savait que cela faisait partie des risques du métier.

On lui avait tiré dessus alors qu'il se portait au secours de sa future belle-sœur. Il n'y avait ni honte ni regret à avoir.

Mais la blessure s'était infectée et ne cicatrisait toujours pas normalement, contrairement à ce que lui avaient promis les différents médecins qu'il avait consultés.

Ça le déprimait, et il lui arrivait de plus en plus souvent de se laisser envahir par de sombres pensées.

Lorsqu'on frappa à la porte de son appartement, son soulagement lui fit comprendre à quel point il avait fini par s'isoler.

Il ferait peut-être mieux de retourner s'installer au ranch familial, de laisser Grandma Pauline le gaver de nourriture comme une oie, et de supporter les jérémiades de son frère Dev.

Être seul ne lui réussissait pas.

Pourtant il n'aimait pas la foule, le bruit. En outre, il n'était pas du genre à se complaire dans l'apathie.

Il regarda dans l'œilleton, et fut plus qu'un peu surpris et choqué de découvrir Cecilia Mills sur son seuil.

Le soulagement qu'il avait éprouvé spontanément à l'idée d'avoir de la compagnie s'évanouit aussitôt.

Cecilia n'était pas une présence bienvenue dans sa vie en ce moment. En fait, elle avait cessé de l'être le jour de l'an, quand elle avait soudain décidé de l'embrasser à pleine bouche.

Cecilia avait grandi chez les Knight, dans le ranch voisin de celui de sa grand-mère. La nièce de Duke et Eva Knight était entrée dans sa vie quand il était venu vivre chez Grandma Pauline, à l'âge de onze ans, après que son frère aîné l'eut sorti des griffes du gang de son père, les *Sons of the Badlands.*

Alors que Brady s'entendait bien avec toutes les filles Knight, Cecilia avait toujours eu le don de l'irriter. Pas toujours de façon délibérée, d'ailleurs. Il se trouvait simplement qu'ils étaient diamétralement opposés.

Bien qu'appartenant à la police tribale de la réserve voisine, Cecilia passait son temps à contourner les lois. Elle voyait gris quand il disait noir, et gris foncé quand il disait blanc.

Bref, elle était compliquée, et ils ne s'accordaient pas sur grand-chose.

Sauf que leur rôle consistait à aider les gens. Et c'était sans doute ce qui en faisait quand même de bons amis, en dépit de leurs chamailleries.

Jusqu'à ce qu'elle l'embrasse et gâche tout.

Elle n'avait même pas essayé de prétendre qu'il s'agissait d'une plaisanterie quand il avait exprimé son épouvante.

Malgré tout, il lui ouvrit la porte. Il ne réussit cependant pas à grimacer ne fût-ce qu'un sourire poli.

Il ne fallait pas trop lui en demander quand même.

Elle était trempée jusqu'aux os et serrait contre elle une couverture sommairement enroulée.

Une sorte de faible miaulement s'échappa de la couverture, et Cecilia força le passage.

Ce n'était pas juste une couverture. Il y avait un bébé là-dedans.

— Ferme la porte, ordonna-t-elle.

Il haussa un sourcil mais obtempéra. Entendons-nous bien, c'était uniquement parce qu'elle avait l'air complètement paniqué.

Ses longs cheveux noirs étaient nattés, comme elle en avait l'habitude quand elle travaillait, mais elle ne portait pas son uniforme de la police tribale. Son ample T-shirt et son jean étaient trempés, et ses chaussures de tennis couvertes de boue et déchirées.

— Tu m'expliques ce qui se passe ? lança Brady, sans chercher à dissimuler son agacement.

Il vit que Cecilia avait les bras couverts de chair de poule, tandis qu'elle commençait à démailloter le bébé.

Même avec la pluie qui n'avait cessé de tomber toute la journée, il faisait chaud dehors, et Brady avait laissé tourner la climatisation.

Il se déplaça pour aller l'éteindre.

— Tu n'aurais pas quelque chose de sec pour lui ? demanda-t-elle.

Brady voulait des explications, mais il voyait bien à quel point la femme et le nourrisson étaient trempés tous les deux. Il se dirigea donc vers sa chambre et fouilla dans ses affaires, en quête d'une tenue pour Cecilia, avant d'aller chercher des serviettes dans la salle de bains.

Lorsqu'il revint dans le salon, Cecilia s'agenouilla et déposa délicatement le bébé sur le tapis. Tout en lui parlant avec une grande douceur, elle le déshabilla et lui enleva sa couche. Brady tiqua un peu quand elle enveloppa les petites fesses nues du bébé à même une des serviettes, plutôt que de lui mettre une couche propre, mais elle ne semblait pas avoir avec elle de quoi le changer.

Une fois qu'elle eut enveloppé le nourrisson dans un épais et moelleux drap de bain, il insista.

— Tu devrais enlever tes vêtements, toi aussi.

Elle l'observa d'un air narquois, comme si elle sous-entendait qu'il venait juste de lui faire des avances.

Une bouffée de chaleur inexplicable envahit Brady.

Non, il n'avait pas rougi. Ce n'était pas son genre.

Sa réaction était probablement à mettre sur le compte de cette fichue infection qui lui donnait à nouveau de la fièvre.

— Détends-toi, dit-elle. Je ne vais pas te sauter dessus.

Comme à son habitude, elle avait ce petit ton désinvolte que Brady trouvait particulièrement agaçant.

— L'occasion s'est présentée. Tu l'as laissée passer. Tant pis pour toi, ajouta-t-elle.

Il n'avait jamais apprécié l'irrespect de Cecilia à l'égard des règles du savoir-vivre. Ou, en tout cas, de ses propres règles de conduite. Parmi celles-ci, il y en avait une essentielle : rien de romantique avec aucune des filles Knight.

D'accord, certains de ses frères avaient franchi cette ligne, et ça avait marché, mais Brady avait ses propres règles.

Lorsque Cecilia l'avait embrassé par surprise, il y avait peut-être eu une brève seconde de confusion où il s'était demandé pourquoi il s'était imposé ce genre d'interdits. Finalement, il avait mis sa réaction sur le compte d'un moment de faiblesse et avait décidé de ne plus y penser.

Il n'empêche que Cecilia qui ne faisait jamais rien comme tout le monde, avait eu le toupet de l'embrasser.

Sur la bouche.

Contre sa volonté.

Et elle avait ri quand il lui avait fait la leçon.

— Va te changer dans ma chambre, marmonna-t-il. Je vais surveiller…

Il désigna le bébé.

— Il s'appelle Mak, dit Cecilia.

Le regard attristé, une expression de peur sur le visage, elle caressa la joue du nourrisson avec la douceur d'une mère. Mais Brady savait que Cecilia n'avait pas secrètement donné naissance à un enfant. Il la voyait si régulièrement qu'il s'en serait rendu compte si elle avait été enceinte.

Il soupira, gagné par la sympathie.

— Que se passe-t-il, Cecilia ?

Elle commençait à frissonner. Dehors, sous l'averse, il faisait chaud, mais l'appartement de Brady était glacial. D'un moment à l'autre, elle allait claquer des dents, même si elle faisait tout pour s'en empêcher.

Faire preuve de faiblesse devant Brady Wyatt était vraiment quelque chose qu'elle ne pouvait pas se permettre. Si elle voulait que ça marche, il fallait qu'elle garde le contrôle de la situation.

— D'accord, je vais me changer, déclara-t-elle. Tu peux le laisser par terre, ou le prendre dans tes bras. Mais garde un œil sur lui.

Elle attrapa les affaires que Brady lui avait apportées et se dirigea vers sa chambre. Dès qu'elle eut refermé la porte, elle s'affaissa contre le battant.

Cela faisait sept ans qu'elle avait intégré la police tribale, et il lui était déjà arrivé de craindre pour sa vie.

Elle avait vraiment fait des efforts pour agir de façon juste et équilibrée au regard de lois qui n'étaient pas toujours justes.

C'était difficile, angoissant, parfois véritablement douloureux, et elle connaissait intimement la peur.

Mais ce qui se passait maintenant était nouveau. Plus fort et différent.

Elle n'avait pas envie de mourir et, par conséquent, elle craignait pour sa vie quand elle était au travail. Mais elle avait conscience qu'elle pouvait perdre la vie en sauvant quelqu'un, et elle l'acceptait. Elle avait choisi d'intégrer les forces de l'ordre et elle souscrivait aux risques du métier.

À présent, elle était responsable d'un minuscule bébé sans défense.

Pauvre petit Mak. Il ne méritait pas de vivre l'angoisse et la panique engendrées par cette folle course-poursuite, mais elle ne savait pas quoi faire d'autre.

Si Elijah mettait la main sur lui…

Cecilia secoua la tête.

Elle avait besoin d'aide.

Elle avait besoin…

Oh ! Seigneur non ! Elle n'avait pas besoin de Brady Wyatt. Mais elle n'avait pas d'autres options à ce moment précis, et le temps lui était compté.

Elle ôta ses vêtements trempés, puis elle enfila ceux déposés par Brady. Elle marqua un temps d'arrêt. Brady avait porté ces vêtements sur son corps…

Et il les avait lavés, espèce d'idiote.

Ce n'était pas sa faute si elle craquait pour lui. Et le baiser qu'elle lui avait volé au nouvel an n'avait pas arrangé les choses.

Heureusement, le souvenir de la leçon de morale faite après coup par Brady la faisait toujours rire.

Il était tellement coincé !

Ça la rendait folle. Mais il y avait aussi ce truc physique, qui lui inspirait un tout autre genre de folie.

En fait, elle croyait fermement que tout cela tenait à sa personnalité ambivalente. Il était couru d'avance qu'elle soit attirée par quelqu'un qui lui mettait les nerfs en pelote.

C'était l'histoire de sa vie.

Mais ce n'était pas sa préoccupation majeure pour le moment.

Le plus important, c'était de trouver un moyen de protéger Mak.

Cela faisait six mois qu'elle aidait son amie Layla à combattre une dépression post-partum, mais une tentative de suicide avait conduit Layla à l'hôpital, et les services de protection de l'enfance envisageaient de lui retirer son bébé.

Layla l'avait suppliée de cacher Mak, de peur qu'il ne soit confié à son père, un membre du gang des *Sons of the Badlands*.

Le fait que le gang d'Ace Wyatt ait commencé à infiltrer la réserve, où Cecilia vivait et travaillait, l'endroit où elle était née, l'emplissait d'une rage folle.

Elle n'en comprenait que davantage la nécessité de veiller sur Mak jusqu'à ce que Layla aille mieux.

Elijah avait déjà menacé plusieurs fois de prendre son fils, ce qui n'empêchait pas Layla de continuer à le défendre, tant elle était persuadée qu'elle pouvait arracher à ses démons l'homme qu'elle aimait.

Cecilia n'en croyait rien.

Pour elle, le monde était uniformément gris. Ceux qui croyaient au blanc et au noir se faisaient des illusions. Quelqu'un qui faisait partie d'un gang comme celui des *Sons of the Badlands* était parti trop loin du côté du mal pour revenir parmi les bons.

Elle sauverait cet innocent bébé, qui avait eu la malchance de naître d'un père monstrueux et d'une mère fragile et victime d'abus émotionnels.

Elle avait été ce bébé, plus ou moins, et sa tante et son oncle l'avait sauvée. Ils lui avaient montré ce qu'étaient l'amour et la tendresse, et ils l'avaient prise avec eux quand sa mère était morte. Elle avait six ans.

Aujourd'hui, tante Eva n'était plus parmi eux, mais elle avait toujours oncle Duke, et les quatre filles qu'il avait élevées, et qu'elle considérait comme ses sœurs, indépendamment des liens du sang.

Cecilia resserra autour de sa taille les cordons du pantalon de sport en molleton. Il était beaucoup trop long et elle roula l'ourlet. Elle fit pareil avec les manches du sweat-shirt. Puis elle emporta au salon son baluchon de linge mouillé.

Elle s'arrêta net.

Brady tenait Mak au creux de son bras valide. Dans l'encolure de son T-shirt, elle pouvait apercevoir un bout du bandage enserrant son épaule opposée. La blessure par balle qu'il avait essuyée en voulant sauver Felicity avait du mal à cicatriser.

Les frères Wyatt étaient six. Elle aurait pu demander de l'aide à quelqu'un d'autre.

D'ailleurs, ça aurait été plus facile. Ils comprenaient tous qu'il était parfois nécessaire de contourner la loi pour sauver les gens des griffes des *Sons of the Badlands*.

Brady était le seul à ne pas vouloir l'accepter. Seulement, il ne travaillait pas en ce moment et il vivait seul. C'était idéal pour s'occuper d'un bébé.

Elijah penserait peut-être à jeter un œil au ranch Wyatt, mais il ne viendrait pas chez Brady.

Pas tout de suite, en tout cas. Ce qui lui laisserait le temps d'élaborer un plan…

— Je peux mettre ça au sèche-linge ?

Brady inclina la tête, tout en berçant doucement Mak dans le creux de son bras, comme s'il avait une grande expérience des bébés.

Elle était déjà venue plusieurs fois chez lui. Au cours des deux mois qui venaient de s'écouler, tout le monde avait fait en sorte de l'aider. Un soir, elle était venue avec Felicity et Gage, et avait préparé son dîner. De temps en temps, elle lui apportait des fruits et légumes de la part de Grandma Pauline. Et une fois, même si le fait de rester seule avec lui la mettait dans tous ses états, elle lui avait proposé de transférer son linge de la machine à laver au sèche-linge, afin qu'il ne fatigue pas trop son épaule.

Elle jeta ses vêtements dans l'appareil et sélectionna un programme de séchage. Puis elle réfléchit à ce qu'elle allait dire.

Elle s'était entraînée en chemin.

« Brady, j'ai besoin de ton aide. Je sais que tu n'approuveras pas, mais tu es le seul à pouvoir protéger ce pauvre petit enfant des *Sons of the Badlands*. Je sais que tu feras ce qui est juste. »

C'était simple. Direct. Elle n'avait qu'à s'en tenir à cela.

Mais quand elle retourna au salon, et vit cet homme à la silhouette athlétique tenant un si petit bébé contre lui, d'autres mots franchirent ses lèvres.

— Son père est un membre des *Sons of the Badlands*.

Brady eut aussitôt cette expression qui la fascinait.

Il ne blêmit pas. Il ne rougit pas. C'était comme si, quelque part en lui, un interrupteur avait basculé sur la position *off*, et son expression se fit totalement impassible et indéchiffrable.

Elle enviait cette capacité.

— Sa mère est à l'hôpital, continua-t-elle. Les services d'aide à l'enfance vont le confier à son père. Je ne peux pas laisser faire ça.

— Ça ne dépend pas de toi, Cecilia.

Il avait dit ça avec tellement de calme, de détachement. Elle avait envie de crier, de lui envoyer un bon coup de poing, comme Brady le lui avait appris quand elle avait treize ans et qu'un garçon à l'école n'arrêtait pas de l'embêter.

Mais la rage et les coups ne servaient à rien avec Brady Wyatt. Mieux valait être direct et impitoyable, comme il l'était toujours lui-même.

— Tu veux que ce bébé connaisse la même enfance que toi ?

Brady avait passé onze ans avec les *Sons of the Badlands*, à tenter de survivre aux mauvais traitements que lui infligeait son père, le chef de ce terrible gang.

Quelque chose passa dans son regard, mais son intonation resta inchangée.

— Il n'est pas le fils d'Ace.

— Il pourrait l'être.

Cecilia s'efforçait de copier son absence d'émotion.

— Depuis qu'Ace n'est plus là, Elijah essaye de prendre le commandement. Il recrute du monde à la réserve.

— Elijah Jones, dit Brady, d'un ton détaché.

— Tu le connais ?

— J'ai entendu parler de lui. Il a un casier. Les services d'aide à l'enfance ne confieraient pas un enfant à quelqu'un qui…

— Tu sais quoi ? Laisse tomber.

Bon sang, il la rendait folle.

Après tout ce qu'il avait vu comme policier, tout ce qu'il avait vécu étant enfant, il continuait à croire que l'administration était capable d'agir avec justice et équité.

Elle avança vers lui d'un pas décidé.

— Je n'ai pas besoin de ton aide. Ni de ta confiance aveugle dans le système. Donne-le-moi.

Elle tendit les bras.

Mais Brady pivota légèrement pour mettre Mak hors de sa portée.

— Non, dit-il, d'un ton ferme.

2

Brady avait déjà vu Cecilia en colère des quantités de fois. C'était une femme qui passait d'un extrême à l'autre. Calme et posée, ou bien... ça. Une fureur qui semblait irradier autour d'elle par vagues.

S'il n'avait pas tenu un bébé, il était certain qu'elle l'aurait bourré de coups. Sans doute sur son épaule blessée...

— Si tu l'as amené ici, c'est bien qu'il y a une raison, dit-il.

Il avait employé le ton qu'il utilisait depuis des années dans ses fonctions de policier. Calme, mais pas condescendant. Autoritaire sans être agressif. Souvent, ça apaisait les gens.

Mais pas Cecilia.

— Oui, et c'est une raison vraiment stupide, rétorqua-t-elle, entre ses dents.

Il avait l'impression de voir tourner les rouages de son cerveau, tandis qu'elle réfléchissait à un moyen de lui prendre le bébé des bras.

— Et si tu te calmais...

Elle brandit son poing serré, et il comprit qu'il avait fait une erreur tactique en lui demandant de se calmer.

— Je te jure que...

Mak commença à pleurer.

Brady baissa les yeux vers le nourrisson qui s'agitait contre son bras. Il s'était déjà occupé de bébés. Pas souvent, mais il savait comment les porter. Et aussi comment les calmer après un accident de voiture ou pendant un différend familial.

Mais Mak était si petit. Son visage minuscule était tout fripé de détresse tandis qu'il pleurait en agitant ses petits membres, visiblement perturbé par les éclats de voix.

Cecilia tendit les bras, en lançant un regard d'avertissement à Brady. Mais il se contenta de bercer le bébé jusqu'à ce qu'il se calme.

Il y avait quelque chose de réconfortant à sentir le poids de ce petit être contre lui. Quelque chose de réel et de... lourd, même si Mak était aussi léger qu'une plume. Cela faisait des semaines que Brady avait l'impression de flotter, et le fait de tenir Mak lui donnait l'impression d'une ancre le fixant au rivage.

Cecilia se rembrunit, et son front se plissa un peu comme celui de Mak. Mais elle ne protesta pas davantage. Il y avait comme de l'angoisse sur son visage, et Brady en eut le cœur serré.

Il désigna le canapé.

— Assieds-toi. Raconte-moi toute l'histoire.

— Je n'ai pas envie de m'asseoir, rétorqua-t-elle.

Si on lui avait demandé de définir son intonation, il aurait dit « grincheuse. » Évidemment, elle n'aurait pas apprécié cette évaluation.

Les bras croisés sur sa poitrine, Cecilia se mit à faire les cent pas.

Elle était grande et mince et, comme toutes les femmes policières qu'il connaissait, elle prenait soin de gommer tout ce qui pouvait la faire paraître féminine. Ses longs cheveux noirs étaient nattés. Elle n'avait aucun maquillage, et le jean et le T-shirt qu'elle portait en arrivant étaient suffisamment amples pour qu'on ne puisse pas distinguer ses formes.

Mais elle était capable de se métamorphoser quand elle le voulait, d'enfiler une robe, et de sublimer son visage avec quelques touches de maquillage.

C'était ce qu'elle avait fait pour le nouvel an, tout en paillettes, paupières charbonneuses et lèvres brillantes. Elle avait même eu l'air de trouver ça agréable.

Ou alors, elle avait tout simplement pris plaisir à le perturber.

Avec Cecilia, il parierait plutôt sur la deuxième hypothèse.

— La mère de Mak est à l'hôpital. Elle...

Cecilia finit par se laisser tomber sur le canapé.

— C'est une de mes plus anciennes amies à la réserve. Ça fait des années qu'elle traîne avec Elijah Jones. Je ne savais pas comment lui dire que c'était de la mauvaise graine, tu comprends ?

Elle leva les yeux vers lui, d'un air implorant qui ne lui ressemblait pas, et qui mit Brady mal à l'aise.

— Si tu dis qu'ils sont mauvais, les gens s'accrochent encore plus à eux. Ils veulent les sauver. Les remettre sur le droit chemin. Mais certains sont des causes perdues.

Cecilia soupira.

— Je sais que c'est dur à entendre. Certains ne veulent pas l'admettre...

Brady hocha la tête. Son expérience des cas de violences domestiques lui avait appris que les personnes des deux sexes étaient souvent aveuglées par ce qu'elles pensaient être de l'amour. Au point de croire qu'elles pouvaient changer le mal en bien.

Cecilia sembla trouver un certain soulagement dans le fait qu'il la comprenne.

— J'ai essayé d'être subtile, reprit-elle. De lui parler de ce qu'elle méritait, de ce qu'elle pourrait avoir si elle ne s'accrochait pas à ce type.

Elle secoua la tête.

— Quand elle a découvert qu'elle était enceinte, elle était folle de joie. Elijah a passé plus de temps avec elle. Il s'est mis à faire des projets. Mais ils étaient tous liés au gang des *Sons of the Badlands*.

Le ton de Cecilia se fit amer.

— Après la naissance de Mak, Elijah lui a dit qu'il reviendrait quand l'enfant serait sorti de ses couches et qu'il pourrait le prendre pour l'éduquer.

Elle bondit brusquement.

— Le prendre ! Comme si c'était une pêche qu'il fallait laisser mûrir avant de la manger. Le prendre, comme s'il en avait le droit.

Elle secoua vigoureusement la tête.

— Layla avait déjà commencé à se rebeller un peu, mais c'est ce qui l'a vraiment décidée à agir. Je l'ai aidée à fuir, mais je l'ai suppliée de consulter. Je voyais bien que quelque chose n'allait pas. Finalement, je l'ai conduite moi-même chez un médecin, et on lui a diagnostiqué une dépression post-partum.

— C'est assez fréquent.

— Bien sûr. Depuis, j'ai fait de mon mieux pour l'aider. Je l'ai conduite à ses rendez-vous médicaux. Je me suis occupée de Mak. Mais c'était compliqué. Son assurance maladie ne prend pas tout en charge, et elle avait déjà de gros problèmes d'argent. Elle n'a pas non plus de soutien de la part de sa famille, et j'ai essayé d'être là pour elle.

— Une personne à elle toute seule ne peut pas tout faire, Cecilia.

Il avait parlé plus gentiment qu'il n'en avait l'intention, et l'anxiété qui se lisait sur le visage de Cecilia lui serra le cœur.

Elle se laissa à nouveau tomber sur le canapé.

— Une personne ou dix, peu importe. La nuit où je suis venue à l'hôpital pour prendre des nouvelles de Felicity et Gage, cette nuit où tu as été blessé, elle a pris des cachets. En grande quantité. Elle m'a appelée pour me le dire. J'ai tout de suite fait envoyer une ambulance chez elle, et les secours sont arrivés à temps. Mais…

— Tu ne vas quand même pas te faire de reproches.

— Tu crois ?

— Tu ne devrais pas.

Il s'efforçait de parler gentiment, même s'il avait envie de répliquer sèchement. Cecilia aurait dû avoir un peu plus de bon sens que ça et ne pas venir pleurnicher chez lui. Il savait qu'elle ne voulait pas de sa compassion et il n'avait pas non plus envie de la lui donner.

— Eh bien, c'est comme ça. Je me fais des reproches, et c'est mon droit.

Cecilia avait répliqué d'un air ironique qui ne tarda pas à s'évanouir.

— Je sais aussi que, si je n'avais pas été là, Layla n'aurait eu personne à prévenir et elle serait morte. Quoi qu'il en soit, on m'a laissée la voir, et elle m'a suppliée de prendre Mak. Il était chez une voisine, et Layla avait peur qu'elle le confie à Elijah.

Cecilia reprit son souffle.

— Layla a besoin d'aide pour surmonter cette épreuve. Elle n'y arrivera pas si Mak est avec son père, ou s'il est placé en famille d'accueil.

— Il y a des lois, des procédures à respecter…

— Je ne pouvais pas agir autrement. Je devais le faire pour elle. Je sais qu'il n'y a que ta précieuse loi qui compte pour toi, mais…

— C'est la loi qui fait la différence entre des personnes comme nous et des hommes comme Elijah.

Et Ace.

Même s'il ne l'avait pas dit à voix haute, Brady avait la désagréable sensation que Cecilia l'avait compris quand même.

— Sauf si cette loi risque de porter préjudice à un bébé innocent. Si les services d'aide à l'enfance confient Mak à Elijah, tu sais comme moi qu'il sera maltraité par les membres du gang. C'est ça que tu veux ?

Bien sûr que non. Il ne souhaitait cela à personne.

Certes, il savait que la loi n'était pas infaillible, qu'il était possible de jouer sur certaines failles, qu'aucune règle ne pouvait s'appliquer à tout le monde et en toutes circonstances. Mais ce qui le préoccupait n'était pas tant de suivre à la lettre l'esprit de la loi, que les conséquences qui pouvaient s'abattre sur vous si vous ne la respectiez pas.

— Nous pourrions tous les deux être renvoyés pour ça. Tu risques plus gros que moi, mais quand même… Nous avons prêté serment de faire respecter la loi, même si nous ne sommes pas toujours d'accord avec.

Cecilia ferma les paupières, puis enfouit son visage dans ses mains.

Brady se retrouva sans voix quand il la vit commencer à sangloter.

C'était la première fois qu'il la voyait pleurer. À treize ans, elle était tombée d'un arbre et s'était cassé le bras, et n'avait pas pleuré. Elle avait juré comme un charretier, mais elle n'avait pas pleuré. En tout cas, pas durant le temps où il était resté avec elle, tandis que Gage allait chercher de l'aide.

— Arrête ça, fut tout ce qu'il trouva à lui dire.

Elle releva la tête et le regarda tristement, le visage baigné de larmes.

— Tu es tellement réconfortant, Brady, répliqua-t-elle, d'une voix éraillée.

Il ignorait quoi répondre à cela. Et pourtant d'habitude il savait comment réconforter les gens. Il savait quels mots employer pour apaiser, de façon qu'il puisse faire son travail.

Si elle avait été quelqu'un d'autre, il se serait assis à côté d'elle sur le canapé et il lui aurait tapoté l'épaule ou la main. Il aurait su comment réagir face à ses larmes.

Mais, quand il s'agissait de Cecilia, toutes ces options semblaient dangereuses, et il n'avait pas envie de se demander pourquoi.

Tout ce qu'il voulait, c'était garder ses distances.

— Je suis désolée, dit-elle, en soupirant.

— Tu n'as pas à t'excuser parce que tu pleures.

Elle leva les yeux au ciel et s'essuya les joues d'un revers de main.

— Je ne suis pas désolée de pleurer. Je suis désolée parce que je n'avais pas à débarquer ici avec mes problèmes. Seulement, j'avais besoin d'un endroit auquel Elijah ne penserait pas spontanément. Il va se douter que j'ai quelque chose à voir avec la disparition de Mak. La voisine de Layla va sûrement lui dire que je l'ai emmené, même si je l'ai payée pour qu'elle ne dise rien. Donc, il ira directement au ranch. Et il pensera aussi forcément à Nina et Liza.

Elle faisait allusion aux jeunes femmes avec qui elle avait grandi dans sa famille d'accueil, et qu'elle considérait comme ses sœurs. Elles avaient toutes les deux la garde d'un enfant. Pour Liza, il s'agissait de sa demi-sœur, et pour Nina de sa fille.

— Mais toi, tu n'es rien d'autre qu'un célibataire qui vit en appartement.

— Rien d'autre qu'un célibataire, répéta Brady.

Et il fut surpris de constater à quel point cette remarque le blessait.

— Tu as très bien compris ce que je voulais dire. De plus, tu es en convalescence. À cause de ça, Elijah réfutera l'hypothèse que Mak puisse être chez toi. Il pensera que je me suis réfugiée chez quelqu'un qui pourra le protéger.

Brady eut une conscience encore plus aiguë de tout ce qui avait mal tourné depuis qu'il avait été blessé.

D'un geste du menton, il désigna son épaule invalide.

— Je ne peux pas le protéger.

Cecilia se leva à nouveau. Même si son visage conservait des traces de larmes, il y avait une certaine assurance dans sa façon de se tenir, bien campée sur ses jambes, et de le toiser.

— Je préfère un Wyatt blessé à n'importe qui d'autre. Tu seras parfait.

Brady ne voulait pas qu'on lui fasse porter le poids d'une telle responsabilité, alors qu'il était si mal en point, et physiquement, et moralement. Il ressentait au fond de lui un malaise profond et, s'il était tout à fait honnête avec lui-même, il devait reconnaître que ça avait commencé avant qu'il soit blessé.

— Il faut que j'y aille, maintenant, dit Cecilia. Je ne pense pas qu'Elijah m'ait suivie jusqu'ici mais, plus je reste, plus je prends des risques. Il faut que je retourne à la réserve.

— Tu vas partir en me laissant le bébé ?

Cecilia grimaça, puis son expression se radoucit quand ses yeux se posèrent sur la silhouette endormie de Mak.

— Malheureusement, je risque de le mettre en danger. Il faut que je le laisse avec quelqu'un de confiance.

— Ils pourraient suivre ta voiture.

Elle secoua la tête.

— Je suis venue à pied.

— Tu as marché sous cette pluie ?

— Il le fallait. Je n'avais pas le choix.

Elle se prit à nouveau la tête entre les mains, mais elle ne pleura pas cette fois. Dieu, merci.

— Je ne voulais pas t'en parler, reprit-elle, après un temps d'hésitation. Ce n'est pas juste. Mais je ne veux pas garder cette préoccupation pour moi, alors que la vie de Mak est entre mes mains.

Cecilia leva les yeux vers lui, désolée, s'excusant...

Le cœur de Brady se serra, même s'il faisait tous les efforts possibles pour s'endurcir contre ça. Contre elle.

— Elijah idolâtre Ace, ajouta-t-elle. Il le vénère. Mais pas comme le faisaient les membres du gang, qui étaient prêts à faire tout ce qu'Ace leur demandait. Elijah veut être lui. Il veut prendre sa place et il ne se met aucune limite pour y arriver.

Brady ne ressentit ni surprise ni blessure. Et pourtant, il aurait dû.

Il ne lui restait plus maintenant qu'à dire toute la vérité.

— Je sais.

— Tu sais ?

Cecilia battit des paupières, ébahie.

— Mais comment...

Il avait les mâchoires serrées, et son visage ne reflétait aucune émotion. Mais une lueur angoissée ternissait son regard. Avait-elle jamais vu chez Brady quelque chose qui ressemblait à de l'anxiété ?

— Ça fait huit ans que je suis en conflit avec Elijah, dit-il.

Il ne donna pas d'explications sur la nature de ce conflit.

— Huit ans ?

Si elle parvint à contrôler son intonation, ce fut uniquement par égard pour Mak, qui s'était rendormi.

— La première fois, c'était une coïncidence.

— La première fois ? Mais... Que s'est-il passé ?

— Je l'ai arrêté. C'était ma première arrestation, en fait. Quand il a réalisé qui j'étais, c'est devenu une sorte de jeu pour lui. Il s'arrangeait pour se faire arrêter par moi. Pour me narguer, je pense. Et pour prouver qu'il pouvait s'en sortir facilement. D'ailleurs, il n'a jamais écopé de la moindre peine de prison.

Il soupira.

— C'est sa façon de me faire comprendre qu'il est la réplique exacte de mon père, et que je ne peux rien faire pour empêcher cela.

— Comment se fait-il que personne parmi vous ne m'en ait parlé ?

Brady lui tourna le dos, Mak toujours endormi au creux de son bras, comme si le bébé y avait trouvé sa place.

— Je suis le seul à savoir.

— Brady...

Elle ne savait pas quoi ajouter.

Brady faisait des cachotteries à ses frères. Elle n'aurait jamais cru cela possible. Oh ! il y avait bien des blessures émotionnelles qu'ils se cachaient les uns les autres... Quiconque avait grandi dans cette famille si particulière le savait. Mais il n'y avait pas de vrais secrets entre eux.

Enfin, c'était ce qu'elle pensait jusqu'à aujourd'hui.

— Ce que tu veux dire...

— Ce n'est pas le sujet pour le moment. Si je te comprends bien, tu ne veux pas qu'on sache que tu as volé ce bébé.

— Je ne l'ai pas volé.

— Quoi qu'il en soit, tu ne peux pas rester. Est-ce que tu as des affaires pour lui ? Des couches ? De la nourriture ?

— Pas encore, mais j'ai un plan.

— Un plan ?

Elle l'observa un bref instant, essayant de comprendre ce qui se jouait à cet instant. Ce qu'elle demandait, et ce qu'il disait.

Elle savait que Brady la suivrait en partie dans cette histoire, parce qu'il comprenait ce que c'était d'être un enfant au milieu du gang des *Sons of the Badlands*. Mais elle ne se doutait pas qu'il avait un lien avec Elijah. Ni que sa vie, qui venait de prendre un tour complexe, serait compliquée un peu plus par l'homme qui se tenait en face d'elle – un homme qu'elle avait toujours considéré comme étant plutôt rationnel.

— Tu ne peux pas me dire que tu caches quelque chose à tes frères, en lien avec cet enfant, et ensuite changer de sujet.

— C'est pourtant ce que je viens de faire.

— Tu es né avec ce caractère exaspérant, ou tu as dû travailler vraiment dur pour l'acquérir ?

— La remarque est savoureuse, venant d'une femme qui débarque chez moi avec un enfant volé.

— Il n'est pas volé, répliqua Cecilia, entre ses dents serrées.

Elle était persuadée d'avoir pris la bonne décision. Dans son esprit, il n'y avait pas la moindre place pour le doute. Et pourtant Brady réussissait à la faire culpabiliser de ne pas avoir trouvé un moyen légal.

— Qu'aurais-tu fait de différent ?

C'était plus fort qu'elle. Il avait fallu qu'elle pose la question, mais elle redoutait la réponse de Brady. Et elle était persuadée qu'il en avait une excellente.

Baissant les yeux, il observa un instant le bébé endormi et soupira.

— Je ne sais pas.

Dieu, merci ! C'était un miracle.

— Comment comptes-tu t'organiser pour les affaires du bébé ?

— Felicity et Gage vont t'apporter ce qu'il faut.

— Et pourquoi ne leur as-tu pas confié Mak directement ?

— Comme tu le sais, Felicity a déjà eu affaire au *Sons of the Badlands*. De plus…

Cecilia ne termina pas sa phrase. D'habitude, elle était plutôt douée pour garder les secrets, mais celui-ci avait failli lui échapper.

Brady haussa un sourcil, attendant la suite.

— Elle a un travail. Je sais que tu aimerais bien retrouver le tien, mais ce n'est pas possible pour le moment. Crois-moi, si je pouvais le confier à Liza ou Nina, je le ferais. Mais je pense qu'Elijah s'y attend. Il va d'abord penser à mes sœurs, avant de s'intéresser aux Wyatt.

Le visage de Brady était inexpressif.

— Il s'intéressera à nous aussi.

— Probablement. Mais je n'ai confiance en personne d'autre.

Ça l'ennuyait d'être aussi directe avec lui. Et, surtout, elle avait honte d'avoir pleuré devant lui. Mais elle le referait si cela pouvait sauver Mak. Et elle savait que Brady était trop chevaleresque pour ne pas tout mettre en œuvre afin d'assurer la protection du bébé de Layla.

— Je dois y aller. Gage et Felicity ne vont pas tarder à arriver. Je reste en contact.

Observant Mak, elle songea aux supplications de Layla, et à la responsabilité qu'elle avait endossée.

Cette petite vie sans défense était entre ses mains, mais elle devait maintenant confier le bébé à quelqu'un d'autre.

Elle leva les yeux vers Brady, dont le visage était trop proche pour qu'elle se sente à l'aise.

La nuit où elle l'avait embrassé, elle avait bu quelques verres. Pourtant, elle se rappelait parfaitement ce baiser. L'impulsion. Le besoin. Cette seconde où le choc avait laissé place à une réponse de la part de Brady, avant qu'il ne la saisisse fermement par les épaules pour la repousser. Il semblait tellement furieux…

Mais il s'était passé quelque chose, c'était indéniable. Et ça lui avait fait peur.

À cet instant, le regard plongé dans les prunelles noisette de Brady, elle ressentait la même chose.

Elle recula, puis fit demi-tour et se dirigea vers la porte.

Tant pis pour ses vêtements dans le sèche-linge. Elle ne pouvait pas rester une seconde de plus, ni se risquer à jeter un coup d'œil par-dessus son épaule.

Elle devait suivre sa route.

3

Cecilia avait dit vrai. Felicity et Gage se présentèrent peu de temps après qu'elle eut quitté l'appartement.

Brady ouvrit la porte, en gardant hors de vue le bébé endormi au creux de son bras.

Il avait encore un peu de mal à réaliser que son frère jumeau était fiancé avec Felicity. Pour lui, elle avait toujours été comme une petite sœur. Personnellement, il respectait trop Duke Knight pour s'intéresser à l'une de ses filles adoptives.

Gage n'avait jamais eu ces réserves. Il ne lui avait pas fallu plus de quelques semaines de relation avec Felicity pour la demander en mariage.

— Nous t'avons apporté le dîner, déclara Felicity, en brandissant deux grands sacs.

Ils entrèrent et refermèrent avec soin la porte derrière eux.

Sans hésiter, Felicity traversa la pièce et se dirigea vers le comptoir qui séparait la cuisine du salon et commença à vider les sacs.

— Des couches, du lait maternisé, des biberons... Nous avons encore des choses dans la voiture. On ira les chercher tout à l'heure quand je m'en irai.

— Tu veux dire, quand vous vous en irez tous les deux ?

— Non, je m'incruste, répondit Gage.

Aussi à l'aise que s'il était chez lui, il s'installa sur le canapé.

— Tu n'envisageais quand même pas de t'occuper d'un bébé tout seul ?

— Je ne m'attendais pas non plus à ce que tu t'en mêles.

— On va se débrouiller comme des chefs, dit Gage, tout sourire.

Gage aimait toujours alléger l'atmosphère par une plaisanterie, mais ce sourire était différent. Il était adressé à Felicity. Et c'était de l'amour.

— J'en suis certaine, répondit-elle.

Gage tapota le coussin à côté de lui, et Felicity vint s'asseoir. Puis ils regardèrent Brady avec une excitation impatiente, comme s'il avait la moindre idée de ce qui se tramait.

— Qu'est-ce qui vous arrive, tous les deux ?

Gage passa un bras autour des épaules de Felicity.

— Nous allons avoir un bébé, annonça-t-il, avec un immense sourire.

Ce n'était pas son sourire habituel, celui qui lui permettait de dissimuler ce qui se passait dans sa tête. Non, c'était un vrai sourire de pur bonheur.

Brady cilla. Il lui fallut un moment pour comprendre que son frère ne s'était pas exprimé dans une langue étrangère.

— Un bébé ? répéta-t-il.

— Aussi réel que celui que tu tiens.

— Mais… Vous n'êtes pas encore mariés.

Gage ricana, tandis que Felicity souriait avec indulgence.

— Tu veux que je te raconte des histoires de choux et de roses ? demanda Gage, d'un ton ouvertement moqueur.

— Non, ça va. Un bébé… Eh bien, toutes mes félicitations, alors.

— J'espérais que tu serais capable de le dire, et surtout de le penser, dit Felicity.

Brady s'avança vers eux, agacé de ne pas savoir comme appréhender la situation.

— Je suis content pour vous, mais je suis sous le choc.

Baissant les yeux vers le bébé qui n'était pas le sien, mais dont il avait la responsabilité, il ajouta :

— En plus, la journée n'a pas été facile…

Mak commença à gigoter, puis il se mit à pleurer tout doucement.

Felicity se leva aussitôt et tendit les bras.

— Je peux ?

Brady lui donna le bébé et fit rouler son épaule engourdie. Tandis que Felicity berçait l'enfant, en lui chantonnant des mots apaisants, Brady observa à la dérobée son frère jumeau.

Ils avaient tout partagé. Ou presque. Pas la manière très différente dont leur père les avait maltraités. Pas Elijah Jones.

— Tu vas être père, dit-il, avec quelque chose dans la voix qui semblait dire qu'il n'y croyait pas.

— Je sais que je n'ai pas eu le bon exemple. Mais je ferai de cette paternité quelque chose de différent.

— J'en suis persuadé.

Bizarrement, cette nouvelle donna à Brady un nouveau sens des responsabilités. Mak n'était pas son fils, mais il savait maintenant ce qu'il devait faire pour lui.

Il avait grandi parmi les *Sons of the Badlands*. Grâce à

son frère aîné, qui avait la notion du bien et du mal, il avait pu faire la part des choses. Jamison avait consenti à beaucoup de sacrifices pour sortir Brady et Gage des griffes du gang. Il leur avait offert un cadeau inestimable, celui de l'espoir.

Ça expliquait pourquoi Brady croyait si fort dans les lois et les règlements, et dans la nécessité de les appliquer coûte que coûte.

Il croyait au bien. À la chose juste. Et il ne changerait jamais.

Cela, il le devait bien sûr à Jamison, mais aussi à Grandma Pauline, qui lui avait offert un véritable foyer, où grandir et s'épanouir.

Mais, s'il voulait être à la hauteur de l'exemple fourni par Jamison, il ne pouvait pas être question uniquement de respecter la loi.

Il s'agissait aussi de soustraire une vie innocente à la brutalité des *Sons of the Badlands.*

Ce qui signifiait qu'il devait accepter de contourner la loi.

— Gage, je t'ai caché quelque chose, annonça-t-il, tout de go.

Son jumeau haussa les sourcils.

— Du genre ?

— Du genre *Sons of the Badlands.*

On l'observait.

Cecilia le percevait et en distinguait les signes.

Cependant, elle accomplit sa journée de travail comme si de rien n'était. Elle répondit aux appels, elle patrouilla à travers la réserve… Et, ce faisant, elle se tint en alerte, prête à se battre s'il en était besoin.

Mais elle ne cessa pas de faire ce qu'elle aimait. Faire partie de la police tribale était tout pour elle. Et même le fait d'être sous surveillance ne l'empêcherait pas d'assumer ses responsabilités.

Elle ne se rappelait pas ses jeunes années ici, avec sa mère. Vaguement, comme dans une sorte de brume, elle avait quelques souvenirs d'elle. Essentiellement parce que tante Eva lui en avait parlé.

Après le décès de sa mère, Eva Knight lui avait fait quitter la réserve et avait fait en sorte qu'elle soit hébergée chez elle, au ranch. Dans cette grande famille, constituée d'enfants adoptés, Cecilia avait été aimée. Elle y avait gagné des sœurs, et aussi la stabilité que sa mère n'aurait jamais pu lui apporter.

Tante Eva était morte à son tour quelques années plus tard, et ça avait été difficile. Mais elle avait pu compter sur Duke et sur celles qu'elle considérait comme ses sœurs.

Cependant, le sentiment d'appartenir à une communauté lui avait manqué.

En tant que policier, elle voyait essentiellement les mauvais côtés de la réserve. Mais elle avait besoin de retrouver ses racines, d'appréhender en tant qu'adulte l'histoire de son peuple.

Ces derniers temps, elle pensait avoir compris d'où elle venait, qui elle était… Mais la situation avec Layla et Mak remettait en question tout ce qu'elle avait appris depuis qu'elle avait intégré la police tribale, il y avait de cela sept ans.

Il était évident qu'elle serait sous surveillance, car Elijah savait qu'elle avait emmené Mak. Ce qui voulait dire qu'il ne fallait pas compter sur la possibilité de se glisser subrepticement chez Brady ce soir, afin de prendre des nouvelles du bébé.

Mais elle pouvait appeler, malgré tout. Elijah n'avait pas les moyens d'intercepter ses communications. Donc, elle se contenterait de passer un coup de fil…

Cette idée la contrariait, toutefois. Elle avait laissé cet adorable petit garçon avec un inconnu. Même si elle savait que Brady était un type bien, Mak ne le savait pas, et ce changement dans ses habitudes pouvait le perturber.

Cecilia emprunta à pied la route qui menait chez elle. Elle agita la main à l'intention de sa voisine âgée, qui aimait lui raconter des anecdotes à propos de sa mère. Elle ignorait si tout ce que lui disait la vieille dame était vrai, mais ça lui faisait plaisir d'entendre ces histoires du passé.

Lorsqu'elle vit que sa porte était ouverte derrière l'écran de moustiquaire, son cœur s'emballa, et elle en oublia toute velléité de papoter avec sa voisine.

La main sur la crosse de son arme, elle entra.

Mais il ne s'agissait pas d'un intrus.

Cecilia laissa retomber sa main.

— Rachel ?

Sa cousine était en train de préparer le thé. Elle lui adressa un grand sourire.

— Salut. Tu rentres tôt.

— Qu'est-ce que tu fais là ?

Il n'était pas inhabituel que sa cousine lui rende visite, ou reste dormir chez elle. Rachel était institutrice sur la réserve, et elle se partageait entre la communauté et le ranch des Knight, afin de pouvoir s'occuper de son père quand elle ne travaillait pas.

Normalement, Cecilia adorait l'avoir auprès d'elle. Mais

Rachel souffrait de déficience visuelle depuis l'enfance, ne percevant que des silhouettes. D'habitude, elle n'y pensait même pas. Sa cousine était capable de se débrouiller. Elle gérait son handicap depuis toute petite et à présent elle était une adulte qui savait prendre soin d'elle.

Seulement, aujourd'hui, avec quelqu'un qui surveillait ses moindres faits et gestes, Cecilia ne voulait faire courir aucun risque à Rachel, en sachant que cette dernière serait d'autant plus vulnérable qu'elle pourrait ne pas voir venir une attaque.

— Rach, je...

Rachel était la seule fille biologique d'oncle Duke et tante Eva. D'une certaine façon, Cecilia avait un lien plus proche avec elle, du fait de leur parenté. Ce n'était pas qu'elles ne considéraient pas les filles adoptives d'Eva et Duke comme leurs sœurs, mais plutôt que ces dernières ressentaient une certaine forme de jalousie en raison de ces liens du sang.

Heureusement, cela n'avait jamais impacté leur affection réciproque, et l'âge adulte avait effacé les anciens ressentiments qui avaient pu exister. Cecilia donnerait sa vie pour chacune d'entre elles. Les quatre autres filles Knight étaient vraiment ses sœurs. Mais son attachement à Rachel était plus profond, et elle éprouvait le besoin viscéral de la protéger.

— Tu ferais mieux de t'en aller.

— Pourquoi ?

Cecilia ne pouvait pas lui dire la vérité, même si elle en trépignait d'envie. Elle avait déjà impliqué Gage, Felicity et Brady.

Mettre d'autres personnes au courant ne ferait qu'augmenter le danger. Pour eux.

Les Wyatt et les Knight avaient traversé suffisamment d'épreuves au cours des derniers mois.

Et que se passait-il quand une fille Knight demandait de l'aide à un des frères Wyatt ?

Cecilia s'efforça d'oublier cette idée qui la mettait mal à l'aise.

Liza avait demandé de l'aide à Jamison, et ils étaient sur le point de se marier. En attendant, ils s'étaient installés ensemble et élevaient la demi-sœur de Liza, qui était encore une toute petite fille. Mais ils étaient ensemble depuis le lycée.

C'était la même chose pour Cody et Nina, qui s'étaient mariés secrètement et vivaient à Bonesteel avec leur fille, après une romance de jeunesse qui avait été brisée par les *Sons of de Badlands* et avait repris quelques années plus tard.

Quant à Felicity et Gage, eh bien, ça avait été une surprise, et le couple pouvait sembler mal assorti à première vue. Mais ils étaient heureux ensemble, et cela seul comptait.

C'était une suite de coïncidences qui n'avait rien à voir avec Brady et elle, voulut se convaincre Cecilia.

— Cee, que se passe-t-il, insista Rachel.

Cecilia se força à sourire.

— La journée a été difficile.

— Et tu espérais être seule ?

— Oui. Enfin, non. Peu importe.

Ceux qui la surveillaient savaient que Rachel était là. Il l'avait vue entrer, et la renvoyer maintenant ne rimait à rien. Autant faire avec.

Il n'empêche qu'elle avait envie d'aller dans sa chambre, de se jeter sur son lit et de pleurer. Ou, mieux encore, elle rêvait de se réfugier au ranch des Knight et de rester cachée jusqu'à la fin des temps.

Mais elle n'était pas une mauviette. Elle ne pouvait pas se permettre la moindre faiblesse, que ce soit pour Layla comme pour elle-même.

Elle n'était pas devenue policière parce que c'était facile. Elle ne voulait pas aider les gens seulement quand il n'y avait aucun risque.

Cependant, c'était le plus grand défi de sa carrière. De sa vie. Ça expliquait les doutes, les peurs, et l'envie de pleurer. Seulement, il ne fallait pas qu'elle y cède, ni qu'elle montre à Rachel ce qu'elle ressentait.

— Tu vas me faire à dîner ? demanda-t-elle, en s'efforçant d'alléger son intonation.

— C'est ma destinée, répondit Rachel, d'un ton amusé. Je suis venue sur terre pour nourrir les filles Knight, qui sont totalement incompétentes en cuisine.

— Incompétentes, c'est un peu violent. Et Sarah ne serait pas d'accord.

Sarah était la seule à s'être intéressée au travail du ranch et elle gérait le domaine agricole d'une main de maître. En bonne fille de la campagne, elle était solide, travailleuse, et têtue.

— Je te ferai remarquer qu'elle n'est même pas capable de faire cuire des pâtes, protesta Rachel. Il serait temps qu'elle s'y mette. Je ne serai pas toujours là.

Cecilia ressentit un élan de panique, mais elle s'efforça de ne rien laisser paraître.

— Tu as l'intention de partir ?

Rachel haussa les épaules.

— Tu l'as bien fait, toi. Maintenant, tu as ta vie.

— Toi aussi.

— Tu parles. Quand je suis au ranch, je dois rendre des comptes à mon père ou à Sarah. Le reste du temps, je vis dans mon logement de fonction à la réserve, ou je suis chez toi. Je sais que tu apprécies cette vie en communauté, mais je ne suis pas sûre que ça me convienne. Ce n'est pas comme ça que je vais rencontrer quelqu'un.

— Tu n'as qu'à te mettre en danger, comme Felicity, et Brady suivra les traces de son frère, en tombant amoureux d'une demoiselle en détresse.

Rachel plissa le nez.

— Felicity n'était plus vraiment une demoiselle. Et Brady est tellement pénible…

— Pas du tout !

Cecilia se tut à temps. Ce n'était pas à elle de défendre Brady. Et ça pourrait lui attirer des commentaires.

Heureusement, un coup frappé à la porte lui offrit une diversion bienvenue. C'était probablement Mme Eldridge qui avait envie de papoter.

— Je reviens, dit-elle, en se dirigeant vers l'entrée.

Elle ouvrit la porte et ne vit personne. Surprise, elle regarda aux alentours. Ce devait être des enfants qui s'amusaient à tirer les sonnettes. Pourtant, elle n'entendait aucun ricanement, aucun bruissement de feuilles dans les buissons environnants.

Il n'y avait qu'un silence étrange… Angoissant.

Elle s'apprêtait à refermer quand elle remarqua la flèche plantée dans la rampe du perron.

Un bout de papier y était attaché, avec deux mots tracés en lettres capitales.

À BIENTÔT

Elle fixa les lettres jusqu'à ce que sa vision se brouille et ne fut tirée de sa torpeur que par la voix de Rachel.

— Qui est-ce ?

— Personne. C'est juste une blague. Je reviens tout de suite.

Elle ferma la porte, descendit les marches et récupéra la flèche. Puis elle regarda dans la rue. Tout était calme. Il n'y avait personne dehors.

Plus maintenant.

Elle allait raccompagner Rachel au ranch Knight, puis elle entrerait dans le jeu d'Elijah, puisque c'était ce qu'il voulait.

De toute façon, c'était la seule manière de l'éloigner de Mak.

4

Brady avait du mal à garder les yeux ouverts.

Mak n'avait pratiquement pas dormi depuis que Felicity avait quitté l'appartement. En conséquence de quoi, il avait passé une grande partie de la nuit à se tourner et se retourner dans son lit, quand il ne se levait pas pour aller vérifier que tout allait bien.

Gage et lui avaient une liste d'instructions longue comme le bras en ce qui concernait les soins à donner au bébé, mais ils avaient dû regarder un tutoriel en ligne sur la façon de changer une couche, et ils s'y étaient repris à trois fois avant d'obtenir un résultat satisfaisant. Préparer les biberons et nourrir Mak avait été un peu plus facile, mais Brady était ravi de la présence de son frère jumeau. Il n'aurait pas survécu sans aide à cette nuit.

Il s'inquiétait de ne pas avoir eu de nouvelles de Cecilia. Pas même un texto.

Comment se faisait-il qu'elle ne prenne pas de nouvelles du bébé ? Qu'était-il supposé faire toute la journée ? Il ne pouvait faire venir personne chez lui. Si quelqu'un surveillait son appartement, les allées et venues paraîtraient suspectes.

Pour le moment, Mak dormait paisiblement dans le lit

pliant apporté par Gage, et Brady savait que le plus sage serait de tenter de dormir quelques heures.

Mais son épaule lui faisait trop mal pour trouver le repos.

Il se dirigea vers la cuisine et fit du café. Puis il prit deux comprimés d'ibuprofène et ses derniers antibiotiques, même s'il doutait de leur efficacité. La perspective de devoir essayer un nouveau traitement le déprimait. Il en avait tellement assez des hôpitaux et des médecins...

Gage sortit de la chambre d'amis, vêtu de son uniforme. C'était la dernière semaine qu'il le porterait. Il avait obtenu sa mutation de Valiant County à Rapid City, afin d'être plus près du travail de Felicity, qui était employée au Parc national, et Brady n'avait toujours pas assimilé l'idée qu'il ne ferait plus équipe avec son jumeau.

— Je sais que ça te manque, dit Gage.

Ou bien il ne comprenait pas la tristesse que ressentait Brady, ou bien il s'efforçait de faire diversion.

Brady désigna son épaule d'un geste résigné.

— Qu'est-ce qui tu veux que je fiche avec ça ?

— Ce n'est pas définitif.

— Non.

C'était pourtant ce qu'il ressentait.

Il aurait déjà dû avoir repris le travail maintenant et il serait en train de faire ses dernières patrouilles avec Gage.

Mais Gage n'avait plus que trois services à faire avant de changer de vie. Il allait épouser Felicity, avoir un enfant, et être flic ailleurs...

Si Brady y regardait de trop près, il trouverait la source de sa déprime.

Il décida donc de ne pas y regarder de trop près.

— Café ? proposa-t-il.

— Je vais en prendre un au poste. Je veux passer voir Felicity avant de commencer mon service. Elle se sent un peu barbouillée le matin.

— Vous allez bien ensemble, tu sais. Je n'aurais pas parié sur votre couple, mais ça fonctionne.

Gage esquissa un sourire.

— Oui, je sais.

Son humeur s'assombrit soudain.

— À propos d'Elijah… Qu'est-ce que je dis aux autres ?

Brady aimait tous ses frères. Il était prêt à se battre à leurs côtés et à donner sa vie pour n'importe lequel d'entre eux. Mais Gage et lui avaient fui ensemble le gang des *Sons of the Badlands*. Ils étaient inséparables depuis le début, et leur lien resterait toujours plus fort, parce qu'ils étaient des jumeaux.

— Je pense que je devrais tout leur dire. Et je pense aussi que Mak et moi ne devrions pas rester ici. Nous devrions nous cacher. Il faut juste que je trouve comment l'emmener sans me faire repérer. Et il faut que Cecilia soit d'accord.

— Tu as eu de ses nouvelles ? demanda Gage.

Brady secoua la tête.

— Ça ne me plaît pas. Je sais qu'elle est capable de prendre soin d'elle, mais je n'aime pas ça.

— Moi non plus. Mais tu sais à quel point elle peut être têtue.

Brady ne comprenait pas pourquoi elle s'opposait toujours à ce qu'il disait ou faisait, mais c'était ainsi.

— Organisons un dîner de famille, proposa Gage. Cecilia vient et tu viens. Nous trouverons un moyen de dissimuler Mak. Si tout le monde débarque au ranch, et qu'il n'y a pas de bébé, ça déstabilisera ceux qui nous surveillent.

Brady hésita.

— Ça m'ennuie de vous impliquer tous.

— Tu sais bien que nous serons tous heureux de pouvoir arracher un enfant aux griffes des *Sons of the Badlands*.

Brady hocha la tête. Il savait que c'était vrai, mais cela ne cadrait pas avec cette boussole morale qu'il avait toujours suivie : ne jamais mettre quiconque dans la ligne de mire des *Sons of the Badlands*.

— Oui, mais comment faire pour qu'on ne remarque pas la présence de Mak ?

— Gigi a une poupée qu'elle promène partout dans un petit landau.

Gigi, la demi-sœur de Liza, avait quatre ans et, jusqu'à ses trois ans et demi, elle avait vécu sur le camp des *Sons of the Badlands*, avant que Liza et Jamison ne la sortent de là.

— Mak est à peine plus grand que la poupée, mais ça pourrait marcher, continua Gage, d'un ton pensif.

Ce qu'il y avait de bien dans la présence de Rachel, c'était que Cecilia s'inquiétait tellement pour sa cousine qu'elle en oubliait de se faire du souci pour elle-même.

Elle n'avait pas fermé l'œil de la nuit, passant son temps à vérifier et revérifier portes et fenêtres pour s'assurer que tout était bien fermé.

Ce matin, elle avait du mal à garder les yeux ouverts et ne tenait debout que grâce au café, qu'elle ne buvait pas d'ordinaire.

Lorsqu'elle revint de son tour d'inspection dans le jardin, Rachel traînait dans la cuisine en bâillant. Sa cousine n'avait jamais été matinale, et Cecilia se demandait pourquoi elle avait choisi d'être institutrice, alors que ce travail exigeait de se lever tôt. Mais il fallait croire qu'elle aimait l'enseignement.

Quand Rachel était chez elle, elle allait à l'école et en revenait à pied, avec sa canne blanche. Cecilia se serait sentie plus rassurée si elle avait eu un chien guide, mais le sien était mort l'année dernière, à un âge avancé, et Rachel n'avait pas l'énergie de se lancer dans un long et complexe processus d'attribution d'un nouvel animal.

— Je vais te conduire, aujourd'hui.

— Pour quelle raison ?

Cecilia s'était préparée à cette question et pourtant elle tiqua. Elle détestait tellement mentir à Rachel.

— Il se passe des trucs en ce moment. Juste des petites incivilités, mais ça pourrait dégénérer.

Rachel plissa le front.

— C'est vague.

— Oui, je n'ai pas trop d'informations. Tu ne risques probablement rien à te déplacer à pied, mais ça me rassurerait de te conduire.

— Il est trop tôt pour se disputer, décréta Rachel, en bâillant à nouveau. Mais je rentrerai à pied cet après-midi.

Cecilia essaya de ne pas s'exclamer qu'il n'en était pas question. Le plus simple aurait été que Rachel rentre chez elle. Mais, quand on s'adressait à une tête de mule comme l'étaient toutes les filles Knight, mieux valait trouver un compromis. Et elle était bien placée pour le savoir.

— Tu ne peux pas revenir avec quelqu'un ? Peut-être une de tes collègues ?

— Si tu penses vraiment que c'est nécessaire.

— Oui.

Rachel haussa les épaules et but son café.

— Je serais prête dans une vingtaine de minutes.

Tandis qu'elle attendait, Cecilia fit à nouveau le tour de la maison pour s'assurer que tout était bien verrouillé. Elle appela par radio le poste de police pour prendre son service, puis elle conduisit Rachel à l'école.

La matinée était ensoleillée, avec une légère brise. La campagne était verte encore, avec çà et là quelques taches rousses annonciatrices de l'automne.

D'habitude, c'était l'époque de l'année que Cecilia préférait. Ce ne serait pas le cas cette fois, avec Layla à l'hôpital et la nécessité pour elle de protéger Mak.

Elle s'arrêta devant l'école, essaya de tenir sa langue et n'y parvint pas.

— N'oublie pas de demander à quelqu'un en qui tu as confiance de te raccompagner.

Rachel, qui s'apprêtait à sortir de la voiture, marqua une pause.

— Cette fois, tu vas me dire ce qui se passe.

— Quand j'aurai plus d'informations. C'est promis.

Rachel eut un clappement de langue dubitatif, puis elle ferma la portière et se dirigea vers l'école. Cecilia la suivit des yeux jusqu'à ce qu'elle ait disparu à l'intérieur du bâtiment.

Sa journée de travail s'achevait, et Cecilia n'avait pas remarqué la moindre filature. Elle prit en charge un dernier appel, concernant un conflit de voisinage. C'était agaçant et sans intérêt, mais cela faisait partie de ses attributions.

Il lui fallut presque une heure pour que les voisins

parviennent à un semblant d'accord et, quand elle regagna sa voiture de patrouille, Cecilia avait un terrible mal de tête.

Elle regarda sa montre. Rachel était probablement rentrée à la maison maintenant.

Le tambourinement dans sa tête cessa, tout comme son souffle... et peut-être même son cœur, quand elle vit le papier glissé sous son essuie-glace.

Il pouvait s'agir de n'importe quoi... une publicité. Mais Cecilia savait ce que c'était.

Un nouveau message.

S'équipant d'un gant en latex, elle récupéra le papier et le lut.

Elle est jolie.

Cecilia s'efforça de ne rien laisser paraître. Dedans, elle n'était que terreur et panique, le cœur comme serré dans une gangue de glace. Mais, dehors, ses mains ne tremblaient pas, et son regard était assuré.

Elle se mit au volant et déposa le message sur le siège passager, avant d'enlever son gant.

Elle tourna calmement la clé de contact, enclencha la position *Drive* de la boîte automatique.

Partageant son attention entre la route et son téléphone, elle appela le numéro de Rachel.

Les sonneries s'égrenaient sans fin.

— Décroche, dit-elle entre ses dents.

Finalement, la messagerie s'enclencha, et Cecilia laissa échapper un juron.

Elle était tentée d'appuyer sur l'accélérateur, de traverser la réserve à toute allure pour atteindre la maison de Rachel, à la frontière est.

C'était forcément à elle que le message faisait allusion. C'était une menace contre Rachel, et cette dernière était toute seule chez elle.

Elle aurait dû s'en douter. Elle aurait dû demander à Rachel...

Quoi ? De ne pas faire la classe ? De se cacher ? Ça n'aurait pas été juste. Il n'empêche qu'elle aurait quand même dû faire quelque chose.

Finalement, Cecilia respecta la limitation de vitesse, observant son environnement au cas où il s'agirait d'un piège, d'une embuscade. Elle avait parfaitement conscience que menacer Rachel était un moyen détourné de l'atteindre elle. Sa cousine ne savait rien.

Mais peut-être Elijah pensait-il le contraire ?

N'y tenant plus, Cecilia accéléra et s'arrêta devant chez elle dans un crissement de pneus. Si quelqu'un l'avait suivie ou l'observait quelque part dans la rue, elle avait fait voler en éclats son calme apparent.

Puisque le mal était fait, elle se rua à l'intérieur, la main sur la crosse de son arme. Mais Rachel était parfaitement en sécurité, pelotonnée sur le canapé, ses écouteurs dans les oreilles.

L'apercevant, elle ôta un des écouteurs et haussa les sourcils.

— Tout va bien ?

Cecilia relâcha son souffle.

Ça ne pouvait pas continuer comme ça.

— Je vais te reconduire au ranch.

— Cee, tu es vraiment bizarre en ce moment. Tu vas devoir m'expliquer ce qui se passe.

— Je sais, je sais. Écoute, je t'expliquerai tout quand nous serons à la maison. Avec tout le monde.

Elle devait mettre toute la famille au courant. C'était la seule façon d'assurer la sécurité de Mak et Rachel.

— Allons au ranch.

— Je peux demander à papa...

— Non, non. C'est moi qui t'emmène.

— C'est vraiment grave, n'est-ce pas ? demanda Rachel, en se tordant les doigts.

Cecilia n'était pas choquée de devoir mentir aux gens qu'elle aimait si c'était pour leur conserver la vie sauve. Mais elle n'était pas certaine d'avoir encore ce luxe.

— Ça pourrait l'être, si je ne fais pas attention.

Rachel se leva du canapé, traversa la pièce et vint prendre la main de Cecilia dans la sienne.

— Dans ce cas, il faut que tu fasses très, très attention.

5

Brady avait affronté sans broncher des personnes armées, des types baraqués sous influence de stupéfiants, et quantité de situations dangereuses.

Il avait été blessé par balle en essayant de sauver Felicity des griffes de son père.

Il avait arpenté à moto le territoire des Badlands pour retrouver son frère avant qu'Ace ne le tue.

À onze ans, Gage et lui avaient failli se faire prendre en s'évadant du camp des *Sons of the Badlands*.

Et pourtant aucune de ces situations n'avait provoqué en lui la panique qu'il ressentait aujourd'hui.

Il ne comprenait pas ce qui le faisait réagir ainsi.

Liza était en train de sangler Mak dans le landau de poupée avec lequel Gigi était entrée dans l'appartement. La fillette de quatre ans faisait des grimaces à Mak pour essayer de le faire rire.

Brady ne pouvait pas dire qu'il avait vu d'un bon œil le retour de Liza dans leurs vies. Après avoir vécu quelque temps avec Jamison, Liza lui avait brisé le cœur en se laissant séduire par un membre du gang des *Sons of the Badlands*.

La série noire avait continué quand Nina, la petite

amie de Cody, une autre des filles adoptives des Knight, avait disparu.

Quelques mois plus tôt, Liza était réapparue, réclamant l'aide de Jamison pour arracher au gang sa demi-sœur, Gigi. Peu après, Nina avait à son tour refait surface, blessée, et avait demandé à Cody de l'aider à protéger leur fille.

Et pour finir, ils avaient tous été réunis, et ravis de l'être. Comme si le temps écoulé ne signifiait rien.

— Ça va aller, lui assura Lily. Gigi fera très attention.

Brady n'en doutait pas. Malgré son jeune âge, la fillette avait déjà traversé des épreuves qu'aucun enfant ne devrait connaître.

— Mak pourrait faire du bruit.

— C'est possible. Mais Gigi et moi parlerons fort pour éviter qu'on l'entende.

Brady observa le bébé d'un air dubitatif. Il avait entendu Mak hurler plutôt efficacement pour quantité de raisons. Mais il venait d'être nourri et changé, et semblait de bonne composition pour le moment.

— Je ne voulais pas t'entraîner là-dedans.

— Tu as l'air d'oublier que je connais les *Sons of the Badlands* aussi bien que toi. Même Gigi sait ce que ça fait de vivre au camp. Je serai toujours prête à aider quiconque voudra leur échapper.

— Très bien. Allons-y.

Liza et Brady soulevèrent le landau pour descendre les marches du perron, puis Gigi le poussa sur le trottoir en chantant à tue-tête une comptine.

Tandis qu'ils avançaient jusqu'à la voiture aux vitres teintées empruntée pour l'occasion, Brady s'efforçait de surveiller le périmètre sans attirer l'attention. Il ne vit personne, mais ça ne signifiait pas qu'ils n'étaient pas surveillés.

Liza installa Gigi dans son siège pour enfant.

— Il faut aussi attacher ma poupée, dit Gigi, d'une voix de stentor.

Liza soupira, comme si c'était une demande stupide.

— Les poupées ne peuvent pas être blessées, voyons.

— Mais il faut l'attacher quand même.

Levant les yeux au ciel, Liza replia les roues du landau, le transformant en couffin, et arrima celui-ci avec la ceinture de sécurité.

— Voilà. Tu n'as plus qu'à bien surveiller ta poupée pour qu'il ne lui arrive rien.

Mak commença à faire des petits bruits, et Gigi se mit à réciter son alphabet à plein volume.

— Installe-toi sur le siège passager, cow-boy, déclara Liza, en refermant la portière arrière.

— Je peux conduire.

— Non, tu ne peux pas. Qui plus est, il s'agit de ma voiture. Donc, c'est moi qui conduis. Mais tu peux aussi bien rester ici. Ce serait dommage, remarque. Grandma Pauline a fait son gratin de pommes de terre...

Brady s'installa, ferma la portière et laissa échapper un soupir. Jusqu'ici, ils ne s'en sortaient pas trop mal. En grande partie grâce à l'adorable fillette assise sur la banquette arrière.

Il se tourna et lui sourit.

— Tu es une vraie star, Gigi.

— J'aime bien faire semblant. Et je suis contente d'aider Mak. Je ne veux pas que les méchants hommes le prennent.

Ils roulaient depuis un moment sur l'autoroute, quand Brady repéra dans le rétroviseur un énorme pick-up. Quelque chose lui parut aussitôt suspect.

— Accélère, ordonna-t-il.

— Parle-moi sur un autre ton, protesta Liza.

Brady n'avait pas le temps de prendre des gants.

— Pas une vitesse folle. Juste assez pour voir si ce pick-up nous suit.

Cette fois, elle ne fit pas de commentaire et obéit.

Quand le pick-up accéléra à son tour, Brady jura en son for intérieur. Mais, lorsqu'il parla, son intonation ne trahit rien de son agitation.

— Nous sommes suivis.

— Ça ne veut pas dire qu'il sait que nous avons Mak.

Les yeux rivés sur son rétroviseur, Cecilia franchit les limites de la réserve. Jusqu'à présent, personne ne la suivait.

Mais elle ne pouvait se résoudre à baisser sa garde. Elijah ne renoncerait pas aussi facilement, ce qui signifiait qu'il avait autre chose dans sa manche.

Si elle réussissait à arriver jusqu'à la maison, elle y trouverait de l'aide. Un soutien.

Elle ne voulait pas entraîner sa famille là-dedans, mais celle-ci était déjà en danger. Et cependant elle n'en éprouvait pas de culpabilité. Si elle avait fait cela, c'était pour Layla, dont la vie était devenue un enfer.

Elle l'avait tellement suppliée. Jamais elle n'aurait pu lui tourner le dos. Et elle savait que sa famille, parce qu'elle avait déjà traversé quantité d'épreuves, ne lui reprocherait pas d'avoir fait ce choix.

Ils voudraient eux aussi participer à la lutte. Tant d'entre eux avaient été impactés par les *Sons of the Badlands*...

Les Knight n'étaient pas du genre à fuir le danger pour sauver leur peau. Les Wyatt encore moins.

Elles n'étaient plus très loin de la bretelle de sortie vers la maison quand le portable de Rachel et celui de Cecilia bipèrent à l'unisson.

Rachel soupira et plongea la main dans son sac.

— Je déteste les textos groupés. Ce n'est jamais bon.

Elle enclencha la transcription vocale, pour que son téléphone lui lise le message.

De Gage Wyatt.

Dîner au grand complet chez Grandma Pauline. Présence requise.

— Ils ont besoin d'être aussi autoritaires ? marmonna Cecilia. En plus, Brady ne pourra pas y aller.

— Pourquoi ? Et comment le sais-tu ?

— Je t'expliquerai plus tard. Réponds que nous sommes en route.

Rachel utilisa la transcription vocale pour envoyer sa réponse.

Quelques minutes plus tard, Cecilia s'engagea dans l'allée gravillonnée du Reaves Ranch, l'exploitation agricole de Grandma Pauline.

Au moment où elle tournait, elle entendit un bruit sec, puis la voiture tangua et le volant enregistra des secousses. Cecilia faillit le lâcher, mais réussit à s'y agripper à la dernière minute.

Elle freina un peu trop tard. La voiture dérapa et se mit en travers, avant de s'immobiliser.

Cecilia n'était pas certaine de ce qui venait de se

passer, mais le bruit qu'elle avait entendu ressemblait à un coup de feu.

— Ne bouge pas, dit-elle à Rachel.

Son cœur battait à tout rompre, mais sa voix était calme et ferme

Elle se glissa hors de la voiture, en tirant son arme de son holster, mais en la dissimulant dans son dos tandis qu'elle observait les alentours.

Un énorme pick-up ralentit sur la route principale et s'arrêta à sa hauteur.

Elle continua à dissimuler son pistolet tandis que le conducteur se penchait par sa vitre.

— Vous avez besoin d'aide ?

Cecilia était certaine de l'avoir déjà vu en compagnie d'Elijah. Cela faisait longtemps, probablement un an, mais elle n'oubliait jamais un visage.

Elle afficha un sourire reconnaissant.

— Oh ! ce serait formidable. J'ai une roue de secours dans le coffre, mais c'est tellement compliqué à changer.

L'homme sourit et ouvrit sa portière.

Cecilia avait l'impression qu'il y avait un passager dans la voiture et que celui-ci essayait de se cacher. Elle fit mine de ne rien avoir remarqué.

Lorsque l'homme descendit de voiture, il tenait un pistolet à la main.

Cecilia n'hésita pas. Elle donna un coup de pied directement dans l'arme, la faisant voler hors de portée de l'homme. Puis elle pivota et lui asséna un coup de coude dans la mâchoire. On entendit un craquement, et du sang jaillit.

Quelqu'un approchait maintenant.

Sans avoir le temps de reprendre son souffle, Cecilia

donna un coup de genou dans le bas-ventre de son assaillant, qui ahana avant de tomber.

Elle pivota pour affronter l'autre homme.

Il pointait une arme sur elle, et elle tira, visant le bras pour le désarmer.

Elle les voulait vivants.

Il se pouvait qu'ils aient des informations à lui fournir. Mais, s'ils cherchaient à s'en prendre à Rachel, elle n'hésiterait pas à les éliminer.

L'homme hurla et laissa tomber son arme. Du sang coulait de son avant-bras, et il le soutint de son autre main, le plaquant contre son torse pour soulager la douleur.

Le premier qui l'avait attaquée rampait vers l'arme, mais elle fut plus rapide à la ramasser.

Une arme braquée sur chaque homme, elle les toisa avec dégoût.

— C'est Elijah qui vous envoie ?

— Et il enverra d'autres, dit avec un sourire ensanglanté l'homme qu'elle avait frappé à la mâchoire.

— Et je continuerai à leur mettre une raclée, répliqua Cecilia.

Puis elle s'adressa à sa cousine.

— Rach ? Ça va ?

— J'ai appelé Gage.

Apparemment, elle était sortie de la voiture durant la bagarre, mais Cecilia était trop occupée pour s'en rendre compte.

— Il n'est pas de service, mais il a appelé le régulateur pour nous.

Au loin, le bruit assourdi des sirènes annonçait que les secours étaient déjà en route.

— On dirait bien que vous allez vous retrouver en

prison, dit Cecilia, avec un sourire narquois. Vous n'avez rien de spécial à me dire ?

Celui qu'elle avait blessé au bras avait cessé de gémir et la regardait froidement.

— Il t'aura. Il te fera payer.

Un frisson glacé traversa Cecilia, mais elle ne laissa rien paraître.

— Il essayera et il échouera. Comme vous.

6

Brady faisait les cent pas dans le salon de Grandma Pauline, Mak niché au creux de son bras valide. Le bébé se mettait immédiatement à pleurer dès qu'il essayait de le poser ou de le donner à quelqu'un d'autre.

À cet instant, il ne dormait pas et fixait Brady de ses grands yeux bruns, une expression terriblement sérieuse sur son petit visage.

Pendant ce temps, Gage s'entretenait avec les policiers qui avaient arrêté les agresseurs de Cecilia. Il ne savait pas si c'étaient les mêmes hommes qui les avaient suivis. Le pick-up avait poursuivi sa route quand Liza avait bifurqué dans l'allée gravillonnée menant au ranch.

Dès que Gage entra dans la pièce, Brady le bombarda de questions, sans même le laisser parler.

— Marque et modèle ?

— C'est le pick-up qui t'a suivi. Ils ont dû faire demi-tour et attendre Cecilia.

Brady jura.

— Ce n'est peut-être pas une mauvaise chose.

— Comment cela ?

— Eh bien, s'ils ont décidé que tu n'étais pas une cible intéressante, c'est qu'ils ne savent pas que Mak est avec toi.

— Je ne pense pas que ça en soit une bonne que Cecilia soit dans leur collimateur.

— Ce n'est pas ce que j'ai dit. J'ai dit que ce n'était pas si mal car ils ne savent pas où est l'enfant. Et, vu l'état dans lequel se trouvent les deux agresseurs, nous n'avons pas à nous inquiéter pour Cecilia.

Brady grommela.

Il savait que Cecilia était parfaitement capable de se défendre toute seule. C'était un bon flic, même s'il n'était pas toujours d'accord avec ses méthodes. Mais il suffisait d'une seconde pour tomber. Vu qu'il souffrait d'une blessure par balle qui ne voulait pas guérir, il pensait avoir assez de recul sur la question.

Mais il ne servirait à rien de discuter de cela avec Gage.

— Tu veux que je le prenne un peu ? proposa son frère, en désignant le bébé.

— Il a l'air bien comme ça. Où sont Cecilia et Rachel ?

— Elles finissent de donner leur témoignage. Elles ne devraient pas tarder.

Comme un fait exprès, ils entendirent du bruit dans la cuisine et s'y précipitèrent.

Mak commença à s'agiter quand il reconnut la voix de Cecilia, alors que Brady s'immobilisait en la voyant.

Grandma Pauline s'agitait autour d'elle, tandis que Duke exigeait de savoir ce qui s'était passé. Tuck conduisait Rachel à la table, où Dev était déjà assis avec Felicity. Les garçons Wyatt et les filles Knight – aujourd'hui des adultes – étaient toujours réunis pour s'entraider.

— Viens, installe-toi, dit Grandma Pauline, en écartant une chaise pour Cecilia.

— Je vais bien.

Mais elle s'assit quand même, car tout le monde savait

qu'il valait mieux ne pas essayer de tenir tête à Grandma Pauline.

— Donne-moi le bébé, dit Cecilia, en tendant les bras.

Brady sortit de son hébétude, et constata que tous les regards étaient tournés vers lui.

Il dut se pencher pour déposer délicatement l'enfant dans les bras de Cecilia. Et ça l'obligea à sentir son shampooing, à frôler sa main...

Il eut une brève vision de ce fichu baiser du nouvel an. Elle se moquait de lui, le narguait... et elle l'avait embrassé comme un défi qu'elle se serait lancé à elle-même.

C'était ce qu'il avait toujours cru.

Mais quelque chose avait changé quand elle avait pressé ses lèvres sur les siennes. Ça avait été comme un séisme en lui. La découverte d'un sentiment auquel il n'avait jamais pensé avant... Oui, c'était probablement à ce moment-là qu'une digue avait cédé...

Cecilia l'observait étrangement, comme si elle pouvait lire dans ses pensées. Comme si elle en était tout aussi choquée que lui.

Il s'écarta et enfouit ses mains dans ses poches. Il était en train de perdre la tête...

Mais il y avait une explication : c'était le manque de sommeil qui lui donnait des hallucinations.

Voilà tout.

— Je pense que des présentations s'imposent, dit Cecilia, en regardant Mak.

Elle prit une profonde inspiration.

— Je voulais attendre...

La porte s'ouvrit, et Jamison entra avec Cody, Nina et leur fille Brianna.

— Le contingent Bonesteel, déclara Cecilia.

Si Brady devinait juste, elle semblait un peu surprise que tout le monde soit venu aussi vite. Mais il n'était plus temps de tergiverser.

— Tu vas expliquer ta partie, et j'expliquerai la mienne, décréta Brady.

C'était peut-être un peu autoritaire, mais il n'était pas d'humeur à se montrer accommodant.

— Ta partie ? demanda Cecilia, d'un ton suffisamment narquois pour achever de l'agacer.

De toute sa vie, Brady n'avait caché qu'une seule chose à sa famille. En aurait-il parlé si Cecilia n'avait pas sollicité son aide ? Si son problème n'avait pas été lié à Elijah ?

Mais la situation n'était pas aux vaines interrogations.

— Oui, ma partie. Mon lien avec Elijah, et pourquoi je pense que nous devons disparaître.

Cela fit l'effet d'une bombe. Le premier moment de stupeur passé, tout le monde se mit à parler en même temps.

Un sifflement strident fit taire les protestations.

Grandma les toisa tous avec sévérité.

— Écoutons ce qu'ils ont à dire. Nous commenterons après. Vas-y, mon garçon.

— Cecilia d'abord.

D'habitude, Cecilia trouvait amusant que Grandma persiste à traiter les frères Wyatt de garçons, ce qu'ils n'étaient plus depuis longtemps, sans qu'aucun d'eux ne proteste.

Mais elle n'avait pas l'esprit à sourire présentement. Mak était sur ses genoux, gesticulant et babillant heureusement dans son langage de bébé, ses grands yeux bruns emplis de confiance.

Et elle savait, sans l'ombre d'un doute, qu'elle allait encore devoir l'abandonner.

Mais d'abord elle devait tout expliquer aux Wyatt et aux Knight. Ensuite, elle réfléchirait à une façon de disparaître et de détourner l'attention d'Elijah.

— Commençons par une question simple, dit Grandma Pauline. À qui est ce bébé ?

Cecilia expliqua qui était Mak et pourquoi elle avait dû le soustraire à Elijah.

— Elijah sait que je l'ai emmené, mais il ne sait pas où. Notre priorité est donc de garder le secret sur sa présence parmi nous.

— Je peux compter sur vous tous ? demanda Brady, d'un ton sévère.

Il avait un air sombre, presque menaçant, qui ne lui ressemblait pas. Brady avait toujours été un négociateur, un pacificateur, un homme de compromis…

Elle n'aurait jamais pensé qu'il pouvait être comme ça, brutal, en colère, contenant à peine son irritation, et c'était plutôt déstabilisant.

Finalement, elle ne le connaissait pas aussi bien qu'elle le pensait.

— Je voulais tous vous prévenir pour éviter que Rachel ne soit prise entre deux feux…

Rachel voulut protester, mais Cecilia ne lui en laissa pas l'occasion.

— Il y avait une vague menace à la réserve, et j'ai estimé qu'elle n'y était pas en sécurité. Quiconque l'accompagnera deviendra une cible aussi. Elijah sait que j'ai emmené Mak, et s'il ignore pour le moment où il est, tout mon entourage sera suspecté. Donc, vous devez tous être au courant. Mais il faut que je retourne travailler et, si Elijah veut me suivre, grand bien lui fasse.

— Non ! dit Brady, comme s'il avait son mot à dire sur le sujet.

— Je crois que je suis assez grande pour prendre mes propres décisions.

— Non, répéta Brady.

— Et pour quelle raison, je te prie ?

— Elijah Jones est un sociopathe. Et aussi un meurtrier, même si je n'ai jamais réussi à le prouver. Il est le fils spirituel d'Ace, et ça fait huit ans qu'il me nargue, en particulier parce que j'ai été le premier Wyatt à avoir la malchance de l'arrêter.

— Tu le connais donc, dit Jamison, d'un ton parfaitement placide.

Cecilia ne crut pas une seconde à cette apparence de calme.

— Un membre des *Sons of the Badlands*, qui idolâtre notre père, t'a pris pour cible, et c'est la première fois que nous en entendons parler ? Huit ans après ?

Brady garda le silence un moment, et une partie de son stoïcisme naturel reprit le dessus. Mais son poing était toujours serré le long de son corps.

— Je pense qu'il se serait accommodé de n'importe quel Wyatt, finit-il par déclarer, ignorant délibérément la question de Jamison. J'ai eu de la chance.

— Comment cela ? demanda son frère aîné.

— C'était surtout de mauvaises blagues. Des menaces, parfois. Rien de concret ni de dangereux. C'était juste pour me narguer. C'est pour cette raison que je ne vous en ai pas parlé.

— Mais quelle est sa motivation ? Ace est en prison. Il n'a pas besoin d'essayer d'attirer ses faveurs en rendant la vie impossible à un de ses fils.

Cecilia n'aurait pas pu dire qui avait posé la question. Elle était trop occupée à regarder Brady.

— Je n'en sais rien. Si j'avais compris, j'aurais déjà réglé le problème.

Il retrouvait peu à peu son calme. La flamme dans ses yeux s'était éteinte, la tension dans ses bras avait disparu. Il était toujours sur le qui-vive, mais la colère s'en était allée.

Ou alors, il la cachait bien…

— Il n'a pas rendu visite à Ace, dit Jamison. Si c'est son protégé, ils n'ont pas communiqué depuis qu'Ace a été incarcéré.

Cecilia soupira.

— Elijah se moque de l'approbation d'Ace. Il ne veut pas être à son service. Il veut le remplacer. Il veut diriger les *Sons of the Badlands*.

Du bout des doigts, elle caressa la petite joue de Mak, creusée par une adorable fossette.

— S'il vise un Wyatt, c'est que votre famille est l'ennemi des *Sons of the Badlands*. Vous êtes leur plus grande menace, à présent. Vous avez fait tomber Ace et Tony.

— Oui, mais ça a commencé, il y a huit ans, remarqua Jamison.

— C'est vrai. Il y a peut-être une autre raison… J'ignore laquelle. Je ne savais pas non plus qu'il harcelait Brady. Tout ce que je peux affirmer, c'est qu'Elijah veut diriger le gang. C'est pour ça qu'il recrute dans la réserve. Plus il aura de partisans, plus aura de pouvoir.

— Il pourrait créer son propre gang, suggéra Dev.

— Pourquoi se donner cette peine, quand il a à sa disposition la plus grande et la plus dangereuse organisation criminelle de la région ? Je ne dis pas qu'il l'a toujours envisagé. Je dis que les choses ont changé quand Ace a été arrêté. Elijah a changé depuis quelque mois. Il a toujours eu son propre petit groupe, mais ce n'est pas suffisant pour lui. Il veut les *Sons of the Badlands.*

Cecilia baissa les yeux vers Mak, qui s'était endormi dans ses bras, indifférent à ce qui se jouait autour de lui.

— Mais surtout, il veut son fils.

— Eh bien, c'est réglé, alors, déclara Jamison.

Insensiblement, presque malgré lui, il avait endossé le rôle du chef de famille.

— Tout le monde se tient tranquille jusqu'à ce que nous en sachions plus sur les intentions d'Elijah. Ou, mieux encore, jusqu'à ce que nous ayons un motif pour l'arrêter.

Cecilia détacha les yeux de Mak et croisa le regard de Brady.

La colère était de retour. Mais il n'affronta pas Jamison. Il se contenta de la regarder elle, comme s'il savait ce qu'elle mijotait.

Mais c'était impossible. Et, quand bien même il en aurait été capable, il ne pourrait jamais la stopper.

Personne ne le pouvait.

7

— Elle va filer.

Brady faisait les cent pas. Cela faisait des mois qu'il ne se sentait plus lui-même, mais ces derniers jours avaient mis à mal ses mécanismes de survie, tous ces filtres qu'il entassait pour masquer ses véritables sentiments.

Il n'était pas comme son père.

Voilà ce qu'il voulait absolument prouver. Aux autres comme à lui-même.

Ce matin, c'était pire. Tout le monde semblait se satisfaire de traîner autour de Grandma Pauline, d'écouter attentivement les mesures de sécurité prises par Cody et d'attendre.

Mais lui ne pouvait pas attendre. Il savait que Cecilia allait faire quelque chose de stupide. Elle était trop impulsive, trop à fleur de peau. Elle allait essayer de lancer Elijah sur une fausse piste, et il semblait être le seul à le comprendre.

— Cecilia est plus intelligente que ça, affirma Tucker, en enfournant une fourchette d'œufs brouillés.

Il était assis à la table de la cuisine, vêtu d'un des costumes qu'il portait pour son travail d'inspecteur, et prêt à partir pour le commissariat. Même s'il ne vivait pas habituellement au ranch, il avait décidé de s'y installer quelque temps pour protéger Mak.

— Absolument pas ! protesta Brady. On dirait que tu ne la connais pas.

— Elle est flic.

— C'est un électron libre.

Elle l'avait toujours été.

— Je crois que tu la sous-estimes, rétorqua Tucker.

Et sa condescendance le fit grincer des dents, mais Brady prit sur lui. Répliquer que c'était plutôt Tucker qui la sous-estimait aurait été puéril. Et pourtant, c'était vrai.

Si personne ne voulait l'écouter, il allait devoir prendre les choses en main.

Il avait à moitié envisagé de faire diversion lui-même, mais il ne pensait pas qu'Elijah tomberait dans le piège. Sa cible, c'était Cecilia.

— Comment va ton épaule ? demanda Tucker.

— Mieux, répondit Brady, sans y penser.

Il avait un peu moins mal dernièrement. Peut-être la troisième tournée d'antibiotiques avait-elle fait effet, cette fois.

— Quand as-tu rendez-vous chez le médecin ?

Brady s'étonna de cet intérêt nouveau pour sa santé.

— La semaine prochaine.

Tucker hocha la tête.

— Je veillerai à ce que tu ne le rates pas.

Il se leva, alla déposer son assiette dans l'évier et quitta la pièce sans rien ajouter.

Médusé, Brady le suivit des yeux. C'était une façon pas très subtile de lui faire comprendre qu'il ne devait pas quitter les parages.

Grandma Pauline entra d'un pas alerte, un panier d'œufs arrimé à son bras.

Elle enveloppa Brady d'un regard observateur.

— Tu as meilleure mine.

— Je me sens mieux.

— Bien. Quand pars-tu ?

— Qu'est-ce qui te fait croire que je vais partir ?

— Ne t'imagine pas que je ne suis pas capable de lire en toi, mon garçon. Et je devine aussi ce que Cecilia a en tête. Vous avez chacun l'intention de filer en douce et de partir en cavale. Alors, c'est prévu pour quand ?

— Je...

Il ne pouvait pas mentir à sa grand-mère. Il avait déjà essayé, et ça ne marchait pas. En outre, elle semblait approuver sa décision.

— Je voulais intercepter Cecilia, puis la convaincre que nous pourrions tous les trois...

— Non ! Tu laisses le bébé ici.

— Mais...

— L'endroit le plus sûr pour lui, c'est ici. Surtout si Cecilia et toi partez ensemble. Nous avons fait la même chose avec Brianna, quand Cody et Nina étaient absents.

— Uniquement parce qu'ils ont été pris dans une embuscade en revenant de la prison, tint à rappeler Brady. Ils n'auraient pas laissé Brianna par choix.

Quand Ace avait envoyé des hommes menacer Nina, cette dernière avait appelé Cody à l'aide. Ils avaient été séparés de leur fille et avaient tenté de survivre aux multiples agressions dont ils avaient été victimes.

— Ils auraient fait le choix de me la laisser, affirma Grandma Pauline. Et ils le referaient si c'était nécessaire. Et tu oublies que ce petit ne peut pas se cacher ou se taire sur commande. Et vous serez retardés si vous devez transporter des couches, du lait et un lit pliant.

La vieille dame posa son panier et frappa dans ses mains.

— Au lieu de perdre ton temps à discuter avec moi, tu ferais mieux de surveiller ce que fait Cecilia.

— Pourquoi ?

Grandma Pauline leva les yeux au ciel.

— Tu ne crois quand même pas qu'elle va attendre la nuit pour filer ? Elle l'aurait fait hier, si ça avait été son intention. À mon avis, elle va trouver un prétexte pour aller en ville. Elle insistera pour ne pas se faire accompagner et elle disparaîtra dans la nature.

Brady resta sans voix quelques instants. Évidemment, c'était très exactement ce que Cecilia allait faire. Il s'attendait à un subterfuge plus élaboré, mais elle n'en avait pas besoin, puisqu'elle était une adulte libre d'aller et venir sans surveillance.

— Je t'ai préparé un sac de voyage.

Brady dévisagea sa grand-mère avec stupeur.

— Pourquoi tu ne t'es pas énervée, la nuit dernière, en disant à tout le monde que leur plan n'était pas le bon ?

— À quoi bon discuter avec vous ? Vous finissez toujours par faire ce que vous voulez, de toute façon. Prends la voiture que Liza a empruntée. Le coffre est déjà rempli de victuailles et de fournitures. Ne laisse pas cette fille échapper à ta surveillance. Vous êtes assez grands pour vous débrouiller tout seuls, c'est vrai. Mais la situation est dangereuse, ce qui veut dire que vous devez prendre soin l'un de l'autre. Et soyez sûrs que nous nous occuperons bien du petit.

Brady embrassa affectueusement sa grand-mère,

même s'il savait qu'elle détestait les effusions et les attendrissements.

— Je sais que tu n'aimes pas l'entendre, mais nous aurions tous été perdus sans toi. On nous aurait séparés, et nous nous serions retrouvés comme ce pauvre bébé.

Grandma Pauline marmonna et le chassa d'un geste impatient de la main.

— File, maintenant.

Le timing était tout quand une personne planifiait son évasion.

Bon, le terme d'évasion était peut-être un peu exagéré. Cecilia n'était pas retenue prisonnière. Elle essayait seulement d'échapper aux conseils et admonestations de sa famille.

Ce matin, elle avait attendu que Duke et Sarah soient partis s'occuper du bétail. Cody, Nina et Brianna avaient passé la nuit au ranch des Knight, mais Nina avait emmené Brianna au ranch des Wyatt pour les cours à domicile de la fillette. Cody installait une caméra de surveillance et une alarme sur le portail. Il ne restait plus à Cecilia qu'à entendre que Rachel fasse couler l'eau de la douche pour filer en catimini.

Ils avaient décidé qu'il était plus sûr que Mak reste au ranch des Wyatt, d'autant qu'ils avaient déjà le lit pliant, la nourriture et les couches que Brady avait apportés. Il n'y avait rien chez les Knight, et il aurait fallu transporter des affaires de bébé, ce qui aurait pu attirer l'attention.

Cecilia aurait pu passer la nuit chez les Wyatt, mais elle avait préféré rentrer hier soir. Elle avait besoin de ça pour reprendre ses esprits et se préparer à affronter la journée qui s'annonçait.

Un petit mot laissé à l'intention de sa famille, un circuit discret à travers le domaine pour emprunter l'ancien chemin d'accès, en évitant soigneusement les pâtures où officiaient Duke et Sarah, et elle serait libre comme l'air.

Son cœur se serra à l'idée de causer de l'inquiétude à sa famille, mais elle n'avait pas le choix. Aucun argument ne leur ferait accepter qu'elle fût la cible principale d'Elijah, et qu'elle devait s'en aller pour leur éviter de courir un danger.

C'est pourquoi, comme elle avait appris à le faire quand elle était adolescente, au lieu de se battre contre le front uni Wyatt-Knight, elle avait choisi un moyen détourné.

Cecilia rédigea son message et décida de ne pas le laisser dans la cuisine, car l'alerte serait donnée trop vite.

Elle avait besoin d'une longueur d'avance.

La boîte aux lettres.

Parfait. Elle y glisserait son message en partant. Duke et Sarah ne relevaient jamais le courrier avant la fin de la journée.

Ça lui laissait tout le temps...

Satisfaite de son plan, elle balança son sac à dos pardessus son épaule et fourra le message dans sa poche. Si elle se faisait prendre, elle dirait qu'elle allait porter quelques affaires pour Mak au ranch Wyatt. Puis elle ferait une autre tentative le lendemain.

Quand elle entendit gargouiller la robinetterie, tandis que Rachel commençait à se doucher, elle inspira profondément et se dit qu'elle avait pris la bonne décision.

Elle faisait cela pour Mak, et c'était tout ce qui comptait.

Ouvrant la porte aussi doucement que possible, elle

inspecta les environs, redoutant de voir Sarah ou Duke rentrer à l'improviste.

Rien. La voie était libre.

Elle se déplaça rapidement et en silence de l'autre côté de la maison, où sa voiture était garée, à l'abri des regards.

Elle s'arrêta net quand elle tourna à l'angle de la façade et découvrit Brady, nonchalamment appuyé contre le capot de sa voiture.

Il abaissa ses lunettes de soleil sur le bout de son nez et fixa son sac.

— Tu vas quelque part ?

Cecilia resta quelques instants sans voix. C'était forcément une coïncidence... Il n'était pas là parce qu'il savait ce qu'elle mijotait.

Elle continua à avancer, en affichant un air détaché.

— Je vais faire quelques courses.

Brady désigna la voiture aux vitres teintée que Liza avait empruntée la veille, et qu'il avait garée derrière la sienne pour la bloquer.

— Je vais te conduire.

Elle fronça les sourcils, crispant les doigts autour de la bandoulière de son sac.

— Pour quelle raison ?

— Tu ne pourras pas aller très loin avec ce pneu galette, et j'ai dans l'idée que tu vas faire quelques kilomètres.

Cecilia avait oublié qu'elle avait été victime d'une crevaison la veille, et que la roue de secours d'épaisseur réduite n'était pas faite pour les longs trajets. Zut ! Voilà qui n'arrangeait pas ses affaires.

— Je ne vois pas ce que tu veux dire.

— Bien sûr. Mais je vais te conduire quand même.

— Je n'ai pas besoin d'un chauffeur, Brady. Retourne au ranch et repose ton épaule.

Il fit rouler l'épaule en question.

— Je suis en pleine forme. Je pense que l'infection a disparu, cette fois. Ça tombe à pic, non ?

Cecilia ne savait pas à quoi il jouait, mais elle commençait à perdre patience.

— Fiche le camp, Brady. J'ai des choses à faire, et ça ne te concerne pas.

— Nous savons tous les deux que c'est faux.

— Si tu le dis, marmonna Cecilia.

Elle n'avait pas envie de perdre son temps à se disputer avec lui.

Comme elle se dirigeait vers sa portière, Brady lui barra le chemin.

Elle s'énerva et lui donna une bourrade dans le torse. Il ne bougea pas.

— Je n'ai pas peur de te faire mal, Brady.

— Essaye toujours.

Son arrogance la mit hors d'elle, et elle frappa, sans calculer ni l'angle ni la portée de son coup.

Brady intercepta le coude qu'elle s'apprêtait à enfoncer dans son estomac, lui replia le bras dans le dos et la plaqua contre la voiture, comme s'il voulait la menotter.

Le souffle court, elle tourna la tête vers lui.

— Avec ta mauvaise épaule, je pourrais me libérer en cinq secondes, si j'en avais envie.

Même s'il commençait à cicatriser, un coup bien placé sur sa blessure le mettrait à genoux.

Il ne cilla même pas.

— Vas-y, ne te gêne pas.

Cecilia se contenta de ricaner. Le corps de Brady était

beaucoup, beaucoup trop près du sien. Elle sentait sa chaleur. Et il n'avait pas besoin de la toucher ailleurs qu'au bras pour qu'elle ait conscience de sa force.

Et ce n'était vraiment pas le moment de se demander ce qu'elle ressentirait s'il la touchait ailleurs.

— Elijah sait que tu as Mak, dit-il, d'une voix aussi tranchante que la lame d'un rasoir. Il ne renoncera pas tant qu'il n'aura pas découvert ce que tu en as fait. Et il m'en veut à moi aussi. Nous sommes dans le même bateau. En restant ici, on fait venir Elijah jusqu'à Mak. Mais, si on part ensemble, on l'envoie vers une fausse piste.

Cecilia dut reprendre son souffle avant de parler.

Elle avait déjà bien du mal à se concentrer sur ce que disait Brady, alors qu'une troublante chaleur l'envahissait, et qu'un vide étrange creusait son ventre.

— Qu'est-ce que tu suggères ? parvint-elle finalement à répliquer.

Cependant, sa voix n'était pas sans évoquer le coassement d'une grenouille.

— Que nous fassions ça ensemble.

8

La tête lui tournait légèrement, et Brady avait du mal à ne pas se laisser submerger par cette sensation.

Qu'est-ce qui lui avait pris de plaquer Cecilia contre la voiture ?

Était-ce une façon de prouver qu'il était physiquement plus fort qu'elle ?

Il savait très bien de quoi était capable Cecilia. Elle ne s'était pas donnée à cent pour cent dans cette bagarre à cause de son épaule blessée. Tout comme il s'était retenu parce qu'il ne voulait pas lui faire de mal.

Alors, pourquoi s'obstinait-il à se coller à elle, au risque d'éveiller ses sens ?

La chaleur qu'il ressentait dans le bas du ventre aurait dû lui tenir lieu d'avertissement.

Il ne devait pas y céder, y trouver satisfaction.

Et pourtant il se grisait de son parfum, du contact avec son corps…

Après tout, était-ce si grave ?

Non, ce n'était pas possible. Il n'était pas ce genre d'homme.

Il la libéra brusquement.

Ce n'était pas très malin. Ça en disait beaucoup plus que ce qu'il était prêt à admettre.

Il se retint de passer la main sur son visage. D'inspirer profondément, comme il en avait envie. Il essaya de s'imaginer pris dans une gangue de glace, pour bloquer toute réaction intempestive.

Que lui arrivait-il ? Il avait l'impression qu'un monstre s'était libéré, refusant de rester en cage.

Il n'était pas attiré par Cecilia.

Elle l'agaçait. Elle le défiait. Elle le poussait dans ses retranchements... Ça n'avait rien à voir avec de l'attirance.

C'était une aberration. Une hallucination.

— Monte dans la voiture, Cecilia, ordonna-t-il, sans rien laisser paraître de ce qu'il ressentait.

Elle s'était retournée mais, contre toute attente, elle restait collée à la voiture, comme si elle avait peur de bouger.

C'était ridicule. Cecilia n'avait jamais peur. Et surtout pas de lui.

Mais il voyait son pouls battre à la base de son cou. Sa respiration était irrégulière, ses lèvres entrouvertes...

Brady eut conscience que quelque chose vibrait en lui, qu'il se refusait à reconnaître ou à nommer.

— Quelqu'un d'autre sait ? demanda-t-elle finalement.

Sa voix n'était qu'un murmure.

Brady s'efforça de retrouver son calme. Quand il parla, sa voix était sous contrôle.

— Grandma Pauline. C'est elle qui m'a convaincu de t'accompagner. Elle pense que nous devrions laisser Mak ici.

Cecilia hocha la tête.

— Il y sera plus en sécurité qu'avec moi.

Brady voyait bien que ça lui faisait de la peine. Il en était lui-même attristé. Le fait de s'occuper de Mak avait éveillé en lui un instinct paternel dont il se croyait dénué.

— Il sera plus en sécurité loin de nous, corrigea Brady. Moi aussi, je suis la cible d'Elijah.

Cecilia s'écarta de la voiture et se dirigea vers celle aux vitres teintées.

Ils s'y installèrent silence.

Brady jeta un coup d'œil à Cecilia tandis qu'il mettait le contact.

Elle avait les mains croisées sur ses genoux et regardait droit devant elle.

De longues mèches de cheveux noirs qui s'étaient échappées de sa natte encadraient son visage.

Il avait l'impression de la connaître depuis toujours. Elle lui était aussi familière que ses frères.

Mais il réalisait qu'il était en train de la dévisager, ce qu'il n'avait pas à faire. Il n'avait pas non plus à en être affecté.

— Tu sais, ça lui apporterait le respect. À Elijah. De s'en prendre aux frères Wyatt.

Brady s'efforça de suivre le fil des pensées décousues de Cecilia. Ça avait au moins le mérite de faire diversion à des considérations qui commençaient à le déranger.

— Les frères Wyatt qui ont quitté le camp, continuait-elle. Qui sont passés du bon côté de la loi. Qui ont trahi leur père et le gang. Qui ont envoyé Ace en prison. Je suis sûre qu'il y a plein de types là-bas qui l'admirent. Si Elijah s'en prend à nous, je suis certaine qu'il gagnera le respect de ceux qui suivent Ace, encore aujourd'hui.

Brady manœuvra la voiture et s'engagea sur l'ancien

chemin d'accès au ranch, où poussaient maintenant des herbes folles.

— C'était si difficile que ça, De grandir au milieu des *Sons of the Badlands* ? demanda soudain Cecilia.

Elle avait les mains tellement crispées que ses jointures avaient blanchi. Si Brady ne l'avait pas mieux connue, il aurait pu penser qu'elle avait peur.

Fermant un instant les paupières, elle secoua la tête.

— Je ne sais même pas pourquoi je pose la question. Bien sûr que ce doit être affreux de grandir dans un gang.

— Je ne l'aurais pas réalisé si je n'en étais pas sorti. Je savais que c'était...

Il marqua une hésitation.

— Mal n'est pas vraiment le mot. Quand tu n'as aucun élément de comparaison, tu ne sais pas ce qui est bien ou mal. Mais je ne me sentais pas à ma place. Ce qu'ils faisaient me mettait mal à l'aise. Et Jamison se rappelait l'époque où il vivait avec maman et Grandma Pauline.

Brady resta un instant silencieux, les yeux perdus dans le vague.

— Il pouvait faire la part des choses. Il nous a permis de croire qu'il y avait un autre genre de vie, et que nous la méritions. S'il était confié à son père maintenant, Mak n'aurait pas cette chance.

— Tu crois que tu aurais réagi différemment si Jamison n'avait pas été là ?

Il s'était souvent posé cette question. Aurait-il choisi la voie du mal si son frère ne l'avait pas aidé à y voir clair ?

— Je ne le saurai jamais.

Le silence s'installa dans la voiture pendant les dix minutes du trajet jusqu'à l'entrée de l'autoroute.

— Où allons-nous ? demanda Cecilia.

À son grand soulagement, elle était redevenue elle-même. Calme et prête à se battre contre l'adversité.

— C'est une excellente question. Tu as des suggestions ?

Elle ouvrit de grands yeux.

— Pardon ? Tu n'as rien prévu ?

Elle s'efforça de respirer calmement et de ne pas céder à la panique, même si c'était précisément cette sensation qui lui nouait la gorge.

— J'avais un plan, dit-elle, d'un ton de reproche. Tu t'en es mêlé et tu as tout gâché.

Elle soupira.

— Je n'arrive pas à croire que tu n'aies rien prévu. Ça ne te ressemble tellement pas.

— On trouvera un endroit où faire étape. Nous contacterons alors Elijah et nous verrons s'il essaye de s'en prendre à nous.

Cecilia s'énerva.

— « Un endroit », ce n'est pas un plan. « Nous verrons », ce n'est pas un plan.

Brady leva les yeux au ciel.

— On va s'en occuper. Que penses-tu de mon appartement ?

— Pas assez loin. Et ça mettrait trop d'innocents en danger. Pareil chez moi. Il pourrait s'en prendre à mes voisins.

— Où pensais-tu aller ?

— Dans des motels, ici et là. Je voulais donner l'air d'être aux abois, d'essayer de le semer…

Elle jeta à Brady un regard condescendant qu'il ne vit pas, car il avait les yeux rivés sur la route.

— Tu ne peux pas prendre contact avec lui. Ce serait trop évident.

Brady haussa négligemment les épaules.

— Je pense qu'Elijah aime l'évidence.

— Peut-être. Mais il aime surtout inspirer la peur.

Cecilia regarda défiler l'autoroute devant eux, les collines où l'automne imprimait déjà sa marque rougeoyante sur les feuillages...

Peu à peu, le paysage se transformait en désert rocheux, annonçant les territoires arides des Badlands.

— Si nous faisons mine de fuir, il nous poursuivra, reprit-elle. Il a l'instinct du chasseur. Comme tu l'as dit, c'est un sociopathe.

Elle resta pensive un moment.

— Ce que je me demande, c'est comment des gens peuvent avoir envie de suivre des types comme lui ou comme Ace.

— En se regroupant, ils normalisent leurs déviances et leur absence d'empathie. C'est comme ça que des bandes comme les *Sons of the Badlands* se forment. Des personnes avec toutes sortes de problèmes mentaux trouvent une justification à leur comportement et y laissent libre cours, poussés par une sorte d'émulation.

Brady tourna brièvement la tête vers elle.

— On leur dit que tout ce qui est hors du groupe est l'ennemi. S'ils sont pauvres, s'ils ont souffert, c'est à cause des autres. Et s'ils s'en prennent à eux, alors ils finiront par être heureux...

— Ce n'est pas dénué de sens...

— Mais ne te trompe pas, Cecilia. Les types comme Elijah ou Ace sont pires. Ils savent ce qu'ils font. Ils savent comment manipuler les gens. Ils ne méritent aucune compassion.

— Est-ce que j'ai l'air d'une fille compatissante ?

— Tu ne manques pas d'empathie.

— Bah, tu sais ce que c'est. Quand tu fais ce métier depuis longtemps, ça finit par t'endurcir. C'est difficile de regarder les gens prendre sans cesse les mauvaises décisions, sans développer une certaine forme de cynisme.

Cecilia ne savait pas trop pourquoi elle avait dit ça. Ce n'était pas dans ses habitudes de reconnaître qu'elle était devenue cynique. Mais elle savait que Brady comprendrait, même s'il n'envisageait pas son métier tout à fait de la même façon qu'elle.

— Je pense que ce que tu as fait pour ton amie et pour Mak, que ce que tu peux parfois ressentir les mauvais jours, ne correspond pas à ce que tu es vraiment.

Il parut hésiter, avant de poursuivre.

— Ce n'est pas une critique, mais... Si tu perds toute ton humanité, insigne ou pas, tu deviens comme Ace ou Elijah.

La façon dont il le dit noua l'estomac de Cecilia.

— Tu as peur que ça t'arrive ?

Il avait les yeux rivés sur la route, les doigts crispés autour du volant.

— Parfois.

— Tu ne devrais pas. Je ne connais pas de meilleur homme que toi, Brady.

— Duke, répondit-il, spontanément.

Cecilia comprit qu'il essayait de détourner l'attention.

— Duke est un homme merveilleux.

Elle n'aimait pas s'attendrir. Il lui semblait que c'était une faiblesse. Mais c'était Brady qui avait abordé le sujet.

Et, vraiment, elle était intimement convaincue qu'il était le meilleur de tous.

— C'est une formidable figure paternelle. Mais c'est un vieux cow-boy un peu misogyne, avec un caractère de chef de clan, qui n'a pas compris que ses filles étaient adultes.

Elle observa Brady du coin de l'œil.

— Jamison est un peu comme ça. Il s'occupe de vous tous comme si vous étiez encore des enfants. Ça n'en fait pas de mauvaises personnes, mais… tu n'es pas comme ça.

Brady s'agita nerveusement sur son siège, comme s'il était gêné par le compliment.

Les frères Wyatt n'avaient sans doute pas l'habitude qu'on leur dise des choses gentilles. Grandma Pauline était extraordinaire, mais elle avait un caractère bien trempé et détestait les minauderies et les attendrissements.

— Je crois que c'est parce que je suis l'enfant du milieu. Un pied chez les jeunes, et un pied chez les plus âgés. Je suis un peu obligé de comprendre tout le monde.

Il lui glissa un regard.

— Remarque, ma théorie ne vaut pas pour toi. Tu es au milieu aussi et tu traites quand même Rachel et Sarah comme des bébés.

Cecilia se rembrunit.

— Pas du tout !

— D'accord.

Elle le dévisagea avec exaspération.

— Ne me dis pas d'accord sur ce ton-là. Je ne les traite pas comme des bébés !

Elle essayait d'être gentille et réconfortante, et il lui faisait la leçon. Quel crétin !

— OK. Tu ne les traites pas comme des bébés, mais carrément comme des nourrissons tout juste nés.

Elle resta bouche bée.

Incroyable ! Il osait la critiquer. Et sur sa façon de se comporter avec ses sœurs, qui plus est.

D'abord, ça ne le regardait pas, et il ne pouvait pas se prévaloir d'une quelconque expérience en la matière.

— J'étais aimable avec toi.

— Oui, et je te dis la vérité.

Il employait un ton parfaitement détaché, comme s'ils n'étaient pas du tout en train de se disputer.

— D'ailleurs, tu sais que c'est vrai, sinon ça ne t'énerverait pas autant.

D'un geste du menton, il désigna le panneau routier répertoriant les trois prochaines villes.

— Tu as un motel en tête ?

Cecilia croisa les bas sur sa poitrine et s'efforça de se calmer.

Elle ne traitait pas du tout ses sœurs comme des bébés. Elle les protégeait, tout simplement. Parce qu'elle savait combien le monde était dangereux et laid.

Tant pis pour Brady s'il était incapable de comprendre ça.

Ils n'allaient pas passer la journée là-dessus. Ils avaient d'autres problèmes plus importants à régler.

— L'Oiseau moqueur à Dyner, proposa-t-elle.

Brady tiqua mais hocha la tête.

— Très bien.

— J'espère que tu as emporté ta combinaison de décontamination.

9

Brady prit la direction du motel minable cité par Cecilia.

Il n'aurait pas fait ce choix, mais il comprenait pourquoi elle l'avait choisi. Ils devaient donner l'air de vouloir éviter de se faire remarquer.

Un motel où on pouvait louer une chambre à l'heure, et où il fallait payer uniquement en espèces, était l'endroit idéal.

Tant pis pour son confort.

Le plus compliqué serait d'inciter Elijah à se lancer à leur poursuite. Il avait probablement une longue liste d'hommes prêts à exécuter ses ordres… Bien sûr, Cecilia et lui avaient les moyens de les combattre, mais ce serait une inquiétude constante et envahissante.

Brady s'arrêta à une centaine de mètres de l'Oiseau moqueur et se tourna vers Cecilia, qui boudait toujours.

Il ne savait pas pourquoi ça l'amusait autant. Il aurait dû ressentir de l'irritation, ou de la frustration, mais il avait plutôt envie de rire.Toutefois ce n'était vraiment pas l'endroit ni le moment pour ça, et il s'exhorta à se concentrer sur leur affaire.

— Je crois que tu devrais y aller seule. Nous devrions essayer de faire croire que tu fuies seule. Ce sera plus facile de le piéger ainsi.

Cecilia le regarda avec surprise.

— C'est exactement ce que j'allais dire.

— Alors, nous sommes sur la même longueur d'onde.

Elle se tourna sur son siège pour le dévisager, comme si elle était surprise qu'ils parviennent à tomber d'accord.

— Tu ne vas pas jouer les machos et prétendre que j'ai besoin d'un homme pour me protéger ?

— Non. D'abord parce que tu n'as pas besoin d'un homme. Il te faut juste un coéquipier. Et ensuite, parce que, si Elijah est vraiment comme Ace, alors il sous-estime les femmes. Ce qui veut dire que, s'il croit que tu es seule, il ne pourra pas résister. Ce n'est pas dans son schéma de pensée d'imaginer qu'il puisse être battu par une femme.

Elle hocha la tête, l'air sombre.

— Alors, quoi ? Je fais les derniers mètres à pied et tu attends ici.

— Exactement, dit-il.

Mais cette perspective le rendait nerveux.

— Surveille si quelqu'un te suit. Garde ton téléphone et ton arme à proximité.

Elle leva les yeux au ciel.

— Tu me prends pour une débutante ?

— Excuse-moi.

Elle secoua la tête, avant de fouiller dans son sac à dos. Elle en sortit un holster, dans lequel elle glissa son arme.

— Je pense que tu devrais attendre jusqu'à la tombée de la nuit, pour éviter que quelqu'un te voie.

Brady consulta sa montre.

Non. Ça ferait trop longtemps à attendre.

— Envoie-moi le numéro de la chambre par texto et laisse-moi décider de la suite.

— On veut que tout le monde pense que je suis seule. Donc, aucun employé ne doit pouvoir vendre la mèche auprès d'Elijah ou ses hommes. Le problème, c'est que tu ne passes pas inaperçu.

— Comment ça ?

— Tu es...

Elle agita la main, le désignant de la tête aux pieds.

— Grand.

Il haussa un sourcil.

— Allons, tu es typiquement Wyatt : grand, baraqué... Et il n'y a pas besoin d'être un génie pour comprendre. On ne peut pas te confondre avec quelqu'un d'autre.

Elle avait probablement raison. Même s'il lui en coûtait de l'admettre, ses frères et lui ressemblaient à Ace.

Cecilia se glissa hors de la voiture.

— Attends qu'il fasse nuit, insista-t-elle, avant de refermer tout doucement la portière.

Brady n'aimait pas qu'on lui dise ce qu'il devait faire. Et il aimait encore moins la façon dont Cecilia avait mis fin à la conversation, comme s'il fallait absolument qu'elle ait le dernier mot.

Ils étaient supposés être des coéquipiers, travailler ensemble...

Il pourrait très bien sortir de la voiture et la suivre. Il pourrait aussi aller se garer sur le parking du motel... Il y avait des quantités de choses qu'il pouvait faire. Ce n'était pas elle qui menait les opérations.

Mais ils étaient tombés d'accord sur ce plan, et il savait que c'était le meilleur.

Il n'empêche que ça l'ennuyait qu'elle marche toute seule dans la rue. Qu'elle prenne une chambre toute seule...

Il ne saurait même pas si elle avait été interceptée.

Les doigts crispés autour du volant, il essaya de ne pas envisager les pires scénarios.

Mais le décor en lui-même les inspirait.

Il s'était garé le long du trottoir d'une rue passablement désertée. Des magasins vides. Certains avec des vitres cassées dans les étages supérieurs. Deux voitures rongées par la rouille, dont l'une avait un pneu à plat.

S'il faisait marche arrière, il trouverait une ruelle pas très large, mais suffisamment pour y engager la voiture. De là, il pourrait se faufiler jusqu'au motel et y accéder par la cour arrière.

Ensuite, il pourrait vérifier si tout allait bien, et si personne n'avait approché Cecilia.

Durant le trajet, il n'avait remarqué aucune filature et il était à peu près sûr qu'on ne les avait pas encore trouvés.

Le motel était une vieille bâtisse tout en longueur, adossée à un petit bois.

Vu de derrière, ce n'était qu'un bloc de béton, percé de minuscules fenêtres qui ne semblaient pas avoir été lavées depuis des décennies. Un passage couvert séparait le bâtiment en deux zones distinctes.

Il sortait du couvert des arbres quand un texto lui communiqua le numéro de la chambre.

Ouvre. Je suis là, dit-il.

La réponse fut conforme ce qu'il attendait.

Je t'avais dit de ne pas bouger.

Il réitéra sa demande.

Ouvre.

Elle ne répondit pas cette fois. Il se dirigea alors vers sa chambre et découvrit qu'elle n'avait pas seulement déverrouillé, mais laissé la porte entrebâillée.

Il se glissa dans la pièce.

Elle ferma la porte derrière lui et la verrouilla.

— Je t'avais dit d'attendre !

Ses yeux lançaient des éclairs.

— Ça aurait été trop long. Et puis, on aurait pu me repérer dans la voiture. Tu as identifié des signes de filature ?

— Non. Et toi ?

Il secoua la tête.

— Ils ne sont pas encore sur nos traces.

— Ça veut dire qu'ils rôdent autour des ranchs. Je n'aime pas ça.

— Moi non plus, mais tu as dit toi-même qu'on ne pouvait pas prendre contact directement avec Elijah.

Brady regarda autour de lui. La pièce sentait le tabac froid et l'humidité. Il était certain que la literie n'avait pas été changée depuis les années 1990 au moins. Tout avait l'air sale.

— J'ai donné un faux nom à l'accueil. On ne m'a pas demandé de pièce d'identité.

Les bras croisés autour de sa taille, Cecilia arpentait la moquette usée jusqu'à la corde.

— Ça m'angoisse d'attendre ici qu'on nous trouve, pendant qu'Elijah risque de s'en prendre à nos familles.

— Cody s'en occupe.

Cecilia ne répondit rien à cela, mais Brady voyait bien qu'elle avait des doutes.

Il n'en était pas exempt lui-même. Même si Cody s'était entraîné avec la CIA, et faisait partie d'une unité secrète dont la mission était de faire tomber les *Sons of the Badlands*, aucun dispositif de sécurité n'était fiable à cent pour cent.

— Demain, nous irons vers l'est, dit-il. C'est moi qui m'enregistrerai dans un motel, et tu attendras dans la voiture. On alternera ainsi, en allant dans des directions différentes, en réservant pour deux ou trois jours en n'y restant qu'un. Je pense qu'il ne suivra que toi. Mais, s'il envoie aussi des hommes après moi, ça va réduire ses ressources.

— Ce n'est pas toi qui assures le commandement. Tu ne peux pas tout décider dans ton coin et me donner des ordres.

— Ce n'était pas un ordre.

Les bras croisés, elle redressa le menton, d'un air de défi.

— Ah, non ?

— Mon plan ne te plaît pas ?

Elle faisait la grimace, les lèvres pincées, le nez plissé.

— Là n'est pas la question.

— Et alors, quoi ?

— Tu m'énerves.

— Je ne vois pas pourquoi.

— Forcément, tu es un Wyatt.

Elle se laissa tomber sur le lit et continua à bouder.

Impossible de lutter contre Brady quand il avait raison. Personne ne les suivait pour le moment, donc il était normal qu'il l'ait rejointe sans attendre.

Changer de motel dès le lendemain était logique aussi…

Ça fonctionnerait encore mieux s'ils se séparaient, mais le danger serait plus grand. Autant qu'ils fassent équipe.

Mais bon sang, ce qu'il pouvait l'agacer !

Eh bien, puisque c'était comme ça, elle allait tout faire pour l'agacer aussi.

Alors, elle lui sourit.

— Je suppose que nous allons devoir partager le lit ?

S'il y avait une façon de mettre Brady vraiment mal à l'aise, c'était de reconnaître cette petite étincelle de désir entre eux.

— Non.

— Tu as peur que j'abuse de toi ? demanda-t-elle, d'un ton doucereux.

Le regard de Brady s'assombrit, et elle ne put retenir un frisson.

— Nous ne devrions pas dormir en même temps, Cecilia. C'est une question de bon sens.

Oh ! comme elle détestait ce ton condescendant !

Elle devait réellement avoir un problème pour le trouver aussi attirant, alors qu'il l'agaçait prodigieusement.

Et, franchement, n'était-ce pas pitoyable de chercher à tout prix à le faire sortir de ses gonds ?

— Tu veux appeler le ranch et vérifier si tes bébés vont bien ? Enfin, je veux dire, tes sœurs.

— Je t'ai déjà dit que je ne les traitais pas comme des bébés. Mais je devrais peut-être le faire avec toi, étant donné que tu te comportes comme un gamin de cinq ans.

— C'était juste une plaisanterie, Cecilia, dit-il, d'un ton ennuyé. Laisse tomber.

Chose qu'elle ne pouvait évidemment pas faire.

— Si je suis un peu protectrice envers mes sœurs, c'est parce que je suis flic.

Il leva les yeux au ciel.

Et puis quoi encore ? Pour qui se prenait-il ?

Elle se redressa d'un bond.

— Tu ne peux pas comprendre parce que vous êtes tous des flics, et vous n'avez pas besoin d'être protégés.

— Qu'est-ce que ça change, ce que je pense de ta façon de te comporter avec tes sœurs ?

Elle avait bien conscience qu'il la provoquait délibérément. Et elle devait se montrer plus intelligente que lui. Elle n'avait qu'à laisser tomber.

— Rien. Rien du tout, en fait.

— Eh bien voilà ! On y arrive enfin.

Et il lui tapota le dessus de la tête.

Elle enfonça son index dans son torse. Et elle prenait vraiment sur elle.

Parce que, en réalité, elle avait envie de lui envoyer son poing dans la figure.

— Ne me tapote pas la tête, espèce de crétin arrogant.

— Ne me plante pas ton index dans le torse.

Il lui saisit le poignet et écarta sa main.

Une onde de chaleur courut tout le long du bras de Cecilia, jusqu'à sa poitrine, et son cœur se mit à battre plus vite.

C'était ridicule et tellement puissant, cette chose entre eux.

Et ça n'allait pas en rester là.

À travailler ensemble, à passer toutes les nuits dans la même chambre… Les disputes allaient forcément laisser place à autre chose

L'attirance allait continuer à rôder autour d'eux, jusqu'à ce qu'ils règlent le problème. D'une façon ou d'une autre

Elle chercha son regard.

— On ne peut pas prétendre que ça n'existe pas, Brady.

Il laissa retomber son poignet et se renferma dans sa coquille.

— Regarde-moi faire.

10

Prétendre que ça n'existait pas...

Brady n'avait pas à faire comme si ça n'existait pas. Parce que ce... truc entre eux n'était qu'une illusion forgée par la frustration, la peur et le danger.

S'il y avait la moindre étincelle d'attirance, il était facile de l'éteindre.

Une fois qu'elle aurait cessé d'enfoncer son index dans son torse.

Mais Cecilia n'était pas du genre à reculer devant un défi. Elle affrontait tout bille en tête.

Prétendre que ça n'existait pas...

Visiblement, elle ne savait pas à qui elle s'adressait. Parce qu'il pouvait ignorer des quantités de choses. À commencer par ça.

Il sortit son téléphone de sa poche et appela Cody.

— Il faut que je fasse le point, marmonna-t-il, sans regarder Cecilia.

S'il y eut une réponse, elle n'était pas verbale.

Lorsque Cody répondit, il alla droit au but.

— État de la situation ?

— Tu n'es pas sérieux.

— Pourquoi ?

Cody soupira.

— Vous venez de partir. Nous étions d'accord pour…

— Pour rien du tout. Tu as noté un incident quelconque ?

— On a eu de la visite, mais c'était plutôt discret. Ils doivent savoir que vous n'êtes plus là, et ils ne soupçonnent pas que vous avez laissé Mak avec nous.

— Des nouvelles d'Elijah ?

— Non. Il se fait discret. Où êtes-vous ?

— Il vaut mieux que tu ne le saches pas.

— Je suis passé par là. Ce serait mieux de travailler tous ensemble, plutôt que de faire cavalier seul.

— On verra plus tard. Pour le moment, on s'en tient à cette stratégie.

Avant que Cody ait pu répondre, le téléphone lui fut arraché de la main.

Il se tourna vers Cecilia, l'air sévère.

Elle avait le téléphone collé à l'oreille et ne le regardait pas.

— Cody ? Ouais. Écoute… Tiens-toi à l'écart d'Elijah. Ta priorité, c'est Mak. Pour tout le monde là-bas, il n'y a que Mak qui compte.

La réponse de Cody ne dut pas lui plaire, car elle coupa brusquement la communication et jeta le téléphone sur le lit, d'un grand geste agacé.

— C'est très adulte, Cecilia !

— Je fais ce que je veux et je n'ai pas besoin de l'approbation de ton petit frère.

Elle croisa les bras sur sa poitrine.

— Nous devons faire en sorte qu'Elijah nous suive. C'est tout.

— Il ne t'est pas venu à l'idée que je ne cherchais pas une quelconque approbation, mais que je cherchais plutôt à obtenir diplomatiquement que tout le monde soit sur la même longueur d'onde, sans aboyer des ordres ?

Elle balaya cette remarque d'un revers de main.

— Nous n'avons pas le temps pour ces subtilités.

— Et s'ils essayaient eux-mêmes de traquer Elijah ? Tu n'es pas la seule à faire quelque chose uniquement parce que quelqu'un t'a dit de ne pas le faire.

— Ils ne le feront pas, déclara-t-elle.

Et elle avait l'air d'y croire.

— S'ils font ça, nous serons bien plus en danger. Elijah rassemblera ses troupes pour un assaut spectaculaire. Alors que, s'il pense que nous sommes livrés à nous-mêmes, nos chances seront meilleures. Tes frères ne sont pas stupides. Ils y auront pensé...

Elle n'avait pas tort. Même si ses frères désapprouvaient leur plan, ils ne prendraient pas le risque de leur faire courir un plus grand danger encore.

— Tu peux admettre que j'ai parfois raison.

Elle lui adressa un sourire très satisfait.

Puis elle se rapprocha de lui, avec le même regard qu'elle avait eu le soir du nouvel an.

Et elle fit la même chose. Elle posa les mains sur ses épaules, comme si c'était là leur place.

Mais, cette fois, il savait ce qu'elle avait en tête. Elle n'avait pas bu. Elle ne plaisantait pas.

C'était probablement pour affirmer sa supériorité. Pour achever de l'irriter.

Mais rien ne l'obligeait à réagir. En fait, il ne ferait rien. Il resterait parfaitement impassible.

Seulement, elle ne fit pas que laisser ses mains à plat sur ses épaules. Elle les noua autour de son cou, en glissant les doigts dans ses cheveux.

Et elle se plaqua contre lui, provoquant une réaction immédiate de son corps.

Pourquoi cette accélération de son sang dans ses veines ? Pourquoi cette brutale chaleur dans son ventre ?

Il ne voulait pas réagir. Il ne le devait pas.

— Ce n'est que de l'attirance.

Il fallait qu'il le dise à voix haute. Il devait entendre les mots.

Cecilia écarquilla les yeux, faussement innocente.

— Oh ! je croyais que c'était chaste. Sans désir. Juste un conte de fées, avec plein de petits cœurs.

Il soupira et lui attrapa les mains pour les détacher de son cou.

Elle ne se laissa pas repousser, se plaquant de plus belle contre lui, et Brady sentit s'enflammer ses sens.

— Il n'y a pas de raison d'en faire tout un plat, dit-elle, d'une voix enjôleuse. Considère ça comme une façon de faire diversion au stress. Et ne me dis pas que tu ne ressens rien du tout.

— Tu penses que c'est aussi facile que ça ?

Il eut un rire sans joie.

— Qu'est-ce que tu peux être naïve !

Elle semblait un peu choquée. Mais il devait frapper fort pour lui faire entendre raison.

— Tu as oublié le baiser du nouvel an, Cecilia ?

— Non.

— Tu t'es dit que ça ne signifiait rien et tu n'as jamais eu envie de recommencer ?

— Si, mais...

— Tu ne peux pas oublier un simple baiser, mais tu crois que nous pouvons coucher ensemble et ne plus jamais y repenser ?

— Ce n'est pas pareil. C'est juste du sexe.

Il la repoussa et, cette fois, elle ne résista pas.

— Ah bon ? Ça t'est déjà arrivé de coucher avec un homme sans éprouver aucun sentiment, aucune attache ?

— Bien sûr.

— Bien sûr ? Tu dois avoir une vie sexuelle très débridée.

Elle haussa les épaules.

— Tu n'as pas la moindre idée de ce à quoi ressemble ma vie sexuelle.

— En effet. Et je ne préfère pas. Mais le sexe fait changer les choses. Il y a la nudité, l'intimité. C'est sans conséquence quand tu choisis quelqu'un au hasard dans un bar. Par contre, ça pose problème quand on est presque de la même famille.

— Ah bon ? C'est toi qui décides ce qui est bien et ce qui est mal en matière de sexe ?

Bon sang, ce qu'elle pouvait être agaçante ! Il ne savait pas pourquoi, mais il avait terriblement envie de prendre son visage entre ses mains, et de lui montrer ce qu'un vrai baiser, long et passionné, pouvait faire.

Heureusement, il fut distrait par l'alarme de son téléphone.

— Je dois changer mon bandage, dit-il d'un ton sec.

Il prit son sac de voyage et se dirigea vers la salle de bains, en espérant laisser tout cela derrière lui.

Cecilia n'aimait pas particulièrement qu'on lui fasse la morale, ni que quelqu'un d'autre ait raison, et la façon dont Brady s'était comporté avec elle l'exaspérait au plus haut point.

Elle avait envie de bouder mais, surtout, elle se sentait triste.

Elle s'assit sur le lit et posa son menton entre ses mains.

Au fond, Brady n'avait pas vraiment tort. Mais ça lui faisait du bien de se disputer avec lui, de lui tenir tête, parce que ça ne laissait pas beaucoup de place à l'inquiétude. Et Dieu sait qu'elle était rongée par l'anxiété.

« Tu dois avoir une vie sexuelle très débridée. »

Mais, qu'est-ce qu'il en savait ? Il était tellement coincé, pétri de préjugés !

D'accord, il était sexy. Mais il n'avait même pas l'air de s'en rendre compte. Ce baiser échangé avec lui au nouvel an avait été électrique, mais il n'y avait aucune raison de penser que Brady était autre chose qu'un type casanier et dépourvu d'imagination.

Dans ce cas, ça devait vouloir dire qu'elle aimait les types casaniers et dépourvus d'imagination.

Elle entendit bougonner dans la salle de bains et se pencha pour essayer d'apercevoir quelqu'un dans l'entrebâillement de la porte.

Brady était en train de se débattre avec son bandage.

Quelle tête de mule !

Elle se leva et se dirigea vers la minuscule salle de bains.

— Oh ! bon sang, dit-elle, en poussant la porte. Laisse-moi t'aider.

Dans le miroir au-dessus du lavabo, elle vit qu'il grimaçait.

— Je peux me débrouiller tout seul.

— Non.

Elle lui arracha des doigts le flacon de solution antiseptique et commença à désinfecter la plaie, en s'efforçant d'ignorer qu'il était torse nu.

Elle était folle de rage contre lui et elle n'allait certainement pas se pâmer devant sa peau ferme et ses muscles impressionnants.

Elle était au-dessus de ça.

— Ça a l'air d'aller mieux...

Elle toussota.

— Ta blessure.

— Les antibiotiques ont dû faire effet, cette fois.

Il avait cette voix détachée, presque robotique, qui lui donnait envie de hurler.

Elle finit de nettoyer la zone.

— C'est bien.

— Oui.

Cette conversation ridicule lui fit lever les yeux au ciel. Elle sortit une bande neuve de la trousse à pharmacie et lui désigna le lit.

— Va t'asseoir, bon sang.

Il grommela mais obéit.

Elle le suivit et remarqua son dos balafré.

— Où as-tu eu toutes ces cicatrices ? demanda-t-elle.

Pour toute réponse, il se contenta d'un haussement d'épaules.

Cecilia se plaça entre ses jambes pour mieux accéder à son épaule et entreprit de la bander.

La peau de Brady était incroyablement douce, et elle s'amusa du contraste de sa main brune sur l'épaule livide, qui n'avait pas vu le soleil depuis longtemps.

Et puis soudain, quelque chose se passa.

Ce n'était pas l'envie de le narguer.

Ce n'était pas de la gêne, parce qu'elle se trouvait entre ses cuisses écartées et le frôlait à la faveur des mouvements qu'elle faisait pour lui bander l'épaule.

Ce n'était même pas de l'attirance.

Il s'agissait d'un sentiment plus doux, plus tendre... Elle avait envie de lui caresser les cheveux...

Il leva les yeux, et son expression stoïque laissa filtrer quelque chose.

Ce n'était pas de la colère, comme d'habitude.

Ce n'était pas de l'agacement...

Il s'agissait de quelque chose de profond, de sérieux...

Cecilia sentit son cœur s'emballer.

Elle avait envie...

De quoi, exactement ? Elle l'ignorait.

En tout cas, elle n'avait pas envie de lui tenir tête, ou de le narguer, ou de démarrer une dispute. Elle ne voulait même pas essayer de tirer parti de leur attirance réciproque.

— Je sais ce que tu ressens, dit-il, d'une voix posée, réfléchie. Tu as peur pour Mak. Tu t'inquiètes pour ton amie Layla. Ce serait formidable de tout oublier pendant un moment. Mais ça changerait tout entre nous. Que nous le voulions ou non, plus rien ne serait comme avant.

Il avait raison. C'était parfaitement vrai.

Et il y avait une infime partie d'elle qui avait envie de ce changement...

— Cecilia...

— Chut !

Elle prit le visage de Brady entre ses mains et refusa toutes les mises en garde, toutes les barrières qu'elle s'imposait habituellement.

Elle fit quelque chose sans préjugé, sans certitude.

Quand elle posa ses lèvres sur celles de Brady, ce fut avec douceur, avec timidité.

Ce baiser n'avait rien à voir avec celui du nouvel an,

provoqué par l'alcool et l'envie de se comporter scandaleusement, de choquer Brady.

Sa motivation était différente. Elle cherchait le réconfort, la compréhension qu'elle n'avait jamais pu trouver.

Personne ne l'avait jamais comprise. Ni sa famille ni ses amis, et encore moins ses ex.

Tout le monde pensait qu'elle était forte et n'avait peur de rien.

Mais Brady venait de dire qu'elle avait peur pour Mak, et c'était vrai.

Et c'était pour ça qu'elle l'embrassait avec une douceur dont elle ne se serait jamais crue capable.

Il lui rendit son baiser. Pas en réaction, par automatisme, sous l'effet de la surprise. Non, c'était un vrai baiser, tendre et sensuel, sans être véritablement passionné.

C'était doux, réconfortant...

Mais elle ne tarda pas à se sentir vulnérable. Son cœur s'amollissait. Elle commençait à ressentir un lien... Elle entrevoyait ce que Brady prophétisait en disant que les choses changeraient entre eux.

Le désir était une chose. Coucher avec Brady suffirait à l'assouvir, et elle pourrait passer à autre chose.

Mais, à cet instant, il ne s'agissait pas uniquement de désir. Quelque chose lui disait que son cœur était en jeu et qu'elle risquait de se laisser attirer dans des contrées dont elle ne reviendrait jamais.

Elle laissa retomber ses mains et recula.

— Tu as raison, c'est une mauvaise idée. J'arrête.

Elle avait du mal à retrouver son souffle et elle tremblait.

Il la regarda avec indifférence.

Sa voix était tout aussi impassible.

— Très bien.

Son stoïcisme lui fit mal, même si elle n'aurait pas dû s'en offusquer. Elle bouillait intérieurement, et il se comportait comme un robot.

— Super, marmonna-t-elle.

Et c'était très bien comme ça.

Non, vraiment.

Il n'était pas question qu'elle entame une relation sérieuse avec Brady Wyatt. Or, c'était précisément le message que ce baiser venait de lui communiquer.

Ça ne pouvait pas fonctionner entre eux.

Pour une fois, elle devait écouter Brady, au lieu de lui tenir tête et de faire l'inverse de ce qu'il préconisait.

Faute de quoi, elle risquait d'y laisser son cœur et sa raison.

11

Même quand ce fut son tour de dormir, Brady ne réussit pas à trouver le sommeil.

Entre l'odeur de moisi des draps, leur contact légèrement poisseux et le sifflement de la climatisation, qui semblait ne brasser que de l'air chaud, on ne pouvait pas dire que le confort était au rendez-vous.

Et puis, il y avait son propre état.

Quand Cecilia l'avait embrassé au nouvel an, il avait été capable de transformer son attirance en colère indignée. Il était alors persuadé qu'elle avait tort, et qu'il avait raison.

Mais après le baiser de la veille, tellement empli de gentillesse, et de quelque chose de plus profond qu'il ne parvenait pas à déterminer, il n'éprouvait plus de colère.

Il lui restait seulement une grande confusion.

Et l'impression d'avoir perdu un combat.

Cela n'avait absolument aucun sens, et il s'efforça de se concentrer sur ce qu'il avait à faire.

C'était toujours ainsi qu'il avait avancé dans la vie. Il n'y avait aucune raison que ce soit différent cette fois-ci.

Le lendemain, ils changèrent de motel, s'installant cette fois du côté est du comté. Une autre nuit passa, inconfortable. Un autre point fut fait avec les Wyatt et les Knight, sans que rien de notable ne soit signalé.

— Je n'aime pas ça, marmonna Cecilia.

Elle roulait vers un nouvel hébergement miteux. Ils avaient décidé qu'elle prendrait le volant quand ce serait son tour de réserver la chambre, et vice versa.

— Ça ne devrait pas prendre autant de temps pour nous repérer. Et il ne se passe rien non plus au ranch...

Elle eut un clappement de langue réprobateur.

— Ce n'est pas normal.

— S'il s'inspire vraiment d'Ace, il sait que la patience est la meilleure des armes. Et, s'il ne cherche pas du côté du ranch, Mak est en sécurité.

Cecilia lui glissa un regard en coin, avant de se concentrer à nouveau sur la route.

— Que sais-tu à propos d'Elijah que tu ne m'aurais pas dit ?

— Rien.

Il veilla à conserver un visage impassible et fit un effort pour ne pas se tortiller d'embarras sur son siège.

— Je pense que ce n'est pas vrai.

Brady hocha les épaules et garda le silence.

La tension entre eux n'avait pas disparu, mais elle avait changé de nature.

Avant, ils étaient indéniablement dans l'antagonisme et l'argumentation. Maintenant, c'était timide, embarrassé... Comme s'ils marchaient sur la pointe des pieds autour d'une bombe prête à exploser.

Lorsque Cecilia atteignit Frisco, une petite ville au nord de Valiant County, elle fit comme à l'accoutumée, trouvant un endroit désert pour garer la voiture, à une centaine de mètres du motel. En l'occurrence, il s'agissait d'une aire de repos à l'abandon, envahie par la végétation.

Mais, au lieu de sortir tout de suite de la voiture et d'aller réserver la chambre, elle se tourna vers Brady, l'air grave.

— Je veux que tu me dises tout ce que tu sais, ou ce que tu crois savoir. Garder des secrets à propos d'Elijah ne nous aidera pas.

— Je ne sais rien, Cecilia. Rien du tout. Tout ce que je pourrais dire ne serait que des suppositions.

— Eh bien, j'ai envie que tu m'en parles. Je pense que nous devons tout mettre à plat. Je t'ai dit ce que je savais à propos de sa relation avec Layla.

Elle se fit insistante.

— Je t'ai parlé de toutes les fois où j'ai eu un échange avec lui à la réserve, ou entendu quelqu'un rapporter quelque chose sur lui. Tu connais mon point de vue, mais je ne connais pas le tien. Je sais seulement que tu l'as arrêté une fois, et qu'il te nargue dès qu'il en a l'occasion.

Même s'il répugnait à l'admettre, elle n'avait pas tort. Le seul point positif, c'était que, pendant qu'il le narguait lui, il ne cherchait pas de noises à ses frères. Mais ça risquait de ne pas durer. Et, s'il gardait ce secret...

Il n'avait pas envie d'en parler. Il espérait toujours que ses craintes seraient infirmées. Mais peut-être avait-il été le jouet d'Ace depuis le début.

Que risquait-il à se confier à Cecilia ? Elle y réfléchirait et se ferait sa propre opinion.

Et cependant, les mots restaient coincés dans sa gorge. Il n'avait jamais exprimé ses pensées. Mais il en avait besoin à présent, pour assurer la sécurité de Mak et de Cecilia.

Elle tendit le bras et posa la main sur son genou.

Tout en elle était solennel, intense, presque suppliant.

Et ça ne ressemblait pas du tout à Cecilia.

Les mots sortirent tout seuls.

— Je pense qu'Ace pourrait être le père d'Elijah.

— Quoi ? s'écria Cecilia, d'une voix étranglée. Mais, comment… Oh ! bon sang ! Qu'est-ce qui te fait penser ça ?

— Je ne sais pas.

Il ressentait une frustration dont il ne parvenait pas identifier l'origine.

— C'est juste une sorte d'intuition…

Cecilia avait raison. Tout savoir leur donnait plus d'atouts. Ils n'en étaient que mieux armés. Ace avait toujours aimé garder des secrets. Ça lui servait à manipuler les gens.

Mais il n'était pas comme son père.

Pour autant, ça ne lui était pas facile d'expliquer ce qu'il ressentait confusément.

— Il ne l'est peut-être pas. Mais leur relation va au-delà d'un rapport entre chef et subordonné. En plus, Elijah m'a dit quelque chose de bizarre quand je l'ai arrêté. « Nous nous ressemblons plus que tu ne l'imagines. » Ça m'a fait réfléchir.

Brady soupira.

— Je ne vois pas un homme comme Ace être fidèle à ma mère. Surtout vers la fin, quand elle s'arrangeait pour être enceinte de façon à ce qu'il ne la tue pas.

— Tu crois qu'il l'a tuée ?

La question était simple, directe. Il n'y avait pas d'apitoiement dans le ton de Cecilia.

— Je ne peux pas le prouver.

— Mais c'est ce que tu penses.

Il haussa les épaules.

— Le penser ne suffit pas. Il faudrait des preuves.

Cecilia garda le silence un moment.

— Je ne sais pas quoi te dire, reprit-elle. Si Elijah était le fils d'Ace, tu ne crois pas qu'on le saurait ?

— Pas forcément.

— Elijah ne voudrait pas garder ça secret. Il voudrait que tout le monde sache qu'il est le fils du chef. Il l'aurait déjà remplacé, d'ailleurs.

— Sauf si Ace lui a demandé de garder le secret.

Brady se tortilla sur son siège, regrettant de ne pas avoir tenu sa langue.

— Comme je l'ai dit, la meilleure arme d'Ace, c'est sa capacité à se montrer patient. Admettons qu'il veuille utiliser Elijah au moment où ça fera le plus de dégâts...

— Tu crois ?

— Je dis juste qu'il y a une raison de garder ça secret. Et ça expliquerait pourquoi il m'a donné un indice, seulement à moi. Pourquoi il se concentre sur moi. S'il s'en prenait à tous mes frères, ça nous mettrait la puce à l'oreille. Mais, tout seul, je ne peux rien prouver.

— Elijah a toujours vécu à la réserve. Ça se serait su si Ace avait une liaison avec sa mère...

Soudain, c'était trop pour Brady. C'était pour cette raison qu'il n'avait jamais voulu aborder le sujet avec ses frères. Ça ne servait à rien, s'il ne pouvait pas le prouver.

— Je ne te demande pas de remettre en question mon hypothèse, Cecilia. J'évoque juste une idée que j'ai eue, et à laquelle je ne crois pas totalement, d'ailleurs.

— Tu n'as pas besoin d'être aussi susceptible. J'essaye seulement de réfléchir. Elijah a toujours vécu à la réserve, mais je réalise que je ne sais pas qui est son père. J'ai toujours cru qu'il était mort avant sa naissance...

— Écoute, je n'ai plus envie d'en parler. Va plutôt réserver la chambre.

Elle pinça les lèvres, mais finit par hocher la tête.

— Très bien.

Elle se glissa hors de la voiture, le laissant seul avec ses pensées.

Et ce n'était pas une situation particulièrement confortable pour lui.

Les pensées menaient une folle sarabande dans la tête de Cecilia, tandis qu'elle marchait à grands pas vers le motel.

Et si Elijah était vraiment le fils secret d'Ace ? Ce n'était pas dénué de logique.

Elle avait beau retourner le problème dans tous les sens, elle en concluait toujours que c'était possible. Et même probable.

Le danger n'en était que plus grand pour Mak. D'ailleurs, cela faisait de lui un parent des Wyatt.

Si c'était vrai.

Elle comprenait l'hésitation de Brady à croire une telle chose. Il n'y avait aucune preuve. Et ça semait le doute sur le pourquoi de ce secret.

Ça incitait aussi à se demander si Ace n'avait pas eu d'autres enfants. Des enfants qui n'avaient pas eu la chance d'échapper au gang des *Sons of the Badlands*, comme Brady et ses frères.

Cecilia entra dans le bureau de l'hôtel. Une pièce minuscule et encombrée.

— Vous avez une chambre ? demanda-t-elle, d'un ton plus agressif qu'elle ne l'aurait voulu.

La réceptionniste la détailla de la tête aux pieds.

— Vous êtes flic ?

Ça lui apprendrait à entrer d'un pas décidé, et avec un air fureteur.

— J'en ai l'air ? Merci du compliment !

La femme, qui ressemblait vaguement à une vieille gloire de la country, avec sa poitrine surdimensionnée, sa tignasse blonde et son maquillage appuyé, ne se laissa pas impressionner.

— Vous avez une pièce d'identité ?

— Bien sûr.

Le cœur de Cecilia commençait à s'accélérer. L'intérêt appuyé de la réceptionniste était peut-être un signe de professionnalisme... Mais elle en doutait.

Elle fit mine de palper ses poches.

— J'ai dû l'oublier dans la voiture.

— Dans ce cas, je vous suggère d'aller la chercher, si vous voulez vraiment prendre une chambre ici.

Cecilia leva les yeux au ciel.

— Si mon argent n'est pas assez bon pour vous, très bien. J'irai le dépenser ailleurs.

La femme derrière le comptoir ne dit rien. Elle se contenta de croiser les bras sur sa poitrine, ce que Cecilia prit comme le signe évident qu'elle ne lui tendrait pas de clé sans carte d'identité en échange.

Un petit frisson de malaise courut le long de sa colonne vertébrale.

Les hommes d'Elijah étaient-ils passés avant elle, pour dissuader la réceptionniste de lui donner une chambre ?

Ou alors, ils avaient posé des questions, et ça avait éveillé ses soupçons ?

Mais la femme ne semblait pas effrayée. Méfiante et un peu discourtoise, oui. Mais pas effrayée.

Cecilia sortit du bureau et fut momentanément aveuglée par le soleil. Puis elle repéra deux hommes, qui semblaient occupés à tout autre chose, mais elle savait bien que ce n'était pas le cas. Elle ne les reconnaissait pas sur un plan personnel, mais elle savait qu'ils étaient les messagers d'Elijah.

Elle pouvait lutter contre deux assaillants. Malheureusement, elle avait le sentiment qu'ils étaient plus nombreux.

Elle traversa quand même le parking, comme si de rien n'était.

Elle n'avait pas besoin de regarder derrière elle pour savoir qu'ils la suivaient.

Elle avait peut-être fait cinquante mètres, et l'aire de repos n'était pas encore en vue, quand un homme sortit de derrière un immeuble, juste devant elle.

Elle plongea la main dans sa poche et empoigna son téléphone. Brady et elle avaient un accord. Si elle n'envoyait pas un texto au bout de vingt minutes, il viendrait à son secours. Ça ne faisait pas plus de dix minutes. Si elle pouvait lui envoyer un message…

— À ta place, je ne ferais pas ça.

Un quatrième homme venait de jaillir à sa droite.

Contrairement aux autres, qui étaient probablement armés, mais n'avaient pas sorti leurs armes, celui-ci pointait un pistolet sur elle.

12

Brady observait la White River au loin.

Le cours d'eau n'était pas très large, et ses berges restaient verdoyantes, alors qu'une grande partie du paysage alentour commençait à se parer des couleurs de l'automne.

Il essayait de se concentrer sur l'eau vive qui s'écoulait, sur le chant des oiseaux et les jeux d'ombre et de lumière du soleil à travers les feuilles, plutôt que sur les minutes qui s'écoulaient.

Il avait promis à Cecilia qui ne déboulerait pas comme un fou, ainsi qu'il l'avait fait la dernière fois. De toute façon, ils s'étaient mis d'accord sur une procédure. En l'absence de texto au bout de vingt minutes, cela voudrait dire qu'il y avait un problème.

Il n'empêche que le temps s'écoulait comme au ralenti.

Brady sortit de la voiture. Pas pour partir à la recherche de Cecilia. Pour se dégourdir les jambes. Pour prendre l'air quelques minutes.

Il vérifia sa montre. Douze minutes.

En fait, si on comptait vingt minutes depuis le moment où ils s'étaient garés, il ne restait plus que trois minutes.

Et il lui faudrait précisément trois minutes pour marcher

jusqu'au motel. Par conséquent, il pouvait très bien commencer à se diriger par là, sans rompre leur pacte.

Verrouillant la voiture, il se mit en chemin.

Il n'avait fait que quelques pas quand il entendit un drôle de bruit.

Quelqu'un criait.

Il avait dû l'imaginer… Oui, mais il était flic, et son devoir était de vérifier ce qui se passait.

Il allongea la foulée, la main sur la crosse de son pistolet.

Il entendit à nouveau le cri. Pile dans la trajectoire entre l'aire de repos et le motel.

Repoussant les scénarios catastrophe, il se concentra sur ce qu'il avait à faire.

Approchant l'angle d'un immeuble, il vit bientôt qu'une bagarre était en cours.

Quatre hommes. Un à terre. Les trois autres étaient regroupés autour de quelque chose.

Ou peut-être de quelqu'un. C'était difficile à dire, de là où Brady se trouvait.

Il se pencha, l'arme braquée dans leur direction. S'il se signalait, les hommes s'enfuiraient probablement, et il voulait d'abord évaluer la situation.

Celui qui était à terre commençait à ramper vers un pistolet. S'il se mettait à courir, Brady pourrait s'emparer de l'arme avant lui. Mais l'homme était peut-être une victime…

Brady reporta son attention sur le trio. L'un des hommes laissa échapper un hurlement de douleur et se plia en deux, lui donnant l'occasion d'apercevoir sur quoi ils étaient penchés.

Aussitôt, Brady point son arme sur l'homme qui rampait. Personne ne l'avait remarqué pour le moment et, s'il tirait les autres seraient aussitôt en alerte. Mais il ne pouvait pas laisser Cecilia dans cette situation.

Il tira, visant le bras qui se tendait vers le pistolet.

L'homme roula sur le dos, en se prenant le bras, tandis qu'il hurlait de douleur.

Les trois hommes regroupés autour de Cecilia sursautèrent.

Cecilia se releva. Un bout de corde pendait autour de son poignet. Il y avait du sang sur son visage.

En dépit du fait qu'elle était visiblement blessée, elle donna un coup de pied dans le dos de l'un des hommes, qui s'affala.

Brady chargea, tandis qu'un des assaillants brandissait un couteau. Il trouvait étrange qu'aucun des trois n'ait de pistolet, mais il n'avait pas le temps d'y réfléchir.

Il évita le premier coup, envoya un uppercut qui fit tomber son assaillant en arrière.

Quelqu'un derrière lui asséna un méchant coup dans les reins, mais il l'encaissa sans broncher et pivota pour décrocher une manchette. On entendit un craquement, suivi d'un cri de douleur.

Un éclair métallique passa dans son champ de vision, et il se rejeta en arrière, évitant la lame de quelques centimètres à peine.

Tandis que le couteau manquait sa cible, et que son assaillant, déséquilibré, plongeait en avant, Brady lui décocha un violent coup de coudre.

L'homme tomba à quatre pattes, et Brady lui envoya un coup de pied dans les côtes, qui le fit basculer sur le flanc. Il lui bloqua ensuite le poignet avec son pied et récupéra le couteau.

Puis il se tourna vers Cecilia. Elle avait du sang partout. Sa chemise était déchirée, et ses cheveux détachés formaient une masse poisseuse et emmêlée autour de son visage. Elle vacillait un peu sur ses jambes, et il s'empressa de la soulever dans ses bras avant qu'elle ne tombe.

Elle s'agita vaguement tandis qu'il l'emmenait d'un pas pressé vers la voiture. Il n'était pas question qu'ils restent ici, dans cette ville, ou dans ce motel. Il avait besoin d'un endroit à l'hygiène irréprochable pour inspecter ses blessures.

— Je peux marcher, protesta-t-elle.

— Je dois dire que je me moque de savoir ce que tu peux ou ne peux pas faire,

Arrivé à la voiture, il posa délicatement Cecilia sur ses pieds, tout en gardant un bras passé autour de sa taille pour supporter son poids.

— Je vais bien, marmonna-t-elle, tandis qu'il ouvrait la portière.

Il ignora ses protestations et la souleva pour la déposer sur le siège. Il boucla même sa ceinture de sécurité, en dépit du fait qu'elle essayait de repousser ses mains.

— Ne bouge pas, dit-il.

Et il s'inquiéta qu'elle obéisse aussi facilement.

Cecilia n'écoutait que d'une oreille tandis que Brady parlait au téléphone. Le premier appel avait été pour signaler l'agression à la police et donner le signalement des hommes.

À présent, il parlait avec quelqu'un d'autre, tout en conduisant trop vite sur une autoroute déserte. Au début, elle avait cru qu'il s'agissait d'un de ses frères, mais il avait évoqué une cabane de pêche, et elle avait perdu le fil.

Elle ferma les paupières, luttant contre la nausée.

Quatre contre un, ce n'était pas un jeu d'enfant et, même si elle avait bien tenu le choc, elle était quand même un peu sonnée. C'était sans doute la pire bagarre à laquelle elle avait pris part. En tout cas, c'était la première fois qu'elle prenait un coup de couteau.

Elle ne le reconnaîtrait jamais devant Brady, parce qu'il ferait tout un cinéma, mais elle n'était vraiment pas en forme. Elle avait mal partout et elle se retenait de gémir chaque fois que la voiture passait dans une ornière. Mais, si elle montrait le moindre signe de douleur, Brady la cajolerait comme une vraie mère poule.

Déjà qu'il l'avait portée jusqu'à la voiture !

C'était gentil de sa part, mais elle ne voulait pas encourager ce genre de comportement.

En tout cas, elle ne savait pas comment elle allait pouvoir lui cacher sa blessure. S'il l'apprenait, Brady voudrait la conduire à l'hôpital, et ce serait beaucoup trop dangereux. Elle pourrait sans doute s'en sortir avec quelques sutures adhésives et un bandage…

La voiture était arrêtée. Cecilia ne savait pas si elle s'était endormie, ou si elle avait perdu conscience. En tout cas, Brady n'était plus dans l'habitacle.

Elle essaya de se redresser sur son siège, mais le geste lui arracha un gémissement de douleur.

Elle se ressaisit juste au moment où Brady ouvrait sa portière.

— Où sommes-nous ? demanda-t-elle.

Elle regarda autour d'elle, mais rien ne lui était familier. Il y avait un chalet, adossé à la forêt, et un lac flanqué de gros amas de roches, dont la surface bleutée scintillait au soleil.

Elle en fut suffisamment distraite pour que Brady réussisse à défaire sa ceinture de sécurité et la soulève dans ses bras avant qu'elle ait eu le temps de réagir.

— Je peux marcher, Brady.

— Mais tu ne le feras pas tant que je n'aurais pas vérifié ton état.

Il commença à marcher, comme si elle ne pesait rien et que son épaule ne le faisait pas souffrir depuis des mois. Il monta les quelques marches jusqu'au chalet sans même reprendre son souffle.

— Ça appartient à un de mes amis, dit-il.

Il parlait d'un ton détaché, mais son expression était… tendue, déterminée, féroce.

— Ou, plus exactement, à un ami de Gage. Je me suis fait passer pour lui. Je n'avais pas fait ça depuis le lycée. Lui aussi se faisait passer pour moi.

— Il est pourtant impossible de vous confondre pour quelqu'un qui vous connaît.

— Tu serais surprise.

Il la posa à terre, avec le même soin qu'il aurait pris pour une centenaire. Puis il souleva un pot de fleurs et récupéra une clé en dessous.

Il déverrouilla la porte, la poussa et se tourna vers elle. Cecilia leva les mains pour le mettre en garde.

— Si tu essayes encore de me porter, je te frappe.

D'un geste rapide, il repoussa ses mains et la souleva dans ses bras.

Pourquoi fallait-il que son estomac se noue chaque fois qu'il faisait ça ? Et pourquoi ne trouvait-elle pas l'énergie de le frapper vraiment ?

Il se dirigea vers le fond du chalet en quelques enjambées et ouvrit la porte d'une salle de bains.

— Enlève tes vêtements, dit-il, après l'avoir déposée à terre.

Elle le regarda d'un air outré.

— Certainement pas !

— Tu saignes. Il faut te nettoyer et te faire des pansements. Allez, hop ! Chemise. Pantalon. Je veux voir à quel genre de blessures nous avons affaire.

— J'ai dit non.

Elle était absolument furieuse, mais elle n'avait pas l'énergie suffisante pour passer à l'action.

Elle s'assit sur le rebord de la baignoire, en s'ingéniant à ne pas montrer qu'elle avait besoin d'un appui.

— Déshabille-toi, bon sang ! Tu sais que j'ai été secouriste. J'ai besoin de voir tes blessures pour savoir ce qu'il convient de faire.

— Je vais très bien. Je vais prendre une douche. Toute seule, merci beaucoup. Et, si j'ai besoin d'un bandage, je ferai appel à tes services d'expert.

Ça n'eut pas l'effet désiré, qui était de le faire battre en retraite. Elle s'était imaginé que ça blesserait un peu son amour-propre si elle critiquait ses talents de secouriste. Elle savait qu'il prenait cela très au sérieux, et qu'il avait rêvé de devenir médecin.

Mais il l'observa d'un air soupçonneux.

— Qu'est-ce que tu essayes de me cacher ?

— Rien.

— Menteuse ! Puisque tu fais des manières, je vais le faire moi-même.

Il s'avança vers elle. Si elle avait été à cent pour cent

de ses capacités, elle se serait débattue. Elle aurait fait ce qu'il fallait pour qu'il ne pose pas les mains sur elle.

Mais elle était mal en point. Elle n'avait plus aucun ressort. Il ne lui restait plus que la peur et l'envie de pleurer.

Elle finit par se résoudre à enlever sa chemise. Son soutien-gorge de sport était plus couvrant qu'un haut de maillot de bain, et ce n'était pas l'idée de s'exposer qui la gênait.

Elle redoutait plutôt la réaction de Brady quand il découvrirait sa blessure.

Il jura et plongea dans le petit placard sous le lavabo. En cinq secondes, elle se retrouva avec une serviette de toilette pressée sur sa plaie. Elle n'avait pas osé regarder.

Peut-être aurait-elle dû, à en juger par l'air furieux de Brady.

— Ce n'est pas si grave, dit-elle, d'une voix faible.

Elle cilla, dans un effort désespéré pour contenir ses larmes. Elle ne voulait pas craquer devant lui. C'était déjà arrivé une fois chez lui, à cause de Mak. Mais là, ce serait pire.

Parce qu'elle n'était pas triste ou perturbée. C'était l'adrénaline de la bagarre qui s'évanouissait. C'était le besoin de se laisser aller. Elle n'avait pas besoin qu'on prenne soin d'elle.

Elle avait envie d'être seule. De se débrouiller par ses propres moyens.

Elle leva les yeux vers le plafond, cilla et cilla encore, ne répondit pas à ses questions et ne prit pas le risque de le regarder.

Il ne fallait surtout pas qu'elle pleure.

13

Au premier coup d'œil, Brady avait compris qu'il allait falloir à Cecilia des points de suture. Il avait déjà recousu ses frères mais, à l'hôpital, cette pratique était réservée aux médecins.

Et Cecilia n'avait pas qu'une blessure à l'arme blanche. Elle était couverte d'hématomes, et il allait devoir vérifier qu'elle n'avait rien de cassé. Il devait aussi tester ses fonctions cognitives, parce qu'elle s'était endormie dans la voiture. Était-ce la fatigue ou une perte de connaissance ? Il ne pouvait pas en être sûr avant de l'avoir examinée.

Mais, pour commencer, elle devait se débarrasser de tout ce sang et de cette saleté. Elle pouvait se tenir debout et elle était lucide. Une douche rapide était donc la meilleure option.

Ce qui l'étonnait, c'était que Cecilia n'avait manifesté aucune douleur. Pourquoi lui avait-elle caché la gravité de sa blessure ?

Il ne s'était même pas rendu compte de son état. Elle semblait tellement pétulante.

— Tu crois que tu vas réussir à prendre une douche ?

— Oh ! mais non. Tu vas devoir me laver à l'éponge.

Elle leva les yeux au ciel.

— Évidemment, que je peux prendre une douche ! À condition que tu me laisses un peu d'intimité.

— Désolé, mais je ne te quitte pas d'une semelle tant que je ne serai pas certain que tu ne souffres pas d'une commotion cérébrale.

— Ce n'est pas le cas.

— Qu'est-ce que tu en sais ?

— Je n'ai pas reçu de coup sur la tête.

— Je fermerai les yeux.

— Ne te donne pas cette peine. À moins que la vue d'un sein ne te plonge dans une frénésie sexuelle irrépressible.

Il lui tourna quand même le dos et réfléchit à la suite.

Il avait une trousse de premiers secours dans son sac de voyage. Il y avait du désinfectant, mais rien pour anesthésier la zone à recoudre. Ce serait un problème car, même s'il savait Cecilia capable de supporter la douleur, il répugnait à la lui infliger.

— Euh... J'aurais besoin d'aide avec mon soutien-gorge. Il se ferme dans le dos, et ce n'est pas évident.

Elle ne dit pas qu'elle était blessée au bras, mais c'était ce qu'il fallait en déduire.

— Tu dois avoir mal, dit-il, en se tournant vers elle.

Elle tenait toujours la serviette appuyée sur son flanc.

— Je suis en vie. C'est le plus important. J'ai réussi à tenir tête à quatre types, dont un avec un pistolet et un avec un couteau. Je peux supporter la douleur, ne t'inquiète pas.

Elle plissa le front.

— C'est bizarre. Qui vient enlever quelqu'un avec un seul pistolet pour quatre ?

— Des types qui ne sont pas autorisés à tuer, répliqua Brady.

Il lui fit signe de se tourner, de façon à pouvoir dégrafer son soutien-gorge.

— Elijah veut s'occuper de toi lui-même. Fais-moi confiance. C'est pour ça que mes frères et moi sommes encore en vie.

Cecilia frissonna.

— Et alors, qu'est-ce qu'il attend pour nous attaquer ?

Brady laissa retomber ses mains et pivota à nouveau sur ses talons.

— Je n'en sais rien. Tu as besoin d'aide pour autre chose ?

— Non, merci. Ça ira.

Brady s'occupa à trouver une serviette de bain, plutôt que de prêter l'oreille au ruissellement de la douche, et d'imaginer un corps nu couvert d'une mousse parfumée.

La petite salle de bains était emplie de vapeur, et une odeur fleurie l'enveloppait, troublant sa réflexion.

Il ferait peut-être mieux de la conduire à l'hôpital. Ils auraient moins de contrôle sur la situation, mais Cecilia bénéficierait d'examens plus complets. Ça valait peut-être la peine de prendre le risque.

L'eau s'arrêta, et il entendit les anneaux du rideau de douche glisser sur la tringle.

Il tendit la serviette, en prenant soin de ne pas la regarder.

La serviette lui fut arrachée des doigts.

— Bon sang, tu as besoin d'être aussi chevaleresque ? demanda-t-elle, d'un ton irrité, comme si c'était un défaut.

— Je ne sais pas quoi répliquer à ça.

— Évidemment ! Et tu vas me laisser marcher, ou je vais encore avoir droit au traitement de princesse ?

— Fais pression sur ta plaie, dit-il, ignorant sa question. Je crois que nous devrions...

— Si tu parles d'aller à l'hôpital, je ne répondrai plus de mes actes. Bon sang, Brady, tu as été secouriste. Tu sais ce qu'il faut faire.

— Tu as besoin de points de suture.

— Et alors ? Oh ! et puis tourne-toi. J'ai la serviette sur moi.

— Un médecin ferait du meilleur travail que moi.

Brady s'était retourné, mais ne détachait pas le regard de ses yeux.

Il n'était pas question de regarder plus bas.

— Ce n'est sûrement pas si méchant que ça.

Il s'efforça de contenir son irritation.

— Ce n'est pas bon non plus. Et je n'ai pas ce qu'il faut pour te recoudre.

— Je me contenterai de sutures adhésives.

Elle agita la main, d'un geste insouciant.

— Fais ce que tu peux.

— Je vais déjà commencer par trouver un endroit où t'examiner. Reste là.

Cecilia fut presque tentée d'obéir, tandis que Brady sortait en trombe de la petite salle de bains, mais elle ne put résister à l'envie de visiter le chalet.

Le séjour/salon, flanqué de sa cuisine ouverte, offrait une ambiance chaleureuse avec ses fauteuils en cuir râpé encadrant une cheminée en granit, son ancien bureau à cylindre appuyé contre un mur, son tapis orné de motifs ethniques dont les teintes s'étaient fanées, sa table de ferme et ses chaises à barreaux tournés de style Far -West.

Juste à côté de la salle de bains se trouvait une autre porte.

Elle était ouverte, et Brady étendait un drap blanc sur le lit. Il avait déjà disposé du matériel médical sur le plateau de la table de chevet.

Il ne regarda pas la porte, même s'il avait probablement remarqué que Cecilia se tenait sur le seuil.

— Allonge-toi. Je vais t'examiner.

— Je n'ai pas de fracture, Brady. Pas de commotion cérébrale. J'ai déjà eu les deux et je sais ce qu'on ressent. En dehors de cette plaie, je n'ai que des égratignures et quelques bleus.

— Allonge-toi, s'il te plaît.

Le ton exagérément doucereux la fit grommeler, mais elle s'exécuta. Brady enfila des gants en latex, puis il écarta les pans de sa serviette et inspecta son corps centimètre par centimètre, sans montrer le moindre trouble ni intérêt.

Sérieusement, avait-il besoin de se comporter en robot ? Ça le tuerait de laisser filtrer une émotion ?

Examinant sa blessure au flanc, il soupira et secoua la tête.

— C'est trop profond pour cicatriser sans points de suture. Il faut aller à l'hôpital.

— Non.

— Ça risque de s'infecter.

— Attendons un jour ou deux. Tu désinfectes, tu fais un bandage, et on voit ce qui se passe.

— Je sais ce qui se passe quand on laisse une plaie

comme celle-ci cicatriser toute seule. Ce n'est pas beau à voir. C'est douloureux. Et ça peut mal tourner.

— Comment sais-tu ça ?

Il prit un flacon de désinfectant et un carré de gaze, et Cecilia se crispa aussitôt, s'attendant à la douleur.

— Que crois-tu qu'il arrive quand tu grandis dans un gang ?

Évidemment. Elle oubliait parfois qu'il avait passé plusieurs années chez les *Sons of the Badlands*. Des années innocentes, vulnérables…

— Qui t'a donné des coups de couteau ? D'autres enfants ?

En silence, il désinfecta sa plaie, puis il ôta de leur emballage un lot de sutures adhésives.

— Brady ?

D'un geste précis, il commença à appliquer les sutures adhésives sur la peau entaillée, en veillant à bien rapprocher les bords.

— Ace avait instauré un petit jeu. Rien que pour moi. La plupart du temps, il manquait sa cible…

Cecilia sentit son sang se glacer.

— Quel genre de jeu ?

— Il aimait lancer des couteaux. Prétendument pour m'apprendre à rester sur le qui-vive et à prévoir l'imprévisible.

— Il jetait des couteaux sur toi ?

Brady haussa les épaules, avant de croiser son regard.

— Je suis en vie, Cecilia. J'ai survécu. Mais je préfère ne pas évoquer le passé. Tu peux t'asseoir ?

Elle se redressa, et il posa plusieurs carrés de gaze sur ses sutures, avant d'enrouler une bande autour de sa taille.

— C'est stupide. Tu as besoin de points. Les risques

d'hémorragie, d'infection, d'absence de cicatrisation sont trop grands.

Elle entendit l'épuisement dans sa voix. L'inquiétude. Et entr'aperçut peut-être aussi le fantôme d'un petit garçon malheureux.

Sa propre enfance n'avait pas été aussi difficile. Elle avait toujours pensé qu'il n'y avait pas plus misérable qu'elle, mais c'était faux.

En revanche, elle était persuadée qu'ils avaient besoin de la même chose. Ce qui l'avait toujours aidée, c'était d'affronter l'adversité, de prendre à bras-le-corps ce qui se présentait, et d'en sortir victorieuse.

— On ne va pas attendre qu'Elijah vienne à nous, décréta-t-elle. Nous allons aller le chercher.

— Nous ne savons pas où il est.

— Moi, je le sais. Et je pense que tu le sais aussi.

Brady prit une profonde inspiration.

— Je me suis fait une promesse, il y a longtemps. Celle de ne jamais retourner là-bas.

Il chercha son regard.

— Jamais, répéta-t-il.

Cecilia avait terriblement envie de pleurer, mais elle ne détourna pas les yeux.

— Il le faut.

14

Brady n'était pas réellement d'accord avec Cecilia, mais il ne chercha pas à argumenter.

Il l'avait soignée du mieux qu'il le pouvait, lui donnant de l'ibuprofène pour la douleur, une poche de glace pour la vilaine boursouflure sous son œil, et des vêtements propres.

Ne prêtant pas attention à ses propres douleurs, il prit une douche. Ils étaient convenus de passer la nuit au chalet et de repartir du bon pied demain matin.

Il aurait en effet besoin de toutes ses forces pour affronter l'épreuve qui l'attendait.

Retourner au camp des *Sons of the Badlands*.

Il s'était promis qu'il ne le ferait jamais, à une exception près : s'il en allait de la vie de ses frères.

Ni Cecilia ni Mak n'étaient de sa famille. Mais n'était-ce pas la même chose ? Il y retournerait s'il devait protéger les personnes qu'il aim… auxquelles il tenait.

Brady se sécha, examina ses blessures et constata que son épaule continuait à bien cicatriser, ce dont il se réjouit. Il était couvert d'hématomes sur le torse et les bras, mais c'était prévisible après les coups qu'il avait essuyés. En tout cas, il était en bien meilleur état que Cecilia.

Il avait pensé à emporter des vêtements, mais avait oublié de constituer un stock de bandages, et il allait bientôt en manquer.

Prenant un moment pour se regarder dans le miroir couvert de buée, il se demanda à quoi il s'attendait quand il avait commencé à emprunter cette voie. Il n'avait rien planifié réellement. Il voulait seulement protéger.

Pourtant, il avait plutôt mal réagi quand ses frères s'étaient tour à tour lancés tête baissée pour affronter ce qu'ils avaient tous laissé derrière eux.

Bien sûr, il comprenait que Jamison ait ressenti le besoin d'aider Liza à secourir sa demi-sœur, prisonnière du réseau clandestin d'adoptions qu'administraient les *Sons of the Badlands*.

Personne ne pouvait rester indifférent devant une telle horreur.

Et oui, il le reconnaissait, Cody ne pouvait pas faire autrement que de sauver des griffes d'Ace son ex-petite amie, et l'enfant qu'elle avait secrètement mis au monde.

Et, quand Gage avait commencé à enquêter sur le meurtre pour lequel Felicity avait été accusée à tort, le lien avec les *Sons of the Badlands* avait vite été établi.

Tout était toujours lié à eux.

Quant à lui, il pressentait qu'Elijah avait un lien personnel avec son père. En conséquence de quoi, retourner sur les terres des *Sons of the Badlands* était inévitable.Néanmoins, il y répugnait.

Avec un soupir, il se passa la main sur le visage. Après une bonne nuit de sommeil, il y verrait sans doute plus clair. Il serait capable de compartimenter ses émotions et de prendre du recul, comme il le faisait toujours.

Mais il y avait quelque chose dans cette situation qui

compliquait le problème. Il avait soigné les blessures effrayantes de Cody. Il avait porté secours à Gage, après que celui-ci eut été cruellement torturé par Ace.

Mais il s'agissait d'interventions après coup. Réparer les dégâts causés, ce n'était pas la même chose que d'être plongé au cœur de la tourmente avec une femme pour qui il s'inquiétait.

Il ne comprenait pas pourquoi il ressentait les choses ainsi. Il avait toute confiance en Cecilia pour s'occuper d'elle-même. C'était une femme forte, débrouillarde, et elle lui avait démontré bien des fois qu'elle était capable de se battre aussi bien que ses frères. Peut-être s'était-il affaibli mentalement, après tout ce temps passé en convalescence ?

Il sortit de la salle de bains, bien décidé à balayer ce sentimentalisme incongru.

Cecilia était assise dans le lit, alors qu'il lui avait conseillé de s'étendre et de se reposer. Ses cheveux étaient trempés et avaient laissé des taches humides sur son T-shirt. Elle avait un hématome impressionnant sur la joue.

Ce n'était pas une femme faible, ni même douce. Elle était tout en angles et en muscles, avec un esprit vif et une langue aiguisée. Elle savait s'assumer et se défendre. Ça ne faisait pas de doute.

D'où lui venait alors cette envie de l'envelopper dans un cocon de douceur et de la tenir à l'écart de tout danger ?

Il ressentait le besoin de protéger ses frères, bien sûr. Et aussi les filles Knight. Il aurait risqué sa vie pour chacun d'entre eux.

Mais c'était différent. Ce qu'il ressentait pour Cecilia n'avait rien à voir. Et même si ça l'agaçait, même s'il ne voulait pas y penser, ça ne changeait rien à l'histoire.

Lorsqu'elle regarda de son côté, elle repoussa aussitôt la couverture et voulut se lever.

— Mon Dieu, Brady, regarde-toi !

— Ne sors pas du lit. Tu dois bouger le moins possible, avec ta plaie.

— Tu es couvert de bleus !

Elle était outrée, mais elle se retint quand même de quitter le lit.

— Tu n'as pas dit que tu avais été blessé.

— Je ne suis pas blessé. Je sais ce que c'est qu'une blessure grave, et là ce sont juste quelques égratignures.

— Elles ne sont pas si petites que ça, et il y en a beaucoup.

— Tu veux vraiment avoir cette conversation, alors que je peux encore te charger dans la voiture et t'emmener à l'hôpital ?

Il se dirigea vers son sac et en sortit l'antiseptique et les bandages dont il avait besoin pour son épaule.

— Et c'est toi qui m'as fait tout un cinéma, parce que je ne t'ai pas dit que j'avais reçu un coup de couteau ?

— Un coup de couteau, tu fais bien de le préciser. Une plaie profonde qui a besoin d'être recousue. Ça n'a rien à voir.

— Tu m'énerves !

Elle lui tendit la main quand il s'assit sur le rebord opposé du lit.

— Donne-moi ça.

— Tu dois bouger le moins possible.

— Donne-moi ce fichu bandage et rapproche-toi, si tu ne veux pas que je bouge.

Il grommela, mais finit par faire ce qu'elle demandait.

Tout en déroulant la bande autour de son épaule, elle

effleura ses cicatrices plus anciennes, réminiscences des coups de couteau qu'il avait reçus.

— Je ne sais pas comment tu as pu survivre à tout ça, et être devenu l'homme que tu es.

Il haussa les épaules, en essayant d'ignorer l'effet que lui faisait le contact de ses doigts.

— On se débrouille, c'est tout.

Il attrapa sa chemise, avec des mouvements plus gauches qu'à l'accoutumée. Peut-être était-il plus troublé qu'il ne voulait l'admettre par la caresse des doigts de Cecilia sur sa peau.

— Je sais que tu n'as pas envie de retourner là-bas, dit-elle, d'un ton compréhensif. Et je ne veux pas t'y obliger.

— Si tu t'apprêtes à suggérer que tu veux y aller seule...

— Non, non. Je ne suis pas si bête, contrairement à ce que tu as l'air de croire. Nous devons faire ça ensemble, nous protéger l'un l'autre. À un moment, nous devrons peut-être nous séparer, mais pas maintenant.

— Jamais.

Elle étudia son visage, comme si elle cherchait quelque chose. Une réponse. Un indice. Une vérité.

Elle posa une main en coupe sur sa joue, et il se tint immobile, essayant de rassembler tous les arguments qu'il avait contre un rapprochement plus intime entre eux.

Mais il ne s'agissait pas de cela.

— Brady, j'ai vraiment cru que j'allais mourir. Peut-être pas sur le moment mais, s'ils m'avaient enlevée, conduite à Elijah... Je savais que je ne m'en sortirais pas.

La rage explosa en lui.

— Je ne le laisserai pas faire.

— Allons, allons, dit-elle,

Délicatement, elle lui caressa la pommette du bout des doigts.

— Je ne le souhaite pas, mais je suis prête à mourir si ça peut sauver Mak. Je pense que nous ressentons tous cela pour nos familles. Bien sûr, je ne me suis jamais trouvée dans une telle situation.

Peut-être n'accepterait-elle pas de l'entendre, mais Brady ferait tout pour empêcher que cela se produise.

— Je ne veux pas qu'il me prenne quoi que ce soit. Je me battrai jusqu'à mon dernier souffle pour faire en sorte que toi, moi et Mak nous en sortions en un seul morceau. Je ne suis pas fataliste. Je te dis seulement…

Elle prit son autre joue dans sa main et se déplaça jusqu'à ce qu'ils soient genoux contre genoux.

Il aurait pu la réprimander parce qu'elle avait bougé, mais le corps de Cecilia frôla le sien, et ce fut comme un coup de tonnerre. Ce qu'il ressentait soudain était au-delà du désir ou de l'envie.

— Je sais que ça va tout changer, dit-elle, mais c'est peut-être nécessaire. D'ailleurs, le changement a peut-être déjà commencé…

Brady dut s'éclaircir la gorge avant de parler.

— Ça ne changerait pas que nous. Nos familles aussi en seraient affectées. Duke n'est pas particulièrement ravi d'avoir mes frères pour gendres.

Le sourire de Cecilia était doux, et la caresse de ses mains sur son visage plus douce encore.

— Duke n'approuve jamais rien de ce que je fais. Entrer dans la police… Vivre sur la réserve… Mais il m'aime quand même.

Elle laissa courir le bout de ses doigts sur sa mâchoire.

— Tu n'étais pas obligé de te laisser entraîner là-dedans. J'ai débarqué chez toi. Je t'ai mis Mak dans les bras.

— Elijah avait déjà commencé à...

— Tais-toi et écoute-moi, Brady. Je suis venue te voir, et j'ai voulu me convaincre que c'était parce que tu étais le seul à avoir le temps. Mais en fait, c'était parce qu'il n'y avait que toi en qui j'avais vraiment confiance.

Elle se mit à énumérer, en comptant sur ses doigts.

— J'aurais pu m'adresser à Jamison ou Cody. Ils ont de l'expérience pour soustraire des enfants aux *Sons of the Badlands.* J'aurais pu demander à Tucker. Il est inspecteur de police, quand même. Ils auraient tous accepté de m'aider. Mais, c'est toi que je suis venue voir.

Brady ne savait pas comment réagir à cela, ni comment appréhender le flot d'émotions qui le submergeaient.

L'espoir était la plus grande de toutes.

Mais il n'eut pas à réfléchir, car Cecilia l'embrassa.

C'était doux et tendre, et il lui semblait qu'ils avaient manqué tous les deux de douceur et de tendresse dans leur vie.

Peut-être était-ce pour cela qu'ils ressentaient le besoin de se le montrer l'un à l'autre.

S'il avait fait tant d'efforts pour l'éviter, peut-être était-ce parce qu'il ne voulait pas s'autoriser cela. Et, d'ailleurs, il n'était pas à l'aise avec cette idée.

Mais Cecilia en avait besoin. Et comment pourrait-il résister à lui donner ce qu'elle voulait ?

Cecilia ne savait pas vraiment ce qui avait changé en elle. Mais quelque chose s'était ouvert, comme une vanne libérant des eaux tumultueuses. Une place s'était libérée pour ça. Et maintenant que c'était fait, elle ne pouvait plus l'ignorer.

Au nouvel an, elle avait embrassé Brady parce qu'il lui avait fait ressentir quelque chose qu'elle ne voulait ni ne pouvait identifier.

Mais ça n'avait pas disparu. Alors elle s'était persuadé que c'était seulement de l'attirance. Et elle avait fait machine arrière quand Brady lui avait fait comprendre que ça ne pouvait pas être que cela.

Et maintenant elle l'embrassait. Elle lui disait que les choses avaient déjà changé.

Les mains de Brady étaient douces. Son baiser était renversant. Et c'était comme si en elle de minuscules pièces de puzzle, qui avaient toujours été éparses, s'emboîtaient parfaitement dans leur emplacement, et que tout prenait son sens.

S'il n'y avait pas eu les événements de cet après-midi, la crainte du changement aurait continué à dominer, et elle aurait persisté à se tenir éloignée de Brady.

Mais la peur de mourir lui avait fait ouvrir les yeux.

Accepter le changement, c'était difficile. Mais les regrets représentaient un prix trop lourd à payer.

Quel serait l'intérêt de cette vie si elle n'acceptait pas toutes les émotions qu'elle avait en elle ?

Elle n'était pas parfaite. Mais ce qu'elle ressentait pour Brady était réel. Ils étaient là.

Pourquoi avait-elle cherché à éviter cela ? Pour ne pas être embarrassée ? Pour ne pas être blessée ? Cela semblait tellement stupide en regard de ce qui aurait pu être son dernier jour sur la terre. Sans doute était-ce dramatique, mais ça l'avait menée là.

Personne ne l'avait jamais embrassée ainsi. Comme si elle était à la fois fragile et essentielle.

Mais il n'y avait pas que le baiser.

Personne, pas même Duke – le seul homme dans sa vie qu'elle s'était autorisée à aimer véritablement, à la fois comme oncle et comme figure paternelle – ne lui avait jamais donné l'impression qu'elle était comprise.

Personne n'avait jamais su voir qu'elle était un mélange de force et de faiblesse.

Elle ne voulait pas qu'on la protège, mais parfois elle avait envie qu'on la console. Elle n'avait besoin de personne pour mener ses propres combats, mais parfois elle avait besoin de quelqu'un pour panser ses blessures. Au propre comme au figuré.

Brady était tout cela, rien qu'en étant lui-même.

Il crispa les doigts dans ses cheveux, et le tendre baiser du début se fit plus passionné.

Quelque chose s'enflamma en elle, une faim dévorante dont elle ignorait l'existence. En tout cas, elle ne s'était encore jamais réveillée.

Mais à présent elle voulait se laisser envelopper par cette chaleur. C'était nouveau, c'était entêtant, et c'était meilleur que tout ce qu'elle avait connu avant.

Mais elle sentait que Brady commençait à se mettre en retrait.

— Tu es blessée, murmura-t-il contre sa bouche, comme s'il voulait mettre fin à leur baiser, mais ne pouvait s'y résoudre.

Elle ressentait vaguement que son corps était endolori, mais la douleur était étouffée par l'énergie explosive de son désir. Elle ne voulait pas seulement un baiser. Elle voulait sentir le corps de Brady sur le sien, la caresse de ses mains…

Le serrant dans ses bras avec passion, elle chercha à éveiller en lui la violence d'un désir qu'il s'acharnait à refouler.

— Je survivrai, dit-elle.

Oublier qui ils étaient, et ce qu'ils avaient à accomplir, tel était leur mot d'ordre. Dans cet endroit isolé, le monde extérieur lui semblait loin, et elle préférait ne pas penser aux conséquences de ce qu'ils allaient faire.

— J'en ai envie, Brady. Je te veux.

Il commença à la déshabiller, et elle avait conscience qu'il faisait attention à ses blessures. Mais ça ne la gênait pas.

Elle se sentait vénérée, et entourée par quelque chose d'immense qu'elle ne pouvait pas décrire. Une lumière, une chaleur, une renaissance.

Elle glissa les doigts dans ses cheveux, se concentra sur le plaisir et se donna comme elle ne l'avait jamais fait.

Pourquoi tant de craintes, alors que c'était si bienfaisant, si réconfortant et si juste ?

Elle avait une confiance absolue en Brady. C'était la personne vers qui elle allait quand elle avait des problèmes insurmontables. C'était avec lui qu'elle voulait être dans les situations dangereuses.

Toujours.

15

Lorsque le téléphone de Brady sonna, le tirant d'un profond et reposant sommeil, il sursauta.

Son intention n'était pas de s'endormir. Il n'avait pas non plus prévu de coucher avec Cecilia. Mais les deux s'étaient produits et lui laissaient une sensation d'apaisement. Au lieu de la sempiternelle panique qui le faisait sauter d'un problème à un autre, il avait l'esprit très clair.

Mais la culpabilité n'était pas loin. Ce n'était pas le bon moment… Et ce n'était pas particulièrement approprié.

Mais il avait trouvé ça juste. Bien plus juste que la plupart des choix qu'il avait faits au cours des dernières années.

Il avait passé beaucoup de temps à se convaincre que personne ne pouvait le comprendre comme le faisaient ses frères. Tous ensemble, ils avaient vécu une tragédie, quelque chose que personne d'autre ne pouvait imaginer.

Mais Cecilia ne le traitait pas comme un garçon qui avait passé ses jeunes années dans un gang.

Il bâillait quand son téléphone sonna à nouveau. Il avait presque oublié que c'était ce qui l'avait réveillé en premier lieu.

Un appel répété, quand le monde était encore plongé dans l'obscurité, ne présageait rien de bon.

Il attrapa son téléphone et vit le nom de Cody affiché sur l'écran.

— Il y a eu un incendie chez Duke, dit son frère, dès qu'il prit l'appel. Tout le monde va bien, mais c'était intentionnel. On a voulu nous faire peur.

Brady repoussa aussi doucement que possible Cecilia, qui dormait, blottie contre lui, et s'assit dans le lit.

— Tu es sûr que personne n'a rien ?

— Les chiens ont aboyé avant même le départ de feu. Ils ont dû entendre les rôdeurs. Au début, je me suis dit que c'était une ruse pour nous faire tous sortir, mais il ne s'est rien passé.

— Que se passe-t-il ? marmonna Cecilia, en se redressant.

Brady l'ignora.

— C'est sûrement Elijah.

— Je le pense aussi. Mais je ne comprends pas quel est son but. Toutes ces actions manquées, ça n'a pas de sens.

— Tu as raison. Écoute, j'explique à Cecilia, et on se met en route. Sois prudent. S'il se produit quoi que ce soit d'autre, appelle-moi.

— Qu'est-ce qui se passe ? demanda Cecilia, avant même qu'il ait appuyé sur le bouton de fin d'appel. C'est Mak ? Il lui est arrivé quelque chose ?

Il lui prit les mains.

— Mak n'a rien. Tout le monde va bien. Il y a eu un incendie chez Duke, mais tout le monde est sain et sauf.

Aussitôt, Cecilia repoussa le drap et commença à ramasser ses vêtements.

— Nous devons y aller.

— Non.

Il se leva à son tour et enfila son boxer, avant de faire le tour du lit.

— Assieds-toi. Ne te fais pas mal. Écoute-moi.

— Écouter ? Écouter ! On a brûlé leur maison. Que vont-ils devenir ? Je veux les voir.

— Ce n'est pas possible. C'est ce qu'il attend de nous. De toi. Réfléchis un peu.

— Je m'en fiche. Je ne vais pas rester assise là à attendre sans rien faire. C'est ce que tu attends de moi, Brady ? Eh bien, non ! Je refuse.

— Nous ne devons pas céder à la panique. C'est ce qu'il veut. C'est leur monde de fonctionnement à tous. Quand la peur gagne, ils gagnent aussi.

Il n'avait jamais été question pour lui de laisser gagner Elijah. Mais, aujourd'hui, ça semblait encore plus impératif pour apporter une conclusion à cette histoire. Pour le bien de tout le monde. Ensuite, Cecilia pourrait guérir. Duke pourrait reconstruire. Ils pourraient tous vivre normalement...

— Mais j'ai peur, Brady, avoua-t-elle, dans un murmure.

Il savait quel effort ça représentait pour Cecilia d'admettre cela.

C'est pourquoi il se livra lui aussi à une confidence.

— Je sais. Moi aussi. C'est normal de ressentir de la peur. Simplement, nous ne pouvons pas la laisser emporter toutes les décisions. Quand tu as récupéré Mak, tu n'as pas paniqué. Tu n'es pas venue me voir immédiatement. Tu as élaboré des plans, tu as été prudente. Et, jusqu'à maintenant, Mak est toujours en sécurité. Il faut que nous procédions de la même façon.

Cecilia reprit son souffle et hocha la tête.

— D'accord. Tu as sans doute raison.

— Nous ne pouvons pas tomber dans le piège tendu

par Elijah. Nous allons faire exactement le contraire de ce à quoi il s'attend.

Il soupira.

— Ça va tout changer. Mais, avant, nous devons aller sur le territoire des *Sons of the Badlands*. Elijah ne s'y attend pas, et l'élément de surprise jouera en notre faveur. Nous allons frapper quand il s'y attend le moins. C'est notre seule façon de gagner.

Cecilia scruta le visage de Brady, cherchant un doute, une trace de réticence... Comme à son habitude il ne laissait rein paraître.

Elle hocha la tête une seule fois.

— Bien. Rassemblons nos affaires.

Ils n'avaient dormi que quelques heures, mais ils allaient devoir vivre sur ce capital de sommeil pendant un moment.

Brady lui expliqua où se situait le chalet. Ce n'était pas très loin du camp des *Sons of the Badlands*. Ils allaient devoir réfléchir à une stratégie pour entrer dans la zone, mais le trajet jusque-là ne serait pas trop long. En tout cas, Cecilia avait envie d'y être avant le lever du soleil, même si ça pouvait prendre des allures de mission suicide.

— Même si le gang est plus vulnérable qu'il ne l'a été, le fait qu'ils vivent toujours à Flynn et n'envisagent pas de se regrouper dans un camp plus petit prouve qu'ils ne sont pas en train de se démanteler. Ça reste un emplacement historique, là où l'histoire d'Ace a commencé. Là où il s'est mis en tête de faire de ses fils des hommes.

— Si Elijah est le fils d'Ace, c'est peut-être lui qui assure la cohésion du groupe.

— Sans doute.

Brady était stoïque. Il s'appliquait à évaluer au plus juste la situation. Il élaborait des plans. Mais le poids de ce qu'il allait devoir affronter planait entre eux.

— Je sais que c'est difficile pour toi, dit Cecilia.

Brady haussa les épaules.

— Jamison l'a fait pour sauver Gigi. Je peux le faire aussi.

— La capacité à faire quelque chose, et l'épreuve que ça représente, ce n'est pas du tout pareil.

Il croisa son regard, depuis le côté opposé du lit.

— Si tu essayes de me dissuader d'agir, tu ne me connais pas très bien.

— Si la situation était inversée, tu ferais la même chose, mais tu te justifierais en disant que c'est pour me protéger.

— Ce n'est pas ce que tu tentes de faire ?

Elle haussa légèrement les épaules.

— Peut-être.

L'idée semblait un peu saugrenue. Après tout, Brady était plus grand et plus fort qu'elle, et il savait mieux qu'elle de quoi les *Sons of the Badlands* étaient capables. Même avec son expérience de policier, il y avait quelque chose d'un peu ridicule à penser qu'elle pourrait le protéger.

Mais plus elle en apprenait sur son effroyable enfance, plus elle avait envie de le mettre à l'abri au moins de ça.

— Ça n'affectera pas ma capacité à régler le problème, dit-il.

Cecilia se retint de lever les yeux au ciel. Tous les hommes étaient-ils aussi stupides, ou seulement les frères Wyatt ?

— Je m'inquiétais peut-être d'autre chose.

— Du genre ?

— Tes sentiments, Brady.

Il fronça les sourcils, comme s'il ne comprenait pas en quoi ça pouvait être une source d'inquiétude.

Elle en fut tellement irritée qu'elle révéla quelque chose qu'elle avait prévu de garder pour elle.

— Quand on tient à quelqu'un, on s'inquiète qu'il soit contraint de revivre ses traumatismes d'enfance.

Il la fixa un moment, puis il contourna le lit et vint lui caresser la joue.

— Je suis prêt à les revivre cent fois, pour cet innocent bébé. Pour mes frères. Pour les Knight.

Cecilia se sentit à la fois blessée et outragé. Il ferait cela pour beaucoup de gens. Formidable ! Tout à fait savoureux ! En matière de gifle en pleine face, on ne faisait pas mieux !

— Ce serait mon devoir, et il n'y aurait pas à tergiverser. Mais je ne le fais pas uniquement pour ça, Cecilia. Pas non plus parce que tu le ferais sans moi. Je le fais parce que tu as besoin que quelqu'un s'assure que tu fais attention à tes blessures et que tu te ménages.

Du bout des doigts, il lui caressa la mâchoire, lui arrachant un frisson.

— J'aime mes frères et je me sens tenu de les protéger, à cause de ce que nous avons vécu ensemble. Je sais qu'il en va de même pour eux. Mais, ce n'est pas la même chose avec toi.

— Où veux-tu en venir ?

— Eh bien, c'est qu'il n'y a pas d'obligation, cette fois. Pas vraiment. Je veux simplement me ranger à tes côtés, t'aider à mener tes combats. Et j'ai envie que tu sois dans mon camp.

Cecilia restait rarement sans voix. C'était pourtant le

cas à cet instant. Les grands discours n'étaient pas le fort de Brady, elle le savait. Ça ne l'avait pas empêché de se livrer comme jamais.

Elle s'éclaircit la gorge.

— Quand ce sera terminé...

Elle ne savait pas ce qu'elle essayait de dire.

Ou alors, elle le savait mais elle ne voulait pas se l'avouer.

Elle avait la gorge sèche, et les mots avaient du mal à franchir ses lèvres.

Brady déposa un chaste baiser sur son front.

— Réglons d'abord le problème avec Elijah.

Ce n'était pas la réponse qu'elle voulait. Ça ne la rassurait pas.

— Sache seulement que, si tu retires tout ce que tu as dit, je te fiche la raclée de ta vie et je dis à ta famille que tu es un crétin.

Un sourire étira les lèvres de Brady, en dépit de la menace qui planait sur eux.

— Marché conclu.

16

Il faisait encore nuit quand ils arrivèrent aux abords du campement. À l'est se dessinaient les premières lueurs de l'aube, mais le ciel d'un noir d'encre scintillait d'étoiles.

C'était beau, mais Brady se sentait oppressé. Son père pensait que cette terre lui avait délivré une sorte de pouvoir divin, et il n'avait jamais pu s'y attacher.

Pourtant il est resté, n'est-ce pas ? Il aurait pu quitter le Dakota du Sud, mais il vivait toujours à quelques minutes de route de l'endroit où étaient nés ses cauchemars.

Il n'était pas certain de ce que cela disait de lui et savait qu'il n'avait pas le temps d'essayer de le découvrir maintenant.

— Jamison et Liza m'ont fait un plan détaillé du campement. Ça n'a pas tellement changé depuis mon enfance. Quelques résidences permanentes avaient été ajoutées, mais elles ont été détruites par North Star.

North Star était une organisation secrète qui travaillait à faire tomber les *Sons of the Badlands*. Un grand coup avait été frappé avec l'arrestation d'Ace et l'élimination de quelques-uns de ses membres les plus influents. Mais le gang continuait à exister, et à causer du tort.

— D'après ce que je sais, ils se sont regroupés. L'habitat

est plus resserré qu'avant. Ça va nous aider. Mais je ne sais pas quel rang Elijah occupe dans la hiérarchie. Ace dirigeait encore le gang quand Liza s'y trouvait.

— Il a des hommes à son service, qu'il peut envoyer contre nous. Ça le place quand même assez haut.

— Je le pense aussi. Et tu sais, je type au pistolet, hier ? Je l'ai reconnu. Je ne connais pas son nom, mais son visage m'est familier. C'est un ancien du gang. Ce qui veut dire qu'Elijah doit avoir un peu d'autorité pour que des vétérans exécutent ses ordres.

— À moins qu'il ne cherche à renverser Ace. Il recrute parmi les *Sons of the Badlands*, comme il essaye de recruter chez les jeunes de la réserve.

— Pourquoi pas... Ce que nous savons, c'est que les fondations sont fragilisées par l'incarcération d'Ace. Il y a quelques mois, Cody les a entendus parler de vacance du pouvoir.

— Elijah y a peut-être remédié.

— C'est possible.

Brady prit une grande inspiration.

— Je vais travailler sur cette hypothèse, et il se trouve que je sais où se réunissent les puissants du groupe.

Cecilia se tortilla sur son siège. Ils étaient assis dans le noir, et il ne pouvait pas voir son visage. Mais il n'en avait pas vraiment envie. Il ne tenait pas à ce qu'on lui rappelle l'ancien statut de son père et il ne voyait pas non plus comment Cecilia pourrait être à l'aise avec cette situation.

— Tu sais, dit-elle, j'ignore tout de mon père. Il pourrait être le chef d'une autre bande quelque part. Il pourrait être un assassin, avoir fait des choses horribles...

— La différence, c'est que moi je sais, l'interrompit

Brady. J'apprécie ton effort pour me réconforter, mais je sais parfaitement qui est mon père, et ce qu'il a fait.

Probablement pas tout, mais suffisamment pour que ça le hante.

— Et moi, rétorqua-t-elle, je sais exactement qui tu es, et ce que tu vas faire.

La main de Cecilia trouva la sienne dans le noir.

Il la pressa et la garda un moment dans la sienne.

— Je veux que tu me promettes d'être honnête avec moi sur l'état de ta blessure. Si tu as mal, si ça saigne, tu dois me le dire, pour que nous nous arrêtions et remédions à cela.

Elle resta silencieuse quelques instants, et il attendit un mensonge ou des protestations.

— D'accord, dit-elle, d'un ton grave. Je te le promets.

Il lui pressa à nouveau la main.

— Bien. Allons-y.

Ils sortirent de la voiture, arrimèrent leur sac sur le dos et s'aventurèrent dans une zone rocailleuse qui s'étendait devant eux.

Brady avait mis son téléphone en mode silencieux, même si le réseau était aléatoire dans cette zone.

L'endroit n'avait pas tellement changé depuis qu'il avait dû y mettre à l'épreuve ses capacités de survie, alors qu'il n'était qu'un enfant.

Il détestait les Badlands et il avait horreur de la randonnée. Il préférait les collines verdoyantes autour du ranch, ou les pâtés de maisons des villes dessinés au carré.

Là, dans l'obscurité, dans ce paysage façonné par les méandres de la rivière et par le vent, il savait que le danger les attendait.

L'aube se levait dans un camaïeu de roses évanescents et de gris perle. Un timide rayon de soleil tentait de percer derrière l'écran cotonneux des nuages.

Une impression de sérénité accompagnait le lever du jour, mais Cecilia savait qu'elle était trompeuse.

Elle avait conscience que Brady marchait lentement pour lui permettre de suivre sans trop d'efforts. En temps normal, elle l'aurait sermonné pour ça, mais elle avait tellement mal...

Ses pieds, son corps, ses blessures, surtout le coup de couteau au flanc... Tout se rappelait douloureusement à elle.

Ses tempes battaient avec une régularité lancinante, et il lui semblait que sa boîte crânienne se contractait à chaque battement, lui broyant le cerveau. Et, même si Brady l'obligeait à faire des pauses régulières pour boire un peu d'eau, elle avait la bouche terriblement sèche.

Elle avait faim, mais elle se sentait aussi nauséeuse et totalement misérable. Elle continuait à avancer malgré tout, parce que Elijah avait fait incendier la maison de son enfance, et mis en danger les personnes qu'elle aimait le plus au monde.

Elle regarda l'homme qui marchait devant elle, baigné par les rayons d'or du soleil levant.

L'amour était une chose compliquée...

Elle rajusta son sac à dos, ravie de se concentrer sur le poids, qui lui semblait phénoménal en dépit du fait que Brady avait pris soin de le charger le moins possible, sur les bandoulières qui lui cisaillaient les épaules.

Tout valait mieux que de penser à l'amour.

— Tu as besoin d'une pause ?

— Non. Finissons-en plutôt.

— Nous sommes presque arrivés. En grimpant sur cette butte, nous pourrons voir le campement.

Il désignait une pente aride, parsemée des roches affleurantes.

— Je vais y aller. Tu n'auras qu'à rester en bas faire le guet.

Cecilia mit une main en visière au-dessus de ses yeux.

L'ascension semblait difficile, même pour une personne en pleine possession de ses moyens physiques. Cependant, elle n'avait pas envie de rester toute seule en bas, éventuellement prise en défaut par un assaillant sorti de nulle part.

— Voyons ce que je peux faire.

— Essaye de ce côté-là.

Il était évident qu'il n'avait pas envie de lui imposer l'ascension, mais il ne tenait pas non plus à la laisser seule.

Ils commencèrent à monter, et Brady ne cessa de la soutenir et de la guider.

Elle aurait voulu s'en irriter, mais elle savait qu'elle n'y serait pas arrivée sans lui.

Et, même avec son aide, elle se sentait à bout de forces quand ils arrivèrent au sommet.

Le territoire des Badlands s'étendait jusqu'aux abords du Parc national, tout en pics impressionnants et canyons vertigineux, avec ici et là un pan de verdure. Dans la plus basse vallée, à quelque distance de là, on voyait distinctement un campement.

Et, s'ils étaient seuls pour le moment, il était évident que ce promontoire était parfois utilisé. Il y avait une casemate en planches grossièrement assemblées, à demi dissimulée sous une élévation rocheuse, et des traces de pas.

— Un poste de guet, commenta Cecilia, à voix basse.

— On aurait pu tomber sur une relève de la garde, dit Brady, les yeux rivés vers la vallée. Mais ils ne sont pas toujours à l'affût. Étant donné qu'ils sont moins nombreux, ils ne montent sans doute la garde que lorsqu'il y a une menace.

— De quel ordre ?

— Flics. Agents fédéraux... Quelques mois avant que Jamison ne fasse sortir Cody, il y a eu une vaste enquête du fisc. Ils étaient sur les nerfs ici. Il y avait toujours quelqu'un qui faisait le guet.

Cecilia ne pouvait s'empêcher de dévisager Brady avec étonnement quand il lui livrait comme ça des informations sur son enfance. Il ne l'avait jamais fait avant et, s'il se décidait à se confier maintenant, c'était parce que...

Eh bien, peut-être parce qu'il avait décidé qu'il pouvait lui faire confiance. Ou parce qu'il se souciait d'elle... Ou autre chose...

Il désigna le campement en contrebas.

— Si Elijah a vraiment une position importante, ce que je crois, sa tente doit se trouver là-bas, au nord.

— Donc, on redescend et on fait route vers le nord ?

— Non. Cette zone est beaucoup plus surveillée que les autres. Des gardes sont positionnés tout autour du périmètre pour s'assurer que personne ne tente quoi que ce soit.

— On ne peut pas non plus traverser tout le campement.

— Non. Je serais reconnu immédiatement. De toute façon, je ne crois pas qu'Elijah soit ici en ce moment. Pour moi, il se trouve soit à la réserve, soit du côté des ranchs, où il pense que nous allons revenir illico. Donc, notre objectif est de lui barrer la route quand il reviendra ici, après avoir réalisé que nous ne sommes pas retournés à la maison.

Il désigna cette fois le côté sud.

— C'est l'entrée principale. Si tu regardes les traces de pneus, tu vois qu'il n'y a pas d'autre accès pour les véhicules.

— Il ne sera pas seul.

— Non. Et nous ne pouvons pas leur tendre une embuscade. Ça se terminerait en bagarre générale, et nous ne sommes pas de taille.

— Que proposes-tu, alors ?

Brady détacha son regard du campement et se tourna vers elle.

— Tu sais comment Jamison a organisé une diversion pour nous faire sortir, Gage et moi ?

Cecilia n'était pas certaine de vouloir le savoir. Chaque fois que Brady lui racontait une des anecdotes horribles de son enfance, elle avait envie de le serrer dans ses bras.

Ce n'était pas une réaction qui la mettait très à l'aise. Même si elle commençait à se faire à l'idée de… Eh bien, qu'elle ressentait quelque chose de spécial pour Brady.

— Il a fait sortir Cody deux ans avant nous. Puis ça a été le tour de Tuck. Ace était persuadé que Jamison avait tout orchestré, mais il n'a jamais pu le prouver. Il est entré dans une rage folle. Il a interrogé ses hommes, il a menacé la famille… Bref, pour en revenir à Gage et moi, il a coincé un type dont il savait qu'il était un indic des flics, et a appelé Ace pour lui dire qu'il avait trouvé le traître qu'il recherchait.

Cecilia écarquilla les yeux, sous le choc.

— Il a livré un homme à la vindicte d'Ace ?

Elle pouvait comprendre que Jamison soit prêt à tout pour sauver ses frères, mais ça la surprenait quand même.

— Pas exactement. Le type travaillait pour les flics, mais il avait retourné sa veste et avait fini par en tuer un. Donc, tout en organisant le rendez-vous avec Ace, il a aussi réussi à envoyer des preuves à la police et à les faire venir au campement.

— Ça semble plutôt alambiqué.

— Ça l'était. Et je ne sais pas combien de semaines il a travaillé sur son plan, à calculer minutieusement chaque détail. Et il a fait ça absolument tout seul.

Il marqua une courte pause, songeur.

— Enfin, je pense que Liza l'a aidé. Malgré tout, nous avons failli nous faire prendre. Toute cette organisation, et ça a quand même failli échouer.

Brady secoua la tête, comme pour se débarrasser de vieux souvenirs encombrants et douloureux.

— Bref, il nous faut une diversion de ce genre. Quelque chose pour occuper Elijah pendant que nous œuvrons à son arrestation.

— Comment allons-nous bien pouvoir faire ça ?

— Eh bien, il nous veut tous les deux pour des raisons différentes. S'il en capturait un…

— Tu ne penses pas sérieusement que l'un de nous pourrait servir de diversion ?

— C'est logique, pourtant. Un pour détourner l'attention, et un pour se charger de l'arrestation.

— Et, laisse-moi deviner, tu penses que tu pourrais être l'appât ?

— En fait non. Je pense qu'il serait préférable que ce soit toi.

17

Cecilia ouvrit de grands yeux.

Elle avait interrompu sa descente périlleuse le long de la butte parsemée de roches affleurantes, certaines pointues et aiguisées comme des lames.

Brady ne pouvait pas dire qu'il aimait cette idée, mais c'était la plus logique. Il pensait que Cecilia s'en serait rendu compte toute seule, mais ce n'était apparemment pas le cas.

— Ça prend pourtant tout son sens. Tu es blessée, donc c'est plus compliqué pour toi de passer inaperçue. Moi, je me peux me déplacer plus facilement sans attirer l'attention. En plus, je connais le campement comme ma poche. Et tu ne peux pas procéder à une arrestation, puisque ta juridiction se cantonne à la réserve. Étant donné que nous sommes encore dans les limites de Valiant County, j'ai plus de légitimité que toi. Surtout devant un tribunal.

Elle cilla, toujours muette.

Quand elle prit enfin la parole, ce fut pour répéter ce qu'il venait de dire.

— Un tribunal...

— Il faut que ce soit légal, Cecilia.

— Tu veux que je serve d'appât ? Alors que tu as toujours dit que nous ne devions nous séparer sous aucun prétexte ?

— Il ne s'agira pas vraiment d'une séparation, mais d'une illusion de séparation Et je ne ferai rien avant d'être absolument sûr que je pourrai vous suivre, vous observer et procéder à l'arrestation d'Elijah.

Cecilia se remit finalement en marche, acceptant qu'il la soutienne et la soulage ainsi d'une partie de son poids.

Lorsqu'ils atteignirent une zone plus plate, où les cailloux cédaient leur place à une maigre prairie, il détailla son plan.

— Il faut que nous restions sur la route, un peu à l'écart du campement. Le plus grand défi, pour le moment, est de trouver un moyen d'attirer l'attention d'Elijah avant qu'il n'y entre. Une fois qu'il t'aura attrapée, il faudra tout faire pour le tenir éloigné de ses troupes.

— Tu vas le laisser m'attraper !

— Tu peux refuser, Cecilia. Je ne t'oblige à rien. Si tu ne veux pas le faire, nous trouverons un autre plan.

Et il avait presque envie qu'elle refuse, même s'il savait qu'il n'y avait pas vraiment d'autre moyen.

— On ne peut pas faire ça à deux. C'est impossible. Ils sont des centaines ici pour soutenir Elijah.

— Et à trois ?

Au son d'une autre voix, Bradley se retourna, son pistolet à la main. Il n'avait pas entendu un bruit.

Il avait failli tirer sans sommation, mais la voix lui était familière.

Brady dévisagea son frère pendant une bonne vingtaine de secondes, avant de réagir.

— Tucker. Mais, comment… Qu'est-ce que tu fiches ici, bon sang ?

Tucker afficha un grand sourire.

— Je suis inspecteur. J'inspecte.

Cela n'avait aucun sens. Brady considéra son frère avec un froncement de sourcils.

— Ce n'est pas ta juridiction.

Tucker haussa les épaules.

— C'est une opération complexe, impliquant différentes agences fédérales, ainsi que la police locale.

Tucker enquêterait donc sur les *Sons of the Badlands* sans que personne ne soit au courant ?

Voilà qui était pour le moins étrange.

— Et tu es tombé sur nous par hasard, au milieu de nulle part ? s'étonna Cecilia.

Elle ne cherchait même pas à dissimuler sa suspicion.

— Ce n'est pas n'importe quel endroit, répondit Tucker, sans paraître offensé. Il s'agit du poste de guet des *Sons of the Badlands*, qui surplombe tout le campement. Et comme il se trouve que je suis là, je peux vous aider.

— Comment nous as-tu trouvés ? demanda Brady.

— Je ne suis pas ici pour vous. Ça concerne mon enquête. Je vous ai entendus et je me suis approché. Au fait, j'ai entendu ce que vous projetiez, et c'est totalement suicidaire sans renfort.

— Je ne dirai pas qu'une personne de plus constitue un renfort, rétorqua Cecilia.

— Elijah a établi un campement entre les deux ranchs. Il n'a que deux hommes avec lui. Ceux qui ont mis le feu sont partis. Donc, on peut dire qu'il voyage léger. Trois contre trois, ce n'est pas si mal.

Brady voulut dire que Cecilia était blessée et qu'elle ne

comptait pas pour une personne entière. Mais il réalisa que c'était insultant pour elle.

— Tu plaisantes, dit Cecilia. Tu ne peux pas croire qu'on puisse avoir le dessus dans une situation comme celle-ci.

La jovialité forcée de Tucker s'évanouit.

— Vous ne me faites pas confiance pour vous aider ?

Brady n'avait jamais remis en question l'honnêteté ou la loyauté de son frère. Même quand ils étaient enfants, Tucker était la probité même.

— Bien sûr que si, dit-il.

— Parle pour toi, objecta Cecilia. Ses explications sont suspicieuses en diable. Je n'y crois pas une seconde.

— Cecilia ! protesta Brady, entre ses dents.

— Ce n'est rien, dit Tucker. Rien ne l'oblige à me faire confiance. Mais toi, tu me crois, n'est-ce pas ?

Pas une fois sans sa vie il n'avait hésité à faire confiance à l'un de ses frères. C'est pourquoi il éprouvait une sorte de malaise à tergiverser maintenant.

Mais il avait l'intuition que quelque chose ne tournait pas rond. Et ça l'agaçait prodigieusement de ne pas réussir à déterminer de quoi il s'agissait.

Cecilia sentait monter des larmes de frustration derrière ses paupières. Tucker Wyatt n'était pas un espion des *Sons of the Badlands*. Elle le ressentait au plus profond de son cœur.

Mais son esprit lui soufflait qu'il se comportait comme tel.

Il n'était pas besoin de bien connaître Brady pour voir qu'il hésitait aussi, et que cette réaction lui coûtait. Lui faisait du mal.

D'où l'envie de pleurer. Parce que l'idée que la trahison potentielle rongeait le cœur de Brady lui faisait terriblement mal.

Comment pourraient-ils confier leur vie à Tucker, quand il était évident qu'il ne disait pas la vérité ?

— Je te fais confiance, Tuck.

Le ton de Brady était très solennel, comme s'il pesait chaque mot un à un.

— Tu ne m'as jamais donné de raisons de douter de toi.

Cecilia tint sa langue, même si le fait d'apparaître subrepticement au beau milieu de nulle part était hautement suspicieux.

— Ma théorie est qu'ils rentreront au campement cet après-midi, expliqua Tucker. Ils ne vont pas traîner trop longtemps autour des ranchs, à attendre que vous vous montriez. Parce que, si vous n'êtes pas revenus précipitamment à l'annonce de l'incendie, rien ne vous fera revenir.

— Tu étais là quand Cody m'a appelé pour me prévenir qu'il y avait eu le feu ?

— Dans la pièce avec lui ? Non. Dev et moi étions en train d'inspecter les lieux, pour trouver des signes de présence d'Elijah et ses hommes.

— Mais tu étais au ranch quand le feu a démarré ?

— Eh bien... Oui. Nous y venions à tour de rôle. Si nous avions tous été rassemblés, ça aurait paru bizarre. Donc, Jamison et Liza sont retournés à Bonesteel avec Gigi. Cody fait des travaux chez lui et il s'est installé chez les Knight avec Nina et Brianna pour la durée des travaux. Quant à moi, je vais et viens comme j'en ai l'habitude. Même si j'essaye de rester un peu plus longtemps, sans attirer l'attention.

Tucker regarda tour à tour Brady et Cecilia.

— C'est bien ce que nous avions décidé au départ, non ?

Tout était crédible, et Tucker semblait à l'aise avec les questions et ses réponses.

Cecilia se dit qu'elle n'avait aucune raison de continuer à douter.

Et pourtant, c'était bien le cas.

— Nous avons quelques heures pour mettre en place une sorte de piège. Quelque chose qui empêchera Elijah de se rapprocher du campement. Bien sûr, le problème majeur est qu'il pourrait facilement envoyer un message pour demander du renfort...

Brady aida Cecilia à franchir un passage particulièrement périlleux, où elle avait du mal à trouver son équilibre. Elle se laissa faire sans commenter.

Tucker suivait, apparemment enchanté de ce silence, et de l'absence de réaction à sa proposition.

— On va provoquer une crevaison, expliqua-t-il. Puis, un peu plus loin sur la route, on va l'attirer dans une embuscade.

Brady se retourna.

— Ils ne vont pas immédiatement appeler à l'aide s'ils ont eu crevaison ?

— Ça dépend s'ils sont pressés. Les crevaisons ne sont pas inhabituelles dans le coin. Ils en ont sûrement l'habitude. Pas la peine d'appeler quelqu'un s'ils peuvent changer rapidement la roue eux-mêmes.

— C'est ridicule ! décréta Cecilia. Elijah ne va pas perdre son temps à ne rien faire pendant que ses sbires changent la roue.

Tucker ne protesta pas. Il ne se précipita pas non plus pour approuver sa remarque.

Alors, elle continua à argumenter.

— Ça ne peut pas être une situation qui réclame une aide extérieure. Il faut que la décision de sortir de la voiture vienne d'eux. Et ça ne doit pas non plus éveiller leurs soupçons.

Tucker et Brady réfléchirent à cela tandis qu'ils poursuivaient leur descente vers la vallée.

Quand elle souffla entre ses dents, parce qu'elle avait atterri trop brusquement sur ses jambes déjà douloureuses, provoquant une douleur vibrionnante, Brady tendit la main pour l'aider.

Elle remarqua que Tucker avait observé l'échange avec intérêt, et elle réalisa que Brady n'avait pas dit à son frère qu'elle était blessée.

C'était une information pertinente, au moment où ils élaboraient une stratégie d'attaque. Pourtant, il avait éludé le sujet.

Peut-être n'avait-il pas non plus entièrement confiance en Tucker.

Le cœur de Cecilia se serra, parce qu'elle savait que ça devait le ronger de douter ainsi d'un de ses frères.

Et si sa première intuition était finalement la bonne ? Si Tucker mijotait quelque chose ?

Le clan Wyatt serait dévasté.

Ils continuèrent à marcher en silence.

Cecilia gardait un œil sur Tucker. Il avait une idée derrière la tête. Elle ne voulait pas penser que ça puisse être criminel. Mais de quoi d'autre pouvait-il s'agir ? Si ça avait été anodin, il le leur aurait dit.

Ils approchaient à présent du chemin menant à l'entrée du campement.

— Puisque je dois être faite prisonnière, pourquoi

ne pas m'utiliser comme diversion dès maintenant ? demanda-t-elle.

— Il va peut-être se méfier, s'il tombe comme ça sur toi, répondit Brady.

Ils s'arrêtèrent, et Brady lui tendit une bouteille d'eau, ce qui lui valut à nouveau l'attention de Tucker.

Croisant ses yeux dubitatifs, Cecilia haussa un sourcil, le mettant silencieusement au défi de faire un commentaire.

Tucker se contenta de regarder ailleurs.

Décidément, quelque chose clochait.

— Il faut le mettre en scène, suggéra-t-elle. Disons que j'essaye de me rendre au campement, que je fais tout pour ne pas être vue et, manque de chance, Elijah m'aperçoit.

Brady étudia l'environnement.

— C'est trop à découvert. Que ferais-tu ici, alors que tu pourrais passer par la colline ?

Cecilia hésita. Le plus logique était de mettre en avant ses blessures, de faire valoir qu'elle recherchait un terrain plat pour plus de confort. Mais Brady n'avait pas évoqué ses blessures.

Elle adressa un sourire forcé à Tucker.

— Tu nous accordes un instant ?

Tucker eut une moue perplexe.

— Hein ?

— Je veux parler à ton frère en privé. Tu peux t'éloigner un peu ?

Elle désigna une grosse roche plate à distance.

— Tu n'as qu'à t'asseoir là-bas.

— Tu n'es pas sérieuse ? répliqua Tucker.

Et son humiliation ne semblait pas feinte. C'était même la seule réaction véritable qu'il leur offrait depuis qu'il était « tombé sur eux par hasard ».

En tout cas, il était bon de voir que quelque chose pouvait provoquer une réponse sincère de sa part.

— Je suis très sérieuse. Ce que j'ai à dire à Brady est personnel. Alors...

D'un geste impatient de la main, elle lui fit signe de s'éloigner.

Tucker tourna un regard indigné vers Brady.

Ce dernier soupira.

— Laisse-nous quelques minutes, Tuck. Ça ne te concerne pas, de toute façon.

Tucker pinça les lèvres, mais il finit par obtempérer.

Il n'était vraiment pas content, ce qui pouvait tout aussi bien s'expliquer par l'envie d'aider envers et contre tout, ou par des velléités de sabotage.

Elle reporta son attention sur Brady et fut surprise par le brusque élan de tendresse qui l'envahit. Il lui fallait absolument l'évacuer et se concentrer sur la situation.

— Je ne voulais pas le dire devant lui mais, si je surjoue la douleur causée par mes blessures, ce serait une raison plausible pour qu'Elijah croie que j'ai choisi la route la plus facile.

— Peut-être. Mais seulement s'il faisait nuit. Il n'y croira pas si tu le fais en plein jour. Il n'y a aucune raison.

Cecilia grimaça. C'était assez vrai. Mais, si Elijah revenait cet après-midi, ils n'avaient pas le temps pour organiser ça.

— Pourquoi tu as demandé à Tucker de s'éloigner pour me dire ça ? s'enquit Brady.

— Pourquoi tu ne lui as pas dit que j'étais blessée ?

Brady se passa une main sur le visage.

— Je ne sais pas.

— Moi, je sais, Brady. Tu n'as rien dit, parce que nous

ne pouvons pas lui faire confiance pour le moment. Quelque chose cloche dans son histoire.

Le front plissé par la perplexité, Brady jeta un coup discret à Tucker, qui leur tournait le dos.

— Je ne peux pas m'autoriser à ne pas faire confiance à mon frère. Pas Tuck. Il ne ferait jamais rien contre notre famille… Il est évident qu'il se passe quelque chose dont il ne veut pas nous parler. Mais ça ne veut pas dire que c'est illégal ou criminel.

Cecilia était partagée.

Elle comprenait sa loyauté, le besoin qu'il avait de conserver sa confiance à son frère.

Mais elle ne pouvait pas se laisser piéger dans le feu croisé d'une loyauté mal placée.

18

Brady se sentait écartelé entre deux directions. Mais ce n'était pas une situation en noir et blanc. De subtiles nuances existaient.

Rien n'était clair. Il n'y avait pas de bonnes réponses.

Il devait faire confiance à son frère. Son cadet, qui avait toujours été gentil, droit, et dévoué à sa carrière au service de la loi. C'était lui qui avait fait tomber Ace et une partie de son état-major. Il devait absolument croire en lui. C'était la juste chose à faire.

Mais lui aussi avait fait une belle carrière dans la police, en étant attentif aux faits, bien sûr, mais en sachant aussi écouter son intuition. Or, son intuition s'époumonait à l'avertir que quelque chose n'allait pas.

Et puis, il y avait Cecilia. Il l'avait invitée à s'asseoir parce qu'elle était livide. À cet instant, ses yeux lançaient des éclairs dans la direction de Tucker, qui revenait vers eux.

— J'ai une idée, dit-il, d'un air morose. Elle ne va probablement pas vous plaire.

— Ah, tu commences à comprendre, marmonna Cecilia.

Tucker ne releva pas.

— Voilà ce que je me suis dit : Elijah s'attendait à ce que vous reveniez illico au ranch des Knight, après l'incendie.

Il se dit que vous êtes en colère, d'accord ? Donc ce ne serait pas tout à fait anormal que vous veniez au camp réclamer des explications.

— Ce serait suicidaire, protesta Brady.

— Pas forcément. Nous n'avons aucune preuve qu'Elijah ait déjà tué quelqu'un.

— On pourrait dire la même chose à propos d'Ace, rétorqua Brady, d'un ton amer.

Tucker secoua la tête.

— Ce n'est pas du tout le même cas de figure. C'est vrai qu'Elijah pourrait se servir de ses sbires pour faire le sale travail. Ace a usé et abusé de cette méthode. Mais Elijah n'est pas Ace. Il n'est pas le chef des *Sons of the Badlands*.

Brady voulut l'interrompre, mais Tucker semblait avoir deviné ce que son frère allait dire.

— Il aimerait prendre la place, c'est vrai, et il va peut-être y arriver. Mais il a passé une grande partie de sa vie en dehors du camp. Il n'a pas tous les automatismes du gang, ni sa culture du crime.

Cecilia ne put s'empêcher d'intervenir.

— Moi, ce que je crois, c'est qu'Elijah nous prend pour des imbéciles. Il se croit beaucoup plus malin que nous. Et je suis persuadée qu'il rêve d'un face-à-face. Il veut parler. Il ne tirera pas sans sommation.

— Mais il pourrait le faire, insista Brady. Imaginons que nous laissions Cecilia toute seule ici au milieu de la route… Il pourrait l'éliminer en deux secondes.

Il secoua vigoureusement la tête.

— Je ne suis pas d'accord.

— Je suis la seule à savoir où se trouve Mak. Il a besoin de moi. La preuve, ses sbires ne m'ont pas tuée. Ils ont seulement essayé de m'enlever.

Impatient, Tucker s'adressa à son frère.

— De toute façon, tu serais un meilleur appât. Tu es un Wyatt. Le fils d'Ace. Même si ce dernier est en prison, nous savons qu'il a encore du pouvoir. Elijah ne parviendra peut-être pas aussi facilement à prendre la place tant convoitée du chef. En plus, tu représentes une menace pour lui. Il pourrait prétendre que tu cherches à l'éliminer et te ramener au camp pour faire un exemple.

— Non, dit Cecilia, en se levant. On a décidé que je serais l'appât, pour une bonne raison. On ne va pas changer de plan sans arrêt.

— Mais vous n'êtes plus seuls, objecta Tucker. Je suis là aussi.

— Si ce n'est pas moi qui vais affronter Elijah, alors ce ne sera personne.

— Dis donc, vous avez l'air de veiller de près l'un sur l'autre.

— Et alors ? répliqua-t-elle. Ça te dérange, Tucker ? Tu as un problème avec les gens qui veulent que les autres restent en vie ?

Sans penser à ses blessures, elle se rua vers Tucker, prête à le frapper, mais la brusquerie de son geste lui arracha une grimace de douleur.

Tucker l'ignora et tourna les yeux vers son frère.

— Tu le ferais ?

Cecilia se retourna, folle de rage.

— Fais bien attention à ta réponse, Brady.

Brady s'accorda quelques secondes de réflexion.

Il n'aimait pas spécialement qu'on lui donne des ordres avec cet air arrogant. Mais il avait compris que

Cecilia n'était motivée que par l'inquiétude qu'elle se faisait pour lui.

Elle tenait à lui. Elle ne voulait pas le voir prendre des risques inconsidérés. Et il était dans le même état d'esprit.

Voyant que Tucker attendait une réponse, il se décida à reprendre la parole.

— Si nous l'attirons dans une embuscade, il nous verra comme des agresseurs. Et, même s'il pense que nous sommes stupides, il soupçonnera que nous ne sommes pas seuls.

Le visage de Tucker était impassible, et cet horrible sentiment qu'il ne devait pas lui faire confiance continuait à ronger Brady.

Le bruit d'un moteur les fit soudain se retourner. Le véhicule n'était pas encore visible, mais le vent charriait les sons jusqu'à eux, à travers la vaste étendue à découvert.

Tucker jura.

— Nous n'avons plus le temps de penser à un plan. Cachez-vous.

Il regarda hâtivement autour de lui.

— Là, dit-il, en désignant un amas de roches qui formaient comme une petite hutte.

— On ne tiendra pas à trois, mais je vais remonter un peu. J'ai repéré un autre abri à quelques mètres de celui-ci.

Il n'attendit pas de voir si Brady était d'accord et se mit à courir.

Brady ne pouvait que lui donner raison. Ils n'avaient pas le temps de se disputer. Il prit la main de Cecilia et l'entraîna vers le tas de pierres.

— Installe-toi au fond, lui dit-il, et essaye de trouver une position confortable pour tes blessures.

Elle marmonna avec irritation, mais se glissa dans l'anfractuosité, et il se recroquevilla devant elle.

Normalement, ils étaient suffisamment bien cachés pour que personne ne puisse les voir…

Le bruit de moteur s'entendait plus distinctement, mais il était difficile de déterminer à quelle distance le véhicule se trouvait. Dans la vallée, les bruits étaient déformés, se répercutant en écho sur les parois rocheuses, portés par un vent violent.

La seule chose que pouvait faire Brady, c'était se tenir le plus immobile possible, en s'efforçant de ne pas écraser de son poids Cecilia.

Les secondes s'écoulaient avec une lenteur insupportable, mais il avait été entraîné à affronter ce genre de situations.

Il ne pouvait pas perdre son temps à faire des suppositions. Il ne pouvait pas laisser son esprit divaguer.

La bonne méthode était de respirer, de s'apaiser, et attendre avec confiance le passage de la voiture.

Tout allait se dérouler parfaitement bien.

Il savait que le véhicule approchait, mais il ne parvenait pas à estimer la distance exacte.

Il ne saurait qu'il les avait dépassés que lorsqu'il ne l'entendrait plus du tout.

Une portière claqua.

Cecilia et Brady sursautèrent. Leur entraînement de policiers leur permettait de tempérer des réactions normales, mais il ne pouvait supprimer totalement certains réflexes.

La main de Cécilia trouva son bras et le pressa.

Leur respiration s'était accélérée, mais ils s'efforçaient tous deux de la contrôler.

Inspirer. Expirer. Lentement. En douceur.

Le cœur de Brady battait si fort à ses oreilles qu'il n'entendait rien.

Ou alors, il ne se passait rien du tout. La voiture s'était peut-être déjà éloignée...

— J'ai vu quelque chose.

La voix était parfaitement distincte, proche... et Brady l'identifia comme étant celle d'Elijah.

Il tendit l'oreille et perçut des bruits de pas. Il semblait que les hommes à qui Elijah s'était adressé se séparaient pour aller dans des directions opposées.

Brady était tenté de jeter un coup d'œil, mais Cecilia lui pressait à nouveau le bras, comme pour l'en dissuader.

De temps en temps, le silence était brisé par des voix étouffées, des bruits de pas, ou des éboulis de cailloux.

Puis on entendit les sons caractéristiques d'une bagarre. Des coups portés. Des grommellements de douleur.Et une voix que Brady ne connaissait pas s'éleva.

— J'ai trouvé un Wyatt.

. Les ongles de Cecilia s'enfoncèrent dans la chair de Brady, comme si elle voulait le clouer sur place.Il savait qu'il devait rester en place. Aussi, il s'accrocha à l'idée que Tucker pouvait se débrouiller tout seul. Il était intelligent. Et, en tant que Wyatt, il avait plus de valeur vivant que mort.

— Je dois dire que ce n'est pas le Wyatt auquel je m'attendais, commenta Elijah.

Il était surpris de découvrir Tucker. Donc la raison de la présence de Tucker sur le territoire des *Sons of the Badlands*, n'avait peut-être pas de rapport avec eux.

À moins que seul Elijah ne soit pas concerné...

— Bien sûr, reprit le malfrat, quand il y en a un, il peut y en avoir d'autres.

— Ouais, probablement, répondit Tucker, d'un ton enjoué. Quel bonheur de revenir à la maison !

Cecilia reprit son souffle, surprise, et Brady lui prit la main pour la rassurer. Tucker n'était pas en train de les trahir. Il bluffait.

— Frappez-le jusqu'à ce qu'il parle, ordonna Elijah, d'une voix morne, comme si tout cela l'ennuyait profondément.

L'ordre fut aussitôt suivi de bruits de coups.

Brady ferma les yeux, même s'il ne voyait rien depuis sa cachette.

Tucker pouvait le supporter. Il pouvait gérer la situation.

Quant à lui, il ne fallait pas qu'il bouge. Il devait protéger Cecilia. Tucker était un grand garçon. Il s'en sortirait.

Mais, après quelques secondes de ce traitement, Brady n'y tint plus. Il ne pouvait pas rester sans rien faire pendant que son frère se faisait massacrer par trois hommes.

Il essaya de bouger, mais Cecilia le retint.

— Laisse-les le capturer, chuchota-t-elle. Nous irons le secourir plus tard.

Brady secoua la tête et libéra son bras. Puis il se redressa et se défit de son sac à dos, qu'il posa à côté de Cecilia.

— Je ne peux pas. Je suis désolé.

Il déposa un bref baiser sur ses lèvres.

— Si tu avais été à la place de Tucker, comme nous l'avions prévu, je n'aurais pas pu le supporter non plus. Pardonne-moi.

Puis il la laissa. Elle avait des armes, un téléphone portable, quelques vivres, et une chance de s'échapper.

Tucker n'était pas aussi bien loti, et il ne pouvait pas l'abandonner à son triste sort.

Sous le choc, Cecilia resta immobile presque une minute. Toutes ces discussions et ces accrochages à propos de leur plan… Et voilà que ça partait en fumée.

Brady était parti, fort de ses convictions.

« Je n'aurais pas pu le supporter non plus. »

Cette déclaration tournait en boucle dans son esprit.

Il avait prévu qu'elle se fasse capturer, mais il n'aurait jamais pu aller jusqu'au bout de leur plan.

Elle aurait voulu se mettre en colère, courir après lui et le ramener à l'abri de leur petite hutte de pierres.

Mais elle comprenait très bien ce qu'il avait voulu dire. Même elle, qui était à demi convaincue que Tucker avait basculé du mauvais côté, trouvait douloureux d'entendre un ami d'enfance se faire rosser.

S'il s'était agi d'une de ses sœurs, elle n'aurait même pas attendu aussi longtemps.

Il n'empêche que c'était suicidaire. Brady et Tucker étaient probablement capables de lutter contre trois hommes, mais les sbires d'Elijah devaient être armés.

Peut-être Brady et Tucker étaient-ils protégés par leur nom de famille, mais, s'ils ripostaient trop fort, Elijah ne serait-il pas tenté de les éliminer ?

Et que pouvait-elle faire ? Il n'y avait pas de réseau de téléphonie mobile ici. Elle pourrait ouvrir le feu, mais ça ferait d'elle une cible.

Et si elle se faisait capturer, comment sortiraient-ils de ce bourbier ? Il fallait bien que quelqu'un aille chercher de l'aide…

Les bruits de bagarre résonnaient cruellement à ses oreilles, et elle essaya de contrôler sa respiration pour se calmer.

Elle devait réfléchir posément, sans que les sentiments ne viennent corrompre son jugement.

L'émotion était mauvaise conseillère et pouvait conduire à les faire tuer.

Brady parlerait-il sous la torture ? Révélerait-il où se trouvait Mak ? Elle ne le pensait pas. Elle était quasi certaine qu'il mourrait sans rien dire.

Mais Tucker ?

Autrefois, elle aurait placé toute sa confiance en lui, mais plus maintenant. Son comportement était par trop étrange.

Elle ne pouvait pas les laisser se faire capturer. Ou en tout cas, pas pour une trop longue durée.

Mais, avant de prendre une décision, elle devait regarder ce qui se passait.

Peut-être lui serait-il possible de tirer et d'abattre les trois hommes à la suite, mettant un terme à la situation...

Elle ne le saurait que si elle prenait le risque de voir et d'être vue.

Elle sortit son pistolet de son holster et reprit une dernière fois son souffle, apaisant son rythme cardiaque, réprimant le tremblement de ses membres.

Puis, lentement, elle avança la tête hors de l'anfractuosité.

Tucker et Brady tenaient bon, travaillant en équipe pour prendre le dessus sur les deux autres hommes, qui agissaient individuellement.

Les sbires d'Elijah frappaient, mais ils semblaient retenir leurs coups, comme s'ils ne voulaient pas neutraliser leurs adversaires.

De plus, ils portaient des armes à leur ceinture, mais ne les utilisaient pas. Pourquoi ?

Rien de ce qui se déroulait sous ses yeux n'avait de sens.

Elle leva son arme et essaya de tester si elle pouvait faire feu à deux reprises et abattre les deux hommes sans qu'ils aient le temps de riposter.

La bataille était trop serrée. Elle risquait de toucher Brady ou Tucker.

Soudain, une pensée la traversa. Pourquoi n'y avait-il que deux hommes ?

Où était passé Elijah ?

Elle regarda vers la voiture que le malfrat et ses hommes avaient abandonnée au beau milieu du chemin.

Le moteur tournait toujours, mais elle ne voyait personne.

Elijah était-il parti à pied vers le camp, laissant ses subordonnés régler le problème ?

Non, il n'aurait jamais fait cela.

Il y eut un craquement derrière elle. Comme un pistolet qu'on armait. Puis elle sentit le contact froid du métal contre sa nuque.

Elle se figea.

— Eh bien, eh bien... Qu'avons-nous là ?

La voix d'Elijah susurrait à son oreille.

— Tu ne l'avais pas vu venir, hein ?

Il lui prit son arme, et elle fut obligée de le laisser faire.

Parce qu'elle savait qu'Elijah n'hésiterait pas à tirer si elle le provoquait.

— Et maintenant viens avec moi, ajouta-t-il. On a des choses à se dire.

19

Brady prit un coup de poing dans le bas du dos et faillit perdre l'équilibre. Mais Tucker était là, assurant ses arrières et bloquant le coup suivant, avant de frapper à son tour.

Ils avaient tous les deux du mal à respirer, frappant sans relâche, mais ne parvenant pas à prendre le dessus sur leurs adversaires.

C'était sans issue, réalisa Brady, tandis qu'il se baissait pour éviter un nouveau coup.

— Quelque chose ne tourne pas rond, murmura-t-il à son frère.

Tucker abattit son poing sur l'un des deux hommes qui s'acharnaient sur eux.

Deux.

Pourquoi n'étaient-ils que deux ?

— Où est passé Elijah, demanda Brady.

Tucker jura. Puis, en moins d'une seconde, envoya son coude sur la tempe de son assaillant, qui s'effondra. D'un geste fluide, et sans aide de la part de Brady, il parvint ensuite à faire une clé d'étranglement à l'autre homme.

Tucker avait-il retenu ses coups jusqu'à présent ? Dans quel but ?

Brady se poserait des questions plus tard.

Laissant Tucker menotter les deux hommes, il partit à la recherche d'Elijah.

Rien.

Regardant vers la cachette de Cecilia, il découvrit deux silhouettes.

Elles étaient trop loin pour qu'il puisse avoir la certitude qu'il s'agissait bien de Cecilia et Elijah. Mais, qui d'autre cela pouvait-il être ?

— Vas-y, dit Tucker. Suis-les. Je serai juste derrière toi. Nous devons savoir où il l'emmène.

— Non. Tu ne vas pas me suivre. Tu vas appeler des renforts. On ne peut pas faire ça seuls.

Son frère ne se comportait pas normalement. Rien de ce qu'il faisait n'avait de sens. Mais Brady n'avait pas d'autre choix que de lui faire confiance.

— Promets-moi.

Tucker s'agenouillait pour menotter les hommes dans le dos, à l'aide de liens en plastique qu'il avait sortis de sa poche.

— Vous pourriez être tués tous les deux le temps que les renforts arrivent, rétorqua-t-il. Et tu n'as même pas d'arme.

— Je tente ma chance.

Brady s'éloignait déjà de Tucker et se dirigeait vers Cecilia.

Elijah et elle avaient disparu derrière une large formation rocheuse.

En passant devant leur cachette, il vit qu'un feu avait été allumé. Son sac de voyage et celui de Cecilia étaient en train de flamber. Il n'y avait aucune chance de sauver quoi que ce soit.

Il était totalement démuni, désarmé, et Elijah pouvait l'abattre quand il le voulait.

Mais, s'il avait voulu sa mort, ce serait déjà fait.

Quelque chose semblait retenir Elijah. L'ombre d'Ace ? Une sorte de loyauté familiale ?

Le doute était permis, et Brady était prêt à prendre le risque.

Et si Tucker n'appelait pas de renforts ?

Brady ralentit le pas.

C'était une peur irrationnelle. Son frère avait neutralisé deux hommes. Il s'était battu à ses côtés. Il ne l'abandonnerait pas.

Il n'empêche qu'il avait retenu ses coups et qu'il aurait pu terminer cette bagarre beaucoup plus tôt.

Même s'il se passait des choses étranges avec Tucker, ça ne voulait pas dire pour autant qu'il aidait Elijah et les *Sons of the Badlands*.

Brady devait cesser de laisser des doutes stupides le ronger.

Même quand la vie de Cecilia était en jeu ?

Le choix était trop difficile.

Faire confiance à son frère par-dessus tout ?

Faire courir un risque à Cecilia ?

Il y avait trop de choses en jeu pour faire une erreur.

Le mieux était qu'il se concentre sur lui-même, sur ce qu'il avait à faire.

Finalement, la situation n'était pas très différente du plan de départ. Cecilia devait se laisser capturer, et il la suivrait à bonne distance. Il lui suffirait ensuite d'arrêter Elijah.

Sans arme, sans menotte, sans aide d'aucune sorte.

Au lieu de courir, Brady avait adopté une marche rapide. Le sol sablonneux et gravillonné laissait des traces de pas suffisamment profondes pour qu'il puisse aisément les suivre.

De temps en temps, il s'arrêtait pour écouter et essayer de déterminer à quelle distance il se trouvait, mais il n'était jamais assez près pour entendre des protestations ou des bruits de lutte.

Cecilia ne se laisserait pas facilement mettre en échec, même si Elijah avait une arme.

Peu à peu, le paysage lui devint familier. Beaucoup trop familier.

De vieux souvenirs tentaient de remonter à la surface. C'était là qu'Ace l'avait abandonné un jour, à sept ans, en lui disant de se débrouiller pour revenir au camp. C'était le moyen que son père avait trouvé pour l'endurcir, pour faire de lui un homme…

Quand il faisait des cauchemars, ils se déroulaient tous ici. Suivre ce chemin serait comme cheminer à travers son enfer personnel.

« Je ne retournerai jamais là-bas. Quelle qu'en soit la raison. C'est une promesse que je me fais à moi-même, et je ne la briserai jamais. Quoi qu'il arrive. »

Il se souvenait parfaitement des mots qu'il avait prononcés, s'adressant à ses frères et à sa grand-mère, et à quiconque avait bien voulu l'écouter la première année où toute la fratrie s'était retrouvée au ranch avec Grandma Pauline.

Il pouvait s'arrêter ici, attendre les renforts, ou même faire demi-tour.

Rien ne l'obligeait à revivre ça.

Mais Cecilia était au bout du chemin. Et, contrairement

à ce qu'il pensait à l'âge de douze ans, quand il s'était fait cette promesse, on pouvait revenir sur une promesse faite à soi-même.

Il y avait une raison essentielle de faire ce dont on avait le plus peur.

Cette raison, Ace et Elijah ne pouvaient pas la comprendre.

Cette raison, c'était tout simplement l'amour.

Il n'y avait pas un endroit de son corps qui ne la faisait pas souffrir.

Ce n'était pas nouveau, mais c'était pire quand on avait un pistolet braqué sur la tête. D'autant qu'elle savait que Brady essayerait de la retrouver, et qu'ils pouvaient tous mourir.

Elle s'efforça de ne pas penser de cette façon. Le pessimisme pouvait être fatal dans sa situation.

Il fallait qu'elle croie en Brady, en Tucker, et même en elle.

Peu importait la douleur, le sentiment que c'était impossible, elle devait croire qu'ils s'en sortiraient.

— Nous y sommes, annonça Elijah.

Sans prévenir, il la poussa dans l'entrée d'une grotte, si brusquement qu'elle tomba à genoux.

Ça aurait pu être une erreur de la part d'Elijah si elle avait été en bonne forme physique. Il lui aurait suffi de se relever d'un bond et de le désarmer.

Mais ses bras cédèrent, et elle tomba sur le côté. Son côté blessé, malheureusement, et la douleur lui arracha un cri tandis que les larmes lui montaient aux yeux.

— Relève-toi.

Serrant les dents, Cecilia obéit.

— Tu saignes, dit-il, en plissant légèrement le front.

Il avait presque l'air inquiet pour elle.

S'approchant, il observa la tache rouge qui s'élargissait sur son T-shirt gris, puis il tendit la main.

Cecilia se crispa, s'attendant à ce qu'il lui fasse mal. Mais il se contenta de soulever doucement son T-shirt, et d'observer sa blessure.

— Tu aurais dû recevoir des soins. Pas de points de suture ?

Il eut un clappement de langue réprobateur.

— Ce n'est pas sérieux.

Elle ne répondit pas. Qu'aurait-elle pu dire ?

Cependant, elle continua à fixer ses yeux, plutôt que le pistolet, si proche de sa tempe qu'elle ne pouvait penser à rien d'autre.

— Tu sais, Layla aimait bien avoir mal. Vous avez peut-être ça en commun.

Cecilia ne put réprimer un frisson.

— Ne t'inquiète pas. Brady ne va pas tarder à débarquer, tel un super-héros.

Il consulta sa montre.

— Je me demande pourquoi il tarde autant, d'ailleurs. C'est bizarre. Deux hommes vigoureux et en parfaite forme physique, qui unissent leurs forces… C'est à croire que l'un d'entre eux n'a pas vraiment envie de remporter la bagarre…

Le sang de Cecilia se glaça. Elle refusait de prendre pour argent comptant ce que disait Elijah. Mais ne fallait-il pas comprendre que Tucker travaillait pour lui ?

Oh ! non, par pitié !

— Brady va venir avec des renforts, répliqua-t-elle. Qu'est-ce que tu feras, alors ?

— Il ne viendra pas avec des renforts.

Elijah ricana.

— Il va courir derrière toi comme un toutou. D'autant plus que tu es blessée…

Il secoua la tête avec une commisération affectée.

— Les Wyatt et leur côté chevaleresque ! Ils sont tellement prévisibles.

— Et ils sont toujours en vie. Tous les six. Qui plus est, ils ne sont pas incarcérés, comme une certaine personne que nous connaissons.

Cecilia donnait le change, mais les paroles d'Elijah avaient ouvert la place au doute.

Brady ne viendrait quand même pas sans renfort… Sauf qu'il avait précisément fait cela pour Tucker. Il s'était jeté la tête la première dans la bagarre, sans se demander comment il allait s'en sortir.

— Tu sais, ma belle, tu fais une grave erreur si tu penses que je suis comme Ace, ou comme ton idiot de petit ami. Tuer, ça te conduit tout droit en prison. Mais tu n'as pas forcément besoin de tuer pour obtenir ce que tu veux…

Cecilia n'y comprenait plus rien.

S'il n'avait pas l'intention de la tuer, pourquoi braquait-il une arme sur elle ?

Elle tenta un coup de poker.

— Nous savons que tu es le fils d'Ace.

Soit il serait irrité, et plus enclin à la tuer. Soit il serait déstabilisé, et elle pourrait en profiter pour reprendre la main.

Mais Elijah éclata de rire.

— Tu sais ça, hein ?

— Oui, je le sais.

— Tu ne sais rien du tout, Cecilia. Tu es complètement

perdue. À côté de la plaque. Tu crois que je m'intéresse à un bébé, alors que je suis en train de bâtir un empire ?

Cecilia ne savait pas quoi en penser.

Mak ne l'intéressait pas ? Mais alors, quel était le but de l'incendie ? Pourquoi menacer toute la réserve ?

20

La chaleur était suffocante.

La déshydrations menaçait.

Brady était en plein cauchemar, et il avait perdu la trace de Cecilia et Elijah.

Planté au beau milieu du vaste territoire des Badlands, il se demandait ce qu'il avait bien pu faire de mal pour mériter ça.

Il avait essayé d'être bon et de faire les choses avec justesse. Il avait été blessé tandis qu'il aidait Gage à sauver Felicity.

Pourquoi fallait-il qu'il rate tout ?

Mais ce n'était pas le moment de s'apitoyer sur son sort. Tant qu'il restait une chance que Cecilia soit encore en vie, il devait continuer. Il ne pouvait pas avoir complètement perdu leur trace. Il avait dû bifurquer au mauvais endroit, voilà tout.

Il revint sur ses pas, en essuyant dans sa manche son visage couvert de sueur, et s'arrêta là où il avait remarqué que le chemin se rétrécissait.

Immobile, il observa longuement le paysage environnant. Partout, il n'y avait que de la roche, déclinant ses nuances de brun, d'ocre et de rouge.

Cet endroit lui était familier. Il avait l'impression de s'être déjà trouvé dans ce canyon.

Il était près de... Ah, ça lui échappait pour le moment, mais ça allait lui revenir.

Soudain, il perçut des voix.

Il était difficile de déterminer d'où ça venait, à cause de la façon dont les sons se propageaient dans les Badlands. Mais il se servit du tracé du chemin et de son instinct pour avancer.

Finalement, un souvenir remonta à la surface, et il sut où il était, et où Elijah avait emmené Cecilia.

Il était impossible qu'Elijah ne soit pas le fils d'Ace s'il connaissait toutes ses cachettes.

Brady s'accorda une brève pause pour envoyer une prière muette à Tuck, afin qu'il le rejoigne avec des renforts. Puis il se dirigea vers la grotte.

Elijah avait déjà passé la tête à l'extérieur.

— Bienvenue, dit-il, avec un grand sourire. Entre, que nous discutions.

Brady sentit une intense émotion l'envahir. C'était là que Gage et lui s'étaient cachés durant leur fuite. Là qu'Andy Jay, un membre ordinaire des *Sons of the Badlands*, avait eu pitié d'eux et avait menti à leur père, les autorisant à poursuivre leur route jusque chez Grandma Pauline.

Ce devait être là aussi qu'Andy avait été tué par Ace, en guise de punition pour les avoir laissés filer. Le fils d'Andy n'avait jamais pardonné aux frères Wyatt le rôle qu'ils avaient joué dans la mort de son père. Il avait essayé de tuer Cody, il y avait peu de temps de cela, et avait heureusement échoué.

Mais il n'avait pas le temps d'évoquer le passé. Sa seule préoccupation était que Cecilia ne meure pas ici.

S'assurant d'un bref coup d'œil qu'elle allait bien, il s'interposa entre elle et le pistolet qu'Elijah braquait sur elle.

Elijah grimace.

— Tu as besoin d'être aussi chevaleresque ? C'est prévisible et ennuyeux. Quoi que tu fasses, ça ne m'empêchera pas de la tuer. Alors, tu vas t'asseoir bien gentiment.

Brady envisagea de se ruer sur lui. Ils étaient dans un espace réduit, et Cecilia pourrait l'aider, même en étant blessée.

Mais, s'il faisait parler Elijah, il pourrait peut-être obtenir plus d'informations à utiliser contre Ace, et aussi gagner du temps en attendant l'arrivée de Tucker avec des renforts.

Si Tucker venait…

Brady s'assit à côté de Cecilia. Elle était pâle. Il remarqua la tache sombre sur son T-shirt. Elle saignait à travers son bandage. Et elle était probablement déshydratée.

Il décida de frapper fort, et sans attendre.

— Tu sais, j'ai deviné que tu es le fils d'Ace

Le rire d'Elijah le déstabilisa. Il savait que c'était vrai, pourtant.

— Je ne suis pas son fils, dit Elijah, tout en gardant son arme braquée sur la tête de Cecilia.

— C'est ce qu'il t'a demandé de dire ? Pourquoi ça doit rester secret ?

Elijah secoua la tête, comme s'il se désolait d'avoir affaire à une personne stupide.

— Tu vois, j'ai été choisi, Brady. Ace m'a repéré parce que j'étais le meilleur, le plus intelligent. Il a vu quelque chose en moi. Les liens du sang… comme si ça comptait.

Ses propres fils n'ont pas voulu prendre sa suite. Mais moi, je serai son digne héritier.

— Et moi, je serai toujours là pour combattre le crime dans ma juridiction.

— Je pourrais t'éliminer, mais ce n'est pas le message que je veux envoyer. Je ne veux pas le sang et la destruction, comme Ace. Je veux que le groupe devienne une vraie machine. Le meurtre conduit à la colère et à la revanche, comme cette ridicule affaire à propos d'Andy Jay. Je ne veux pas de ça. Je veux le consensus et la loyauté.

— Et Mak ?

— Je me fiche du gamin. Je l'ai dit, les liens du sang ne m'intéressent pas. Ce qui compte, c'est d'être choisi. Mais je n'aime pas qu'on prenne ce qui m'appartient.

Il prit une profonde inspiration, comme pour se calmer.

— Et puis, je t'ai observé. Je connais ton point faible.

Il agita son arme en direction de Cecilia.

— Les damoiselles en détresse. Tant que je l'aurai en joue, tu feras ce que je veux.

— Mais pas moi, dit Cecilia.

— Nous sommes deux contre un, et j'ai de l'aide en route, renchérit Brady. Tu ne gagneras jamais.

Elijah tourna son arme vers lui.

— Tu as beaucoup de chance que te tuer ne fasse pas partie de mon plan.

— Admets-le, Elijah, tu es un piètre leader.

— Je dirigerai les *Sons of the Badlands*, et ils gagneront en notoriété. Ace m'a choisi.

— Eh bien, il a mal choisi.

Brady bondit vers lui mais, au même moment, un coup de feu partit. Un cri de douleur suivit.

Les deux hommes étaient à terre, en train de lutter, mais Cecilia ne savait pas qui était blessé.

Elle ne voyait pas non plus le pistolet. Juste un méli-mélo de jambes et de bras.

Elle attrapa la plus grosse pierre qu'elle put trouver. Elle avait juste besoin d'y voir clair un instant pour fracasser la tête d'Elijah.

Mais il n'y avait pas d'opportunité.

Elle entendait des grommellements. Elle voyait du sang. Mais elle ne savait pas qui était blessé.

L'estomac noué par l'anxiété, elle décida de tenter le tout pour le tout. Lorsque Elijah fut sur le dessus, elle empoigna ses cheveux et tira de toutes ses forces. Puis elle attrapa le canon de l'arme qu'il tenait toujours à la main et le dévia.

Brady rampa pour se libérer. Elijah avait toujours une main agrippée à sa jambe, et il donna quelques coups de pied pour lui échapper.

Le sang était celui de Brady. Il trempait déjà la jambe de son pantalon.

Tandis qu'elle pesait de tout son poids sur Elijah, indifférente à la douleur qui lui fouaillait le flanc, et tentait de lui arracher son arme, elle vit Brady qui cherchait à se relever, et retombait à genoux.

Elle ne pouvait pas se laisser affaiblir par la crainte qu'il soit grièvement blessé. Elle devait récupérer l'arme pour pouvoir aider Brady…

Elle luttait de toutes ses forces, quand elle sentit qu'on la soulevait par la taille, l'obligeant à lâcher sa prise sur l'arme.

Elle voulut protester, mais déjà Brady la poussait hors de la grotte.

Quelques secondes après, on entendit une explosion.

Par réflexe, elle se recroquevilla et se boucha les oreilles.

Une pluie de gravillons s'abattit sur eux, et Brady s'efforça de la couvrir de son corps. Elle essaya vainement de le repousser. Il était blessé. C'était plutôt à elle de le protéger.

Elle finit par déloger Brady et regarda autour d'elle.

La grotte avait explosé. Mais comment était-ce possible ?

Soudain, une silhouette se dessina dans un halo de poussière.

Tucker.

Elle cilla. Était-ce une hallucination ?

Ses oreilles sifflaient. Tous les bruits étaient étouffés. Elle avait l'impression d'être enveloppée dans du coton.

Elle observa Brady. Il était assis par terre, le dos appuyé contre un rocher, sa jambe blessée étendue devant lui.

Il y avait tellement de sang...

Tucker lui tendit un bout de tissu, qu'il avait dû arracher à sa propre chemise, et Cecilia s'en servit pour faire un garrot à Brady.

— Laisse-moi deviner, dit Tucker. Tu as besoin d'une ambulance.

— Ça ne pourra pas me faire de mal.

— L'ambulance va se rapprocher le plus possible. Les secouristes feront le reste à pied et seront là dans quelques minutes.

Le regard de Tucker passa de Brady à Cecilia.

— Vous serez transportés tous les deux. Mais tout dépend de l'état d'Elijah. Il pourrait avoir besoin d'être évacué en premier.

— Tu ne devrais pas...

Cecilia n'alla pas au bout de sa phrase, car elle venait

de voir deux hommes en train de déblayer les décombres. D'où sortaient-ils ?

Elle contempla Brady. Son teint était verdâtre, mais il avait les yeux ouverts et alertes.

— Elijah ne pensait pas que tu aurais des renforts.

— Je sais que je suis stupide, mais quand même pas à ce point. Je savais que je pourrais compter sur Tucker.

Cecilia glissa un regard en coin à Tucker. Elle n'avait pas été loin d'imaginer qu'il était passé dans le camp ennemi. Mais il était finalement venu avec des renforts.

Le genre de renforts qui pouvaient faire exploser une grotte.

Tucker s'éloigna, et Cecilia reporta son attention sur Brady.

— J'espère que tu n'as pas pour projet de mourir, parce que ça ne marchera pas avec moi.

Il esquissa un sourire.

— Non. Survivre à des coups de feu est ma spécialité. Tu sais ce qu'on dit : se faire tirer dessus deux fois dans la même année, ça porte bonheur.

— Personne ne dit ça, Brady.

— Eh bien, la malchance ce serait que je sois mort. Et je ne le suis pas encore.

Traversée par un frisson, Cecilia posa son front sur celui de Brady. Et elle dit ce qu'elle n'avait jamais pensé dire à un homme.

— Je t'aime. Et tu as intérêt à ressentir la même chose, ou je te casse la figure.

Il eut un petit rire, grimaça de douleur et tenta vainement de se redresser sur un bras.

— Et tu n'as pas le droit de mourir.

— Ça n'arrivera pas. Compris ?

Cecilia déglutit pour évacuer la boule d'émotion qui lui obstruait la gorge.

— Et, pour information, je t'aime aussi.

— C'est d'un romantique, chuchota-t-elle, en perdant sa bataille contre les larmes, qui commençaient à rouler sur ses joues.

Brady voulut ajouter quelque chose, mais l'un des hommes qui fouillaient les décombres cria :

— Il est en vie.

21

Brady avait déjà été blessé par balle, et ce n'était pas si vieux que ça. Il y avait moins de peur, cette fois. Une forme d'acceptation vaguement irritante.

Cecilia était assise à côté de lui. Un secouriste leur avait administré les premiers soins, tandis que les deux autres s'affairaient à sortir Elijah des décombres et à le placer sur un brancard.

Brady les avait entendus murmurer qu'il fallait le transporter en urgence s'il existait le moindre espoir de le sauver. Les blessures de Cecilia et les siennes étaient sérieuses, mais ils devraient attendre un second transport.

Cecilia se tourna vers Tucker.

— Pourquoi ils lui donnent la priorité ? demanda-t-elle, d'un ton de reproche. Il n'aurait pas hésité à nous tuer.

— Elijah possède peut-être des informations utiles à mon enquête.

Brady dévisagea son frère avec étonnement. Il ignorait que celui-ci avait une enquête en cours impliquant Elijah.

Mais il y avait quelque chose dans toute cette histoire qui l'incitait à garder ses questions pour lui.

Les secouristes sanglèrent Elijah sur le brancard, ce qui

le stabiliserait contre les secousses du transport, mais l'empêcherait aussi d'agresser le personnel soignant.

L'homme avait la tête tournée vers eux.

— Le pire est à venir pour les Wyatt, dit-il, d'une voix rocailleuse.

Son visage était en sang et lacéré, mais la haine dans ses yeux était limpide et féroce.

— Je crois que nous saurons y faire face, rétorqua Cecilia.

— Comme nous avons affronté tout le reste, ajouta Brady.

Si Ace continuait à intervenir, sous quelque forme que ce soit, ils continueraient à lutter. Parce qu'ils avaient construit de vraies vies, remplies d'amour et de perte, de bien et de mal. Et surtout, d'espoir.

Tout ce que possédaient Elijah et Ace n'était qu'illusion. Certes, ils étaient dangereux, mais cela ne devait pas régir leur vie. S'il était écrit quelque part que les Wyatt et les Knight devaient se battre pour le bien et le mal, qu'il en soit ainsi.

L'important, c'était que Cecilia et lui aient une vie.

— Tu crois que...

Cecilia se pencha à son oreille, tout en regardant l'ambulance démarrer.

— Tu crois que Tucker faisait partie de l'ancien groupe de Cody, et que c'est pour cette raison qu'il est aussi bizarre ?

— C'est possible, mais je ne peux rien affirmer. Ils ont viré Cody du groupe quand d'autres personnes en faisaient partie. Si Tucker travaille avec eux, nous devons rester discrets.

Cecilia hocha la tête, puis elle enfouit son visage dans le creux de son épaule.

— Tout va bien, murmura-t-elle, comme si elle avait besoin de le dire pour le croire.

C'était étrange. Il souffrait énormément et avait perdu beaucoup de sang. Assise par terre, sous un soleil de plomb, Cecilia n'était pas en meilleur état.

Mais il se sentait bien. Comme si tout ce qui n'allait pas depuis des mois, toute cette grisaille, cette frustration et cette anxiété s'étaient évaporées.

Le gang des *Sons of de Badlands* existait toujours. Ace et Elijah étaient toujours en vie. Mais, malgré tout cela, Jamison et Cody avaient retrouvé leur amour de jeunesse. Cody avait une fille. Jamison avait la demi-sœur de Liza, qui le considérait comme son père. Gage et Felicity allaient se marier.

Et Brandy avait fini par tomber amoureux de Cecilia, qui se battait bec et ongles pour les gens qu'elle aimait.

— Je t'aime, susurra-t-il, dans ses cheveux poussiéreux.

— Tu es sûr que tu n'es pas en train de mourir ? plaisanta-t-elle.

Mais peut-être qu'elle ne plaisantait pas, après tout. Elle était anxieuse, et ça se voyait.

— Je vais parfaitement bien, dit-il, pour la rassurer.

Ou, pour être exact, il irait mieux bientôt.

Épilogue

Deux semaines plus tard.

Le ranch de Grandma Pauline ne désemplissait pas ces derniers jours. Sarah et Rachel y séjournaient, la maison des Knight étant en travaux après l'incendie. Duke avait quant à lui insisté pour rester sur la propriété, et personne ne s'était risqué à essayer de le faire changer d'avis. Il était plus têtu qu'une vieille mule.

À sa sortie de l'hôpital, Cecilia n'avait pas eu d'autre choix que d'accepter l'hospitalité de Grandma Pauline. Brady s'était trouvé dans le même cas. Tout le monde avait été surpris quand Cecilia avait demandé qu'ils partagent une chambre, mais les occupants du ranch avaient fini par s'y faire.

Brady se remettait doucement, et sa convalescence ne se passait pas sans quelques sautes d'humeur. Sa blessure à la jambe avait été sérieuse et, si aucun os n'avait été brisé, les dégâts aux tendons et aux muscles occasionneraient un temps de cicatrisation assez considérable.

Être obligé de demander de l'aide pour se déplacer ne le rendait ni heureux ni facile à vivre, mais c'était lui qui avait suggéré leur présent arrangement. Si elle n'avait pas déjà été amoureuse de lui, Cecilia aurait pu craquer pour lui quand il avait proposé qu'elle s'installe au ranch.

La porte de service de la cuisine, où Cecilia sirotait un thé à la table, s'ouvrit. Jamison entra, en faisant signe à Layla de le suivre. Elle était visiblement nerveuse, mais semblait quand même aller mieux que lors de son séjour à l'hôpital.

Cecilia se leva immédiatement pour prendre Layla dans ses bras. Layla lui rendit son accolade, en reniflant sur son épaule.

— Je n'étais pas sûre de vouloir venir, mais je savais que tu viendrais me chercher si je ne le faisais pas. Et tu as besoin de te reposer.

Layla s'écarta.

— Où est Mak ?

Cecilia adressa un signe de tête reconnaissant à Jamison, qui s'éclipsait.

— Là-haut. Je ne peux pas encore le prendre dans mes bras, à cause de mes blessures, mais tout le monde se dispute pour s'occuper de lui. Jamison va aller le chercher. Mais, avant, je voudrais te parler de quelque chose.

— Je sais. Je ne peux pas le récupérer. Je me sens mieux, mais je ne suis pas encore...

Cecilia posa les mains sur les épaules de son amie.

— Je pense que tu en es capable. Mais rien ne t'y oblige, Layla. Avant toute chose, tu dois faire ce qui est bien et juste pour toi.

— L'aide à l'enfance ne veut pas s'en occuper. Et quand Elijah sortira de prison...

Cecilia guida Layla vers la table et l'aida à s'asseoir.

— Nous vous protégerons Mak et toi. Toujours. Tu n'as pas à t'inquiéter de ça.

— J'ai perdu mon emploi. Mon thérapeute trouve que je fais des progrès, mais...

— Mais c'est difficile. Tu as traversé tellement d'épreuves.

Cecilia prit les mains de son amie dans les siennes.

— Tu devrais être avec ton fils et tu devrais avoir un emploi qui te le permette.

— Mais je...

— Je vais te proposer quelque chose et je veux que tu comprennes que c'est une idée des Wyatt. Je n'y suis pour rien, donc ne te sens pas obligée d'accepter parce que tu crois que tu me dois quelque chose.

— Je te dois ma vie. Je te dois tout.

Cecilia protesta.

— Layla !

L'intéressée reprit son souffle et hocha la tête.

— Je sais, tu es ma meilleure amie, et j'aurais fait la même chose pour toi. Ce qu'il y a, c'est que je suis fragile, Cecilia. Je ne me sens pas la force de faire quoi que ce soit.

Elle tiqua.

— Mon thérapeute pense que c'est bien de communiquer sur ça, mais ça me gêne terriblement.

— Justement, c'est une excellente idée que tu t'installes ici. Nous avons deux personnes qui se remettent de blessures importantes. Les frères Wyatt vont et viennent, avec leur famille aux basques. Grandma Pauline est... Disons que tout ce qu'elle fait pour cette grande maison et pour la ferme représente une lourde charge pour une personne de son âge.

Cecilia songea qu'il valait mieux que Pauline n'entende pas cela.

— Une aide serait la bienvenue. Tu travaillerais pour elle, et, en même temps, tu prendrais soin de ton fils et de ceux d'entre nous qui sont pour le moment en convalescence. Ça peut être temporaire, jusqu'à ce que tu te sentes assez bien pour chercher un autre travail et vivre seule. Ou ça peut être permanent.

— Mais...

Les yeux emplis de larmes, Layla cilla.

— Ça semble trop beau pour être vrai.

Souriante, Cecilia pressa les mains de Layla entre les siennes.

— Les Wyatt sont un peu trop beaux pour être vrais, parfois. Le plus simple, c'est que tu acceptes, sans te demander si tu le mérites. Qu'en penses-tu ?

Layla hésitait encore.

— Et si j'attendais que Brady et toi vous alliez mieux ? Tu crois vraiment que Pauline aurait besoin de mon aide ? Et puis, Mak a besoin de stabilité. Ma présence pourrait le perturber.

Les certitudes de Cecilia vacillèrent. Elle n'avait pas du tout songé à la période où Brady et elle retrouveraient le cours normal de leur vie.

Elle s'éclaircit la gorge et tenta de dissimuler son désarroi à Layla.

— Quoi qu'il arrive, Pauline aura toujours besoin d'aide, et Brady et moi continuerons à lui rendre visite. Nous n'allons pas abandonner Mak comme ça.

Layla afficha une mine piteuse.

— Contrairement à sa propre mère.

Cecilia s'empressa de protester.

— Non ! Sa propre mère était malade. Aujourd'hui, elle va mieux et elle a plein d'amis qui veulent l'aider.

— Je...

Layla chercha son souffle.

— Je ne peux pas refuser, n'est-ce pas ? Ce serait... Ce serait vraiment stupide.

Layla se leva soudain d'un bond, et Cecilia pivota sur sa chaise, afin de comprendre le pourquoi de cette réaction.

Pauline venait d'entrer avec Mak dans les bras, et Layla pleurait maintenant à chaudes larmes.

Cecilia adressa un sourire à Grandma Pauline, mais les paroles de son amie trottaient toujours dans sa tête. Que se passerait-il quand Brady et elle auraient parachevé leur convalescence ?

— Et si nous allions au salon, ma petite fille, suggéra gentiment Pauline. Venez, je vais vous montrer...

Tandis qu'elle escortait hors de la cuisine une Layla en pleurs, Cecilia se retrouva seule en butte à ses pensées.

Que se passerait-il quand Brady et elle iraient mieux ?

Non, elle n'allait pas rester assise là à ruminer.

Elle se dirigea vers la chambre qu'elle partageait avec Brady et le trouva étendu sur le lit.

— Et quand nous irons mieux ? demanda-t-elle, sans préambule.

Elle ne savait pas pourquoi elle se sentait si énervée, si tremblante. Mais ils n'en avaient pas discuté. Pourquoi le sujet n'avait-il pas été abordé ?

Brady releva la tête du livre dans lequel il était plongé.

— Hein ?

— Que se passera-t-il quand nous aurons récupéré ?

Il cilla, puis s'agita sur le lit.

— Eh bien...

Il s'éclaircit la gorge.

— Je ne suis pas sûr de comprendre ce que tu me demandes, Cecilia.

— Où allons-nous aller ? Est-ce que tu vas retourner

dans ton appartement, et moi à la réserve ? Est-ce que tout ça va continuer ?

D'un geste de la main, elle les désigna tour à tour.

— On fait quoi ?

Brady posa son livre.

— Je n'ai pas envie d'avoir cette conversation avec toi, alors que tu restes debout à me parler d'un ton accusateur. Assieds-toi.

— Ne me donne pas d'ordres !

Brady haussa un sourcil. Cette habitude agaçait tellement Cecilia qu'elle avait systématiquement envie de taper du pied et de râler.

Elle se laissa tomber sur le lit à côté de lui, parce qu'elle était malgré tout une fille raisonnable. Il passa alors un bras autour de ses épaules et l'attira contre lui, jusqu'à ce qu'elle enfouisse la tête dans le creux de son cou.

— Une fois que tu auras repris le travail, tu auras envie de rester à la réserve, dit-il.

— Je suppose.

— Je ne suis pas obligé de vivre dans le comté, et le trajet quotidien n'est pas si important que ça.

Cecilia se redressa, en proie à une sorte de panique.

— Tu suggères de t'installer avec moi ?

— Ce n'est pas là où tu voulais en venir ?

— Non... Enfin, peut-être... Ce que je voulais dire, c'est que nous vivons ensemble, maintenant. Il faut juste composer avec la présence de ta grand-mère.

— Exactement.

— Je...

— Ou alors, nous pourrions rester ici et faire des allers-retours tous les jours une fois que nous aurons repris le travail. Ce n'est pas que ça m'enchante de perdre mon temps sur les routes, mais je ne me vois pas réintégrer mon appartement avant un bon moment, à cause de ces fichus escaliers. Je me demande même si je ne vais pas rendre mon insigne…

Sous le choc, Cecilia s'écarta d'un mouvement brusque.

— Tu ne peux pas faire ça !

— Pourquoi pas ? Je vais rester absent pendant des mois. Pour quelle raison j'y retournerais ?

Cecilia secoua la tête.

Elle savait qu'il en avait assez d'être blessé, qu'il supportait de plus en plus mal l'inactivité, et que ça le rendait morose. Mais il ne pouvait pas sérieusement songer à démissionner.

— Parce que tu adores ton travail.

Brady resta silencieux un long moment.

— Je suppose…

Il l'attira plus étroitement contre lui.

— Tu sais quoi, Cecilia… Nous réfléchirons étape par étape à ce que nous ferons plus tard ensemble.

Elle rejeta la tête en arrière pour le regarder.

La vie était curieuse, quand même. Elle avait toujours admiré Brady, même quand il l'exaspérait. Bien sûr, elle ne l'aurait jamais admis. Même au jour de l'an, quand elle l'avait embrassé, elle n'avait pas voulu reconnaître qu'elle portait en elle ce genre de sentiments.

Il avait fallu la peur. Il avait fallu qu'elle lutte… Aujourd'hui, elle le reconnaissait bien volontiers. Sa fierté n'était pas aussi importante que le besoin d'être honnête avec elle-même.

— Tu es plutôt un type bien, Wyatt.

— Ouais, ouais… Qu'est-ce que Layla a dit ?

— Elle va le faire.

— Bien. Tu serais, ce ne serait pas si mal de rester ici. On pourrait aider Grandma et Dev, garder un œil sur Mak… Ça ne me dérangerait pas.

Cecilia se blottit contre son torse.

— Ça ne me dérangerait pas non plus.

Ce n'était pas du tout ainsi qu'elle avait envisagé sa vie. Jamais, dans ses rêves les plus fous, elle n'aurait pu imaginer former un couple avec un homme comme Brady… Et vivre sous le même toit que sa meilleure amie et le bébé de celle-ci… On était quand même loin de l'idée d'une famille normale.

Mais elle n'avait jamais rien fait comme tout le monde.

Tout ce qui avait toujours compté pour elle, c'était l'amour. Et elle en avait à profusion.

Elle enfouit son visage dans le cou de Brady et soupira.

— Je t'aime, murmura-t-elle.

Peu importait ce qui pouvait arriver, l'amour était le moteur de toutes les batailles, de toutes les luttes, et la seule et unique raison de vivre.

ALICE SHARPE

Une inquiétante ressemblance

Traduction française de
KAREN DEGRAVE

BLACK ROSE

HARLEQUIN

Titre original :
IDENTICAL STRANGER

Ce roman a déjà été publié en 2020.

1

Sophie Sparrow était assise bien droite devant Danny, agenouillé devant elle. Le bruit de la pluie sur les carreaux rendait le silence qui les entourait encore plus pesant. Lorsqu'elle était petite, elle avait imaginé cet instant bien des fois. Comme elle était loin du compte...

— Alors ? la pressa Danny Privet en lui tendant une bague ornée d'un diamant.

Elle déglutit. Quand il lui avait proposé de passer, ce samedi matin, elle avait cru qu'il voulait l'emmener déjeuner. Elle n'avait pas soupçonné cela.

— Danny, je...

— Vas-y, accepte ! lança la mère de Sophie depuis le fauteuil qu'elle avait apparemment décidé de ne plus quitter.

Danny lui jeta un bref coup d'œil avant d'ajouter :

— Si tu hésites parce que tu ne veux pas déménager à Seattle, ne t'inquiète pas : j'ai trouvé un emploi ici, à Portland. Je commence dans deux semaines.

— Tu as quitté ton travail ? Pourquoi si vite ? chuchota Sophie en essayant de transformer une scène publique en conversation intime.

Si elle penchait un peu la tête, ses longs cheveux raides

formaient un rideau qui lui permettait de dévisager Danny sans être observée par sa mère. Pourquoi avait-il choisi de la demander en mariage maintenant ? Que se passait-il ?

Un instant, ses doux yeux gris prirent un éclat étrange. Elle se demandait depuis le début comment quelqu'un d'aussi plaisant que lui pouvait exercer le métier d'avocat, mais ce regard prouvait qu'il possédait la passion que requérait un plaidoyer.

— Pourquoi attendre ? répondit-il. J'ai su que tu étais la femme de ma vie dès l'instant où je t'ai vue dans cette épicerie. Pourquoi ne pas se marier immédiatement ?

— Immédiatement ?

— Je sais que les femmes accordent beaucoup d'importance à leur mariage. Prévois ce que tu veux : je paierai pour tout. Mais arrange-toi pour qu'on ait la bague au doigt avant mercredi soir, parce qu'on part pour Hawaï jeudi matin ! Tu m'as dit que tu avais envie d'y aller. J'ai tout organisé. Notre voyage de noces sera inoubliable !

Sophie aurait avalé sa salive si sa gorge n'avait pas été aussi sèche. Elle avait l'impression de participer à un jeu télévisé dans lequel on aurait écarté des rideaux pour révéler des surprises dont elle ne voulait pas.

— Danny, tu n'aurais pas dû...

— Sers-toi de ta tête une fois dans ta vie, intervint sa mère. Ce garçon veut t'épouser.

— Plus que tout, ajouta Danny. Et je dois dire que je m'attendais à te voir sauter de joie, Sophie.

— Mais on ne se connaît que depuis quelques semaines, balbutia Sophie. J'ai besoin de plus de temps.

— Pour attendre une meilleure offre ? ricana sa mère. Aie un peu de cran ! Ce garçon est un excellent parti, surtout pour quelqu'un comme toi. Et vois comme il est gentil avec moi… Que te faut-il de plus ?

Il faudrait que je l'aime, songea Sophie, *et ce n'est pas le cas. J'ai attendu vingt-six ans de trouver mon âme sœur qui doit exister quelque part. C'est idiot ? Romantique ? Sans doute, mais tant pis.*

Comme chaque fois qu'elle était confrontée à la volonté de fer de sa mère, Sophie garda ses pensées pour elle et elles lui nouèrent l'estomac.

— Je vous remercie pour vos compliments, Margaret, mais je vous trouve injuste envers Sophie. À mes yeux, c'est une étoile, la plus brillante des étoiles, un ange entouré d'un halo de soie.

Un halo de soie ? Parlait-il de ses cheveux ? Le compliment semblait tiré d'une carte de vœux, mais il n'était pas désagréable d'entendre quelque chose de positif – même d'exagérément fleuri – pour changer. Elle lui sourit avec gratitude.

Danny prit son sourire pour une réponse positive et glissa la bague à son doigt. Il se releva pour s'asseoir avec elle sur le canapé, du côté du fauteuil de sa mère. Il pressa ses doigts. Comme la bague, trop grande, avait glissé sur le côté, le diamant lui fit mal.

— J'étais sûr que tu accepterais, dit Danny avec un sourire triomphant. J'en étais même si sûr que je t'ai déjà acheté un cadeau de mariage. Tu vois la maison qui est à vendre dans la rue d'à côté ? Je l'ai achetée hier. Tu seras assez près de ta mère pour veiller sur elle.

Il avait tout prévu : une bague, un voyage de noces et une maison avant de la demander en mariage, et tout ça sans la consulter sur rien. Ils ne se connaissaient que depuis un mois. Comment pouvait-il être aussi sûr qu'elle accepterait ?

— J'ai aussi pris la liberté de me renseigner sur les aides à domicile, dit-il à Margaret. J'espère que vous ne trouvez pas cette initiative trop présomptueuse, mais je vois vos difficultés. Est-ce que ça vous dérangerait que quelqu'un d'autre vive ici avec vous ?

La mère de Sophie s'éventa de la main.

— Je ne suis qu'une vieille veuve infirme, Danny, répondit-elle. Et je sais que vous devez songer à votre propre mère. Vous ne devriez pas vous soucier de moi. Mais oui, j'apprécierais la compagnie d'une personne qui ne parle pas que des bébés à qui elle enseigne la lecture.

— Je trouve son enthousiasme adorable, pouffa Danny en pressant les doigts de Sophie une nouvelle fois.

Sa condescendance fit l'effet d'une fléchette empoisonnée à Sophie. Elle retira sa main en retenant les répliques qui lui venaient.

Comment sa mère pouvait-elle oublier que son salaire d'institutrice était tout ce qui séparait cette petite maison d'une tente sur le trottoir ?

— De quoi préférerais-tu parler, maman ? De ta sciatique ? De l'éternelle source de déception que je suis pour toi ?

Était-ce sa propre voix qu'elle venait d'entendre ? Ses pensées s'étaient-elles frayé un chemin jusqu'au monde extérieur ? Elle regarda Danny et sa mère. Oui, leurs airs choqués prouvaient qu'elle s'était exprimée. Abasourdie, elle baissa les yeux vers la bague trop voyante qui ornait son doigt.

Margaret se ressaisit presque aussitôt.

— Mon cher Danny, si vous envisagez toujours

d'épouser cette ingrate, nous devrions peut-être aborder les détails, vous et moi.

— Ne le prenez pas personnellement, Margaret, répondit Danny en se penchant vers sa mère. Elle est nerveuse, c'est tout. Son mariage est le jour le plus important de la vie d'une femme, non ?

Les paroles qu'ils échangèrent ensuite devinrent indistinctes. Sophie ne sentait plus ses jambes. Bientôt, l'engourdissement la paralyserait tout entière.

Elle se leva brusquement, ce qui capta l'attention de Danny et de sa mère.

— Il faut que j'y aille, marmonna-t-elle.

— Où ? demanda sa mère.

— À l'école.

N'était-ce pas le seul endroit où elle pouvait se réfugier ?

— Depuis quand l'école est-elle ouverte le samedi ? demanda sa mère. Mais qu'est-ce qui te prend ?

— Il y a... une vente de gâteaux, bredouilla Sophie.

— Je t'y dépose, dit Danny.

Il commença à se lever.

— Non merci ! répondit-elle en s'engouffrant la cuisine.

Elle y ramassa son manteau et son sac à main, puis s'empressa de sortir. Son chat Oscar en profita pour retrouver la chaleur de la maison. Sophie fonça vers sa voiture sous une pluie battante. Pour une fois, son vieux tacot démarra du premier coup. Elle se mit à rouler sans destination, en ne songeant qu'à fuir.

Après quelques kilomètres dans une circulation de plus en plus dense, elle se gara le long d'un trottoir. Elle coupa le moteur, mais elle continua à agripper le volant pour empêcher ses mains de trembler.

Son téléphone sonna. « Danny » apparut sur l'écran.

Rien en elle n'était tenté de répondre. Elle éteignit le téléphone dès qu'il arrêta de sonner.

La panique qui l'avait menée jusque-là commença à l'abandonner. Elle essaya de rassembler les morceaux de ce qui venait de se passer, de se rappeler qui avait dit quoi, mais les détails se brouillaient. Une seule chose lui revenait avec clarté : l'instant où elle avait aperçu sa vie entière à travers une nouvelle lentille et détesté ce qu'elle avait vu.

Avait-elle fui l'agressivité de sa mère, la condescendance de Danny ou sa propre peur ?

Une femme qui sortait d'une boutique attira son attention. Elle était grande, mince et portait une couronne de boucles platine. La boutique qu'elle venait de quitter était un salon de coiffure.

— Je veux échanger ma place contre la sienne, dit Sophie à voix haute.

Elle sortit de sa voiture et entra dans le salon.

La coiffeuse se tourna vers elle.

— J'ai besoin d'aide, lui déclara Sophie.

— Je peux juste vous couper les cheveux, répondit la femme avec un demi-sourire.

— C'est un début, répliqua Sophie.

Au plus profond d'elle, elle savait que rien ne serait jamais plus comme avant.

Jackson Travers était assis en face de la très jolie femme de son meilleur ami, qui semblait épuisée. Il avait roulé pendant des heures pour la rejoindre depuis chez lui, en Caroline du Nord, et il ne savait toujours pas pourquoi Sabrina lui avait donné ce rendez-vous. Il ne savait qu'une chose : il ferait n'importe quoi pour Buzz et, par extension, pour sa femme.

— Je te remercie d'être venu, dit-elle quand la serveuse s'éloigna après avoir posé deux cafés sur leur table. Je suis désolée qu'il y ait autant de monde dans l'hôtel. À ma connaissance, c'est la première fois qu'ils hébergent une conférence en février. J'avais réservé, mais j'ai peur que tu aies du mal…

— Ne t'en fais pas, répondit-il. La réception m'a conseillé une petite auberge à quelques kilomètres d'ici. Mais je me demande pourquoi tu m'as appelé. Tu avais l'air inquiète au téléphone.

Quand elle écarta une mèche de son visage, il vit qu'elle avait des égratignures sur le front. Il avait déjà remarqué celles qu'elle avait sur les mains et la raideur avec laquelle elle marchait.

— Je n'ai jamais fait appel à un détective privé, répondit-elle.

Il lui offrit un sourire qu'il espérait encourageant.

— Dis-toi plutôt que tu as appelé un ami, suggéra-t-il. Je sais qu'on ne s'est vus que quelques fois, mais tu es la femme de Buzz. Tu fais partie de la famille.

Elle lui rendit son sourire.

— Merci, dit-elle.

— Alors…

— D'abord, je ne veux pas inquiéter Buzz, le coupa-t-elle. Il a mieux à faire.

— Je sais qu'il est en Antarctique.

— Oui. Il est à bord d'un navire russe avec une dizaine d'autres scientifiques. Ils doivent inspecter plusieurs îles. Je peux le joindre par radio, mais il est très difficile d'avoir une vraie conversation. Je ne veux pas qu'il s'inquiète pour moi.

Jack l'observa quelques instants. Quand elle l'avait appelé, il avait eu l'impression de recevoir un appel du destin alors qu'il ne croyait même pas au destin. Il lui avait semblé que ce coup de téléphone était le catalyseur d'un moment crucial de sa vie et il avait pris le volant pour la rejoindre sans hésiter.

— Je ne peux pas te promettre de ne pas en parler à Buzz tant que je ne sais pas ce qui t'arrive, répondit-il. Et si tu me disais ce qui se passe ?

Elle soupira et s'agita quelques secondes avant de dire :

— Ça a commencé il y a environ deux mois, un jour où je préparais des lasagnes. Quelqu'un repeignait le mur de mes voisins d'en face. J'égouttais les pâtes devant la fenêtre de la cuisine quand j'ai vu le peintre me prendre en photo avec un gros objectif. Le temps que je pose la passoire, il m'avait tourné le dos. Il est parti presque aussitôt. J'ai eu le sentiment qu'il avait... envahi mon intimité.

— Tu cuisinais ?

— Oui.

De douloureux souvenirs nouèrent l'estomac de Jack. Comme ils n'avaient pas leur place dans cette conversation, il essaya de les ignorer.

— Pourquoi as-tu employé le verbe « envahir » ? demanda-t-il.

Elle haussa une épaule.

— J'ai eu l'impression que c'était... personnel. C'est idiot, n'est-ce pas ?

— Je ne sais pas, répondit-il, l'estomac toujours noué. A-t-il peint le porche ?

— Pardon ?

— A-t-il fini le travail ?

Elle fronça les sourcils.

— Je n'en sais rien.

Il la fixa quelques secondes en se forçant à chasser de son esprit tout parallèle absurde entre le problème de Sabrina et son propre passé.

— Que s'est-il passé ensuite ? finit-il par demander.

— Quelques jours plus tard, en rentrant du travail, j'ai eu l'impression que quelqu'un s'était introduit dans la maison. Il n'y avait personne, bien sûr, mais ce que j'ai ressenti était si intense que j'en ai eu la chair de poule. Ça s'est reproduit le lendemain. J'ai inspecté toute la maison, mais rien ne manquait, ni n'avait été déplacé.

— As-tu appelé la police ?

— Bien sûr que non. Qu'aurait-elle fait ?

— Quelque chose t'a mise mal à l'aise, répondit Jack.

Il ne voulait pas seulement l'inciter à parler. Il croyait fermement que les gens raisonnables pouvaient percevoir des choses de manière semi-inconsciente sans parvenir à les identifier.

— Je gagne ma vie en entrant dans des bâtiments en feu, répondit-elle doucement. Je n'ai pas envie qu'on dise de moi que je panique pour un rien.

— Buzz dit que tu es imperturbable.

Cela la fit sourire.

— Autre chose ? s'enquit-il.

— L'impression d'être observée. Ça m'a perturbée de plus en plus. La semaine dernière, en sortant de la caserne, elle a été plus forte que jamais. J'ai regardé autour de moi. Il n'y avait qu'un homme dans les environs, au volant d'une voiture garée. Il a tout de suite démarré. Quand je suis arrivée chez moi, un peu plus tard, j'ai trouvé un origami devant ma porte, un billet de un dollar plié en forme de renard.

Il recommença à la fixer parce que son mauvais pressentiment était de retour.

Non, songea-t-il. *C'est* son *histoire, pas un remake de la tienne.*

— Et rien dans la maison ? demanda-t-il. As-tu trouvé autre chose ?

— Non et non.

Il prit sa tasse entre ses mains.

— Pourquoi m'as-tu donné rendez-vous à Seaport, et pas à Astoria où tout s'est produit ?

— Je ne sais pas si Buzz te l'a dit, mais j'ai l'habitude depuis des années de voyager le long de la côte au mois de février. Il n'y a pas beaucoup de touristes en hiver. Les chemins de randonnée sont presque déserts. Buzz m'accompagne depuis que nous sommes mariés. J'hésitais, cette année, parce que Buzz n'est pas là, mais j'ai décidé de partir quand j'ai trouvé un autre renard posé sur le volant de ma voiture. Je suis descendue jusqu'à la frontière de la Californie presque d'une seule traite. Je suis restée deux jours à Brookings, puis j'ai entamé le chemin du retour. Tout s'est bien passé jusqu'à ce que je me promène sur un chemin en bord de mer, à une cinquantaine de kilomètres au sud d'ici. Un rocher m'est tombé dessus. Il m'a heurtée dans le dos et m'a fait perdre l'équilibre. J'ai bien failli tomber de la falaise et j'ai dû faire un peu d'escalade pour revenir sur le chemin. Alors j'ai entendu quelque chose sur le promontoire, au-dessus de moi.

Ses égratignures venaient sans doute de cette chute.

— Quelque chose comme quoi ? demanda-t-il.

— Comme des bruits de pas.

— Tu penses que quelqu'un a poussé ce rocher sur ton chemin ?

— Je ne sais pas... Peut-être.

— As-tu parlé de cet incident à la police ?

Elle secoua la tête.

— J'ai grimpé sur le promontoire pour voir s'il y avait des traces. L'endroit n'était pas très loin d'un parking. Il n'y avait personne alentour. Le sol était mouillé après les dernières pluies, mais il y avait trop de graviers pour que des pas s'y impriment. Je n'ai trouvé aucun indice. Qu'est-ce que la police aurait pu faire de plus ?

— Enquêter, répondit-il d'une voix douce. Elle aurait aussi pu te dire si des incidents analogues s'étaient déjà produits. Ça aurait pu t'aider à comprendre si la chute de ce rocher était accidentelle ou intentionnelle.

— D'accord, tu marques un point. Mais je suis sûre que la police interrogera mes amis et mes connaissances, et que Buzz finira par en entendre parler. Que peut-il faire depuis l'autre bout du monde ? Et si les origamis n'étaient qu'une plaisanterie stupide ? Quoi qu'il en soit... Ce matin, je me suis levée très tôt et j'ai demandé qu'on laisse mon petit déjeuner dans le couloir pendant que je me douchais.

Elle ramassa son sac et en tira quelque chose pour le lui montrer.

— J'ai trouvé ça sur le plateau, dit-elle.

Un billet de un dollar plié en forme de renard était posé sur sa paume.

— J'ai appelé la réception pour savoir si un employé de l'hôtel l'avait mis là, poursuivit-elle. Évidemment, ce n'était pas le cas. Après ça, je t'ai appelé et j'ai quitté l'hôtel. Quand le jour s'est levé, je me suis arrêtée pour me promener sur une plage. Il ne s'est rien passé. J'ai failli te rappeler pour annuler le rendez-vous, mais j'ai supposé que tu étais déjà en route. Après ça, je suis venue à Seaport. Je descends toujours à cet hôtel. C'est pour ça que je t'y ai donné rendez-vous. Comme ma chambre n'était pas encore prête quand je suis arrivée, je suis allée prendre le petit déjeuner au restaurant. Alors que j'attendais ma commande, un homme est entré, m'a jeté un coup d'œil et s'est installé au bar. Je suis sûre qu'il séjournait déjà dans le même hôtel que moi quand le rocher a failli m'écraser. Ça pourrait n'être qu'une coïncidence, bien sûr, mais j'ai l'impression que je l'ai aussi vu à Astoria.

— Lui as-tu parlé ?

Elle secoua la tête.

— Pourrait-il être l'homme qui repeignait le porche de tes voisins ?

Elle y réfléchit quelques instants.

— Non. Ce type a les cheveux châtains et une barbe. Le peintre était plus grand, plus costaud, plus brun… et peut-être plus âgé.

— Et l'homme que tu as aperçu dans la voiture ?

Elle secoua encore la tête.

— C'est dur à dire. L'homme de ce matin a quitté le restaurant presque tout de suite.

Elle se frotta les yeux, puis inspira profondément.

— Si ce type me suit et me laisse de petits cadeaux, je veux le savoir avant de rentrer chez moi, reprit-elle. Je ne veux pas qu'il remette les pieds chez moi, ni qu'il pousse un autre rocher sur ma tête. Jack… Je sais que c'est beaucoup demander, mais pourrais-tu m'aider à lui faire face et à l'interroger ?

— Bien sûr. Et si nous découvrons que ce n'est qu'un touriste innocent, je t'accompagnerai à Astoria pour voir ce qu'on peut faire là-bas.

— Et tu n'en parleras pas à Buzz.

— Nous le laisserons en dehors de ça le plus longtemps possible, répondit-il. C'est tout ce que je peux te promettre.

Et il ne pouvait pas faire la même promesse en ce qui concernait la police.

— D'accord, soupira-t-elle.

— Il faut que je pose la question : est-ce que quelqu'un que tu connais pourrait être derrière tout ça ?

— Quoi ? Non !

— Ou quelqu'un que tu ne connais pas bien, avec qui tu aurais une querelle juridique...

— Une querelle juridique ?

— Eh bien... L'origami est fait avec un billet de un dollar... Pourquoi ? Est-ce que quelqu'un pense que Buzz ou toi lui devez quelque chose ?

Elle secoua la tête.

— Nous n'avons de problèmes avec personne, ni juridique ni d'aucune sorte. Les amis de Buzz sont des scientifiques qui s'intéressent plus à la calotte glaciaire qu'à l'argent, et aucun d'eux ne vit dans la région. Mes amis sont des pompiers. Ils sont comme ma famille. Je suis une enfant unique. Mes parents sont morts. Si je n'avais pas Buzz, je serais seule au monde.

— Buzz n'a pas eu d'ennuis avant de partir ?

— Non. Ça n'a aucun sens. C'est pour ça qu'il m'arrive de croire que tout est dans ma tête.

— L'origami n'est pas dans ta tête, lui rappela-t-il.

Elle se frotta les yeux.

— Non. Tu as raison.

— Ni le rocher qui t'est tombé dessus.

Elle en avait l'air moins sûre, mais il n'aimait pas les coïncidences. Ce rocher l'aurait sans doute tuée si elle n'avait pas été aussi sportive.

Cela signifiait que quelqu'un voulait sa mort.

— J'ai une idée, dit-il. Si je prenais des photos des hommes de l'hôtel pendant que tu te reposes un peu ? Tu pourras les regarder après ta sieste et on partira de là.

Elle protesta, mais il resta ferme. Elle avait les yeux rouges et faisait rouler ses épaules comme si la chute de la veille la faisait encore souffrir.

— S'il te plaît, Sabrina. Va te reposer. Ça nous permettra d'aller plus vite ensuite. Fais-moi confiance.

Quand elle accepta enfin, il insista pour l'accompagner jusqu'à sa chambre. Un homme en salopette qui portait une boîte à outils entra dans l'ascenseur lorsqu'ils en sortirent.

— Où sont tes bagages ? demanda-t-il à Sabrina en pénétrant dans la chambre avant elle pour l'inspecter.

— Dans ma voiture.

Il vérifia que la porte du balcon était bien fermée, puis contrôla le placard et la salle de bains.

— Que conduis-tu ?

— La vieille voiture de Buzz. Pourquoi ?

— Je peux aller chercher tes bagages, si tu veux, proposa-t-il.

— Je n'aspire qu'à me glisser entre ces draps et dormir, répondit-elle. On verra ça plus tard.

— Très bien. Mais n'oublie pas de verrouiller derrière moi.

Il quitta la chambre de Sabrina en priant pour que

Buzz comprenne pourquoi il ne l'avait pas prévenu immédiatement.

Avant de s'installer dans un bon fauteuil dans le hall, il acheta un café au kiosque qui vendait de tout aux dizaines de personnes qui fréquentaient l'hôtel pour assister à des conférences. Il ne lui avait pas été trop difficile de tout laisser tomber pour rejoindre Sabrina. Il avait deux enquêtes en cours, mais l'un de ses amis avait accepté de s'occuper de l'une, et l'autre pouvait attendre quelques jours. À part cela, il n'avait eu qu'à annuler un rendez-vous galant qui ne l'intéressait pas vraiment.

Une fois installé dans son fauteuil, il se mit à prendre des photos de tous les hommes qui passaient devant lui, qu'ils soient des employés de l'hôtel ou des clients, barbus ou rasés, avec ou sans badge de participant à une conférence. Certains d'entre eux faisaient des suspects très improbables, s'il se basait sur la brève description que Sabrina lui avait donnée. Ils étaient trop grands, trop gros ou trop petits...

Il venait juste d'aller chercher un autre café quand ses yeux tombèrent sur Sabrina, qui s'éloignait de la réception. Il posa son café et la rattrapa avant qu'elle ne sorte de l'hôtel.

— Te voilà ! lui dit-il. Prête à regarder les photos que j'ai prises pendant ta sieste ?

Elle s'était changée et elle avait des gouttes de pluie dans les cheveux. Elle était sortie ? Elle devait être allée récupérer ses bagages. Comment se faisait-il qu'il ne l'ait pas vue quitter l'hôtel, ni y rentrer avec ses valises ?

— Pardon ? répondit-elle.

Un détail le frappa.

— Oh ! Je vois que tu as remplacé la sieste par une visite dans un salon de coiffure.

Elle effleura les mèches mauves mêlées à ses cheveux noirs.

— Ce que j'ai fait de mon après-midi ne vous regarde pas, dit-elle en relevant le menton.

Ses épaules s'affaissèrent un instant plus tard.

— Je suis désolée. C'était impoli, ajouta-t-elle avant d'effleurer ses cheveux une nouvelle fois. Est-ce aussi horrible que je le pense ?

— C'est comme avant, à part les mèches, non ?

Elle fronça les sourcils.

— J'en ai coupé quinze centimètres et je les ai foncés de deux tons..., murmura-t-elle avant de secouer la tête. Je suis désolée. Je suis dans le brouillard, aujourd'hui. Il ne me semble pas vous connaître. Qui êtes-vous ?

— Qui suis-je ? Es-tu somnambule ?

Sa plaisanterie ne la fit pas rire.

— D'accord, reprit-il sérieusement. Que se passe-t-il ?

— Vous êtes un ami de Danny, n'est-ce pas ? demanda-t-elle en jetant des regards inquiets autour d'eux. Est-il ici ? Je vous en supplie, dites-moi qu'il n'est pas ici.

— Comment pourrait-il être ici ?

Il secoua la tête pour s'éclaircir les idées. La femme de Buzz avait-elle une double personnalité ? Le stress des derniers jours avait-il perturbé quelque chose dans son esprit ?

— Ça va ? s'enquit-il. As-tu changé d'avis et appelé Buzz, je veux dire Danny, finalement ?

— Une minute ! dit-elle en levant une main. Pourquoi l'appellerais-je ? Tout ce que je veux, c'est qu'il me laisse un peu d'espace et un peu de temps pour réfléchir. Et pourquoi appelez-vous Danny Buzz ?

— On lui a donné ce surnom il y a vingt ans, quand il a décroché une ruche d'un arbre et s'est fait piquer treize fois, raison pour laquelle il a toujours de l'épinéphrine sur lui... Une minute. Il ne t'a jamais raconté ça ?

— Non. Ça s'est passé quand il était enfant, à Seattle ?

Jack se retint de se gratter la tête.

— Buzz a grandi dans la même rue que moi, à Napa, en Californie.

— Il m'a dit qu'il avait grandi à Seattle.

— Pourquoi aurait-il fait ça ?

— Comment le saurais-je ? Il m'a dit que son beau-père pilotait un ferry et que sa mère était gouvernante. Son demi-frère et lui... Une minute. Pourquoi Danny vous a-t-il envoyé ici au lieu de venir lui-même ?

Il se passait quelque chose de très bizarre.

— Tu m'as appelé, tu te souviens ? demanda-t-il d'une voix plus basse parce qu'ils commençaient à attirer l'attention sur eux. Tu m'as donné rendez-vous dans cet hôtel. Tu te sentais menacée et tu voulais que je t'aide à comprendre ce qui se passait. Tu es montée dans ta chambre pour faire une sieste...

— Je n'ai pas pu louer de chambre.

Il scruta son visage, bien conscient que cela la mettait mal à l'aise. Elle essaya de glisser ses cheveux derrière son oreille, mais ils étaient trop courts.

Que se passait-il ? C'était la femme qui avait épousé son meilleur ami, deux ans plus tôt, et demandé son aide, deux heures plus tôt. En même temps, ce n'était pas tout à fait elle. Il la *sentait* différente, comme si elle était une version fragilisée et égarée d'elle-même. Deux heures plus tôt, c'était la femme de Buzz. La personne qui se tenait devant lui à cet instant était une inconnue.

— C'est Danny qui a tout manigancé, n'est-ce pas ? chuchota-t-elle, d'un ton anxieux. Maman a dû deviner que je viendrais ici… Mais pourquoi Danny a-t-il envoyé un inconnu ?

Elle jeta un coup d'œil à la porte avant de regarder Jack droit dans les yeux.

— J'aimerais beaucoup que vous arrêtiez de faire semblant de me connaître et que vous me répondiez honnêtement, dit-elle.

— Une minute…

Il ignora le fait qu'elle avait parlé de sa mère au présent alors que celle-ci était morte depuis plusieurs années, pour se concentrer sur son front, qui n'était plus égratigné.

— Où sont passées tes égratignures ?

— Quelles égratignures ?

Il prit sa main gauche pour examiner sa paume.

— Rien, murmura-t-il.

Comme la main de Sabrina tremblait, il s'empressa de la lâcher.

— Où est ton alliance ? demanda-t-il.

— Parlez-vous de cette stupide bague de fiançailles ? Dans mon sac.

— Je parle de la bague que Buzz t'a passée au doigt le jour de votre mariage. Elle appartenait à sa grand-mère, répondit-il avant de secouer la tête. Quelque chose ne va vraiment pas, Sabrina.

— Je ne m'appelle pas Sabrina.

Il plongea son regard dans le sien et accepta enfin l'idée qu'elle était aussi déconcertée que lui. Cela lui procura un immense soulagement. Sabrina n'avait pas perdu la tête. Lui non plus. Son impression que cette femme était d'une essence différente n'était pas le fruit de son imagination.

Son soulagement fut de courte durée. La femme plissa les yeux, mais ce fut d'une voix douce qu'elle demanda :

— Ne pensez-vous pas qu'il est temps que vous m'expliquiez ce qui se passe ?

— J'aimerais pouvoir le faire, répondit-il.

2

Perchée au bord d'un fauteuil en cuir blanc, Sophie observait l'homme qui l'avait abordée.

Elle ne pouvait pas nier qu'il était plus séduisant que la majorité des humains, mais l'expérience lui avait enseigné que l'apparence ne comptait absolument pour rien. Que valaient de larges épaules, un corps svelte et de magnifiques yeux bleus si l'homme auquel ils appartenaient était un fou, un manipulateur ou les deux.

— Je n'arrive pas à croire que vous n'êtes pas Sabrina, dit-il. La ressemblance entre vous deux est stupéfiante.

— Pour commencer, qui êtes-vous ? demanda-t-elle.

— Je m'appelle Jack Travers. Je suis détective privé et je vis en Californie.

— C'est vrai ?

— Oui, répondit-il. Pourquoi êtes-vous aussi surprise ?

— Je ne sais pas. Parce que vous ne ressemblez pas à un détective, je suppose.

— Et à quoi ressemble un détective ?

— À Humphrey Bogart, répondit-elle sans hésiter.

— N'est-il pas un peu daté pour vous ?

— Ma mère regarde beaucoup de vieux films. J'ai grandi devant le *Faucon maltais*.

— C'est un film difficile à suivre... Maintenant, à vous : qui êtes-vous ?

— Sophie Sparrow. Sophie. Quand vous dites que je ressemble à cette femme, vous voulez dire en général ?

— Comme la taille et la couleur des yeux ? demanda-t-il avant de secouer la tête. Non, je veux dire que vous êtes identiques, comme des clones ou des jumelles. À vrai dire, ce sont les seules explications que je trouve à votre ressemblance.

— Sauf que je n'ai pas de sœur, et encore moins de jumelle, répondit-elle. Je suis enfant unique.

— Sabrina aussi.

— Vous dites que c'est la femme de l'un de vos amis ?

— Oui.

— Vous m'avez également dit qu'elle se sentait menacée. Que se passe-t-il ? A-t-elle des ennuis ?

— Je le pense, oui. Mais elle s'est confiée à moi sous le sceau du secret. Je ne peux pas entrer dans les détails.

— Vous avez parlé d'un rocher qui lui était tombé dessus.

— Ah oui ?

Sophie aurait aimé qu'il arrête de la fixer. Elle inclina la tête, mais aucun rideau de cheveux ne tomba. Pourquoi avait-il fallu qu'elle se les coupe précisément aujourd'hui ? Elle baissa les yeux vers ses mains pour échapper à son regard, mais elle les releva presque aussitôt parce qu'elle voulait savoir ce qu'il pensait et qu'elle ne l'avait pas encore deviné. Elle n'avait qu'une certitude : il était important qu'elle comprenne la situation. Il se passait des choses étranges, de plusieurs manières en même temps, et cela l'inquiétait.

Elle avait roulé jusqu'à la côte pour une seule raison :

réfléchir. Et elle devait bien admettre que réfléchir à cet imbroglio était plus facile que de réfléchir sur elle-même.

— Ah ! s'écria Jack avant de sortir son téléphone de sa poche.

Il tapota l'écran quelques instants, puis le tourna vers elle.

— J'ai pris cette photo au mariage de Sabrina, dit-il. Le marié est mon ami Daniel Cromwell. Il est en Antarctique en ce moment. Regardez bien la mariée.

Quand Sophie reporta son attention sur la photo, le monde bascula sur son axe une fois de plus. La mèche sur le front, les yeux noirs frangés de cils épais, l'ovale du visage, la petite bosse du nez… Tout ce que Sophie voyait lui était familier.

Était-ce un montage ? Avait-on trafiqué une photo d'elle ? Il y avait de nombreuses différences : la teinte des cheveux, la coiffure, le maquillage, les bijoux, et le peu qu'elle voyait d'un homme brun dont la joue était écrasée contre la sienne… Non, ce n'était pas une photo d'elle, mais on aurait pu le jurer.

— Elle est plus jolie que moi, dit-elle.

— Elle est une réplique de vous, répondit Jack. Et vous êtes une réplique d'elle.

— Elle n'a pas le grain de beauté que j'ai sur la joue, reprit-elle, hypnotisée par la femme de la photo. Se teint-elle les cheveux ?

— Je n'en sais rien. Elle n'a pas de mèches mauves.

— Je n'en avais pas non plus jusqu'à aujourd'hui. Vous dites qu'elle s'appelle Sabrina ?

— Oui. Sabrina Cromwell. Son nom de jeune fille est Long. Sabrina Long. Elle a grandi à Astoria, dans l'Oregon, à une heure de route au nord d'ici. Et vous ?

Elle tira son portefeuille de son sac pour montrer son permis de conduire à Jack.

— Je suis née et j'ai grandi à Portland, dans l'Oregon. Quel âge a Sabrina ?

— Elle a huit ans de moins que Buzz, donc vingt-six ans. Oh ! je me souviens que Buzz m'a dit qu'elle était née en juillet.

Il examina son permis.

— On dirait que vous êtes née en juillet aussi, ajouta-t-il.

— Beaucoup de gens sont nés en juillet, répondit-elle en recommençant à fixer la photo.

Jack tira son portefeuille de sa poche.

— Vous n'avez pas à me croire sur parole, dit-il en lui tendant son permis et sa licence de détective privé.

Elle les examina, puis les lui rendit.

— Avez-vous été adoptée ? s'enquit-il.

— Non. Et elle ?

— Pas à ma connaissance.

— Je veux la rencontrer.

— Je pense qu'elle voudra vous rencontrer aussi, mais je suis presque sûr qu'elle a éteint son téléphone quand elle s'est couchée. Je vais appeler sa chambre.

Sophie bondit.

— Elle est dans l'hôtel en ce moment même ?

— Oui.

Elle cligna des yeux et suivit Jack jusqu'à la réception. Il appela et tomba sur le répondeur.

— Je vais frapper à sa porte, annonça-t-il après avoir laissé un message. Je reviens.

— Je peux vous accompagner ? demanda-t-elle timidement. J'ai besoin de la voir de mes propres yeux. Tout ça est si étrange...

— Elle aura sans doute besoin de quelques minutes pour… s'adapter à la situation. Elle est assez tendue, en ce moment.

— Moi aussi.

Les lèvres de Jack s'incurvèrent, et la transformation fut stupéfiante. L'entité presque irréelle qu'il était jusque-là devint un véritable être humain.

— Je peux comprendre, répondit-il.

Ils entrèrent dans l'ascenseur, montèrent jusqu'au troisième étage et s'engagèrent dans le couloir.

Jack frappa à la porte de la chambre 302. C'était celle que Sophie avait louée l'été précédent et qu'elle espérait louer de nouveau, parce qu'elle avait une belle vue sur la plage. Jack attendit quelques secondes, frappa plus fort, puis essaya vainement de tourner la poignée.

— Je vais essayer une carte de crédit, dit-il en sortant son portefeuille.

— Ne devrait-on pas plutôt demander de l'aide à la réception ? suggéra-t-elle.

— Peut-être, mais je doute qu'ils nous ouvrent la porte sans une bonne raison. J'ai vu le coup de la carte dans un film… On ne sait jamais, ça peut marcher.

Tandis qu'il glissait différentes cartes dans le lecteur, Sophie entendit des pas derrière eux. Elle tourna la tête. Une femme de ménage approchait avec une pile de serviette. Sophie donna un coup de coude à Jack, qui s'empressa de ranger ses cartes dans sa poche. Quand Sophie se retourna vers la femme de chambre, un homme apparut à l'angle du couloir. Il se dirigeait vers l'ascenseur et s'arrêta net quand elle rencontra son regard. Il se tapota les poches quelques secondes et fit demi-tour.

Il avait dû oublier quelque chose dans sa chambre.

La femme de chambre s'arrêta devant eux.

— Je vous ai vue tout à l'heure, dit-elle à Sophie avec un grand sourire. Avez-vous oublié votre clé dans la chambre ?

— Oui, répondit Sophie.

La femme la prenait pour Sabrina Cromwell. La possibilité que Jack ait été envoyé par Danny pour accomplir Dieu seul savait quoi bascula irrémédiablement du côté de l'improbable.

— Je peux vous ouvrir la porte, si vous voulez, dit la femme de chambre.

Sophie se demanda un instant comment ils allaient expliquer la présence de la femme qui y dormait, mais le lit était vide. La femme de chambre s'éloigna.

Ils fermèrent la porte derrière eux.

Jack jeta un coup d'œil à la salle de bains, dont la porte était ouverte, puis fit tourner la poignée de la porte-fenêtre du balcon. Elle était verrouillée. Les poings sur les hanches, il constata l'évidence :

— Elle n'est pas là.

— Où sont ses affaires ? lança Sophie.

Seuls le lit défait et une serviette mouillée dans la salle de bains témoignaient de la présence de quelqu'un.

— Dans sa voiture, répondit Jack. Je vais m'assurer qu'elle est toujours garée dehors. Donnez-moi votre numéro de téléphone. Je vous appellerai quand j'aurai éclairci la situation.

Elle n'aspirait qu'à l'attendre dans le hall. Elle pouvait trouver un coin tranquille et commencer à réfléchir sur sa vie. Cette perspective semblait confortable et naturelle.

Elle plongea son regard dans celui de Jack. L'inquiétude qu'elle y lut rendit cette perspective inconcevable.

— Vous pensez qu'il lui est arrivé quelque chose, dit-elle.

— Je ne vois pas comment c'est possible, mais oui, je m'inquiète, affirma-t-il.

— Alors je vous accompagne.

— Ce n'est pas nécessaire. Je vous tiendrai au courant.

— Écoutez...

Elle posa sa main sur son bras et l'écarta aussitôt. Sa veste devait être d'une matière bizarre qui produisait de l'électricité statique.

— Je n'ai pas pu avoir de chambre, je ne rentrerai pas chez moi et je ne veux pas vous perdre de vue, reprit-elle. J'ai l'impression que le destin crie mon nom et cherche à me dire quelque chose. Je ne crois pas à ce genre de chose, en général, mais aujourd'hui... j'ai la sensation que je dois écouter. Je ne peux pas vous expliquer pourquoi, mais j'ai besoin de savoir où est Sabrina, qui elle est. J'ai besoin de la *voir*.

Elle haussa les épaules et observa timidement Jack. Au lieu de la regarder comme si elle avait perdu la raison, il hocha la tête et lui sourit. Elle inspira profondément.

— Je ne comprends pas comment quelqu'un peut me ressembler autant sans que...

Elle laissa sa phrase en suspens.

— Que vous soyez parentes..., acheva-t-il à sa place en effleurant son bras. Moi non plus. Très bien, venez. Essayons de retrouver sa voiture.

— Elle conduit la vieille Chevrolet de Buzz, dit Jack lorsqu'ils sortirent de l'hôtel. Du genre grosse et rouillée.

Il pleuvait à verse. Jack mit la capuche de sa veste.

Comme Sophie hésitait, debout sous le porche, il se rendit compte que son manteau n'avait pas de capuche.

— Et si vous attendiez ici pendant que je fais le tour du parking extérieur ? Si nécessaire, nous descendrons à celui du sous-sol ensemble.

— D'accord, répondit-elle.

Lorsqu'il revint au pas de course, dix minutes plus tard, Sophie n'était plus là. Mince. Combien perdrait-il de femmes dans cette journée ? Mais, dans le cas de Sophie Sparrow, le plus probable était qu'elle avait changé d'avis et renoncé à s'impliquer dans cette histoire. Il était déçu – et pas seulement parce qu'il voulait savoir ce qui la liait à Sabrina. Mais cela valait peut-être mieux. Que pouvait-il sortir de bon du fait qu'il s'intéresse à une femme qui vivait à plusieurs heures de chez lui, qui était le portrait craché de la femme de son meilleur ami et, surtout, qui avait une relation avec un certain Danny ?

Lui plaisait-elle ? Il n'aurait pas su expliquer pourquoi, mais oui. Il voulait savoir pourquoi elle avait mis du mauve dans ses cheveux. Il voulait savoir pourquoi elle était timide un instant et courageuse l'instant suivant.

Il refusa l'aide que lui proposait le voiturier et entra dans le parking qui se trouvait au sous-sol de l'hôtel.

Sophie l'y attendait. Il parvint à réprimer le sourire qui lui vint, mais pas le plaisir qui lui gonfla le torse.

— J'avais froid, dehors, dit-elle quand il la rejoignit. Non pas qu'il fasse beaucoup plus chaud ici. Sa voiture n'est pas dehors, je suppose ?

— Non. Descendons.

Ils parcoururent les trois niveaux du parking sans trouver de Chevrolet blanche avec une rayure rouge au milieu parmi les voitures bien plus récentes qui étaient garées là. Puisque la voiture n'était ni dehors ni dans le parking, Sabrina était partie avec. Mais pourquoi ? Pourquoi avait-elle quitté l'hôtel sans le prévenir ? Cela n'avait aucun sens.

Il tira son téléphone de sa poche pour rappeler Sabrina, mais il ne captait rien.

— Retournons à la réception, dit-il. Visiblement, Sabrina a quitté l'hôtel pour une raison que j'ignore. Je suppose qu'elle ne m'a pas trouvé pour me prévenir. Je vais la rappeler.

Sophie devait savoir aussi bien que lui que cela n'expliquait pas pourquoi Sabrina n'avait pas essayé de le joindre et ne répondait pas au téléphone. Sophie hocha la tête sans faire de commentaire.

Il s'engagea sur la rampe. Il avait presque atteint la rue lorsqu'il prit conscience que Sophie n'était pas derrière lui. Alors qu'il tournait la tête, un bruit de voiture qui accélérait résonna dans le parking. Une femme cria juste avant que deux tonnes de métal ne passent devant Jack en laissant une odeur de caoutchouc brûlé dans leur sillage.

La peur au ventre, Jack redescendit la rampe en courant.

— Sophie ?

Elle était plaquée contre un pilier en briques, les yeux clos. Elle tremblait comme une feuille. Il lui manquait sa chaussure droite et son sac. Jack posa ses mains sur ses épaules. Elle ouvrit les yeux. Elle le fixa quelques instants comme si elle ne le reconnaissait pas, puis elle éclata en sanglots et se blottit contre lui.

Une minute plus tard, des pas précipités annoncèrent l'approche du voiturier. Il s'arrêta net devant eux, le souffle court.

— Est-ce que tout va bien, ici ? parvint-il à demander.

Jack posa un doigt sous le menton de Sophie pour lui faire relever la tête. Il y avait encore de la terreur dans ses yeux, mais il y lut aussi de la résolution.

— Alors ? lança-t-il. Ça va ? Es-tu blessée ?

Elle secoua la tête.

— Non.

— Tu en es sûre ?

— Je suis secouée, mais je commence à m'en remettre, murmura-t-elle.

— Que s'est-il passé ?

Elle jeta un coup d'œil au voiturier, qui buvait leurs paroles, puis secoua la tête.

— Plus tard, répondit-elle.

Le voiturier se montra moins réticent.

— J'ai entendu un vacarme épouvantable, puis j'ai vu une voiture jaillir du parking à toute vitesse ! s'écria-t-il.

— Avez-vous relevé le numéro de la plaque ? demanda Jack.

— Vous plaisantez ?

— Avez-vous aperçu le conducteur ?

— Pendant que je plongeais pour échapper à la mort ? Non.

— Avez-vous garé cette voiture ?

— J'en doute. Nous avons des espaces réservés au rez-de-chaussée pour gagner du temps. Puisque la voiture venait d'ici, le conducteur l'avait sûrement garée lui-même.

— Quand avez-vous commencé votre service ? poursuivit Jack.

— Ce matin. Je le termine bientôt.

— Avez-vous vu une femme qui ressemble beaucoup à Mlle Sparrow, ici présente, garer une vieille Chevrolet blanche ?

— Ou la sortir du parking, ajouta Sophie d'une voix tremblante.

— Non, je ne m'en souviens pas, répondit le voiturier. Mais il y a aussi un parking extérieur. Certains préfèrent se garer là, quel que soit le temps. Il y a des gens qui n'aiment vraiment pas les parkings souterrains.

— J'en fais peut-être partie, maintenant, grommela Sophie avant de se redresser. J'ai perdu mon sac, une chaussure et mon téléphone.

— Je les retrouverai ! déclara le voiturier avant de s'éloigner.

Il poussa un petit cri de triomphe quelques secondes plus tard quand il découvrit le sac sur le capot d'une voiture. Il revint le tendre à Sophie.

Sophie en tira un mouchoir et s'essuya le nez.

— Je cherche la chaussure, dit le voiturier en allumant une lampe de poche. Il y a beaucoup de mauvais conducteurs, vous savez... Mais celui-ci a décroché le pompon.

Il s'accroupit pour regarder sous une rangée de voitures, puis se redressa.

— Ce type a filé comme s'il avait la police aux trousses, poursuivit-il en inspectant sous une autre rangée. Je l'ai trouvée !

Il rampa sous une camionnette, réapparut avec la chaussure, puis éclaira les traces de pneus que la voiture avait laissées près du pilier.

— Vous avez eu de la chance que le conducteur ait réussi à vous éviter, commenta-t-il en tendant sa chaussure à Sophie.

Sophie ouvrit la bouche. Jack eut l'impression qu'elle allait dire quelque chose, mais elle se contenta de remettre sa chaussure.

— Avez-vous votre téléphone sur vous ? demanda Jack au voiturier.

— Bien sûr.

— Donnez-lui votre numéro, Sophie. Voyons si votre téléphone sonne.

— Heureusement que je l'ai rallumé, dit-elle avant de donner son numéro.

Une seconde plus tard, ils entendirent une sonnerie. Jack la suivit et retrouva le téléphone contre une roue. En le ramassant, il vit que « Danny » avait appelé plusieurs fois. Il rendit son téléphone à Sophie. Celle-ci regarda l'écran quelques secondes, puis elle éteignit l'appareil et le glissa dans sa poche.

— Sortons d'ici, dit-elle en glissant son sac à son épaule.

— Bien sûr, répondit Jack.

Quand le voiturier les eut distancés, elle tira sur sa manche.

— La voiture n'a pas fait un écart pour m'éviter, dit-elle. Elle a essayé de m'écraser.

— Pourquoi avez-vous attendu pour me le dire ? demanda Jack alors qu'ils aspiraient leur première bouffée d'air marin.

Sophie apprécia la pluie qu'elle avait fuie quelques minutes plus tôt. Elle ferma les yeux et leva son visage vers le ciel.

— Sophie ?

Elle laissa Jack l'entraîner jusqu'au perron et fut soulagée de voir le voiturier s'occuper d'un client qui arrivait.

— Je ne sais pas, répondit-elle. Je ne voulais pas qu'on en fasse toute une histoire, sans doute.

Jack parut sur le point de répondre, puis son expression s'adoucit et il lui effleura la joue. Elle plongea son regard dans le sien. C'était un moment étrange, plein de courants qu'elle ne comprenait pas, mais ce n'était pas grave. Cette journée entière semblait se dérouler en dehors du temps.

— Jack ? finit-elle par murmurer.

Il cligna des yeux et revint de l'endroit lointain où il était parti.

— J'ai cru entendre Sabrina, dit-il. Elle non plus ne voulait pas qu'on en fasse toute une histoire. Et elle a disparu.

— Eh bien je suis là, moi. Ne vouliez-vous pas la rappeler ?

Il le fit et secoua la tête quelques secondes plus tard.

— Je tombe directement sur le répondeur.

Ils entrèrent dans le hall. Comme elle tremblait encore, Sophie s'installa dans un fauteuil tandis que Jack se dirigeait vers la réception.

Après s'être fait couper les cheveux, elle avait roulé jusqu'à Seaport en pilote automatique. Cette ville et cet hôtel lui étaient familiers. Elle y séjournait pendant les vacances depuis des années, d'abord avec ses parents, puis seule. Elle était sûre que c'était là qu'elle réussirait à remettre de l'ordre dans ses idées avant de retourner à Portland pour fournir des explications à sa mère et à Danny.

Ce projet semblait démodé après les événements de la dernière heure.

Elle repensa à l'incident du parking. Pouvait-elle s'être trompée sur les intentions du conducteur ?

Jack s'assit à côté d'elle.

— J'ai appelé les autres hôtels de la ville et l'hôpital,

dit-il. Personne n'a vu de femme correspondant à la description de Sabrina. Elle n'a pas payé sa note. Elle a simplement disparu.

— Les gens ne disparaissent pas comme ça, répondit-elle.

Elle le vit tressaillir et se demanda pourquoi.

— Si, il arrive que les gens disparaissent, murmura-t-il. Pour un temps, du moins. Parfois pour toujours.

Il secoua la tête, puis se pencha vers elle.

— Pourquoi vous êtes-vous arrêtée et que s'est-il passé entre ce moment et mon retour ?

— Vous veniez de parler de votre téléphone... Je me suis arrêtée pour rallumer le mien, commença-t-elle. Une voiture blanche a quitté sa place et s'est dirigée vers moi. Comme j'étais au milieu de l'allée, je me suis écartée. C'est à ce moment-là que le conducteur a accéléré. J'ai couru pour m'abriter derrière le pilier et j'ai perdu mon sac et ma chaussure. La voiture a évité le pilier de justesse et s'est engagée sur la rampe. J'ai eu peur qu'elle vous écrase... Je suis restée plantée là, comme une idiote, trop sonnée pour bouger. Alors vous êtes arrivé et... Vous connaissez la suite.

— Vous pensez que la voiture a essayé de vous écraser ?

Elle acquiesça.

— Oui.

— Avez-vous vu le conducteur ?

— Plus ou moins.

— Comment ça, plus ou moins ?

— Je crois qu'il avait à peu près mon âge... Je ne sais pas. Je ne l'ai vu qu'un instant.

— Réfléchissez bien, Sophie. Est-ce que quelqu'un sait que vous êtes ici ?

— À Seaport ? Non.

— Réfléchissez encore. Vous devez avoir dit à quelqu'un que vous alliez sur la côte...

— *Je* ne savais même pas que j'allais sur la côte avant d'être presque arrivée.

— Très bien. Vous avez dit que votre mère avait peut-être deviné où vous alliez et vous avez mentionné un certain Danny plusieurs fois.

— Oui, ma mère peut avoir deviné où j'allais.

— Peut-elle l'avoir dit à Danny ?

— S'il le lui a demandé. Mais Danny n'essaierait jamais de m'écraser.

— Vous en êtes sûre ?

Elle y réfléchit quelques instants.

— Oui. C'est mon petit ami. Plus ou moins. Il ne l'est probablement plus. Il a demandé ma main ce matin, et je... suis partie. Ce n'est pas une raison suffisante pour tuer quelqu'un.

— Vous seriez surprise, répondit Jack.

— Allons ! plaisanta-t-elle en résistant à la tentation de lui donner un coup de coude. Regardez-moi. Je ne suis pas le genre de femme qui inspire de grandes passions.

— Vous vous sous-estimez, dit-il. Très bien. Nous allons voir la police.

— Pourquoi irions-nous...

— Parce que vous êtes le sosie de Sabrina. Si ce n'était pas vous qu'on visait, c'était sûrement elle. Ce qui veut dire que vous risquez de recevoir un rocher sur la tête. Ne perdons pas de temps à nous disputer.

Elle éclata de rire.

— Ce cinglé en avait peut-être après vous, pas après Sabrina ni moi !

— Ce n'est pas moi qu'il a essayé d'écraser.

— Très bien. Puisque Sabrina a disparu, il paraît raisonnable d'aller voir la police.

— Je suis content que vous vous rangiez à mon point de vue, ironisa Jack.

Elle se remit à rire. Elle ne riait jamais comme cela… Les derniers événements devaient l'avoir ébranlée nerveusement.

Ils prirent la voiture de Jack. Quelques minutes plus tard, ils étaient assis en face du sergent Jones, un policier nerveux qui n'arrêtait pas de regarder la pendule. Jack et Sophie lui présentèrent leurs papiers. Seule la licence de détective privé de Jack l'intéressa.

— Par curiosité, êtes-vous un ancien policier ou un ancien soldat ? demanda-t-il.

— J'ai été policier à Los Angeles pendant sept ans avant de voler de mes propres ailes, répondit Jack.

— Je connais un type qui a fait comme vous, dit le policier en leur rendant leurs papiers après un nouveau coup d'œil à la pendule. Que puis-je faire pour vous ?

Elle laissa Jack expliquer l'incident du parking. Il ne précisa pas qu'ils cherchaient la voiture de Sabrina. Cela la surprit un peu, mais elle supposa qu'il y viendrait plus tard.

— Ce genre de chose arrive à tout bout de champ, grommela le sergent Jones.

Il regarda encore la pendule, s'aperçut que Jack et elle observaient son manège et leur sourit.

— C'est mon anniversaire de mariage, leur confia-t-il. Je l'ai oublié l'an dernier et je peux vous dire que c'est une erreur que je ne referai pas. J'ai réservé une table dans son restaurant préféré, mais j'ai l'impression que je devrais faire autre chose. Elle n'arrête pas de se plaindre de l'âge de son mixeur et...

— Ne lui offrez pas d'appareil ménager, l'interrompit-elle.

— Vous êtes sûre ?

Elle hocha la tête.

— Offrez-lui des fleurs, suggéra Jack. Des roses rouges pour exprimer votre passion.

Jones leur décocha un grand sourire.

— Et je pourrai les acheter en rentrant... Désolé. Où en étions-nous ?

— Jack vient de vous expliquer qu'une voiture a failli..., répondit-elle.

— Ah oui ! Je me souviens, la coupa le policier. Il arrive que de stupides ados veuillent impressionner des filles... Ils ne sont pas aussi « cool » qu'ils le croient et ils font des choses dangereuses.

Il décocha un clin d'œil à Jack avant d'ajouter :

— Et vous voulez la protéger parce que c'est votre petite amie.

Sophie ouvrit la bouche, mais Jack répondit le premier.

— J'espère qu'il ne s'agit que de cela, dit-il. Ce chauffard aurait pu la tuer, vous savez.

Le sergent Jones se tourna vers elle.

— Ne vous faites pas trop de mouron, mademoiselle Sparrow. Vous êtes saine et sauve, non ? Et je ne peux pas faire grand-chose sans l'immatriculation de la voiture. Vous avez une idée du nombre de voitures blanches qui circulent en ville ?

Sophie le remercia en se demandant pourquoi. Alors qu'elle s'apprêtait à se lever, Jack parla de Sabrina. Il livra suffisamment d'informations pour expliquer qu'elle se soit sentie menacée et l'ait appelé.

— Nous cherchions sa voiture quand l'incident s'est produit, dit-il. Il est important de garder à l'esprit que Sabrina Cromwell et Sophie Sparrow sont des sosies et que Sabrina semble avoir disparu.

Le sergent jeta un nouveau coup d'œil à la pendule, puis réprima un soupir.

— Avez-vous trouvé sa voiture ? lança-t-il.

— Non.

Jones prit quelques notes.

— Avez-vous le numéro d'immatriculation ?

— C'est la voiture de son mari, indiqua Jack. Cherchez Daniel Thorne Cromwell dans vos fichiers. Il vit à Astoria, dans l'Oregon.

— Très bien, dit Jones. Nous resterons vigilants. Mais, pour être honnête, les gens qui disparaissent comme ça sont partis faire du shopping ou un tour à la plage, en général. Vous le savez par expérience, monsieur Travers. Il y a de bonnes chances pour qu'elle refasse surface. C'est une adulte, non ? Aucune loi ne lui interdit d'avoir des coups de tête. Y avait-il des traces de lutte ?

— Non, répondit Jack.

— Personne ne s'inquiète à l'hôtel ?

— Non.

— Avez-vous appelé l'hôpital ?

— Oui, tout à l'heure.

Jones griffonna quelque chose.

— Je rappellerai, juste pour être sûr, dit-il. Si je découvre quoi que ce soit, je vous le ferai savoir.

Il jeta un nouveau coup d'œil à la pendule, et Jack et elle prirent cela comme le signal du départ.

Ils se retrouvèrent une fois de plus sous la pluie, qui scintillait à la lumière des réverbères.

— Pourquoi ne lui avez-vous pas parlé du rocher ? s'enquit Sophie alors qu'il lui ouvrait la portière de la voiture.

— Parce que j'ai promis à Sabrina de garder ce qu'elle m'a confié pour moi le plus longtemps possible. Je fais de mon mieux. Elle a peur que son mari en entende parler. Il est très loin, en ce moment.

— En Antarctique, se souvint Sophie. Qu'est-ce qu'il y fait ?

— Il fait partie d'une équipe de scientifiques qui étudient les conséquences du réchauffement climatique. Il est parti pour plusieurs mois. Sabrina ne veut pas qu'il s'inquiète.

— Que se passe-t-il, à votre avis ? demanda-t-elle.

— Je ne sais pas, mais je pense que Sabrina a besoin d'aide, et il me paraît clair que cela ne viendra pas du sergent Jones. Il a raison : la plupart des gens qui disparaissent subitement ont une bonne raison de le faire. Mais la plupart des gens qui disparaissent n'ont pas été traqués pendant des jours et n'ont pas fait appel à un professionnel.

— Elle doit être terrifiée, murmura Sophie.

Il se passa la main dans les cheveux, puis la regarda droit dans les yeux.

— Ce dont je suis sûr, c'est que nous sommes sa meilleure chance d'être retrouvée, dit-il.

Le fait qu'il emploie le mot « nous » fit plaisir à Sophie et la terrifia. Était-elle à la hauteur de la tâche ? Il le faudrait bien.

— Vous vous inquiétez vraiment pour elle, chuchota-t-elle.

— Oui, répondit-il.

3

— J'avais oublié les photos, dit Jack en sortant son téléphone de la poche de sa veste.

Ils venaient juste de rentrer dans l'hôtel. C'était peut-être pour cela qu'il s'était brusquement souvenu des photos qu'il avait prises dans l'après-midi. Ils s'installèrent de nouveau dans le hall, où un buffet avait été servi. Pendant que Sophie allait chercher une assiette, il appela l'hôtel dans lequel Sabrina avait passé la nuit précédente. Y était-elle retournée pour une raison quelconque ? Mais personne ne l'avait vue depuis qu'elle était partie à l'aube. Une nouvelle impasse.

— Il ne reste plus grand-chose, dit Sophie en revenant avec une grappe de raisin et quelques crackers. Parlez-moi de ces photos.

— Pendant que Sabrina était censée faire la sieste, j'ai pris des photos de tous les hommes qui passaient devant moi, expliqua-t-il. Vous reconnaîtrez peut-être le conducteur de la voiture qui vous a foncé dessus. S'il est client ici, nous pourrons trouver son nom.

Sophie s'assit sur un accoudoir de son fauteuil et regarda l'écran tandis qu'il faisait défiler les dizaines de photos qu'il avait prises.

— Vous n'en avez vraiment raté aucun ! s'écria-t-elle quand apparut la photo d'un garçon de dix ans avec sa mère.

— J'ai pensé que ça amuserait Sabrina, répondit-il. Elle était si nerveuse… J'ai eu envie de la faire sourire.

— Vous la connaissez bien ? s'enquit Sophie.

— Je l'ai rencontrée quand sa relation avec Buzz est devenue sérieuse, puis je l'ai revue à leur fête de fiançailles. J'étais le témoin de Buzz à leur mariage et j'ai passé une nuit chez eux sur le chemin du Canada, où j'allais pour une enquête. C'était en novembre dernier, avant que Buzz parte pour l'Antarctique. Alors, pour répondre à votre question : non, je ne la connais pas très bien. On n'avait jamais discuté aussi longtemps seul à seul qu'aujourd'hui.

Il avait continué à faire défiler les photos en parlant.

— Arrêtez ! dit Sophie. Revenez en arrière. Encore une. Celle-ci.

— Le gars avec le sweat à capuche ?

— Oui.

Il leva les yeux vers elle. Il avait en permanence envie d'effleurer sa main ou son épaule, et cela le perturbait. Cela faisait longtemps qu'il n'avait pas eu ces pulsions à la fois innocentes et chargées de désir. Des années… Depuis Lisa.

Sophie lui rappelait-elle Lisa ? Était-ce pour cela qu'elle l'attirait ? Il n'en était pas sûr.

Quoi qu'il en soit, le moment était mal choisi pour s'égarer dans son passé.

— C'est l'homme qui a essayé de vous écraser ? demanda-t-il.

— Non, c'est l'homme que j'ai vu dans le couloir juste avant que la femme de chambre nous ouvre la porte de Sabrina. Il se dirigeait vers l'ascenseur. Quand nos regards se sont croisés, il a tâté ses poches et fait demi-tour comme s'il avait oublié quelque chose. Il ne portait pas ce sweat-shirt, à ce moment-là. Je crois qu'il a des cheveux châtain clair.

— Ce n'est pas grand-chose, commenta-t-il.

— Je sais, mais ce type m'a fait une impression bizarre, répliqua Sophie. Plus j'y pense, plus j'ai le sentiment qu'il m'a reconnue.

Elle secoua la tête.

— Peut-être qu'il a simplement vu Sabrina entrer dans sa chambre un peu plus tôt et qu'il m'a prise pour elle, ajouta-t-elle.

— Sabrina m'a parlé d'un homme qu'elle avait croisé au restaurant de l'hôtel pendant le petit déjeuner. Elle était sûre de l'avoir déjà vu, mais elle m'a dit qu'il avait une barbe.

— Celui-ci est rasé.

— Mais on peut raser une barbe ou en mettre une fausse...

— C'est vrai. Alors quoi ? demanda Sophie. Nous n'avons aucune piste ?

— Je ne sais pas. Commençons par identifier ce type.

— Comment ?

— En interrogeant le voiturier et les employés de la réception. Si cet homme était dans le couloir, il doit avoir une chambre à l'hôtel. Nous frapperons à toutes les portes s'il le faut.

— On devrait aussi interroger la femme de chambre, suggéra Sophie.

— Bonne idée. J'ai oublié comment elle s'appelait.

— Bonnie, répondit Sophie sans hésiter. La cinquantaine, des cheveux roux tirant sur le blond, les yeux verts.

Il siffla.

— Je dois reconnaître que je n'avais pas un souvenir aussi précis de son apparence.

— Parce que vous étiez trop occupé à cacher que vous tentiez d'entrer dans la chambre par effraction. Séparons-nous pour interroger les employés de l'hôtel. Ça ira plus vite.

Il sourit et se leva.

— Interrogeons-les ensemble, plutôt, répondit-il. L'un de nous pourrait remarquer des choses qui échappent à l'autre.

Ils commencèrent par le voiturier, qui n'était plus celui qui les avait aidés. De nombreux clients de l'hôtel réclamaient leur voiture pour aller dîner ailleurs et il ne jeta qu'un bref coup d'œil à la photo. Comme il revenait d'un congé de deux jours, ils n'en attendaient pas grand-chose, de toute manière. La femme de chambre était rentrée chez elle. Malgré les protestations de Jack, ils se séparèrent pour que Sophie aille interroger les employés de la réception pendant qu'il se lançait à la recherche de l'agent de maintenance qu'il avait croisé quand il avait accompagné Sabrina dans sa chambre. Celui-ci avait peut-être vu ou entendu quelque chose.

— Demandez si Sabrina a essayé d'appeler ou reçu des messages, dit-il à Sophie avant de la quitter.

— D'accord, répondit-elle.

C'était sûrement parce qu'elle était tout ce qui le reliait à Sabrina qu'il voulait garder Sophie auprès de lui, songea-t-il. Il lui semblait impossible que deux femmes se ressemblent autant sans avoir aucun lien.

Mais, s'il était honnête, c'était aussi parce qu'il avait peur qu'elle ne soit en danger – et en partie par sa faute.

Le sous-sol était un labyrinthe vivement éclairé de salles de conférences et de pièces réservées aux employés. Les salles de conférences étaient presque toutes désertes à cette heure. Jack finit par trouver une porte sur laquelle était écrit « maintenance » et frappa.

— Hank Tyson n'est pas venu travailler aujourd'hui, déclara l'homme aux traits tirés qui lui répondit.

D'après son badge, il s'appelait Jerry Able et il dirigeait le service de maintenance.

— Je le remplace, poursuivit l'homme. Je ne sais pas comment il fait pour s'en sortir tout seul, d'habitude. Quand il y a autant de monde dans l'hôtel, la liste des plaintes est aussi longue que celle du Père Noël.

— J'ai vu un homme en salopette avec une boîte à outils au troisième étage il y a quelques heures, dit Jack.

— Ce n'était pas moi, répondit Jerry. J'ai appelé un type du coin pour qu'il me donne un coup de main. Je n'avais pas le choix. Avec autant de clients, on a des dizaines de pannes de chauffage, de lavabos bouchés, de fenêtres coincées, de verrous qui ferment mal... Brad Withers et son employé, Adam quelque chose, essaient de garder la tête hors de l'eau. Vous avez dû croiser l'un des deux.

Il fronça les sourcils et ajouta :

— Avez-vous un problème, vous ? Lequel ?

— Je n'ai aucun problème, affirma Jack avant de lui montrer la photo de l'homme en sweat à capuche. Est-ce Brad Withers ou Adam ?

— Je n'en sais rien, dit Jerry. Je veux dire... Je suis sûr que ce n'est pas Brad, mais je n'ai jamais vu Adam.

Jack remonta dans le hall, où il trouva Sophie. Il lui rapporta le peu qu'il avait appris.

— Et vous ? demanda-t-il. Comment ça s'est passé à la réception ? Sabrina a-t-elle reçu des messages ?

Elle secoua la tête.

— La plupart des employés venaient de commencer leur service. Personne n'a reconnu l'homme à la capuche de la photo que vous m'avez envoyée. Une femme s'est souvenue de Sabrina parce qu'elle lui avait donné sa clé ce matin. Elle a cru que j'étais Sabrina et m'en a donné une autre. Je l'ai laissée faire.

— Les gens ne la chercheront pas s'ils vous prennent pour elle, lui fit-il remarquer.

— C'était le seul moyen de savoir si on lui avait laissé des messages, se défendit-elle. Je vais clarifier la situation.

Il la retint par le bras.

— Laissez-moi réfléchir.

— J'espérais passer la nuit dans sa chambre, expliqua Sophie. Je vous appellerai si elle revient. Êtes-vous au même étage qu'elle ?

— Je n'ai pas de chambre, moi non plus, répondit-il. L'hôtel m'en a trouvé une dans une auberge des environs : Pine Lodge, Pine Lane, ou quelque chose comme ça.

— Pine Ledge, dit-elle avec un frisson théâtral. Vous ne voulez pas passer la nuit là-bas, je vous assure.

— J'ai sans doute dormi dans des endroits bien pires. Quant à votre idée de passer la nuit dans la chambre de Sabrina… Avez-vous oublié qu'elle a disparu ?

— Non, je ne l'ai pas oublié. Elle a dû suivre quelqu'un qui a frappé à la porte…

— Ou se faire enlever, la coupa-t-il.

La voix de Jack trahit son désespoir. Cela ne pouvait

pas être arrivé juste sous son nez... C'est lui qui avait insisté pour que Sabrina fasse une sieste et l'avait laissée seule. Où était-elle ? Perdait-il son temps en restant dans cet hôtel ?

— Une seconde ! s'écria-t-il, réfléchissant à voix haute. Comment le type qui harcèle Sabrina a-t-il pu avoir une chambre ici s'il la suivait ? L'hôtel est complet depuis plus d'une semaine. Il devait avoir une réservation. Pour ça, il fallait qu'il soit au courant des projets de Sabrina, cela signifie que c'est quelqu'un qui la connaît.

Sophie prit un air embarrassé, comme si elle venait d'avoir une idée qu'elle n'osait pas exprimer.

— Allez-y, l'encouragea-t-il. Dites-moi ce que vous pensez.

— Ne dit-on pas que c'est généralement la personne la plus proche...

— Non, la coupa-t-il. Buzz ne ferait jamais de mal à Sabrina et n'engagerait pas quelqu'un pour le faire à sa place.

— Mais...

— Non. Buzz est comme un frère pour moi. Je le connais. L'homme qui harcèle Sabrina est entré dans sa maison, lui a fait tomber un rocher dessus, l'a suivie et enlevée. Il est impossible que son mari ait un rapport avec tout ça.

— D'accord.

Il prit une décision soudaine.

— Il y a un fauteuil dans le couloir. Je m'y installerai, déclara-t-il. Puisque je ne pourrai pas dormir à trois kilomètres d'ici, quelle que soit la qualité de l'auberge, autant que je passe la nuit à un endroit où je peux garder votre – sa – porte à l'œil.

Sophie le fixa pendant quelques secondes.

— Je ne vous connais que depuis trois heures, dit-elle. Vous m'avez abordée, plus ou moins traitée de folle, puis montré une photo d'une femme qui me ressemble beaucoup.

— Qui est votre sosie, la corrigea-t-il. Vous semblez avoir du mal à l'admettre.

Elle agita la main.

— Peu importe. Ce que je veux dire, c'est que j'ai confiance en vous, même si je ne sais pas pourquoi. Si vous me connaissiez, vous sauriez que c'est exceptionnel. Dormez dans la chambre de Sabrina avec moi. Si elle revient au milieu de la nuit, elle reconnaîtra au moins l'un d'entre nous.

— Elle nous reconnaîtra tous les deux, lui rappela-t-il.

— Acceptez-vous, oui ou non ?

— Vous en êtes sûre ?

— Oui. Et j'ai l'intention de commander à dîner. Je ne sais pas pour vous, mais j'ai faim, je suis fatiguée et j'ai besoin de réfléchir. Alors, vous êtes de la partie ?

— Absolument, répondit-il. Laissez-moi juste le temps d'aller chercher ma valise dans ma voiture. Voulez-vous que je vous rapporte la vôtre ?

— Je n'en ai pas. Je crois vous avoir dit que j'étais partie assez vite.

— Attendez-moi ici, conclut-il. Je reviens tout de suite.

Ils mangèrent des sandwichs au poulet en regardant les informations locales. Sophie ne comprit qu'à la fin que Jack s'attendait à apprendre que le corps d'une femme avait été retrouvé sur une plage ou au pied d'une falaise. Elle fut soulagée de ne pas y avoir pensé elle-même.

Comme il y avait deux grands lits dans la chambre, le couchage n'était pas un problème. En revanche, le fait qu'elle n'ait que les vêtements qu'elle portait en était un. Jack le résolut en lui offrant sa veste de pyjama, qui lui arriva au genou. Il garda le pantalon.

— J'ai vu cette scène dans l'un des vieux films de ma mère, dit-elle alors qu'ils s'observaient, à quelques pas l'un de l'autre. Je crois que c'est le moment où vous accrochez une corde en travers de la pièce pour y suspendre un drap et préserver ma pudeur.

Il éclata de rire, puis il s'assit sur un lit et se mit à tapoter son téléphone. Elle se laissa hypnotiser par ses pectoraux et ses bras musclés. Essayait-il de prouver quelque chose en promenant toute cette virilité à portée de sa main et...

Une minute ! s'ordonna-t-elle.

Depuis quand se laissait-elle troubler par le physique d'un homme ? Cela ne l'intéressait pas. L'esprit d'une personne était le véritable siège de sa sensualité.

Ah oui ? ricana son subconscient. *Que trouves-tu de si stimulant dans l'esprit de Danny ?*

C'était une question difficile. La personnalité de Danny semblait monolithique et sans relief – mais elle ne le connaissait que depuis quelques semaines. Et il avait d'autres qualités qui compensaient son manque d'originalité, se rappela-t-elle. Par exemple, il riait aux mêmes plaisanteries qu'elle. Ils ne s'étaient jamais disputés. Ils n'avaient même jamais été en désaccord.

Jusqu'à ce matin.

Dans sa tête, elle l'entendit de nouveau dire à sa mère qu'il trouvait son enthousiasme professionnel « adorable ».

Adorable. Elle ne le digérait toujours pas.

— On dirait que vous vous êtes mise à réfléchir, lui lança Jack.

Elle ignora sa remarque.

— Du nouveau ? demanda-t-elle.

— Seulement des nouvelles de mon travail, aucune de Sabrina. Alors, à quoi pensiez-vous ?

— À Danny.

Il posa son téléphone.

— Allez-y. Ça a l'air intéressant.

Elle aurait aimé connaître Jack assez bien pour lui suggérer de mettre un T-shirt. Son torse l'empêchait de se concentrer. Et comment avait-il acquis de telles épaules ? Passait-il la moitié de sa vie dans un club de sport ?

Comme s'il avait lu dans ses pensées – ou déchiffré son regard –, il alla chercher un T-shirt vert dans sa valise, l'enfila et se rassit. Cela aida un peu.

— Vous vous apprêtiez à me parler de votre Danny, lui rappela-t-il avec un sourire encourageant.

— Ce n'est plus mon Danny, soupira-t-elle.

Elle s'assit en face de lui, au bord de son propre lit, en faisant bien attention à ce que leurs genoux ne se touchent pas. Ils étaient quand même très près l'un de l'autre, ce qui aurait sans doute perturbé Sophie si elle n'avait pas été occupée à prendre conscience qu'elle avait tout gâché avec Danny. Il était sorti de sa vie, en emportant la chance de Sophie de se marier et de fonder une famille avec lui. Cela ne la dérangeait pas, quelques heures plus tôt, mais elle se sentait perdue, maintenant que la nuit était tombée.

Au lieu de ne rien dire à Jack, ou pas grand-chose, comme elle l'avait prévu, elle s'entendit raconter en détail les événements de la matinée. Il l'écouta sans l'interrompre. Quand elle eut terminé, elle plongea son regard dans le sien.

— Pensez-vous que j'ai été injuste envers lui ? demanda-t-elle.

— Injuste envers *lui* ? répondit-il aussitôt. Sûrement pas. Je pense que Danny est seul responsable de la situation dans laquelle vous vous trouvez. Ce type semble… bizarre.

Elle éprouva tout à coup le besoin de défendre Danny. Jack ne connaissait que sa version de l'histoire, après tout.

— Ce n'est pas juste de dire ça, protesta-t-elle.

— Racontez-moi votre rencontre.

Elle esquissa un sourire.

— C'était comme dans un film. Un homme hésite au rayon des pommes, et une femme – qui se trouve adorer les pommes – lui offre ses conseils. Je l'ai trouvé très gentil. Il m'a expliqué que son cabinet l'avait envoyé à Portland pour quelques semaines et il a reconnu qu'il se sentait seul. Il m'a invitée à dîner et il a paru fou de joie quand j'ai accepté. J'avais envie de cuisine italienne et j'ai découvert que c'était aussi sa préférée. Tout était si…

— Louche ? la coupa-t-il.

Elle fronça les sourcils.

— Vous êtes cynique. J'ai trouvé ça excitant. Il a demandé mon opinion sur plein de sujets et écouté mes réponses. Ça donne beaucoup de charme à un homme. Et il est très gentil avec ma mère. Elle n'est pas particulièrement facile à vivre. Elle et moi… On s'entend comme chien et chat. Notre maison serait un champ de bataille si je n'avais pas appris à prendre sur moi. Peu importe… Revenons à

Danny. Sa demande en mariage était accompagnée d'un voyage de noces, d'une grande maison dans la rue voisine et d'une aide à domicile pour ma mère. Danny a même quitté son travail dans un cabinet d'avocats prestigieux à Seattle pour trouver un emploi à Portland. C'est génial, non ? Je ne comprends pas pourquoi ça m'a mise aussi mal à l'aise ce matin.

— Je me rends, répondit Jack. Ce type a l'air d'être une perle. Alors pourquoi n'avez-vous pas accepté de l'épouser ?

— C'était si inattendu... Et j'avais du mal à réfléchir avec ma mère qui intervenait à tout bout de champ.

— Pourquoi était-elle là, déjà ?

— Elle vit avec moi, ou je vis avec elle. La maison appartenait à mes parents quand j'étais petite. Elle l'a perdue à la mort de mon père, et je l'ai rachetée quand j'ai commencé à enseigner. Ma mère a quelques problèmes de santé. Ils ne sont pas aussi graves qu'elle le croit, mais... Elle n'est plus capable de vivre seule, et je ne peux pas me permettre de la loger ailleurs.

— Vous semblez avoir une relation difficile, commenta-t-il.

Elle faillit protester, mais elle se retint et hocha la tête.

— Oui. Je suis une déception pour elle.

Il prit un air incrédule.

— Quoi ?

Elle haussa les épaules.

— Je ne suis pas assez grande – vous voyez ?

— Puisque vous êtes parfaite, physiquement, qu'est-ce que ça signifie ?

Elle refoula le plaisir que le compliment lui procura.

— Je ne suis pas assez intelligente, ni assez drôle, ni

assez ambitieuse, ni… Vous voyez ce que je veux dire, répondit-elle. Je sais qu'une grande partie de son amertume vient du fait que papa est mort jeune, en la laissant m'élever seule avec peu de ressources.

— On dirait que vous avez bien compensé depuis, affirma-t-il. Quel âge aviez-vous quand votre père est mort ?

— Onze ans. C'est lui qui voulait des enfants. Maman n'en voulait pas vraiment, mais il a insisté. Ma naissance lui a causé toutes sortes de problèmes médicaux.

— Comment le savez-vous ?

— Elle me l'a dit.

Il la fixa un long moment avant de demander :

— Quel genre de parents disent à leurs enfants qu'ils ne voulaient pas d'eux ?

Sophie cligna des yeux et ne trouva rien à répondre. Elle aurait dû avoir la loyauté de défendre sa mère, mais les mots lui échappaient.

— Danny sait-il quels sont vos rapports avec votre mère ? s'enquit Jack.

Elle déglutit et se sentit gagnée par la paralysie pour la deuxième fois de la journée. Elle se leva brusquement et regarda la porte. Malheureusement, elle était à court de refuges. Elle prit une profonde inspiration et se rassit lentement.

— Il est difficile de ne pas s'en apercevoir, admit-elle.

— Alors pourquoi a-t-il demandé votre main devant elle ?

— Je me suis posé la question. Je n'en sais rien.

— Pourquoi ne vous a-t-il pas proposé de sortir de la maison ?

Elle indiqua la fenêtre, derrière laquelle on ne voyait rien.

— Il faisait froid et il pleuvait.

— Croyez-moi : si j'aimais assez une femme pour vouloir passer le reste de ma vie auprès d'elle et si je savais que quelqu'un l'intimidait, je supporterais un blizzard pour lui parler en tête à tête. La seule raison pour laquelle je la demanderais en mariage devant cette personne…

Il s'interrompit net.

— Mais qu'est-ce que j'en sais, après tout ? grommela-t-il.

— Allez-y, l'encouragea-t-elle. Finissez votre phrase.

— J'en ai assez dit. Mais comment se fait-il qu'il se soit trompé à ce point sur votre degré d'engagement s'il est si doué pour écouter ? s'enquit-il d'une voix douce.

— J'ai dû l'induire en erreur.

— Vous me semblez claire et franche.

— Je n'étais pas moi-même, aujourd'hui, murmura-t-elle.

— Peut-être que vous étiez vous-même, au contraire.

— Que voulez-vous dire ?

— Vous avez peut-être été poussée au-delà des limites de votre tolérance. Vous en avez peut-être eu assez de ne jamais être entendue.

Elle se laissa hypnotiser par son regard, puis se frotta les yeux pour s'arracher au sortilège.

— Je suis désolé, reprit Jack après quelques secondes de silence. Je suis mal placé pour donner des conseils en matière de relations sentimentales.

Elle n'aspirait qu'à tourner le projecteur dans une autre direction.

— C'est une phrase lourde de sous-entendus, s'empressa-t-elle de lui faire remarquer. Vous voulez bien développer ?

— Non.

Il se glissa entre les draps.

— Je suis prêt à mettre un terme à cette journée, dit-il. Et vous ?

— Avec joie.

Sophie resta immobile dans le noir, à écouter Jack respirer. C'était un son agréable et rassurant. Elle devait admettre qu'elle avait aimé parler avec lui, même si ses questions et ses commentaires avaient été douloureux. Y avait-il une part de vérité dans ce qu'il avait dit ?

Ses pensées revinrent vers Danny, et elle se souvint des fois où ses compliments l'avaient fait rougir. À présent, elle comprenait qu'elle n'était qu'une fleur assoiffée. Il y avait toujours quelques enfants de cette sorte dans sa classe, et ils l'attendrissaient systématiquement. Était-ce parce qu'elle reconnaissait ses propres besoins en eux ?

C'était embarrassant, mais sans doute vrai. Si Danny ne la voyait que comme un moyen de passer le temps, pourquoi avait-il quitté son travail, acheté une maison et demandé sa main ?

Et s'il l'aimait vraiment ? Et s'il s'était laissé emporter par l'émotion et avait voulu partager cet instant avec sa mère ? Celle-ci constituait une énorme partie de la vie de Sophie, après tout. Elle savait qu'il avait appelé plusieurs fois dans la journée. Elle avait vu son nom à chaque fois qu'elle avait rallumé son téléphone. Et si elle lui avait simplement dit qu'elle avait besoin de quelques jours pour réfléchir au lieu de s'enfuir ? Et si elle avait exigé de poursuivre la discussion dans la cuisine ?

Qu'avait-elle fait ?

Si elle avait été seule dans la chambre, elle aurait allumé

la lumière, se serait rhabillée et serait rentrée chez elle. Elle ne comprenait plus ce qu'elle faisait là, tout à coup.

Alors elle se souvint de Sabrina – Sabrina qui avait disparu de cette chambre sans explication. Si c'était de son plein gré, elle ne pouvait y avoir été poussée que par deux sentiments : l'amour ou la peur. Jack était certain que son ami ne ferait jamais de mal à Sabrina, et elle devait lui accorder qu'il savait de quoi il parlait. Mais si Sabrina avait appelé son mari pour qu'il la réconforte ? Buzz savait peut-être où elle était partie.

La peur était très différente. Elle pouvait provenir de quelque chose que Sabrina avait caché, d'un secret qu'elle n'avait confié ni à son mari ni à Jack, et qui l'avait rattrapée.

Où était-elle, à cet instant ? Sophie s'endormit en priant pour qu'elle soit en sécurité, à un endroit où elle avait choisi d'être.

Une voix la réveilla. Elle se redressa brusquement, le cœur affolé, et balaya la pièce obscure du regard.

— Sabrina ? chuchota-t-elle.

Seul le silence lui répondit. À part une bande de lumière sous la porte, on ne voyait rien dans la chambre et rien n'y bougeait. Alors elle entendit encore la voix et comprit que c'était celle de Jack.

— Lisa, gémit-il. Non !

Son cri glaça le sang de Sophie.

— Non, non, murmura-t-il encore.

Elle perçut une douleur immense dans sa voix, comme une blessure inguérissable.

Sophie resta immobile quelques instants. Comme Jack s'agitait dans le lit voisin, elle finit par se lever pour aller s'asseoir à côté de lui. Il lui saisit aussitôt le poignet.

— Tout va bien, dit-elle d'une voix douce. Vous ne risquez rien.

Jack resta rigide. Il la fit songer à un soldat dans une tranchée, ignorant de ce qu'il devrait affronter mais prêt à tout pour rester en vie.

Elle essaya d'allumer la lampe de chevet, mais l'interrupteur était hors de sa portée. Sans doute parce qu'elle avait bougé, Jack serra son poignet plus fort.

— Jack… C'est moi, Sophie, dit-elle. Vous vous souvenez ? On s'est rencontrés tout à l'heure, ici, à Seaport. Je suis la fille qui a des mèches mauves.

Les doigts de Jack se détendirent un peu, mais il ne la lâcha pas. Elle inspira profondément, s'allongea à côté de lui et se mit à parler de tout et de rien. Elle lui caressa les cheveux sans se demander si c'était trop personnel ou non. Il souffrait. C'était une raison suffisante.

Quand Jack s'apaisa, elle retira lentement sa main. Alors qu'elle se redressait, il se retourna brusquement et posa un bras sur ses hanches. Elle était piégée.

Mais pas dans une position inconfortable.

Elle tira un coin de la couverture et se rallongea avec l'intention d'attendre qu'il commence à ronfler pour se dégager. Il lui parut naturel de continuer à lui caresser les cheveux quand elle ferma les yeux.

Qui était Lisa et que lui était-il donc arrivé ?

4

Jack se réveilla sans l'aide du réveil de son téléphone, comme toujours. S'il se donnait encore la peine de le régler, c'était parce qu'il craignait, par superstition, que son horloge interne ne le trahisse précisément le jour où il ne le ferait pas.

Il prit conscience au même instant que le soleil filtrait entre les rideaux et que sa tête était posée sur le ventre d'une femme.

Il se souvint que Sophie l'avait rejoint pendant la nuit. Il avait rêvé de Lisa. Son cauchemar avait été si réel qu'il l'avait pris pour la réalité. Il se rappela avoir agrippé la main de Sophie pour ne pas basculer dans le vide. Sa voix avait été comme un phare qui lui indiquait le chemin de la sécurité. Il avait eu envie qu'elle n'arrête jamais de parler.

Il se redressa sur un coude et la regarda. Une mèche mauve lui était tombée sur l'œil. Le visage au repos, elle semblait plus jeune. Quand il repensa à ce qu'elle lui avait dit sur son petit ami et sur sa mère, les personnes qui auraient dû la soutenir le plus, son sang se mit à bouillir dans ses veines.

Elle bâilla, puis ouvrit les yeux.

— Bonjour, dit-il.

— Hum...

— On dirait que la pluie s'est arrêtée.

— Mon Dieu ! gémit-elle. Sauvez-moi des gens matinaux !

Sa voix le ramena fermement à la réalité. Il se leva et consulta son téléphone, espérant contre tout espoir trouver un message de Sabrina. Sophie le fixa, immobile. Elle devait l'espérer, elle aussi. Il secoua la tête.

— Rien. Ça suffit. Je vais à Astoria.

— Là où elle vit.

— Oui. Je ne peux pas rester sans rien faire plus longtemps. J'aurais sans doute dû partir hier soir.

— Je me douche la première, annonça-t-elle en se levant. Je suis rapide. Ça économise l'eau... Comme ça, je pourrai me sécher les cheveux pendant que vous y serez.

— Je pense...

— Vous n'allez pas protester, j'espère ? le coupa-t-elle. Je suivrai votre voiture avec la mienne. Si vous essayez de me semer, je trouverai la route toute seule.

— Je commande le petit déjeuner, répondit-il.

Il n'avait pas eu l'intention de protester. Il voulait dire qu'il préférait qu'elle reste auprès de lui tant qu'ils n'avaient pas identifié le cinglé qui harcelait Sabrina, mais cela ne servait plus à rien de le préciser. Il garda aussi pour lui son sentiment que les destinées de Sabrina, de Sophie et la sienne étaient intimement mêlées sur un plan cosmique quelconque.

Il passa plusieurs coups de fil. Il laissa un nouveau message sur le répondeur de la maison de Sabrina, il appela la police, qui n'avait rien à lui apprendre, l'hôpital, la réception et le voiturier. Rien. Aucune trace de Sabrina.

Sophie sortit de la salle de bains cinq minutes plus

tard, les cheveux enveloppés dans une serviette. Elle portait encore son haut de pyjama. Il se força à détourner les yeux de ses jambes nues et de son visage en forme de cœur. Comment se faisait-il que ce visage, qu'il trouvait distant chez Sabrina, lui paraisse aussi irrésistible chez Sophie ?

— Le petit déjeuner arrive, annonça-t-il.

Il se dirigea vers la salle de bains avec des vêtements de rechange dans les mains.

— Tout ce qui se trouve dans ma valise sera trop grand pour vous, mais vous pouvez m'emprunter ce que vous voulez, ajouta-t-il avant de fermer la porte.

Sophie passa plusieurs minutes à se sécher les cheveux. Elle aimait leur nouvelle couleur et la légèreté de sa nouvelle coupe. Les mèches mauves la gênaient un peu, mais elle avait dit à la coiffeuse de faire ce qu'elle voulait tant que c'était différent. Elle ne pouvait pas nier que cette femme avait du panache, ni que la vie était devenue plus intéressante depuis son intervention.

La nuit précédente, elle s'était piégée dans une toile qu'elle avait tissée elle-même, une toile faite de tous les doutes qui suivent naturellement un acte de rébellion, même justifié. La lumière du jour lui avait rendu son équilibre. À présent, quand elle songeait à retourner auprès de Danny, c'était pour s'excuser, lui rendre sa bague et le soutenir pendant qu'il réorganiserait sa vie après avoir quitté son emploi sur un coup de tête.

Mais Sabrina passait d'abord. Où était-elle ?

On frappa à la porte, et le bruit de la douche s'arrêta. Elle courut à la porte de la chambre.

— Oui ? dit-elle sans l'ouvrir.

— C'est le service d'étage.

— Laissez le plateau devant la porte, s'il vous plaît.

Elle courut remettre son pantalon et son T-shirt de la veille avant que Jack ne sorte de la salle de bains, puis s'approcha de sa valise ouverte. Elle en inspecta le contenu jusqu'à ce que ses doigts effleurent du cachemire. C'était un pull de la couleur d'un ciel d'été. Elle l'enfila. Il lui arrivait à mi-cuisse, alors qu'il devait mouler le torse de Jack et mettre ses yeux en valeur. C'était le genre de pull que les femmes offraient à leurs amants. Cette pensée lui rappela Lisa et le cri déchirant de Jack pendant la nuit.

Pouvait-elle lui demander qui était Lisa ? Non. Un cauchemar n'était pas une invitation à mettre son nez dans sa vie.

— Ce pull vous va bien, dit Jack en sortant de la salle de bains.

Lui portait un pantalon gris, un pull noir et des bottes noires. Ses cheveux noirs mouillés bouclaient autour de ses oreilles. Il semblait parfaitement maître de lui… mais aussi accessible, maintenant qu'elle le connaissait un peu mieux.

— Merci, répondit-elle. J'ai une idée.

— Laquelle ?

— Je me suis dit que Sabrina avait peut-être appelé Buzz quand vous l'avez laissée dans sa chambre. Elle a dû prendre conscience qu'elle avait besoin d'être avec lui et elle est partie en catastrophe à Portland pour attraper un vol…

— Une minute, la coupa-t-il. Pas si vite. On ne va pas en Antarctique comme ça. Il n'y a pas de vols directs. Il faut s'organiser.

— Mais ce n'est pas impossible.

— Non. Sauf que l'aéroport est à trois heures d'ici. Comment se fait-il qu'elle n'ait pas trouvé le temps de m'appeler ou de répondre à l'un de mes appels ?

— Il y a peut-être une bonne raison à ça. Les téléphones peuvent se casser ou se décharger.

Elle regarda ses pieds pendant quelques secondes avant d'ajouter :

— Je viens de me rendre compte que j'avais fait la même chose.

— Comment ça ?

— Je suis partie sans explication. J'ai roulé vers la côte sans dire à personne où j'allais, je n'ai loué de chambre dans aucun hôtel et je n'ai pas répondu au téléphone une seule fois depuis mon départ.

— Vous devriez appeler votre mère ou Danny.

— Je sais. Je le ferai. J'étais si obnubilée par mes problèmes que je n'y ai pas pensé jusqu'ici. Mais ça nous permet d'espérer que Sabrina soit partie de son plein gré pour une raison qu'on ignore, non ?

— Vos situations sont très différentes. Elle a demandé mon aide. Je ne pense pas qu'elle aurait « oublié » de m'appeler. Je ne dis pas que c'est impossible, seulement très improbable. Et même si Buzz lui manque terriblement, il est à bord d'un navire russe avec une équipe de scientifiques en train de visiter des îles où personne ne va jamais. Le rejoindre serait une vraie mission.

Elle inspira profondément.

— Ne le prenez pas mal, mais est-il possible que vous lui ayez dit quelque chose hier qui l'ait incitée à se méfier de vous ?

Si on lui avait posé cette question, elle aurait soupesé

chacun des mots qu'elle avait prononcés la veille. Jack se contenta de secouer la tête.

Quelle assurance !

— Votre hypothèse n'est pas absurde, à la réflexion, dit-il. Hier, Sabrina tenait beaucoup à maintenir Buzz dans l'ignorance, mais elle peut avoir changé d'avis. Il est possible qu'elle l'ait contacté. J'essaierai de savoir s'il a eu de ses nouvelles. Mais nous devons aussi parler à ses collègues. Elle dit qu'ils sont comme sa famille. Elle a peut-être demandé de l'aide à l'un d'eux.

Il lui offrit un sourire.

— Je suis désolé d'avoir commencé par rejeter votre idée, ajouta-t-il. Je n'aurais pas dû vous interrompre.

Elle posa sa main sur son bras et ressentit une petite décharge. Cette fois, elle était sûre que cela n'avait rien à voir avec ses vêtements. C'était lui, tout simplement. Il devait faire cet effet à toutes les femmes.

— Ce n'est pas grave, déclara-t-elle. On est tous les deux tendus.

Il baissa les yeux vers sa main avant de soutenir son regard. Il se passa quelque chose entre eux que Sophie ne comprit pas. Elle retira sa main et ne trouva rien à dire. Il se chargea de briser le silence.

— J'espérais que le petit déjeuner serait arrivé, dit-il. Je déteste le café instantané qu'on peut faire dans les chambres.

Elle se ressaisit péniblement.

— Il est arrivé, répondit-elle. Il est dans le couloir.

— Je vais le chercher.

Elle débarrassa la table pendant qu'il allait récupérer le plateau.

— J'espère que vous avez faim ! lança-t-il en fermant

la porte du pied. J'ai commandé des œufs au bacon pour deux.

— Excellente idée !

Elle s'assit. Quand Jack souleva la cloche du plateau, elle tendit la main vers la cafetière, puis se figea.

— Qu'est-ce qui ne va pas ? s'enquit-il.

Elle esquissa un sourire.

— Qu'est-ce qui est perché entre le sel et le poivre ? demanda-t-elle. C'est mignon.

Jack lui saisit le poignet quand elle voulut ramasser l'objet.

— Ne le touchez pas ! ordonna-t-il.

— Pourquoi ? C'est peut-être l'hôtel…

— L'hôtel n'y est pour rien, la coupa-t-il en se penchant sur le petit pliage.

— Alors qui l'a mis là ?

— Je pense que nous pouvons remercier l'homme que vous avez reconnu sur la photo.

— Celui que vous suspectez d'avoir enlevé Sabrina ?

— Plus maintenant. Sabrina a reçu plusieurs billets pliés en forme de renard, comme celui-ci, quand elle était à Astoria. Elle en a aussi trouvé un sur le plateau de son petit déjeuner hier matin, à quatre-vingts kilomètres au sud d'ici, après l'incident du rocher.

— Bizarre.

— Si l'homme qui les dépose l'avait enlevée, il saurait qu'elle n'est pas dans cette chambre. Il aurait également su qu'elle n'était pas dans le parking hier soir. Autrement dit, il vous prend pour Sabrina, ce qui veut dire qu'il ne sait pas qu'elle a disparu, ce qui veut peut-être dire qu'elle est partie de son plein gré et que son téléphone a un problème, comme vous l'avez suggéré.

— C'est une bonne nouvelle, non ?

— Je pense.

Il sortit un couteau suisse de sa poche et déplia la pince à épiler.

— Pourriez-vous aller me chercher l'emballage de l'un des verres en plastique de la salle de bains, s'il vous plaît ? demanda-t-il en ramassant le renard avec la pince.

— Pour relever des empreintes ? questionna-t-elle quand il glissa le pliage dans le sac qu'elle lui tendait.

Il acquiesça.

— Comment une chose aussi mignonne a-t-elle pu effrayer Sabrina ? s'étonna-t-elle.

Jack rangea le sac dans sa valise.

— Elle en a reçu deux ou trois avant de quitter Astoria, de manière anonyme, répondit-il, l'air songeur. Et ils l'ont suivie pendant ses vacances. Ce ne sont pas les renards qui sont effrayants, c'est l'intention qu'il y a derrière. Quelqu'un pointe son doigt vers elle et lui dit : « Je peux t'atteindre quand je veux. Je te surveille. »

— Mais pourquoi des billets de un dollar ?

— Je ne sais pas. Quand le plateau est-il arrivé ?

— Au moment où vous avez coupé la douche.

— Il y a dix minutes, un quart d'heure, donc. L'homme qui harcèle Sabrina devait attendre une occasion d'interagir avec elle, peut-être était-il caché dans le couloir. Ce plateau était une aubaine.

Elle baissa les yeux vers les assiettes qu'ils n'avaient pas touchées.

— Je ne crois pas pouvoir manger ça, dit-elle.

— Moi non plus, dit Jack. Mais vous avez réveillé ma fibre de détective. Pourriez-vous m'apporter d'autres sacs, s'il vous plaît. Je vais prendre des échantillons de tout et les faire analyser, au cas où l'homme qui s'amuse à plier des billets voudrait aussi empoisonner Sabrina. Commandez donc un autre petit déjeuner pendant que je fais ça. Nous laisserons la porte ouverte, cette fois.

Avant que l'employé qui apporta le deuxième plateau n'emporte le premier, Jack lui montra la photo de l'homme à la capuche. Le garçon d'étage lui assura qu'il ne l'avait jamais vu.

Après avoir mangé quelques bouchées de leur nouveau petit déjeuner, Sophie ralluma son téléphone.

— Autant en finir vite, soupira-t-elle.

Elle jeta un coup d'œil à Jack, qui sentit son anxiété.

— Bonjour, maman, c'est moi, dit-elle quelques secondes plus tard.

Elle écouta sa mère un long moment, les sourcils froncés.

— Je sais que j'ai de la chance, finit-elle par dire. Je sais que c'est une perle.

Quand elle recommença à écouter, il se laissa gagner par sa nervosité.

— Attends, quoi ? s'écria-t-elle avant d'inspirer profondément. Je ne sais pas. Peut-être. Il faut que j'y réfléchisse. Oui, je sais que je suis folle. Écoute, je rentrerai ce soir… Non, n'appelle pas Danny, s'il te plaît. Je voulais juste te rassurer.

Elle écouta encore, l'air impatient, cette fois.

— N'est-il pas merveilleux que je sois aussi prévisible ? ironisa-t-elle enfin avant de raccrocher.

Elle tourna aussitôt la tête vers lui et sourit.

— Vous vous sentez mieux ? demanda-t-il.

— Non. Allons-nous-en.

— Voulez-vous en parler ?

— Non. Hier soir, l'employé de la réception m'a dit que Sabrina avait réservé jusqu'à mardi.

Elle voulait clairement passer à autre chose.

— Alors laissons courir sa réservation, dit-il après quelques instants de réflexion.

Il avait du mal à l'imaginer revenir dans cet hôtel, mais pourquoi ? Il n'y avait que trois raisons possibles : soit elle était dans une sorte de mission secrète, soit elle était blessée, assez gravement pour ne pas pouvoir joindre le monde extérieur, soit quelqu'un l'avait enlevée et l'en empêchait.

C'était la troisième option qui le terrifiait, parce que c'était l'histoire de Lisa.

Il rangea sa valise dans le coffre de sa voiture, puis Sophie et lui restèrent un moment dans le hall pour montrer la photo de l'homme à la capuche à tous ceux qui voulaient bien s'arrêter assez longtemps pour la regarder. Quand ils demandèrent à la réception où ils pouvaient trouver Bonnie, la femme de chambre, on leur répondit qu'elle était en congé.

Jack se demanda s'il devait essayer d'obtenir son nom de famille pour l'interroger plus tard, puis décida de se contenter de livrer les informations qu'il avait au sergent Jones. Il était impatient d'atteindre Astoria. Alors qu'il se laissait guider par la logique, d'habitude, il avait laissé son instinct prendre le contrôle – et son instinct lui disait de prendre la route.

— Et votre employé de la maintenance, Hank ? lança-t-il à la réceptionniste. Est-il là, aujourd'hui ?

— Non, Jerry le remplace toujours.

— Et les gars du coin à qui Jerry a fait appel ? Sont-ils là ?

— Brad Withers est au sous-sol. Vous devriez l'y trouver si vous vous dépêchez, répondit la réceptionniste avant de reporter son attention sur un conférencier qui avait des problèmes avec un projecteur.

Ils trouvèrent Withers dans une réserve, au sous-sol. Il était accroupi et les regarda par-dessus son épaule quand il les entendit approcher. Son crâne chauve reflétait la lumière de l'ampoule. Jack n'avait jamais vu un homme qui avait aussi peu de poils. Ses sourcils, presque translucides, ressemblaient à des nageoires de petits poissons. Jack était absolument sûr que ce n'était pas l'homme qu'il avait croisé dans l'ascenseur.

— Vous avez besoin de quelque chose ? leur demanda-t-il. Appelez la réception et signalez le problème. Je viendrai vous voir quand je pourrai.

Jack lui montra la photo de l'homme à la capuche.

— Le reconnaissez-vous ? demanda-t-il.

— Je l'ai vu, affirma Brad. Au troisième, je crois. Hier, en fin de matinée. Adam et moi réparions un chauffage. À un moment, Adam est parti chercher une pièce en ville et je suis sorti dans le couloir pour m'en griller une. Ce type était près de l'ascenseur. Pourriez-vous incliner votre téléphone dans cette direction, s'il vous plaît ? Ça m'aide. Plus bas… Oui ! La clé que je cherchais était juste sous mon nez.

— Savez-vous comment il s'appelle ? intervint Sophie.

— Non, répondit Brad en mettant la clé dans un seau qui contenait d'autres outils. Adressez-vous à Bonnie.

— Elle est en congé, dit Jack.

— Non, elle est encore au troisième, en train de remplacer une collègue qui a un enfant malade.

— Mais la réception…

— Faites-moi confiance, le coupa Brad.

Sophie et lui échangèrent un regard entendu. Ils remercièrent Brad et trouvèrent Bonnie alors qu'elle sortait d'une chambre.

— Vous vous êtes encore enfermée dehors ? lança-t-elle à Sophie.

— Pas cette fois, répondit celle-ci. Pouvons-nous vous montrer une photo ?

Bonnie contempla l'écran du téléphone de Jack.

— C'est Gerald Duff, de la chambre 308.

— Vous le connaissez ? s'écria Sophie.

— Pas vraiment, répliqua Bonnie. J'ai remplacé la cafetière de sa chambre hier. Comme il n'était pas là, je l'ai posée sur le bureau, à côté d'une pile de billets de un dollar. Pour ce que j'en aurai vu la couleur…

— Que voulez-vous dire ? fit Jack.

— Il a payé sa note tout à l'heure. Comme les vacances commencent demain et que d'autres groupes arrivent, j'ai nettoyé sa chambre immédiatement. Vu le bazar qu'il a laissé, je m'attendais à un pourboire décent… Et voilà tout ce que j'ai eu !

Elle tira un billet plié de la poche de sa blouse.

— Qu'est-ce que je peux bien faire d'un chien en papier ? demanda-t-elle.

— C'est un renard, murmura Sophie.

— Je m'en moque, grommela Bonnie en fourrant le billet dans sa poche. Ce que je veux dire, c'est que c'est un pourboire minable pour une chambre à deux cents dollars.

— Une dernière chose ! lança Jack alors qu'elle s'apprêtait à s'éloigner. L'hôtel semble être complet depuis une bonne semaine. Ça veut dire que Duff devait avoir une réservation, non ?

Elle secoua la tête.

— Il est arrivé alors que des clients venaient juste d'annuler, répondit-elle. Je m'en souviens parce que j'ai dû monter dans la 308 pour retirer un panier de fruits que quelqu'un avait envoyé aux gens qui ne venaient pas. Je parie qu'ils auraient laissé un bon pourboire, eux.

Ils la remercièrent et retournèrent à la réception. L'employée refusa de confirmer ou de nier l'identité de l'ancien client de l'hôtel. Jack appela ensuite le sergent Jones pour lui fournir l'information, ce qui lui offrit l'occasion de s'assurer qu'il cherchait Sabrina.

— J'ai découvert que ma femme détestait les roses rouges, grommela le sergent avant de raccrocher.

Jack relaya l'information à Sophie, qui éclata de rire.

Il ressentit un immense soulagement quand ils quittèrent enfin Seaport. Il songea aussitôt que le voyage aurait été plus plaisant s'il ne s'était pas remis à pleuvoir et si Sophie était dans la même voiture que lui. Dans le monde réel, il lui avait donné l'adresse de Sabrina et suivait sa petite voiture rouge en se méfiant de toutes les voitures blanches qui pouvaient être conduites par des meurtriers. Il découvrit qu'il y avait beaucoup de voitures blanches en circulation.

Il n'en revenait pas que Duff ait laissé un renard à la femme de chambre. Le roi de la discrétion ! Il fallait qu'il soit incroyablement stupide, ou arrogant… Ou les deux. Avec un peu de chance, la police lui mettrait la main dessus et l'interrogerait. S'il les suivait en ce moment même, le fait que Sophie aille chez Sabrina confirmerait sa conviction que Sophie *était* Sabrina.

Les pensées de Jack glissèrent vers la conversation que Sophie avait eue avec sa mère, surtout la partie qui semblait concerner Danny. Elle avait dit qu'il avait quitté son emploi à Seattle pour en trouver un à Portland. Cela signifiait qu'il devait entrer dans un nouveau barreau. Avait-il vraiment quitté un bon emploi dans l'État de Washington avant d'être sûr de pouvoir exercer dans l'Oregon ? Il y avait quelque chose de louche là-dedans.

Jack pouvait comprendre qu'un homme qui arrivait dans une ville qu'il ne connaissait pas ait envie de se trouver une jolie compagne. Il pouvait comprendre comment les fragilités de Sophie pouvaient attendrir un homme et l'inciter à demander sa main. Malheureusement, ces mêmes fragilités la rendaient vulnérable. Si Danny n'était pas follement amoureux d'elle, que voulait-il ?

Jack fouilla sa mémoire et se rendit compte que Sophie n'avait jamais dit qu'elle aimait Danny, ni qu'elle ne l'aimait pas. Mais il savait que les gens se mariaient pour de nombreuses raisons, et que l'amour n'était que l'une d'elles.

Il se souvint brusquement qu'elle avait dit à sa mère qu'elle réfléchirait à quelque chose. À quoi ? Et Danny ? Était-il toujours dans les parages ?

Quoi qu'il en soit, Jack était curieux sur le plan professionnel. Il voulait rencontrer Danny, savoir à qui il avait affaire. Il espérait que ce désir était purement professionnel et n'avait rien à voir avec la jalousie, mais il devait admettre qu'il n'aurait pas parié sa vie là-dessus.

Il était presque midi lorsqu'ils arrivèrent à Astoria, la ville côtière la plus septentrionale de l'Oregon, construite à l'embouchure de la rivière Columbia. C'était une ville qui avait une longue histoire maritime et dans laquelle

Jack aimait toujours séjourner, quelle que soit la météo. Sophie semblait bien la connaître. Il ne lui fallut pas longtemps pour se garer dans un quartier en construction.

Tout le long de la rue, des parcelles à construire étaient délimitées et plantées d'un panneau publicitaire. Seules une dizaine de maisons étaient déjà construites – depuis peu de temps, comme en témoignait la jeunesse des arbres des jardins. Ces maisons avaient toutes la même boîte aux lettres en pierre au bout de leur allée. Quand le quartier serait terminé, il serait agréablement uniforme et compenserait en civilité ce qui lui manquerait en originalité. C'était le genre d'endroit où les gens fondaient des familles.

Il y avait des voitures dans toutes les allées, sauf dans celle de la maison des Cromwell. La Chevrolet de Buzz n'était pas là, ce qui signifiait que Sabrina n'était pas à l'intérieur armée d'une bonne explication.

Il se gara derrière la voiture de Sophie et regarda les fenêtres noires de la maison que Sabrina et Buzz avaient achetée neuf mois plus tôt. Seule la lumière du perron défiait la pénombre.

Sophie et lui sortirent de leur voiture, et coururent s'abriter de la pluie sous le porche.

— Ça m'étonnerait qu'elle soit là, dit Sophie d'une voix qui reflétait sa déception.

Un chat tigré bondit sur le dos d'un fauteuil et les observa par la fenêtre. Sophie posa sa main sur la vitre. Le chat la regarda comme s'il était abandonné depuis des mois.

— Vous vous êtes fait une amie, dit-il.

— Elle ressemble beaucoup à mon chat Oscar.

— Elle s’appelle Gabby, précisa-t-il. C’est la chatte de Sabrina. Buzz l’accuse de snober tous les autres humains.

La chatte frotta sa tête contre la vitre, là où Sophie avait posé ses doigts.

— Je ne la trouve pas snob, dit Sophie.

— Elle ne l’est pas avec vous.

Il essaya d’ouvrir la porte, ce qui fit fuir la chatte. Quelques instants plus tard, il entendit gratter de l’autre côté de la porte, comme si l’animal voulait les laisser entrer.

— On fait quoi, maintenant ? demanda Sophie.

Il balaya la rue du regard en se méfiant des voitures blanches.

— J’ai des outils dans ma boîte à gants, répondit-il. Le moment est venu d’entrer par effraction.

5

Il fallut moins de trente secondes à Jack pour forcer la porte de derrière.

— C'est effrayant, commenta Sophie. Est-ce toujours aussi facile ?

— Pas toujours, répondit Jack. Il faut qu'ils fassent changer leurs serrures.

Il lui ouvrit la porte. Au moment où elle entra, une boule de poils rayés gris et noirs s'échappa de la maison.

— J'espère que ce n'est pas une chatte d'intérieur, dit-elle.

Gabby avait déjà sauté par-dessus une clôture et disparu.

— Je n'en sais rien.

La cuisine dans laquelle ils entrèrent était petite, mais propre, et elle aurait sûrement été très lumineuse s'il avait arrêté de pleuvoir. Jack alla se planter devant la fenêtre qui se trouvait au-dessus de l'évier.

— Que regardez-vous ? s'enquit-elle.

— Le porche du voisin d'en face. A-t-il été repeint récemment, à votre avis ?

— C'est dur à dire à travers cette pluie.

— Dans tous les cas, ne trouvez-vous pas curieux de peindre un porche en cette saison ? demanda-t-il.

Il sortit de la cuisine sans attendre sa réponse. Il était devenu cryptique depuis qu'ils étaient entrés chez Sabrina, et Sophie ne pouvait pas lui en vouloir. Que Sabrina disparaisse d'un hôtel était une chose, qu'elle disparaisse de cette maison en était une autre. La chatte qui attendait son retour, un pull posé sur le dossier d'un fauteuil, une tasse à café dans l'évier… C'était comme si Sabrina n'était partie que depuis cinq minutes. En étant absente de cette maison, Sabrina semblait avoir disparu de sa propre vie. L'estomac de Sophie se noua.

Elle suivit Jack et découvrit un salon aux murs lambrissés et aux meubles beiges. De grands tableaux représentant des paysages et des photos de famille ornaient les murs. Pendant que Jack fouillait le reste de la maison – sans doute pour s'assurer qu'il n'y avait pas d'intrus –, Sophie s'approcha d'un groupe de photos.

Il y en avait une dizaine. Elles suivaient la progression d'une vie. Sur la première, une très jolie femme posait sur une plage avec un grand sourire et un bébé dans les bras. Il y avait différentes personnes sur les autres photos, mais le sujet central était toujours la même petite fille qui grandissait de cliché en cliché. École primaire, anniversaires, diplômes… Sur la dernière photo, il y avait trois personnes assises sur un tronc d'arbre : une jeune femme entre un homme mûr et la femme de la première photo, d'une vingtaine d'années plus âgée que sur celle-ci.

La jeune femme était Sophie… Et ce n'était pas elle.

— Avez-vous l'impression de regarder vos propres photos de famille ? demanda Jack derrière elle.

— J'ai plutôt l'impression de me voir dans un univers parallèle, murmura-t-elle. Ce sont les parents de Sabrina ?

— Oui.

— La dernière photo doit dater de six ou sept ans. Ses parents sont assez jeunes. Vivent-ils dans la région ?

— Ils sont morts dans un incendie, six mois après les vacances pendant lesquelles cette photo a été prise.

— C'est pour ça qu'elle est devenue...

— Pompier ? Sans doute. Je suis moi-même entré dans la police à cause d'un coup du sort.

— Lisa, dit-elle, ce qu'elle regretta aussitôt.

Jack recula comme si elle lui avait donné un coup de poing dans l'estomac.

— Je suis désolée, s'empressa-t-elle d'ajouter. Je n'aurais pas dû mentionner son nom. Je ne sais pas pourquoi j'ai fait le lien...

— Ce n'est pas grave, la coupa-t-il. Ça fait dix ans et c'est bien à cause d'elle que je suis entré dans la police... même si ce n'est pas ce qu'elle aurait souhaité, je vous assure. Ne vous en faites pas. Je ne craquerai pas. Mes cauchemars s'étaient beaucoup espacés, ces dernières années. Je ne sais pas pourquoi ils reviennent... Mais peu importe. Ressembliez-vous à Sabrina quand vous étiez petite ?

— D'après les photos que mon père a prises, oui, presque exactement, répondit-elle. J'avais les cheveux plus longs. C'est la seule différence. J'aimerais comprendre comment c'est possible.

Elle balaya la pièce du regard. Elle était chaleureuse. Quand la cheminée était allumée, il devait être bon de se blottir dans les bras de quelqu'un qu'on aimait sur le canapé qui lui faisait face. Presque comme si elle éprouvait les émotions de Sabrina, elle fut brusquement submergée par un sentiment de solitude.

— Le mari de Sabrina lui manque terriblement, dit-elle. J'espère qu'il rentrera bientôt.

Jack ne lui demanda pas pourquoi elle était aussi catégorique.

— Je sais que Buzz lui manque, affirma-t-il. Mais notre priorité est de la retrouver, pour le moment.

— Et comment ?

— D'abord, je vais appeler notre vieil ami le sergent Jones pour voir s'il a mis la main sur Gerald Duff.

Il alla dans la cuisine en sortant son téléphone. Sophie l'entendit demander à parler au sergent. Quand il revint dans le salon, quelques minutes plus tard, il avait les sourcils froncés.

— Alors ? fit-elle.

— La mauvaise nouvelle, c'est que Gerald Duff est une identité volée, répondit-il. Ils ont essayé de relever des empreintes dans la chambre mais, comme nous le savons, elle avait déjà été nettoyée. Et il a fourni un faux numéro d'immatriculation à la réception. La bonne nouvelle, c'est qu'ils prennent la disparition de Sabrina plus au sérieux. Ils nous envoient quelqu'un pour récupérer les échantillons que j'ai pris ce matin sur le plateau.

— On dirait qu'ils se concentrent sur l'homme que j'ai vu dans le couloir, commenta-t-elle. Je pense qu'il ne sait même pas que Sabrina a disparu.

— Parce qu'il vous prend pour elle. Je suis du même avis.

— Le leur avez-vous dit ?

— Oui, mais ils continuent à suivre leur piste. Et qui sait ? Cet homme n'est sans doute pas responsable de la disparition de Sabrina, mais il a peut-être vu quelque chose qui nous mettra sur la bonne voie. Et vous serez plus en sécurité s'ils l'arrêtent.

— Que faisons-nous pendant ce temps ?

— Nous menons notre propre enquête. Je vais jeter un œil sur l'ordinateur de Buzz. Il est temps que je le contacte. Sabrina a disparu depuis presque vingt-quatre heures. Je suis sûr qu'il lui est arrivé quelque chose.

— Moi aussi.

— Et si vous jetiez un œil dans les tiroirs ? suggéra-t-il.

— D'accord.

Ils se fixèrent plusieurs secondes, puis Jack s'approcha et la prit dans ses bras. Sophie se figea par réflexe avant de se détendre contre son torse. Il la serrait fort. Si elle avait eu froid, son étreinte l'aurait vite réchauffée. C'était plus que de la chaleur qu'il lui transmettait à cet instant : c'était du courage et de l'espoir.

Mais son étreinte réveillait aussi des pulsions qu'elle ne voulait pas examiner de trop près. Quand il s'écarta, elle plongea son regard dans le sien et essaya de comprendre ce qui se passait. C'était un homme fort et doux. Elle l'appréciait, elle avait confiance en lui et elle se souciait de ce qu'il pensait.

Mais il lui était de plus en plus difficile de se mentir à elle-même. Il ne s'agissait pas seulement d'apprécier sa compagnie : elle avait envie de passer chaque instant auprès de lui.

— Ça va ? s'enquit-il en la lâchant.

— Je crois que cette maison me rend nerveuse.

— Je comprends. Elle est si… vide. Je vais chercher les échantillons dans la voiture. Trouvons ce qu'il y a à trouver et allons-nous-en.

Elle hocha la tête et s'enfuit dans la chambre.

Des policiers finirent par venir récupérer les échantillons de nourriture et le renard qu'ils avaient trouvé sur le plateau. Ils dirent à Sophie et Jack que leurs collègues cherchaient la voiture de Sabrina. Sophie ne savait pas ce que Jack en pensait, mais cela ne la rassura pas beaucoup. D'un autre côté, si elle était honnête, elle ne voyait pas ce que la police pouvait faire de plus tant que Gerald Duff restait sa seule piste.

Dans l'intervalle, Sophie avait trouvé une litière et des gamelles pour la chatte. Cela pouvait signifier que Gabby était une chatte d'intérieur, ou que Sabrina la gardait dedans quand elle s'en allait. Sophie l'avait appelée plusieurs fois, mais Gabby n'était pas réapparue.

Quand le soleil déclina, Sophie avait examiné tous les morceaux de papier qu'elle avait trouvés autour de l'ordinateur de Sabrina : des listes, des réservations d'hôtel, des dessins, des numéros de téléphone qui n'étaient identifiés que par un prénom... Rien d'important. Alors elle ouvrit un tiroir et découvrit deux origamis dans un coin. Les petits renards lui donnèrent la chair de poule. Comment avait-elle pu trouver le premier mignon ?

Alors qu'elle rangeait ce qu'elle avait sorti d'un placard qui ne lui avait fourni aucune information, Jack apparut dans l'embrasure de la porte.

— Elle a un ordinateur aussi ? demanda-t-il avant de s'installer devant. Si je peux entrer dans le site de sa banque, je verrai si elle s'est servie de ses cartes de crédit. Essayez de trouver des informations sur son téléphone, ça me permettra peut-être d'accéder à ses appels. Elle doit aller bien si elle utilise son téléphone.

— Avez-vous appelé Buzz ? lança-t-elle en recommençant à fouiller les tiroirs.

— J'ai essayé, mais je n'y suis pas arrivée.

Le cœur de Sophie se serra. Son instinct lui soufflait qu'il s'inquiétait d'autant plus pour Sabrina que sa disparition lui rappelait ce qui était arrivé à Lisa dix ans plus tôt. Elle le lisait dans son regard. Et Buzz se trouvait à la place de Jack dans ce nouveau scénario.

— Pour être honnête, je ne suis pas tout à fait sûr du décalage horaire, ajouta-t-il. Je crois que Buzz a vingt heures d'avance sur nous. Comme il est 16 heures ici, il doit être midi demain pour lui. Comme je n'arrivais pas à le joindre, je lui ai envoyé un mail.

Elle trouva un dossier bancaire et le tendit à Jack.

— Que lui avez-vous dit ? demanda-t-elle.

— Tout. Si c'était ma femme, je voudrais tout savoir. Il mérite de connaître la vérité.

— Je ne trouve rien concernant son téléphone. Mais je viens de trouver son agenda. Certains noms reviennent régulièrement. On dirait que ce sont des collègues. Ces derniers temps, elle a déjeuné avec une Sue et fait une randonnée avec un certain Kyle.

— Kyle ? répéta Jack, les sourcils froncés.

Elle esquissa un sourire.

— Ne vous emballez pas, dit-elle. Ce n'est pas parce qu'une femme passe du temps avec un homme que c'est son amant.

— Je sais. Mais si Sabrina a une liaison avec ce Kyle, ça pourrait expliquer pourquoi elle a disparu sans un mot et pourquoi elle tenait à ce que Buzz ne sache rien. C'est peut-être la petite amie ou la femme de Kyle qui dépose les renards. Ou alors Sabrina a voulu rompre et…

— Du calme, le coupa-t-elle.

Soit, elle avait elle-même songé que les secrets

pouvaient inciter les gens à disparaître. Mais elle était intimement convaincue que Sabrina n'avait pas disparu à cause d'un secret – pas d'un secret amoureux, du moins. Malheureusement, son instinct n'avait pas été d'une grande efficacité jusque-là.

— C'est un homme qui dépose les renards, pas une femme, rappela-t-elle à Jack.

— En sommes-nous absolument sûrs ?

— Je trouve toute votre théorie tirée par les cheveux.

— Peut-être, mais il arrive qu'on fasse de mauvais choix. Je veux bien laisser cette piste de côté pour le moment, mais faites-moi confiance : la police y pensera aussi, et elle ne prendra pas de gants quand elle posera des questions.

Il éteignit l'ordinateur et se leva.

— Sabrina n'a pas utilisé sa carte de crédit depuis qu'elle a payé son petit déjeuner hier matin, dit-il. Impossible de savoir si c'est un bon ou un mauvais signe. Je pense qu'on devrait aller à la caserne et parler à Sue et Kyle.

— Moi aussi, répondit-elle, impatiente de quitter la maison.

Quand ils traversèrent la cuisine, Jack regarda par la fenêtre.

— Il y a de la lumière chez les voisins, dit-il. Je vais leur poser quelques questions et jeter un coup d'œil à leur porche.

— Je vous accompagne.

Mais Sophie vit la chatte sur une clôture quand ils sortirent. Le voisin profitait d'une interruption de la pluie pour rentrer du bois. Il avait plusieurs bûches dans les bras, mais il réussit à dégager l'une de ses mains pour la saluer. Il l'avait sûrement prise pour Sabrina… Sophie lui rendit son salut.

— Je vous rejoins, dit-elle à Jack avant de s'approcher de la chatte. Minou ! Minou !

— Avez-vous eu des nouvelles de Buzz, récemment ? lui lança le voisin.

— Non, répondit Sophie alors que la chatte sautait dans le jardin pour s'approcher d'elle.

Le voisin laissa tomber ses bûches dans une brouette. Terrifiée par le bruit, la chatte fonça vers la rue.

Sophie lui courut après. Elle ne pouvait pas perdre la chatte de Sabrina. Elle finit par rattraper la bête dans l'allée boueuse d'une maison en construction, où celle-ci s'était arrêtée pour se lécher le ventre.

— Je te tiens ! dit-elle en la prenant dans ses bras.

La chatte se mit aussitôt à ronronner.

— Tu me fais des câlins, maintenant ? murmura Sophie en repartant vers la maison.

Alors qu'elle s'apprêtait à traverser la rue, une voiture blanche apparut. Un sentiment de déjà-vu paralysa Sophie. Cette voiture, au lieu d'accélérer, ralentit en approchant. La vitre du conducteur s'ouvrit.

Ce devait être un autre voisin qui la prenait pour Sabrina, songea-t-elle jusqu'à ce que ses yeux tombent sur le canon d'un revolver.

Jack traversa la pelouse mouillée de la maison qui se trouvait à gauche de celle de Buzz et Sabrina. Elle était plus petite et plus ancienne que les autres maisons du quartier. À une époque, elle avait dû être à peu près seule sur ce plateau.

Alors qu'il s'approchait du porche, une porte-fenêtre s'ouvrit et une belle femme d'une quarantaine d'années apparut.

— Je vous ai vu venir de chez Sabrina, dit-elle. Est-ce que tout va bien, là-bas ?

— Pourquoi demandez-vous ça ? répliqua Jack, brusquement méfiant.

— C'est juste que je n'ai pas vu Sabrina depuis quelques jours, répondit la femme. Et j'ai tendance à m'inquiéter quand son mari s'en va.

— Elle a décidé de faire un petit voyage.

— Le long de la côte, comme tous les ans ? Cette fille est incroyable. Qui d'autre va faire de la randonnée en février ?

— Personne ! pouffa Jack. Je m'appelle Jack. Je suis un vieil ami de Buzz. Sabrina m'a dit que vous aviez fait repeindre votre porche récemment. Pourriez-vous me donner le nom de la personne que vous avez embauchée ?

Elle haussa les sourcils.

— Mon porche ? *Ce* porche ? demanda-t-elle en tendant le bras. Quand ? Vous l'a-t-elle dit ?

— Il y a un mois, environ. Elle a vu un peintre en train de travailler. C'est peut-être votre mari qui l'a embauché.

— Tom ? Ça m'étonnerait.

Ils s'approchèrent du porche. Il n'y avait que quelques coups de rouleau d'un beige un peu plus clair sur l'un des murs. Jack se retourna. Son regard tomba sur la fenêtre de la cuisine de la maison de Buzz.

Les paroles de Sabrina lui revinrent à l'esprit : « J'égouttais les pâtes devant la fenêtre de la cuisine quand j'ai vu le peintre me prendre en photo avec un gros objectif. J'ai eu le sentiment qu'il avait… envahi mon intimité. »

Une photographie vieille de dix ans de Lisa cuisinant des pâtes lui vint à l'esprit. Elle avait survécu à la séance de pose, mais peu après...

Où était Sabrina ? Et où était Sophie ?

— Nous n'avons pas embauché de peintre, dit la femme. Je ne sais absolument pas...

— J'ai dû mal comprendre Sabrina, la coupa Jack. Au revoir.

Il refit le chemin jusqu'à l'arrière de la maison de Buzz, qui semblait déserte. Il accéléra pour en faire le tour et s'arrêta net lorsqu'il découvrit Sophie dans la rue, Gabby dans les bras. Une voiture était arrêtée devant elle, et il la sentait tendue. Se disputait-elle avec le conducteur ?

Il s'approcha en se demandant s'il devait prendre le temps de récupérer son arme dans son coffre. Il plissa les yeux, mais il faisait trop sombre pour qu'il voie plus que la silhouette du conducteur.

Subitement, Sophie jeta la chatte dans la voiture. Une détonation s'ensuivit, et la voiture démarra comme si le conducteur avait écrasé l'accélérateur par réflexe.

Alors que Sophie se mettait à courir, la chatte sauta de la voiture. Elle heurta une poubelle, qui se renversa et répandit son contenu sur la chaussée. Le conducteur donna un coup de volant trop brusque et faillit renverser Jack, qui fit un bond de côté, avant de foncer dans une boîte aux lettres en pierre. Jack courut vers la voiture accidentée, mais elle redémarra avant qu'il l'ait atteinte. Cette fois, elle partit en ligne droite et disparut au coin de la rue dans des crissements de pneus.

Jack chercha Sophie des yeux et la trouva agenouillée près de la chatte. Il se précipita auprès d'elle.

— J'ai tué la chatte de Sabrina ! s'écria-t-elle en la serrant contre son cœur.

Il regarda l'animal, qui commençait déjà à s'agiter.

— Non, elle n'est pas morte, répondit-il. Vous voyez ? Elle respire.

Il aida Sophie à se relever.

— Lui a-t-il tiré dessus ? demanda-t-elle.

— Je ne vois pas de sang, déclara-t-il. Ce n'est pas le sien, du moins.

Il prit la chatte en colère pour qu'elle ne griffe pas Sophie.

— Nous devons l'emmener chez le Dr London, dit celle-ci.

— Chez qui ?

— Le vétérinaire de Sabrina. Il est sur Hyde Street. J'ai trouvé une de ses factures en fouillant le bureau.

— Gabby a l'air d'aller bien, protesta-t-il. Et vous ?

— Ça va.

— Avez-vous vu le visage du conducteur ? demanda-t-il pour la forme.

Il connaissait déjà la réponse, parce qu'il avait aperçu celui-ci quand il avait failli se faire renverser.

— Il portait un masque de ski, dit-elle.

Ils montèrent dans la voiture de Jack. Quand Sophie fut installée, il lui tendit la chatte qui miaulait et crachait. Il aurait aimé avoir une boîte pour contenir la fureur de l'animal, mais Sophie ne semblait pas prête à accepter un délai.

— Je dois fermer la porte ! cria-t-il avant de courir jusqu'à la porte de la cuisine.

Ils arrivèrent chez le vétérinaire avec de nouvelles griffures, mais en un seul morceau.

La réceptionniste prit Sophie pour Sabrina.

— J'adore votre nouvelle coiffure, lui dit-elle. Gabby est folle de rage ! Je vais chercher une boîte.

Sophie expliqua que la chatte était tombée et qu'il fallait l'examiner, mais qu'elle ne pouvait pas rester.

— En retard au travail, c'est ça ? répondit la réceptionniste. Très bien. Nous l'examinerons et nous vous appellerons pour obtenir votre accord si...

— Non, la coupa Sophie. Je serai occupée à combattre des incendies... Je n'entendrai peut-être pas mon téléphone. Faites tout ce qu'il faut pour la remettre sur pied et gardez-la jusqu'à mon retour.

La réceptionniste accepta et emporta Gabby, qui crachait toujours.

— Vous devez arrêter de laisser tout le monde croire que vous êtes Sabrina, lui dit Jack alors qu'ils roulaient vers le commissariat. Quand la police les interrogera, tous ces gens diront qu'ils l'ont vue aujourd'hui. Il faut qu'ils comprennent qu'elle a disparu.

— Oh ! Je n'y avais pas pensé, avoua-t-elle. Je redeviens Sophie Sparrow, improbable sosie de Sabrina.

Il lui sourit.

Au commissariat, ils parlèrent à un détective Reece, un homme très grand qui avait d'épais cheveux gris et un sourire aimable qui aurait paru plus à sa place dans une église. Sophie lui expliqua ce qui s'était passé devant la maison de Sabrina.

— L'homme portait un masque de ski et des gants, dit-elle. Il m'a menacée avec une arme et j'ai lancé la pauvre chatte de Sabrina sur lui.

— Après ça, il a heurté une boîte aux lettres en pierre, poursuivit Jack. Il y a des morceaux de verre ou de plastique sur le trottoir. Il a aussi tiré une fois, comme Sophie vient de vous le dire. La balle doit bien se trouver quelque part.

— Il a dû casser l'un de ses phares, dit le détective Reece. Je vais envoyer quelqu'un récupérer les débris et chercher la balle. Avez-vous son numéro d'immatriculation ?

— Les deux plaques étaient couvertes de boue, répondit Jack.

— Autre chose ?

Sophie inspira profondément.

— Je pense que la chatte va s'en sortir, répondit-elle.

Jack esquissa un sourire, et le détective haussa les sourcils.

Il n'y avait aucun moyen de savoir si c'était le même homme qui avait essayé de l'écraser dans le parking de l'hôtel, qui déposait des origamis ou qui était responsable de la disparition de Sabrina. Le détective les informa que le laboratoire analysait les échantillons, qu'il n'y avait pas d'empreintes sur le renard qu'ils lui avaient donné et que la voiture de Sabrina n'avait pas encore été retrouvée. Mais le détective Reece semblait prendre le problème beaucoup plus sérieusement que le sergent Jones de Seaport, et Sophie s'autorisa à espérer qu'il obtienne des résultats.

Ils partirent après avoir répondu à quelques questions et se rendirent immédiatement à la caserne, où l'on leur dit qu'ils pourraient trouver Sue Landers dans la cuisine, mais que Kyle Woods avait pris quelques jours de congé.

La cuisine était grande et bien équipée. Ils y trouvèrent une femme plantée devant un réfrigérateur ouvert. Il y avait une pile d'ingrédients sur un plan de travail à côté d'elle. Elle se redressa et se retourna quand ils prononcèrent son nom. Ils découvrirent un grand sourire, des yeux noisette pétillants de curiosité, une masse de boucles rousses et une galaxie de taches de rousseur. La femme écarquilla les yeux avant de s'écrier :

— Sabrina ne m'a pas dit qu'elle avait une jumelle.

— C'est un secret bien gardé, répliqua évasivement Sophie.

— J'ai failli m'y laisser prendre ! s'écria Sue. À part la coiffure et le grain de beauté sur la joue, vous êtes identiques. Vous n'êtes pas Sabrina en train de me jouer un tour, j'espère ?

— Non. Je vous assure que non.

— Votre ressemblance est stupéfiante.

Jack la remit sur les rails en lui montrant la photo de l'homme à la capuche. Elle secoua la tête et ferma le réfrigérateur.

— Il ne me dit rien, répondit-elle.

— Vous ne l'avez jamais vu attendre Sabrina près de la caserne ? demanda Jack.

— Vous voulez dire qu'elle a un *autre* ami ?

— Comment ça, « un autre » ? rétorqua Jack.

Sue secoua la tête, puis ouvrit un placard.

— Laissez tomber, dit-elle. Mais c'est bien un ami à elle ?

— Non, répondit Jack. Écoutez... Je serai honnête avec vous... La police viendra poser des questions à un moment ou à un autre parce que Sabrina semble avoir disparu.

Il expliqua qu'il était l'ami de Buzz et que Sabrina avait sollicité son aide, mais qu'il avait à peine pu prendre quelques photos avant qu'elle ne disparaisse.

— Il est difficile de savoir ce qui se passe dans la tête de Sabrina, dit prudemment Sue en refermant le placard. Elle est capable de tout. Je ne dis pas ça comme si c'était un défaut ! Elle est... indépendante. Si elle avait un problème, elle en parlerait sans doute à Kyle avant de m'en parler.

— Kyle Woods ? lança Jack.

— Oui. Mais il est parti au Canada, rendre visite à son grand-père, pendant quelques jours.

— Sabrina, Kyle et vous êtes proches, si je comprends bien ?

— Plus ou moins, déclara Sue. Kyle est marié, mais sa femme l'a quitté juste avant les vacances. Sabrina et lui passent beaucoup de temps ensemble depuis. Vous voyez… Il se retrouve tout seul, et elle aussi, à cause du métier de Buzz.

Elle tourna la tête vers Sophie.

— Vous dites que Sabrina a disparu ?

— Oui, répondit Sophie. Elle a appelé Jack, puis elle a quitté l'hôtel avec sa voiture et personne ne l'a revue depuis.

— Je ne m'inquiéterais pas à votre place, dit Sue.

— Pourquoi ? demanda Jack.

— Elle a pu partir sur un coup de tête ou rencontrer quelqu'un qu'elle connaît par hasard… Vous dites que la police la cherche ?

— Oui. Je suis sûr qu'elle voudra bientôt vous parler.

Sue secoua la tête une fois de plus, puis fixa le réfrigérateur.

— Elle a toute une semaine de congé, dit-elle. Je ne m'inquiéterai pas pour elle avant le jour où elle est censée revenir au travail. Écoutez… C'est mon tour de faire la cuisine, ce qui veut dire qu'il y a des *enchiladas* au menu. Je ne trouve pas les tortillas. Je dois tuer Rowdy s'il a oublié d'en acheter. Avez-vous besoin d'autre chose ?

— A-t-elle pu se confier à quelqu'un d'autre ? s'enquit Jack.

Sue y réfléchit quelques instants avant de répondre :

— Je ne crois pas. Kyle rentrera à la fin de la semaine. Si Sabrina a prévu quelque chose, c'est à lui qu'elle en a parlé.

Elle tâta ses poches et en sortit une carte, qu'elle tendit à Jack.

— Appelez-moi quand vous voulez si vous pensez que je peux vous aider, reprit-elle. Mais Sabrina est une femme vaillante et déterminée, comme je viens de vous le dire. Ne vous inquiétez pas trop.

Ils parlèrent au supérieur de Sabrina et à tous ceux qu'ils rencontrèrent. Mais aucun d'entre eux ne reconnut l'homme de la photo, personne n'avait eu de nouvelles de Sabrina ni ne s'attendait à en avoir.

— Sue n'a-t-elle pas sous-entendu qu'il se passait quelque chose entre Kyle Woods et Sabrina ? demanda Sophie lorsqu'ils remontèrent en voiture.

— Il m'a semblé, en effet. Il s'est absenté pour quelques jours, elle aussi… Je ne sais pas. Je n'aime pas cette hypothèse, mais il faut garder l'esprit ouvert. Ce qu'elle fait ne regarde qu'elle – et Buzz. Tout ce que je veux, c'est m'assurer qu'elle va bien.

— Seriez-vous aussi ouvert d'esprit s'il s'agissait de votre femme ? lança-t-elle en mettant sa ceinture.

Il démarra et lui décocha un grand sourire avant de répondre :

— Sûrement pas.

Elle tourna la tête vers la caserne. Jack laissa tourner le moteur et posa sa main sur son bras.

— Qu'y a-t-il ? questionna-t-il. À quoi pensez-vous ?

— À Sabrina, confia-t-elle. À sa maison, son travail, ses habitudes… C'est une femme courageuse, n'est-ce pas ?

— Oui, affirma Jack.

— À entendre Sue, c'est une femme froide et calculatrice. Mais ce n'est pas la femme que j'ai devinée à travers ses mails. Beaucoup de gens s'appuient sur elle, de différentes manières. Elle livre des repas aux sans-abri, elle rend visite à la grand-mère d'une amie dans un asile, une certaine Bunny la remercie d'avoir sauvé son mariage… Sabrina a un grand cœur.

Jack sourit.

— On dirait que vous vous comparez à elle.

— Nous sommes très différentes, se défendit-elle.

— En plus de vous ressembler, vous aimez ou avez aimé toutes les deux un homme qui s'appelle Daniel, dit Jack.

— Elle peut-être, mais je n'ai jamais aimé Danny.

— Alors qu'était-il pour vous, Sophie ? Qu'*est*-il ?

— Je ne sais pas, répondit-elle en soutenant son regard.

— Vous avez toutes les deux des chats tigrés, vous allez en vacances au même endroit et vous séjournez dans le même hôtel, quoique à différentes périodes de l'année, reprit-il après une grande inspiration.

— Ce ne sont que des coïncidences.

— Peut-être, concéda-t-il. Mais vous êtes aussi toutes les deux gentilles et généreuses. Ne secouez pas la tête. Je parie que vous ne faites pas qu'être présente en classe pour vos élèves. Je me trompe ?

— Mais je reçois tellement plus que je ne donne, se défendit-elle.

— Je trouve que ça ressemble curieusement à de la compassion, répliqua-t-il. Et vous êtes toutes les deux très belles…

Elle pouffa pour cacher une timidité soudaine.

— Je ne me suis jamais sentie belle avant de vous rencontrer, murmura-t-elle.

Elle le regretta aussitôt. C'était vrai, mais elle révélait la plus profonde de ses vulnérabilités en l'admettant.

— Je ne suis pas stupide, ajouta-t-elle pour lui épargner de chercher une réponse. Sabrina et moi nous ressemblons trop pour que ce soit un hasard. Toute ma vie, j'ai cherché quelqu'un... Je croyais que c'était le grand amour, mais je pense maintenant que c'était Sabrina. Comme je ne peux pas discuter de tout ça avec elle, il faut que je parle à ma mère. Il faut que je découvre ce qu'elle me cache et pourquoi.

— Quand comptez-vous aller la voir ? demanda Jack.

— Ce soir. Il est temps que je rentre chez moi et que j'affronte ma famille.

— Y compris Danny ?

— Oui. J'ai un gros diamant à lui rendre.

— Je vous accompagne, dit Jack, ce qui ne la surprit pas.

— D'accord.

— Vous ne protestez pas ?

— Je suis ravie d'être sous votre protection tant qu'ils n'ont pas attrapé l'idiot en voiture blanche, répondit-elle. Mais je dois vous demander si ça ne vous ennuie pas d'aller à Portland... Vous devez faire passer Sabrina avant tout.

— Je dois la ramener chez elle à temps pour qu'elle accueille Buzz avec un énorme baiser, la corrigea-t-il. Vous êtes comme un aimant pour ce type en voiture blanche, et il est ma seule piste, pour le moment.

— D'accord, dit-elle. Mais il faut d'abord que j'aille récupérer ma voiture. Je dois reprendre le travail mardi.

— Ce sera plus difficile de semer ce type si on a deux

voitures, l'avertit-il. Il doit être dans le coin… Il n'est jamais loin.

Un frisson la parcourut.

— Je dois avouer que ça me rend nerveuse, dit-elle. Je suis la fille qu'on ne remarque pas, d'habitude… pas celle qu'on essaie de tuer.

— Je ne pense pas que quelqu'un veuille vous tuer, *vous*, affirma Jack. Sophie Sparrow, je veux dire.

— C'est le seul moi que je connaisse, répliqua-t-elle. Et comment pouvons-nous savoir ce que veut ce cinglé ? Il pourrait aussi bien avoir déclaré la guerre à toutes les brunes qui ont un chat tigré.

Il pouffa.

— Il faut que ce soit dit : Sabrina est peut-être courageuse, mais pas moi, poursuivit-elle le plus sérieusement du monde. Je suis une poule mouillée.

— Vous vous sous-estimez encore, soupira Jack. Très bien. Nous irons chercher votre voiture. Je prendrai plein de détours par sécurité, alors essayez de suivre.

— Regardez-moi faire, le provoqua-t-elle.

— C'est bien mon intention.

6

Quand ils atteignirent la banlieue de Portland, Jack avait une faim de loup. Il doubla Sophie, entra sur le parking du premier fast-food qu'il vit et fut soulagé de la voir le suivre.

Ils entrèrent, commandèrent et s'installèrent à une table près d'une fenêtre pour déballer leurs hamburgers. Il comprit vite qu'il ne servait à rien d'engager la conversation. Plus elle s'approchait de chez elle, plus Sophie était préoccupée. À un moment, elle sortit une bague ornée d'un gros diamant de son sac pour l'observer sous tous les angles. Il n'avait pas la moindre idée de ce qu'elle pensait. Il commença à se demander si c'était une si bonne idée de l'accompagner dans ce qui promettait d'être une poudrière, mais elle secoua la tête quand il lui suggéra de l'attendre dans un hôtel.

— Oh non ! s'écria-t-elle en fourrant la bague dans sa poche. Je n'y vais pas toute seule. Et que faites-vous de Gerald Duff ?

— Vous marquez un point, admit-il. Très bien. Je resterai devant la porte. Comme ça, je pourrai vous laisser votre intimité et surveiller la rue.

— Il n'est pas question que vous me laissiez tomber, répondit-elle, les sourcils froncés.

— Je ne veux pas vous rendre les choses plus difficiles, c'est tout.

— J'ai terminé, annonça-t-elle en fourrant le reste de son hamburger dans le sac en papier. Allons-y !

Il jeta un regard désespéré à la moitié de hamburger qu'il s'apprêtait à abandonner et prit une poignée de frites avant de partir.

La maison d'enfance de Sophie était un pavillon modeste situé dans une rue tranquille. Même de nuit et sous la pluie, l'endroit reflétait la chaleur de celle qui y vivait. La maison avait des murs gris clair, des volets jaune vif et deux grands bacs, de part et d'autre de la porte, devaient déborder de fleurs le printemps venu.

Sophie se gara devant et sortit aussitôt de sa voiture. Il en fit autant et balaya la rue du regard – à la recherche d'une voiture blanche, désormais cabossée – avant de la suivre.

La porte s'ouvrit avant qu'ils ne l'aient atteinte. Une femme d'une taille imposante les fusilla du regard.

— Je t'attends depuis des heures ! dit-elle. Dépêche-toi ! Tu as à peine le temps de te rafraîchir.

Quand ils atteignirent la zone éclairée par l'ampoule du porche, la femme – il devait s'agir de l'horrible mère de Sophie – posa une main sur sa gorge.

— Qu'as-tu fait à tes cheveux ? s'écria-t-elle.

— Je les ai teints, répondit Sophie.

— Va nettoyer ça tout de suite !

— Pourquoi ? demanda Sophie en s'arrêtant devant la porte.

Sa mère bloquait l'entrée. Elle n'avait pas accordé la moindre attention à Jack jusque-là.

— Parce que c'est ridicule. Danny...

— Danny ? Tu l'as appelé ? Il vient ? Maintenant ?

— Il sera là dans une minute. Maintenant, va laver cette horreur !

La femme reporta finalement son attention sur Jack.

— Qui êtes-vous ? lança-t-elle.

— C'est mon ami Jack Travers, répondit Sophie. Jack, je vous présente ma mère, Margaret Sparrow. Il fait froid, maman. Si tu nous laissais entrer ?

— Nous ? répéta-t-elle, mais elle s'écarta pour les laisser passer.

Jack se retrouva dans un petit salon surchauffé presque entièrement occupé par un fauteuil et une télévision. Margaret Sparrow lui jeta un regard mauvais.

— Que fait-il là ? demanda-t-elle à Sophie.

— Comme je te l'ai dit, c'est un ami. J'ai besoin de te parler de quelque chose d'important, maman.

— Va d'abord me chercher un verre d'eau, ordonna Margaret. Tout ce stress m'épuise. Sincèrement, Sophie... Comment as-tu pu être aussi égoïste ?

— Je me charge du verre d'eau, proposa Jack.

Sophie lui indiqua une porte sur sa gauche.

La voix de Margaret le suivit dans la cuisine.

— La seule chose qui compte pour le moment, c'est que tu ne gâches pas une deuxième fois ta chance avec Danny, dit-elle à Sophie. Débarrasse-toi de cet homme !

— Maman...

— Aide-moi à m'asseoir. Ma sciatique est plus douloureuse que jamais.

Jack revint avec le verre d'eau alors que Sophie aidait

sa mère à s'installer dans le fauteuil. Comme Margaret se mettait à farfouiller dans ses médicaments, il tendit le verre à Sophie.

Une fois le médicament pris, Sophie réessaya.

— Je dois te parler d'une femme qui s'appelle Danny Long Cromwell, dit-elle.

— Je n'en ai jamais entendu parler, aboya Margaret.

Elle jeta un coup d'œil à la pendule avant d'ajouter :

— Tu n'as plus le temps d'arranger ta coiffure, mais qu'est-ce qui t'a pris ? Et d'où sors-tu ce pull ? Tu flottes dedans. Va te changer !

— Oublie Danny, maman, répondit Sophie. Savais-tu qu'une femme qui vit à deux heures d'ici me ressemble comme deux gouttes d'eau ? Comment est-ce possible ?

— Comment le saurais-je ? Arrête de bavasser et mets cet homme à la porte. Ton fiancé sera là d'une minute à l'autre. N'est-ce pas plus important qu'une fille que tu ne connais pas ?

Jack remarqua un tic sous l'œil gauche de Margaret. Elle n'était peut-être pas aussi indifférente à la nouvelle qu'elle le paraissait. Mais il n'était pas question qu'il s'en mêle. Il essaya de se faire discret en se collant contre un mur. Malheureusement, la pièce était petite et basse de plafond.

Sophie ne lâcha pas de terrain.

— Non, Danny n'est pas plus important que de tirer cette affaire au clair, répliqua-t-elle. Jack, pourriez-vous montrer la photo de mariage de Sabrina à ma mère, s'il vous plaît ?

Il tira son téléphone de sa poche, trouva la photo et s'approcha pour la montrer à Margaret. Il la sentit se raidir.

— C'est remarquable, n'est-ce pas ? dit Sophie avant de prendre le téléphone pour mieux regarder la photo.

— Vous vous ressemblez vaguement, concéda sa mère.

— Peux-tu m'expliquer comment c'est possible ? répéta Sophie.

Margaret secoua la tête.

— Je n'en ai aucune idée, rétorqua-t-elle d'une voix qui parut sincère à Jack.

Sophie se percha au bord du canapé, près du fauteuil de sa mère.

— Dis-moi la vérité, maman ? Ai-je été adoptée ?

— Adoptée ? s'exclama sa mère. Ne sois pas idiote !

— Alors comment...

— Je n'en sais rien ! la coupa Margaret.

Sophie posa sa main sur le bras de sa mère.

— J'ai une théorie, dit-elle d'une voix douce.

Jack, qui n'avait pas la moindre idée de ce qui allait suivre, essaya encore de se fondre dans la tapisserie.

— Ce n'est vraiment pas le moment..., commença Margaret.

— Si je ne suis pas adoptée, alors papa t'a convaincue d'avoir un enfant, la coupa Sophie. Quand tu as découvert que tu attendais des jumelles alors que tu ne voulais pas être mère, tu as estimé que ce serait trop difficile. Tu as abandonné ma sœur. Je ne sais pas comment tu as fait pour obtenir l'accord de papa. Mais il n'était peut-être pas au courant. Tu as peut-être gardé pour toi...

— Te rends-tu compte que tu parles comme une folle ? s'écria sa mère.

— Alors raconte-moi ce qui s'est passé, dit Sophie. S'il te plaît, maman. J'ai besoin de le savoir. Je ne ferai pas semblant de comprendre ce que tu as traversé – je n'ai jamais été dans la même situation –, mais tu dois bien voir que j'ai besoin de connaître la vérité !

Sophie ne se croyait pas aussi courageuse que Sabrina, mais il n'était pas facile d'aborder ce sujet au milieu de la débâcle de ses fiançailles avec Danny, songea Jack.

— Tu veux la vérité ? dit Margaret. La voici : j'ai eu un bébé. Toi. Pas deux.

— Tu ne peux pas glisser ça sous le tapis, répondit Sophie. C'est important, merde !

— Comment oses-tu être grossière devant moi ?

— Comment oses-tu me mentir ? riposta Sophie. Je ne partirai pas d'ici tant que tu ne m'auras pas tout avoué.

— Tu veux la vérité ? Suis-moi !

Margaret se leva péniblement après avoir refusé l'aide de Sophie.

— Je vais te la montrer, la vérité ! grommela-t-elle en ramassant sa canne.

Quand les deux femmes quittèrent la pièce, Jack s'interrogea sur ce qu'il était censé faire.

Des coups frappés à la porte répondirent à la question. Il ouvrit à un homme bien rasé qui devait avoir le même âge que lui.

— Que puis-je faire pour vous ? lança Jack au trentenaire châtain qui portait un manteau Burberry hors de prix.

Ce devait être Danny. Jack se demanda aussitôt ce que Sophie avait bien pu lui trouver.

— Je cherche ma fiancée, Sophie Sparrow, dit Danny. Je suis Daniel Privet.

— Entrez !

Jack s'assura qu'il n'y avait pas de voiture blanche dans la rue avant de fermer la porte.

Le nouveau venu balaya la pièce vide du regard.

— Où est-elle ? s'enquit-il.

— Sa mère et elle... visitent la maison, déclara Jack en agitant la main.

Il observa Danny sous une meilleure lumière. Son visage avait quelque chose de familier.

Danny fronça les sourcils.

— Pourquoi me regardez-vous comme ça ? grommela-t-il.

— Désolé, fit Jack. Je me demandais si on s'était déjà rencontrés.

— Si c'est le cas, je l'ai oublié.

— Votre visage me dit quelque chose.

— Je travaille à Seattle, pour le cabinet Finder et Finch, dit Danny. Je devrais plutôt dire que j'y travaillais. Je viens d'accepter un emploi dans un autre cabinet, ici, à Portland. Sophie et moi allons bientôt nous marier.

— Ce n'est pas ce que j'ai entendu dire, répliqua Jack, qui voulait voir comment Danny réagissait dans une confrontation.

— Qu'est-ce que ça signifie ?

— Sophie n'a pas accepté de vous épouser.

— Bien sûr que si ! Ici même, dans cette pièce. Qui êtes-vous, d'abord ?

— Jack Travers. Je suis un ami de Sophie. Il y a quelque chose qui me chiffonne. Dites-moi... Pourquoi avez-vous demandé sa main devant sa mère ?

— Je ne vois pas en quoi ça vous regarde, se défendit Danny en rougissant.

— Est-ce parce que vous aviez besoin de l'avoir de votre côté ? insista Jack. C'est la seule raison qui me vienne à l'esprit. Vous n'étiez pas sûr de la réponse de Sophie, alors vous vous êtes servi de sa mère pour faire pression sur elle, c'est bien ça ?

Les joues de Danny étaient toutes roses, à présent.

— Je connais bien cette famille, dit-il d'un air pincé. Je n'ai jamais entendu Sophie mentionner votre nom.

— Je ne la connais que depuis un jour ou deux, indiqua Jack alors que Margaret et Sophie revenaient dans le salon.

— Tu es satisfaite, maintenant ? demanda Margaret en fonçant vers son fauteuil.

— Non, répondit Sophie derrière elle.

Danny courut la serrer dans ses bras.

— Chérie ! s'écria-t-il. Tu es revenue !

Il lui caressa les cheveux sans paraître s'apercevoir qu'elle le repoussait.

— Si tu savais comme je me suis inquiété ! gémit-il.

Sophie le repoussa plus fermement.

— Danny...

— J'ai de merveilleuses nouvelles, chérie ! la coupa-t-il. J'ai réussi à échanger nos billets pour Hawaï. On part demain ! On pourra se marier là-bas et on aura deux semaines pour s'habituer à être M. et Mme Privet. Je suis sûr que ta mère comprendra.

— Évidemment ! intervint Margaret de son fauteuil.

Jack regardait la scène comme s'il s'agissait d'une série télévisée. C'était irréel. Il n'en revenait pas que Danny et Margaret fassent autant d'efforts pour couper Sophie de sa propre vie.

— Nous ne nous marierons ni à Hawaï, ni nulle part ailleurs, répondit calmement Sophie.

Margaret poussa un soupir à fendre l'âme.

— Je ne comprends pas ce qui t'arrive, se lamenta-t-elle avant de tourner la tête vers Jack. Ce doit être vous. Vous l'avez ensorcelée !

— La croyez-vous si facilement manipulable ? répliqua-t-il.

Sophie tira de sa poche la bague qu'elle y avait fourrée pendant qu'ils dînaient. Elle la tendit à Danny.

— Je suis désolée, dit-elle. Vraiment. Reprends-la. Je n'ai pas l'intention d'épouser qui que ce soit. Il vaudrait mieux qu'on arrête de se voir.

— Tu n'es pas sérieuse ! s'écria Danny en refusant de reprendre la bague.

— Si, je suis sérieuse.

Il secoua la tête.

— Je sais que tu m'aimes. On va se marier comme je… Comme on l'avait prévu. Je te rendrai heureuse, je te le jure !

Il ne remarqua qu'à cet instant que Sophie avait un téléphone à la main.

— Qu'est-ce que c'est que ça ? s'écria-t-il en tournant la tête pour mieux voir la photo de Sabrina.

Il lui arracha le téléphone et fixa l'image, les yeux écarquillés.

— Tu t'es mariée ? hurla-t-il avant de se tourner vers Jack. C'est vous, sur la photo ? Est-ce que vous… ? Comment avez-vous pu ?

Il fusilla Sophie du regard.

— Après tout le temps que j'ai investi ? ajouta-t-il.

— Le temps que tu as investi ? répéta-t-elle.

Il secoua encore la tête.

Sophie plissa les yeux et le força à prendre la bague.

— Ce n'est pas une photo de moi, dit-elle.

— Comment est-ce possible ?

— Je ne sais pas. On se ressemble tellement qu'on pourrait être jumelles.

Danny recula.

— La connais-tu ? poursuivit Sophie. Elle s'appelle Sabrina Cromwell.

Danny secoua la tête, mais Jack trouva le geste aussi faux que tout ce qui était sorti de sa bouche, sauf la remarque sur le temps qu'il avait investi.

Il avait la certitude que Danny savait quelque chose sur Sabrina. Son instinct l'incita à retrouver la photo de l'homme à la capuche. Il la montra à Danny, qui recula encore.

— Et cet homme ? demanda Jack. Le reconnaissez-vous ?

— Non. Je... Non.

— Je ne comprends pas comment ça a pu m'échapper jusqu'ici, murmura Sophie en regardant la photo. Ce type te ressemble un peu. Tu ne trouves pas, Danny ?

— Sûrement pas ! répondit Danny.

Mais une étincelle venait de jaillir dans la tête de Jack. Voilà pourquoi le visage de Danny lui avait semblé familier quand il avait ouvert la porte.

— Je suis un ancien flic et un détective privé, dit lentement Jack. Dans le monde d'aujourd'hui, ça veut dire que je sais me servir d'un ordinateur. Il me faudrait moins d'une heure pour remonter votre arbre généalogique jusqu'à votre arrière-arrière-grand-père. Vous pouvez m'épargner de gaspiller une heure et vous rendre les choses plus faciles en nous disant ce que vous savez. Ça vous aidera peut-être à retrouver la mémoire si je vous dis qu'il a essayé de tuer Sophie.

— Deux fois, précisa Sophie.

Danny la fixa.

— Il a essayé de te faire du mal ?

— Il a essayé de me *tuer*.

— Pourquoi ?

— Parce qu'il me prend pour Sabrina, apparemment. Elle a disparu, au fait. La police recherche cet homme pour l'interroger sur sa disparition et sur les attaques dont j'ai été victime. Si tu sais quelque chose, tu ferais bien de parler.

Jack observa Danny, qui ressemblait à une marmotte qui hésiterait à mettre le nez hors de son trou.

— Regardez les choses en face, monsieur Privet, intervint Jack. Vous êtes entre le marteau et l'enclume. Bien sûr, nous dirons à la police que nous vous suspectons de dissimuler des informations. Vous taire fait de vous un complice de…

— C'est mon demi-frère, lâcha Danny. Mais vous vous trompez. Il ne ferait de mal à personne. Il ne peut pas avoir essayé de tuer Sophie. Ça n'a aucun sens.

— Comment s'appelle-t-il ?

— Je ne sais pas.

— Vous ne connaissez pas le nom de votre frère ?

— Nous n'avons jamais été proches, jamais. Il s'est retrouvé en prison il y a quelques années. J'ai entendu dire qu'il en était sorti et qu'il avait changé de nom… pour commencer une nouvelle vie, vous voyez. Je ne sais pas quel nom il a choisi parce que je n'ai aucun contact avec lui.

— Tu viens de dire qu'il ne ferait de mal à personne, lui rappela Sophie. Comment le sais-tu si tu le connais à peine ?

Danny se mordit la lèvre et secoua la tête.

— Et ta mère ? demanda Sophie. Tu m'as dit qu'elle travaillait pour quelqu'un à Seattle. J'ai oublié comment s'appelait son patron… Mais elle doit connaître le nom de ton frère.

— Elle a démissionné. Elle… voyage.

— Mais tu peux la joindre.

Danny hésita.

— J'en doute, finit-il par répondre.

— Et quel est l'ancien nom de votre demi-frère ? reprit Jack.

— C'est une grenade dégoupillée, grommela Danny, les yeux baissés.

— S'il est allé en prison, il ne me faudra que quelques minutes pour trouver son nom, le prévint Jack.

— Alors trouvez-le, répondit Danny.

Jack le regarda droit dans les yeux.

— Que ça vous plaise ou non, vous êtes dans cette histoire jusqu'au cou, lui dit-il d'une voix glaçante. Savez-vous où est Sabrina ? S'il lui arrive quelque chose, à elle ou à Sophie, je jure que je vous étranglerai.

Danny s'effondra sur le canapé comme si ses jambes ne pouvaient plus le soutenir.

— Mon Dieu ! gémit-il en cachant son visage dans ses mains.

— Arrêtez de harceler ce pauvre garçon, intervint Margaret de son fauteuil.

Ne voyait-elle donc pas que Danny était un minable ? La richesse qu'il étalait l'aveuglait-elle à ce point ? Jack eut brusquement envie d'emmener Sophie loin de cette maison. Comment avait-elle réussi à atteindre l'âge adulte en conservant un minimum d'amour-propre ?

Mais leur problème le plus urgent était recroquevillé sur le canapé. Danny ne leur avait clairement pas tout dit, et la menace de la police n'avait pas suffi à le faire craquer.

— Donnez-nous un nom. Le nouveau, l'ancien... Peu importe, insista Jack. S'appelle-t-il Privet, comme vous ?

— On s'inquiète beaucoup pour Sabrina, ajouta Sophie. Si ton demi-frère peut nous aider à la retrouver...

Danny abattit son poing sur sa cuisse et bondit vivement.

— Rien ne m'oblige à vous répondre, dit-il en les fusillant du regard.

Il pointa un doigt vers Sophie.

— Tu as tout gâché, conclut-il avant de foncer vers la porte.

— Attendez, Danny ! s'écria Margaret. Où allez-vous ?

Danny ouvrit la porte, puis se tourna vers eux.

— Si je dois parler à la police, je le ferai, mais je préfère passer le reste de ma vie sur une île déserte qu'une seconde de plus dans cette horrible maison ! lança-t-il. Allez tous au diable !

Sur ces mots, il partit sans fermer la porte.

Jack tourna la tête vers Sophie, qui semblait pensive. Elle devait se demander comment elle avait pu trouver la moindre qualité à Danny.

— J'ai un coup de fil à passer, annonça Jack avant d'aller dans la cuisine.

Il fournit le nom de Danny à la police d'Astoria et s'informa des progrès de l'enquête. Quand il revint dans le salon, les deux femmes étaient à l'endroit où il les avait laissées. Il avait hâte d'aller à Seattle. Sophie voudrait-elle l'accompagner ou préférerait-elle rester là pour essayer de ressouder sa petite famille ?

Margaret le fusilla du regard.

— Je veux que vous sortiez de ma maison, dit-elle.

— S'il part, je m'en vais, moi aussi, annonça Sophie.

— Ai-je élevé une idiote ? s'écria sa mère. Nous devons nous creuser la tête et trouver un moyen d'arranger les choses avec Danny. Il te donnera tout ce que tu veux si tu joues bien tes cartes.

Sophie regarda sa mère comme si elle ne l'avait jamais vue.

— Tu veux dire qu'il me donnera tout ce que *tu* veux, la corrigea-t-elle.

— C'est la même chose, grommela Margaret.

— Non, maman. Ce n'est pas la même chose, répondit Sophie. Et il n'y a plus rien à espérer du côté de Danny.

Elle se pencha pour ramasser la bague, que Danny avait dû lâcher quand il s'était levé d'un bond. Elle la posa sur le plateau de sa mère.

— Tu peux toujours mettre ça au clou, lui suggéra-t-elle.

Sur ces mots, Sophie prit son sac et quitta la maison.

— Elle ne peut pas partir comme ça ! s'exclama Margaret.

Jack la fixa quelques instants avant de répondre :

— Vous avez déjà de la chance qu'elle soit restée aussi longtemps.

Il s'empressa de rejoindre Sophie avant qu'une voiture blanche ne jaillisse de nulle part pour l'écraser.

7

La pluie avait cessé. On voyait même quelques étoiles… Mais la température avait chuté et le manteau de Sophie n'était pas assez chaud. Elle regrettait de ne pas avoir préparé une valise avant de faire sa grande sortie. Elle portait toujours ses vêtements de la veille, mais il n'était pas question qu'elle y retourne.

— Alors, vous m'accompagnez ? demanda Jack en la rejoignant.

Elle lui sourit. La dernière heure n'avait été qu'un chaos humiliant, mais il y avait eu un point stable dans la tempête : Jack. Il était le seul à ne pas se laisser gouverner par son égoïsme. Il l'avait défendue sans lui donner l'impression qu'elle n'était pas capable de se défendre elle-même. Il l'avait traitée comme l'être humain intelligent et attentionné qu'elle aspirait à devenir.

Bien sûr, elle ne s'était pas débarrassée de tous ses doutes, ni de son désir persistant de se cacher sous un caillou, mais elle avait un aperçu de sa valeur et commençait à comprendre comment gagner en assurance. Elle se sentait plus forte, plus réelle, et c'était grâce à Jack. Perversement, c'était aussi grâce à Danny. L'image qu'il lui avait renvoyée d'elle-même était glaçante.

Mais cela menait à une question gigantesque : pourquoi avait-il « investi son temps » avec elle ? Cela n'avait aucun sens.

— Sophie ? murmura Jack.

Elle secoua la tête.

— Désolée. Je me suis perdue dans mes pensées.

— Je m'en doute, répondit-il avant de se tourner vers la maison. Toute cette...

— ... Exposition de monstres ? suggéra-t-elle.

Cela le fit sourire.

— Oui, dit-il. C'était impressionnant. Votre mère et Danny sont faits l'un pour l'autre.

— Je sais. Alors ? Allez-vous à Seattle pour interroger la mère de Danny ?

— Ça irait plus vite si on l'appelait, mais ce n'est pas la peine si elle est aussi fuyante que son fils.

— Mais Danny nous a dit qu'elle voyageait...

— Vous le croyez ?

— Je ne sais plus que croire. Moi aussi, j'ai besoin de parler à sa mère. On économiserait de l'essence si on faisait le trajet ensemble.

— Effectivement.

Il balaya la rue du regard, puis ouvrit sa voiture. Ils restèrent assis en silence un moment avant que Jack ne demande :

— Et que ferons-nous une fois là-bas ?

— Ah ! s'écria-t-elle parce qu'elle attendait qu'il pose la question. J'ai une piste. Il y a une semaine ou deux, j'ai vu une lettre dans sa voiture. L'adresse de retour était celle d'un certain R. H. Cannon, à Weather Island, dans l'État de Washington. Quelqu'un avait rayé les initiales R. H. pour écrire N. R. au-dessus. J'ai pensé que c'était peut-être une ancienne petite amie, puis je me suis souvenue que la mère de Danny était prénommée Nora. Je ne sais pas si son nom de famille commence par un R, mais je parie que cette lettre était de sa mère et que R. H. Cannon est l'homme pour lequel elle travaille. Danny m'a dit qu'il vivait à Seattle. Weather Island n'est qu'à trois quarts d'heure de Seattle en ferry.

— Je n'en ai jamais entendu parler, dit Jack.

Elle réprima un bâillement.

— J'y suis allée avec mon père quand j'étais petite.

— Très bien, conclut-il. Suivons cette piste. Mais Seattle n'est qu'à deux ou trois heures d'ici. Si on se trouvait un hôtel ? On peut faire le trajet demain matin.

— Alors il faudra partir tôt si on veut prendre le premier ferry.

— Nous partirons tôt, déclara-t-il. La journée a été longue.

— D'accord, dit-elle. Mais il faudra encore que j'emprunte votre veste de pyjama.

— Aucun problème. Elle vous va bien mieux qu'à moi.

Elle en doutait.

— L'essentiel, c'est qu'on arrive là-bas avant que Danny ait donné l'alerte. Et j'aimerais revenir ici demain soir. Avec un peu de chance, Sabrina aura refait surface d'ici là et tout sera rentré dans l'ordre.

— Je l'espère, répondit-il d'une voix qui trahissait ses doutes.

— Voilà que je me prends à espérer qu'elle ait une liaison avec Kyle, soupira-t-elle. Elle serait en sécurité, au moins.

— Buzz m'a envoyé un mail pour m'annoncer son retour. Cela lui prendra quelques jours, mais il est en route.

— Est-il inquiet ?

— Il ne l'a pas dit clairement – tout le monde respecte l'indépendance de Sabrina – mais oui, il est inquiet, puisqu'il interrompt sa mission.

L'inquiétude de Sophie allait et venait. Cela faisait des heures qu'elle s'accrochait à la certitude de Sue que Sabrina était là où elle voulait être. Mais maintenant qu'elle était assise dans le noir et se repassait une journée qui avait commencé par un origami et n'était pas encore terminée, cela lui semblait moins probable.

— J'aurais dû demander à Danny si son demi-frère savait faire des pliages, dit-elle.

— Ça aurait été une bonne idée, admit Jack. Mais il se passait beaucoup de choses à ce moment-là.

— Ah oui ? ironisa-t-elle. La police d'Astoria a-t-elle découvert quelque chose ?

— On m'a dit de rappeler demain, répondit-il. Le détective Reece est rentré chez lui il y a plusieurs heures. Je lui ai laissé un message pour lui dire ce qu'on avait découvert. Je le rappellerai demain. Il devrait pouvoir nous donner le nom de famille de la mère de Danny, au cas où elle aurait filé. Je lui demanderai aussi de vérifier que Kyle Woods ne s'est pas servi de son grand-père pour cacher une escapade avec Sabrina. Tout ce que je veux, c'est m'assurer qu'elle va bien et la ramener à la maison.

— À la maison...

Une heure plus tôt, elle-même en avait une.

— Je n'ai plus de maison, dit-elle à voix haute pour s'habituer à cette idée.

— Techniquement, cette maison est la vôtre, lui rappela-t-il.

— Vous le croyez vraiment ?

— Pas si vous ne le croyez pas, répliqua-t-il en effleurant son bras.

Elle prit sa main et plongea son regard dans le sien.

— Merci de m'avoir soutenue, dit-elle. Merci pour tout.

Elle apprécia qu'il ne fasse pas semblant de ne pas comprendre. Il pressa ses doigts, puis lâcha sa main.

— De rien, répondit-il.

Ils trouvèrent facilement un hôtel. Jack loua une chambre avec deux grands lits sans la consulter. Sophie lava ses sous-vêtements et enfila la veste de pyjama de Jack avant de se glisser entre les draps. Elle contempla son visage tandis qu'il pianotait sur son ordinateur. Il était agréable à regarder, c'était certain, mais ce n'était pas sa seule raison de le faire : elle adorait la subtilité de ses expressions et l'intelligence de son regard.

Elle avait admis qu'il lui plaisait beaucoup. Elle aimait lui parler et passer du temps avec lui. Elle ne se sentait pas écrasée par son instinct protecteur, et c'était la première fois que quelqu'un semblait la trouver charmante depuis la mort de son père.

Mais il y avait aussi un mur entre eux, et pas seulement à cause de la disparition de Sabrina. L'agressivité de Danny et l'égoïsme de Margaret avaient contribué à le bâtir. En deux jours, il s'était passé tant de choses qui l'incitaient à repenser sa vie entière…

— La bonne nouvelle, c'est que Daniel Privet a bien travaillé pour Finder et Finch, dit Jack. Mais il n'est plus sur la liste de leurs employés… Ils l'ont retiré. J'ai aussi consulté les horaires des ferrys. Le premier qui dessert Weather Island part à 7 h 45.

Il ferma son ordinateur et se leva.

— Et vous aviez raison : un certain Randall Harrison

Cannon y vit. Je n'ai pas trouvé le nom de sa gouvernante. Je pourrais faire d'autres recherches sur Danny pour essayer de découvrir le nom de sa mère, mais puisqu'on y va... Je le ferai si ça devient nécessaire. Je suis épuisé !

Il régla le réveil de son téléphone.

Quelques minutes plus tard, il sortit de la salle de bains en pantalon de pyjama. Il ne portait pas de T-shirt. La veille, son torse nu l'avait mise mal à l'aise. Ce soir, elle le trouvait absolument captivant.

Il s'assit au bord du lit et la regarda. Elle s'attendit à ce qu'il dise quelque chose, mais il resta silencieux. Le fait que son regard ne la mette pas mal à l'aise étonna Sophie.

— À quoi pensez-vous ? finit-elle par demander.

— Je pense que vous êtes une femme extraordinaire.

Elle esquissa un sourire.

— Ah oui ?

— Vous avez triomphé d'une quantité impressionnante d'obstacles sans perdre la raison. Je vous admire.

— Merci, murmura-t-elle.

— Comment avez-vous fait ?

— J'ai eu un père merveilleux. Je ne comprends toujours pas comment maman et lui se sont retrouvés ensemble. Il était tendre et gentil mais, comme moi, il ne suffisait pas à ma mère. Il vendait des chaussures. Il a fait ça pendant vingt ans. Il était si fier de lui quand quelqu'un lui demandait des conseils... Mais il ne gagnait pas beaucoup d'argent et maman lui répétait qu'il devait faire quelque chose de sa vie.

— Elle ne voyait pas qu'il l'avait déjà fait, dit Jack.

Elle acquiesça.

— Il était heureux.

— Et il vous adorait.

Elle hocha la tête, les larmes aux yeux.

Jack s'agenouilla auprès d'elle, écarta une mèche de son front et y déposa un baiser.

— Je pense qu'il vit en vous, dit-il. Peut-on faire un plus beau cadeau à un enfant qu'on aime ?

— Et si je n'étais pas sa fille ?

— Si vous aviez été adoptée, vous voulez dire ?

— Oui.

— Alors quoi ? C'était votre père et – que cela vous plaise ou non – Margaret est votre mère. Ils vous ont élevée et vous ont aimée, chacun à sa manière.

— Je sais, murmura-t-elle. Pardon pour les larmes.

Il tira un mouchoir de la boîte posée sur la table de nuit et le lui tendit.

— Danny se servait de moi, dit-elle en s'essuyant les yeux.

— Je sais.

— Pourquoi ?

— Vous êtes belle et sexy. Aucun homme ne peut vous résister.

— Vous savez que ce n'est pas vrai, Jack. Il ne me trouvait pas attirante. J'étais un investissement à ses yeux. Mais de quelle manière ? Ça n'a aucun sens.

— Nous le découvrirons, lui assura-t-il. Ça ne peut pas être une coïncidence que son demi-frère ait harcelé Sabrina avant de s'en prendre à vous. Espérons que la police réussira à lui arracher ses secrets.

Il fixa ses lèvres. Elle sentait son désir aussi clairement que s'il l'avait exprimé. Était-ce parce qu'elle le partageait ?

Il se pencha vers elle et leurs lèvres s'effleurèrent. Ils s'écartèrent aussitôt. Sophie sourit. Alors Jack l'embrassa encore et ils s'allongèrent sur le lit.

Personne ne l'avait jamais embrassée avec tant de passion. Il caressa sa gorge et son épaule, puis ses lèvres suivirent le même chemin que ses doigts. Les sensations qu'il lui procura étaient glorieusement nouvelles.

— Jack, s'entendit-elle dire comme de très loin.

Le temps suspendit son cours, puis ils parlèrent tous les deux au même instant.

— Vous d'abord, dit Jack.

— Même si c'est délicieux, je ne suis pas prête, murmura-t-elle en giflant mentalement sa psyché. Je ne peux pas passer de Danny à vous en un jour. Ça ne me ressemble pas.

— Je déteste ce type, grommela Jack.

— Il ne s'agit pas de lui.

— Je le sais.

Il s'appuya sur un coude, plongea son regard dans le sien et lui caressa la joue, comme s'il ne pouvait pas s'empêcher de la toucher. Comme elle-même caressait son biceps, elle le comprenait parfaitement.

— Quand on s'est rencontrés, je t'ai prise pour quelqu'un d'autre, dit-il d'une voix suave qui la fit vibrer. Ce qui m'a perturbé, sur le coup, c'est que je te prenais pour la femme de mon meilleur ami, que j'avais toujours trouvée belle, mais distante. Et voilà qu'elle devenait subitement douce et désirable. Ça m'a secoué. Tu n'imagines pas mon soulagement quand j'ai découvert que tu étais… toi.

Elle sentit son sourire s'élargir.

— Tu as senti quelque chose aussi vite que ça ?

— Oui. Ne te moque pas de moi, mais j'ai eu une sorte de prémonition, lui confia-t-il. Quand Sabrina a demandé mon aide, j'ai eu l'impression de répondre à un appel du destin. Et puis, quand je t'ai rencontrée… J'ai su que je ne m'étais pas trompée. C'était comme si ma vie tout entière me menait à cet instant. Nous devions nous rencontrer. L'univers a un projet pour nous. Est-ce que j'ai l'air d'un fou ?

— Un peu. Mais je crois que je comprends. D'un autre côté, je n'aurais jamais imaginé que ton regard s'arrêterait sur une femme comme moi.

— Et je ne peux pas te quitter des yeux, ajouta-t-il avant de déposer un baiser sur ses lèvres. Quand tu te sentiras prête, tu seras mienne. Tout entière. Je me moque de l'endroit où nous nous trouverons, je ferai découvrir de nouvelles dimensions à ton corps.

— Quelle promesse !

Il sourit et lui embrassa le bout du nez.

— Je tiens mes promesses, répliqua-t-il.

— Il faudra que j'achète de la lingerie sexy, plaisanta-t-elle alors qu'il se levait.

— Tu n'en auras pas besoin, déclara-t-il.

Elle regrettait déjà sa décision quand il se coucha dans l'autre lit.

— Bonne nuit, Sophie Sparrow, murmura-t-il avant d'éteindre.

— Bonne nuit, répondit-elle en fermant les yeux.

Au lieu de dormir, elle retourna dans ce qui serait toujours la maison de Margaret Sparrow, quoi qu'en dise le titre de propriété. Pourquoi sa mère avait-elle traité le problème avec autant de mépris ? Pour lui prouver qu'elle était folle, Margaret lui avait montré une photo d'elle sur un lit avec un nouveau-né dans les bras.

— Tu vois ? avait-elle dit. Un bébé. Pas deux.

— Ça ne prouve rien, avait affirmé Sophie.

— Ça prouve tout, avait rétorqué sa mère. Si tu ne me crois toujours pas, regarde ça.

Margaret lui avait montré une photo d'elle, à six mois environ, dans les bras de son père. Il était dans la cuisine, en train de faire chauffer un biberon dans une casserole. Son sourire illuminait la photo.

Il n'y avait qu'une chaise pour enfant près de la table. Pas deux.

Ton père n'aurait jamais abandonné un bébé.

C'était le message implicite.

Tu n'as pas confiance en moi, je le comprends, mais tu as confiance en lui, non ?

Et la réponse était oui, Sophie avait confiance en son père, en sa sagesse et en son amour. Il avait été son roc et il lui manquait tous les jours depuis qu'une crise cardiaque l'avait terrassé bien trop jeune.

Mais cette confiance ne changeait rien au fait que Sabrina et elle étaient parfaitement identiques, à l'exception du grain de beauté qu'elle avait sur la joue. Si ses parents n'avaient pas eu des jumelles, alors ils l'avaient adoptée. Pourquoi le lui avaient-ils caché ?

Était-ce la mère de Sabrina qui n'avait pas pu s'occuper de deux enfants ? Peut-être avait-elle exigé que cela reste un secret.

— As-tu connu une femme du nom de Long ? avait demandé Sophie à sa mère.

Margaret n'avait pas bronché.

— Long ? Non. Pourquoi ?

— J'ai besoin de Sabrina, murmura Sophie.

Jack lui répondit, mais elle ne comprit pas ce qu'il disait. Elle ouvrit les yeux et se rendit compte qu'elle avait rêvé.

— Lisa ! gémit Jack de la même voix que la nuit précédente.

C'était sans doute lui qui l'avait réveillée.

À cet instant, Sophie comprit pourquoi elle l'avait repoussé. Elle n'était pas la seule à avoir des démons à exorciser.

Elle se leva. Cette fois, il lui ouvrit les bras quand elle s'assit au bord de son lit. Elle s'allongea à côté de lui pour le réconforter, mais il avait autre chose en tête. Il l'embrassa et la caressa. Sans qu'elle comprenne comment, elle se retrouva enveloppée par l'homme le plus sexy qu'elle ait jamais vu.

Dans quelques instants, il serait en train de lui faire l'amour.

— Sophie, sussura-t-il dans ses cheveux. Sophie...

Quand il prononça son nom, ce fut comme s'il enveloppait son cœur dans une couverture. Il savait qui elle était, qui il touchait, qui il embrassait...

Elle cessa de réfléchir quand il glissa une main entre ses cuisses. Elle lui retira son pantalon et il lui retira sa veste.

Une main dans ses cheveux, il lui caressa les seins de l'autre. Dans un instant, il serait en elle. Elle n'était pas sereine. Une part d'elle était prête, l'autre n'aimait pas que leur étreinte ait commencé par le souvenir d'une autre femme. Il était possible qu'une part de lui la prenne encore pour Lisa, même s'il avait prononcé son nom.

Il lui avait dit ce qu'il attendait d'elle : qu'elle s'offre à lui sans retenue.

Jack se figea, comme s'il avait senti son détachement. Il déposa un baiser sur ses lèvres, puis roula à côté d'elle et lui prit la main.

Après une minute de silence, il lui embrassa le front et demanda :

— C'est Lisa, c'est ça ?

— Tu as eu un autre cauchemar.

— Merde.

— Jack ?

— Tu veux que je te parle d'elle ?

— Oui.

Il soupira.

— Je ne sais pas par où commencer.

— À quoi ressemblait-elle ?

— Elle était jolie. Brune, les yeux bleus, intelligente, drôle... Elle étudiait le droit pour faire plaisir à son père, mais elle rêvait d'animer une émission de cuisine. Elle travaillait dans un petit restaurant pour acquérir de l'expérience. Quelqu'un qui travaillait pour un magazine l'a remarquée et lui a proposé de faire un article sur elle. Elle était enthousiaste... C'était la chance de sa vie. L'homme lui a dit qu'il enverrait quelqu'un pour la prendre en photo en train de préparer des pâtes, un professionnel pour qu'elle soit assez sexy.

— Assez sexy ? s'étonna-t-elle. Pour un magazine de cuisine ?

— C'est ce que j'ai pensé. C'était l'un de ces magazines à moitié érotiques pour lycéens. Je lui ai dit qu'il y aurait un article de deux lignes sur sa cuisine et deux pages de photos sur lesquelles elle ne porterait quasiment qu'un tablier. Elle s'est énervée. Elle m'a dit que je ne respectais pas ses décisions, etc. Je ne sais pas... Elle avait sans doute raison. Je n'ai peut-être pas compris à quel point c'était important pour elle. Quoi qu'il en soit, je l'ai revue deux jours plus tard. Elle m'a dit que la séance de pose s'était bien passée et qu'elle allait bientôt voir les photos. Elle avait complètement oublié un concert auquel on avait prévu d'aller depuis longtemps. Je suis parti en claquant la porte et je ne l'ai jamais revue.

Sophie savait que ce n'était pas tout. Elle sentait son désespoir comme si c'était le sien. Elle attendit.

— Elle a disparu cette nuit-là, reprit-il. Personne ne savait où elle était.

— Comme Sabrina, murmura-t-elle.

— Comme Sabrina. J'étais le suspect numéro un, bien sûr, jusqu'à ce que la police découvre que le photographe avait fourni un faux nom et une fausse adresse. Il était aussi introuvable que Lisa. La police a fait un portrait-robot – grand, brun. Elle a aussi découvert qu'il boitait. Les gens qui l'avaient embauché ont dit qu'il parlait peu. L'une des secrétaires a dit qu'il la terrifiait. Pour faire court, Lisa a été retrouvée dans le désert une semaine plus tard. Son corps avait été brûlé. Ils l'ont identifiée grâce à son dossier dentaire. L'autopsie a révélé qu'on lui avait cassé plusieurs côtes avant de l'étrangler. Quand je pense à ce qu'elle a souffert...

— Et le photographe ?

— Ils n'ont jamais mis la main dessus. Le portrait-robot a permis de le lier à la disparition d'une autre femme dont le corps n'a jamais été retrouvé. Il n'a plus donné signe de vie après Lisa. Soit il a changé de mode opératoire, soit il s'est fait écraser par un camion, soit il a pris sa retraite... Il a simplement disparu. Et il n'a jamais été identifié.

— Je comprends pourquoi la mort de Lisa te hante, murmura-t-elle en serrant ses doigts.

Il se tourna vers elle.

— Si je ne m'étais pas moqué de ce qu'elle croyait

être la grande chance de sa vie, j'aurais peut-être été là pendant la séance de pose. J'aurais peut-être senti que ce type était louche. Elle serait peut-être encore en vie.

Elle ne trouva rien à répondre. Il avait peut-être raison. Il pouvait aussi avoir tort, mais il le savait. Elle se blottit contre lui.

— Je ne fais pas des cauchemars toutes les nuits, dit-il en lui caressant les cheveux. C'est juste que Sabrina m'a dit qu'elle avait vu un homme grand et brun prendre des photos d'elle alors qu'elle égouttait des pâtes. Ça a tout fait revenir.

— Tu parlais du destin… Et si ton passé et le présent de Sabrina étaient liés ?

— Ça voudrait dire qu'elle est entre les mains d'un monstre. Et je ne sais pas comment la sauver…

— Si quelqu'un en est capable, c'est toi, affirma-t-elle avec assurance avant de jeter un coup d'œil au réveil. Il nous reste deux heures avant de partir pour Seattle.

— Reste avec moi, chuchota-t-il.

— Bien sûr, répondit-elle simplement.

Mais rien n'était simple dans leur situation.

Ils roulèrent jusqu'à Seattle sous un ciel de plomb. La route était glissante et les essuie-glaces avaient du mal à lutter contre la neige fondue. Sophie n'avait pas hâte de monter sur un ferry dans son manteau trop fin.

C'était un jour férié, mais elle estima prudent d'appeler l'école pour se faire remplacer pour la semaine, même si elle espérait que c'était idiot et qu'ils retrouveraient Sabrina dans la journée.

Jack rappela le détective Reece, qui n'était pas au commissariat.

Finalement, ce fut leur tour de monter à bord. Le pont inférieur du ferry était plein, à l'exception de la file du milieu. Ils sortirent de la voiture, et Sophie balaya les autres véhicules du regard.

— Il ne peut pas savoir qu'on est là, dit Jack en serrant son manteau.

Un vent glacial soufflait sur le pont, emmêlait les cheveux et torturait les créatures à sang chaud. Elle se serait sans doute transformée en glaçon si elle n'avait pas porté le pull en cachemire de Jack.

— Nous descendons à l'avant-dernier arrêt, dit Jack alors qu'ils montaient à l'étage supérieur.

Les chauffages fonctionnaient, mais le froid s'insinuait quand même à l'intérieur du ferry. Ils trouvèrent un banc libre et s'y installèrent. Jack se mit aussitôt à tapoter son téléphone. Sophie tourna la tête vers la vitre et regarda le ciel se confondre avec la mer. Un couple avec deux fillettes vint occuper une table voisine. La petite famille attira l'attention de Sophie. La femme devait avoir à peu près le même âge qu'elle. Les deux fillettes, qui jouaient aux dames, devaient avoir six ou sept ans, comme ses élèves. Pour la première fois, elle se demanda sérieusement ce que l'on ressentait quand on devenait mère. Avec leurs cheveux noirs et leurs jolis visages, les fillettes auraient pu être les filles de Jack.

Ses filles.

Cette idée fantasque la fit sourire. Elle posa sa tête sur l'épaule de Jack et se laissa vaincre par la fatigue. Elle dormit pour de bon, puisqu'elle se réveilla quand le ferry heurta la jetée du premier arrêt. Plus de la moitié des passagers descendirent, à en juger par la longue file de voitures qui sortit des entrailles du bateau.

— À propos d'hier soir..., dit Jack en rangeant son téléphone.

Cela la réveilla pour de bon. Alors qu'elle s'apprêtait à dire que cette conversation pouvait attendre, il ajouta :

— Je sais que tu dois avoir l'impression que j'ai toujours Lisa en tête.

Ce n'était pas ce à quoi elle s'attendait, mais c'était bien ce qu'elle pensait. Elle hocha la tête.

— Mes sentiments pour Lisa sont figés dans le temps, poursuivit-il en prenant sa main. Mais je ne rêve pas du bonheur à côté duquel nous serions passés. Nos différences nous éloignaient déjà l'un de l'autre. Cette dernière dispute n'était pas la première, crois-moi. J'ai tourné la page sur cette partie de mon passé... Mais il reste mes échecs et ma culpabilité.

— Je crois que je comprends, répondit-elle. Si Danny était allé moins vite, s'il avait compris les problèmes que j'ai avec ma mère au lieu d'essayer de se servir d'elle pour m'influencer, j'aurais peut-être eu la faiblesse de l'épouser. Alors je me serais vite retrouvée dans la même situation que vous.

— L'amour ne devrait pas être un compromis, murmura-t-il.

— Tu as raison.

— L'amour doit venir du cœur.

Elle contempla ses lèvres, puis jeta un coup d'œil à la famille de la table voisine. Les fillettes s'étaient mises à regarder une tablette.

— Tu m'as demandé de te prévenir quand je serais prête à faire l'amour avec toi, chuchota-t-elle.

Il pouffa.

— Quoi ? Ici ? Maintenant ?

— Tu m'as assuré que je n'aurais pas besoin de lingerie, alors oui : je suis prête.

Il déposa un baiser sur son front.

— Devant ces fillettes ? susurra-t-il.

— Oh ! je vois ! De belles paroles et rien derrière.

Il pouffa encore et l'attira dans ses bras.

— Et si on faisait un compromis, juste pour cette fois, suggéra-t-il. Tu es gelée. On dirait qu'il y a un bar par là-bas. Que préfères-tu ? Café ou chocolat chaud ?

— À la place du sexe ? Mieux vaut le chocolat chaud, déclara-t-elle après un soupir théâtral. Avec des marshmallows.

Il plongea son regard dans le sien, ouvrit la bouche, puis la ferma.

— Qu'y a-t-il ? lança-t-elle.

— Rien. Reste ici. Je reviens.

Son téléphone sonna dès qu'il se leva.

— C'est le détective Reece, dit-il avant de répondre d'une voix parfaitement maîtrisée en prenant le chemin du bar.

Sophie appuya sa tête contre le mur et songea à ce que Jack avait dit – et gardé pour lui. Elle avait été abasourdie que Danny la demande en mariage alors qu'ils ne se connaissaient que depuis quelques semaines. Mais elle ne connaissait Jack que depuis deux jours. Deux jours ! Et elle était déjà sûre d'être amoureuse.

Alors une idée horrible lui vint. Se servait-elle de lui comme Danny s'était servi d'elle ? Il l'avait sauvée d'elle-même, en un sens, en lui fournissant une diversion. Elle avait rencontré Jack alors qu'elle voulait échapper à sa vie, et il lui avait offert le mystère de Sabrina. Et voilà, deux jours plus tard, qu'elle était prête à s'engager dans une relation avec un homme qui vivait à des centaines de kilomètres de chez elle et dont elle ne savait presque rien.

Qu'est-ce qui n'allait pas chez elle ?

Elle ne savait pas quelles céréales il aimait, pour qui il votait, s'il lui arrivait d'aller au cinéma, s'il voulait des enfants ni s'il aimait les promenades sur la plage...

Elle sentit le banc vibrer et tourna vivement la tête.

— Est-ce que tu...

Elle s'interrompit net en découvrant son expression.

Il se leva et lui tendit la main.

— Viens, dit-il. Marchons.

Ils traversèrent le pont intérieur. Jack regardait avec méfiance tous les gens qu'ils croisaient. Il finit par s'arrêter devant une porte qui donnait sur le pont extérieur.

— As-tu le courage de braver les éléments ? demanda-t-il.

— Je te suis, répondit-elle même si elle en tremblait d'avance.

Il faisait aussi froid dehors qu'elle s'y attendait, et l'eau sur laquelle ils voguaient était aussi grise et uniforme que le ciel. Des bourrasques glacées s'engouffrèrent dans ses manches et le col de son manteau.

— J'ai parlé au détective Reece, dit Jack alors qu'ils se dirigeaient lentement vers la proue.

Elle tourna la tête sur le côté, non seulement pour mieux l'entendre, mais aussi pour se protéger du vent. Il lui semblait que son nez était sur le point de se briser.

— Il a eu des nouvelles du sergent Jones, à Seaport, poursuivit Jack avec une expression qui apprit à Sophie que c'étaient de mauvaises nouvelles. Deux promeneurs ont trouvé un corps sur la plage, hier soir...

Un vertige la fit tituber.

Jack s'empressa de la soutenir.

— Je suis désolé ! s'écria-t-il. Ce n'est pas Sabrina. C'est un homme. Ils l'ont identifié : il s'agit de Hank Tyson.

— Qui est Hank Tyson ? balbutia-t-elle quand elle retrouva l'usage de la parole.

— L'employé de maintenance de l'hôtel, celui qui n'est pas venu travailler ce week-end. Reece dit qu'il est mort depuis deux jours.

— Le pauvre homme..., murmura-t-elle. A-t-il fait une chute ?

— Reece dit qu'il a sans doute été étranglé, mais on en saura plus après l'autopsie.

Elle écarquilla les yeux.

— Il a été tué ?

— Oui. Hank est absent depuis samedi matin. Et si quelqu'un l'avait tué pour prendre sa place ? Alors Jerry, qui l'a remplacé, a appelé Brad Withers et son employé, Adam quelque chose... L'homme qui a tué Hank a peut-être aussi enlevé Sabrina.

— Ou bien le beau-frère de Hank, son ex-femme ou son bookmaker lui a fait payer quelque chose, répondit-elle.

— C'est possible, mais je n'aime pas les coïncidences.

Ils avaient atteint la proue du ferry. Les lumières et la côte d'une île se devinaient au loin. Quand ils se retournèrent, Sophie fut soulagée d'avoir le vent dans le dos.

— Pourquoi cet homme choisirait-il Sabrina parmi toutes les clientes de l'hôtel ? se demanda-t-elle à voix haute. Et n'est-ce pas un peu risqué de tuer quelqu'un pour avoir une chance de l'enlever dans un lieu public ?

— Notre homme ne s'intéresse qu'à Sabrina, répliqua Jack en se passant la main dans les cheveux. Souviens-toi que Sabrina a vu quelqu'un peindre le porche de sa voisine. Le lendemain, elle a eu l'impression qu'on était entré chez elle.

— Où veux-tu en venir ?

— Je pense que le demi-frère de Danny laissait les origamis à Sabrina – toujours dehors, à notre connaissance – et qu'il y a un autre homme. C'est ce deuxième homme qui a pris des photos d'elle pendant qu'elle cuisinait.

Ses mâchoires se crispèrent, et Sophie comprit qu'il pensait à Lisa.

— S'il a fouillé dans ses affaires, il a pu tomber sur sa réservation à l'hôtel de Seaport, reprit-il.

Le cœur de Sophie manqua un battement.

— Je suis moi-même tombée dessus, répondit-elle. Alors tu penses qu'il y a deux hommes différents qui poursuivent le même but ?

— Non, je pense qu'il y a deux hommes différents qui poursuivent des buts différents. Le premier, le demi-frère de Danny, semble vouloir se débarrasser de Sabrina pour une raison que nous ignorons. Il a déposé des origamis devant sa porte, il a poussé un rocher sur elle dans l'espoir de maquiller sa mort en accident et il a essayé de t'écraser parce qu'il te prenait pour elle. Il n'est pas très efficace. Il a même échoué alors qu'il était armé. Mais il est dangereux parce qu'il est désespéré, pour une raison que nous ignorons. Ses attaques sont de plus en plus brutales.

— Et l'autre homme ?

— Celui-là est différent. C'est un chasseur et il voit Sabrina comme une proie. Il fait une fixation sur elle. Il est entré chez elle, mais il n'a rien emporté. Et il était prêt à tuer pour l'atteindre.

— C'est horrible, murmura-t-elle.

— Oui, mais le pire, c'est que nous savons que le demi-frère de Danny n'a pas Sabrina, sinon il n'essaierait pas de te tuer. Ce qui veut dire que le deuxième homme...

Le sang de Sophie se glaça dans ses veines – et le vent n'y était pour rien.

— Tais-toi ! le coupa-t-elle, les larmes aux yeux. Tu parles d'un monstre comme celui qui a tué Lisa.

La corne de brume du ferry les fit sursauter. Jack serra Sophie dans ses bras tandis que le bateau s'approchait lentement de la jetée.

8

— J'ai l'impression qu'on perd notre temps sur cette île, soupira Sophie alors que Jack suivait les instructions de son téléphone pour trouver la propriété de Cannon. On devrait être dans l'Oregon, en train de chercher Sabrina.

— Il nous reste trois heures avant le prochain ferry pour Seattle, lui rappela-t-il. Et n'oublie pas que nous cherchons l'homme qui a essayé de te tuer – deux fois. Qui sait ? Il a peut-être vu quelque chose qui aidera la police à retrouver Sabrina.

— Je sais. Je m'inquiète pour elle, c'est tout.

Il pressa ses doigts.

— Ce matin, j'ai interrogé Reece sur le frère de Danny et ce Cannon, dit-il pour la distraire. Il m'a dit que le frère de Danny s'appelait Paul Rey. Il vient de sortir de prison après avoir écopé d'une peine de trois ans pour coups et blessures. Et Reece a l'intention d'interroger Danny. Quant à Cannon, il possède des dizaines de scieries. Il est immensément riche.

— Et la mère de Danny travaille pour lui.

— Oui. Elle s'appelle Nora Rey. Elle est la gouvernante et l'assistante de Cannon depuis des années. C'est une employée fiable et sérieuse, etc.

— Elle a élevé deux fils, intervint Sophie. Un criminel et un avocat à l'éthique discutable.

— Ce que Danny t'a dit sur son père n'est qu'à moitié vrai, poursuivit-il. Celui-ci travaillait bien sur un ferry, mais il ne le pilotait pas. Il était mécanicien jusqu'à ce qu'il perde son emploi après s'être fait surprendre en train de voler des objets de valeur dans une voiture. Après ça, il a quitté la famille pour partir en Alaska, où il est mort dans une bagarre entre ivrognes. De son côté, Nora a épousé un autre raté, nommé Georges Reynard, et donné naissance à Paul. Georges a tué deux personnes au cours d'un vol à main armée un an plus tard, puis il est mort en prison. Nora a raccourci son nom après sa mort, sans doute pour épargner à son fils le poids des crimes de son père.

Il hésita. Il avait envie de protéger Sophie de la vérité, mais elle l'apprendrait un jour ou l'autre. Il valait mieux que ce soit par sa bouche.

— Danny t'a aussi menti quand il t'a dit qu'il avait quitté son cabinet de Seattle pour se rapprocher de toi. Il a été renvoyé il y a plusieurs mois à cause de violations du code d'éthique de la firme. Il semble qu'il ait une relation… compliquée avec la vérité et l'honnêteté.

— Alors il n'était plus avocat quand il m'a « rencontrée par hasard » à l'épicerie ?

— Non.

— J'aimerais vraiment savoir ce qu'il me voulait. J'espère que sa mère pourra nous éclairer.

— Nous le saurons bientôt, répondit-il.

Son téléphone venait d'annoncer qu'ils avaient atteint leur destination. Il ralentit pour franchir une grille en fer forgé qu'il trouva ouverte, puis emprunta une allée qui s'élevait en serpentant. Ils finirent par se retrouver au sommet de l'île, face à une grande maison qui se dressait sur fond de ciel gris comme un cauchemar gothique.

— J'en ai la chair de poule, murmura Sophie.

Il se gara devant le grand perron, qui menait à une porte voûtée. Même s'ils coururent pour échapper à la pluie qui s'était remise à tomber, il fut époustouflé par la vue à 360° dont jouissait la bâtisse.

La porte s'ouvrit presque aussitôt quand ils frappèrent, ce qui incita Jack à se demander s'il y avait des caméras de surveillance ou des capteurs de mouvement le long de l'allée.

La femme qui leur ouvrit semblait épuisée. Elle avait des cheveux gris coupés court, un visage très ridé et des lunettes à double foyer.

Elle tressaillit en découvrant Sophie.

— Que faites-vous là ? chuchota-t-elle.

— Vous me reconnaissez, dit Sophie.

— Non. Bien sûr que non.

La femme parut prendre conscience de l'absurdité de sa réponse. Elle secoua la tête.

— Vous êtes l'une d'elles, ajouta-t-elle.

— Que voulez-vous dire ? lança Jack.

— L'une de ces maudites jumelles, répondit la femme. Vous devez être Sabrina.

— Pourquoi pensez-vous que je suis Sabrina ? rétorqua Sophie.

— Parce que Sophie est avec Dan…

La femme s'interrompit net et les regarda avec méfiance.

— Que faites-vous là ? demanda-t-elle. Comment savez-vous…

— S'il vous plaît, intervint Jack. Laissez-nous entrer. Il fait froid et il pleut. Vous êtes Nora, c'est bien ça ?

— Oui, Nora Rey.

Elle se mordit la lèvre quelques instants avant de s'écarter.

— Entrez, leur dit-elle.

L'entrée de la maison était gigantesque, obscure et oppressante. Le grand chandelier en cristal suspendu au plafond était éteint, et l'escalier qui menait à l'étage disparaissait dans la pénombre.

— Suivez-moi, dit Nora, qui les entraîna dans une pièce plus petite et plus intime.

Elle ferma la porte derrière eux sans faire le moindre bruit. Tous ses gestes étaient fluides et silencieux, comme si elle avait passé sa vie entière à hanter cette maison comme un fantôme.

Elle se tourna vers Sophie.

— Laquelle êtes-vous ? questionna-t-elle.

— Je suis Sophie Sparrow.

— J'ai raté un appel de Daniel, hier soir. Voulait-il me parler de vous ?

— Sans doute, répondit Sophie. Sabrina a disparu, madame Rey. Jack et moi sommes ici parce que votre fils Danny a demandé ma main avant-hier. Le même jour, votre fils Paul a essayé de me tuer. La police le cherche pour l'interroger sur les tentatives de meurtre dont j'ai été victime et la disparition de Sabrina.

— Tentatives de meurtre ? Avez-vous perdu la raison ?

— Paul a essayé de me tuer, répéta Sophie. Et il essaie toujours. Nous pensons qu'il vise Sabrina et qu'il me prend pour elle depuis qu'elle a disparu.

— Mon Dieu, ce garçon ! gémit Nora en posant une

main sur sa gorge. Comment avez-vous découvert tout ça ? Et Daniel ? Allez-vous l'épouser ? Comment pourriez-vous résister à un jeune homme aussi charmant ?

— Facilement ! s'écria Sophie avec un air horrifié qui emplit de joie le cœur de Jack. S'il vous plaît, expliquez-nous ce qui se passe, madame Rey.

— Il n'y a rien à expliquer, répondit Nora, les lèvres pincées.

— N'oubliez pas que la police viendra vous interroger, intervint Jack.

— Oh ! votre maudit grand-père ! pesta-t-elle. Tout est sa faute.

— Mes deux grands-pères sont morts, dit Sophie.

— Pas votre grand-père biologique, rétorqua Nora. Pas encore, du moins. La pauvre âme n'a plus beaucoup de temps.

Sa manière de lever les yeux au ciel incita Jack à penser que la « pauvre âme » se trouvait à l'étage.

Sophie se laissa tomber dans un fauteuil.

— Il est ici ? balbutia-t-elle. Dans cette maison ?

Nora acquiesça.

— Je savais que quelque chose comme ça m'attendait depuis que tu m'as montré la photo de Sabrina, dit Sophie à Jack. Je ne devrais pas être surprise.

— Comme vous lui ressemblez ! s'exclama Nora. Et vous avez la même voix qu'elle.

— Qui ?

— Votre mère. Si seulement il ne s'était mêlé de rien…

— Arrêtez de parler par énigmes, grommela Jack avant de jeter un coup d'œil à sa montre. Nous sommes pressés. Vous parlez de R. H. Cannon, je suppose ?

— Lui-même, répondit Nora en s'asseyant à son tour.

Jack resta debout. Il était trop impatient de retourner dans l'Oregon pour songer à s'asseoir.

La gouvernante lissa soigneusement sa jupe grise, sans doute pour éviter leurs regards.

— Nora ? insista Jack. Parlez à Sophie de sa mère et de son grand-père. Aidez-la à comprendre.

— S'il vous plaît, ajouta Sophie.

Nora soupira.

— Je ne voulais de mal à personne, commença-t-elle. Je voulais juste que Danny ait ce que je ne pouvais pas lui donner. Mais vous méritez de connaître la vérité. Ça a commencé par la fille de M. Cannon, votre mère. Elle s'appelait Shelly et elle était aussi têtue que M. Cannon. Quand elle est tombée enceinte, à seize ans, il l'a mise à la porte. Elle est revenue quelques mois plus tard, près du terme de sa grossesse et très malade. Elle a accouché dans cette maison et elle est morte le lendemain.

Nora secoua la tête.

— Qu'était-il censé faire de deux bébés ? reprit-elle. Il n'a même pas voulu les voir. Il a demandé à son avocat d'organiser une adoption anonyme. Il a exigé que tous les documents lui soient livrés et il les a détruits parce qu'il ne voulait pas qu'on puisse remonter jusqu'à lui. Au fil des ans, il m'a laissé entendre que mes fils hériteraient de sa fortune. Il n'a personne d'autre, après tout.

— Alors Danny a grandi en pensant qu'il serait à l'aise un jour, murmura Sophie.

Jack sentit qu'elle s'efforçait de faire fusionner le Danny qu'elle croyait connaître et celui qu'elle découvrait.

— À l'aise ? ricana Nora. Immensément riche, vous voulez dire. Il y a la maison, l'île, des millions à la banque... Il arrivait que les garçons m'accompagnent, quand ils étaient petits. M. Cannon les aimait bien. Je faisais des allers-retours entre l'île et le continent, à cette époque. Maintenant, je suis ici en permanence. Quoi qu'il en soit, vous savez comment sont les petits garçons. Bruyants, maladroits… Il arrive qu'ils prennent des objets qui les amusent. M. Cannon n'est pas très patient. Les choses se sont gâtées quand les garçons ont grandi.

— Comment ça ? demanda Jack.

— L'université dans laquelle M. Cannon a aidé Daniel à entrer a menacé de le renvoyer parce qu'un autre garçon l'avait accusé d'avoir triché à ses examens. M. Cannon n'a pas voulu intervenir, au début, mais il a fini par faire une donation et Daniel a obtenu son diplôme. Que sont un ou deux millions pour le vieux en comparaison de la réputation de mon fils ? Peu après, Paul s'est fait arrêter pour un petit délit qu'il jure ne pas avoir commis. M. Cannon a payé sa caution, mais il a dit qu'il ne voulait plus jamais avoir affaire ni à l'un ni à l'autre.

Nora se perdit dans ses pensées.

— Il se fait tard et nous avons un ferry à prendre, madame Rey, la pressa Jack. Venez-en au fait, s'il vous plaît.

— Très bien, soupira Nora. L'automne dernier, quand le médecin de M. Cannon lui a dit qu'il ne lui restait plus beaucoup de temps à vivre, il a voulu savoir ce que ses petites-filles étaient devenues. Il a engagé un détective privé pour les retrouver. Comme il a découvert qu'elles avaient fait quelque chose de leur vie – d'après ses critères, du moins –, il a voulu des photos d'elles.

Nora regarda Sophie et secoua la tête.

— Votre sœur et vous êtes les portraits crachés de votre mère, reprit-elle. Ça a attendri le vieux. Il a fait venir son avocat. Je les ai entendus parler d'un nouveau testament avant qu'ils ne ferment la porte du bureau. M. Cannon a déshérité mes deux fils et ne me laissera qu'une pension modeste. Après tout ce que j'ai fait pour lui, après toutes les années que je lui ai consacrées...

— Il voulait des photos, répéta Jack. Ça veut dire que quelqu'un vous a prises en photo, Sabrina et toi.

— Je ne me suis rendu compte de rien, répondit Sophie.

— Mais Sabrina s'en est aperçue. Elle a surpris l'homme qui faisait semblant de repeindre le porche de ses voisins, lui rappela-t-il en s'interdisant d'en tirer des conclusions hâtives.

Il se tourna vers Nora.

— Comment se fait-il que vous sachiez ce qu'il y a dans le testament de M. Cannon ? s'enquit-il.

— Il me l'a dit.

Bien sûr, songea-t-il.

Il était prêt à parier qu'elle ouvrait tout le courrier de son patron. Elle devait avoir trouvé le testament et l'avoir lu en secret.

— Et les résultats de l'enquête sur ses petites-filles ? poursuivit-il. Vous en a-t-il parlé aussi ?

— Je suis tombée sur le dossier par hasard, se défendit-elle.

— Et vous en avez parlé à vos fils, dit Sophie.

— J'en ai parlé à Daniel, corrigea Nora. Son avenir était en jeu, après tout.

— Et Paul ?

— Je n'ai pas dit un mot à Paul, je vous le jure.

— Pourquoi ? demanda Jack. Son avenir aussi était en jeu, non ?

Nora sortit un mouchoir et se tapota les yeux. Jack

savait reconnaître une personne qui cherchait à gagner du temps quand il en voyait une.

— Nora ? la rappela-t-il à l'ordre.

— Paul était... est un problème, admit-elle. Depuis qu'il est sorti de prison, il est énervé et imprévisible. Qui lui parlerait de quelque chose d'important ? Je veux dire... Il a repris le nom de son père comme si c'était une médaille. Paul Reynard... Je l'ai même entendu se faire appeler « le Renard », comme son père autrefois. Sauf que son père était une poule mouillée qui avait tué ces hommes en les frappant par-derrière. Daniel a toujours dit que son frère était une grenade dégoupillée. Il avait raison.

— Reynard... Renard..., dit Sophie en regardant Jack. Comme les renards qu'il a semés sur la route de Sabrina pour lui faire peur.

— Ça colle avec ce qu'on sait sur lui, répondit-il.

— Si Paul sait qui vous êtes, Sabrina et vous, il l'a appris de quelqu'un d'autre, dit Nora. Il n'y avait qu'une petite-fille disponible, après tout.

— Alors Danny et Paul ont tout manigancé entre eux, conclut Sophie.

Nora parut atterrée.

— Non ! protesta-t-elle. Daniel ne dirait pas un mot à son frère. Mais Paul peut avoir fouiné ici pendant que je m'occupais de M. Cannon.

— Savez-vous où il se trouve, en ce moment ? lança Jack.

Elle renifla et secoua la tête.

— Non.

— Vous devez le convaincre d'abandonner, dit Jack.

— Ce n'est pas en mon pouvoir ! Il était ici la semaine dernière, quand le médecin a constaté que l'état de M. Cannon s'était brusquement aggravé. Il est possible qu'il meure encore plus vite que prévu. Si Paul s'est mis en tête qu'il devait se débarrasser de l'autre petite-fille, c'est ce qu'il essaiera de faire.

— Comment s'appelle le détective privé auquel M. Cannon a fait appel ? demanda Jack.

— Comment le saurais-je ? répondit Nora.

— Nora, je jure que...

— Ça va, le coupa-t-elle. Gardez votre calme. Il s'appelle Taylor et il vit à Portland, c'est tout ce que je peux vous dire.

Elle se tourna vers Sophie et la fixa quelques instants.

— Je suppose que vous voulez voir votre grand-père pour le serrer dans vos bras et sécuriser votre héritage, finit-elle par dire.

Sophie secoua la tête.

— Quand tout sera terminé, nous viendrons peut-être avec Sabrina pour le rencontrer ensemble, répondit-elle.

— Il sera peut-être trop tard, la prévint Nora.

Ces mots prirent une résonance encore plus sinistre dans l'esprit de Jack.

— Ainsi, Danny s'est dit qu'il obtiendrait au moins la moitié de ma part d'héritage de mon grand-père s'il m'épousait, dit-elle alors qu'ils approchaient de chez elle.

Ils avaient passé l'essentiel du trajet perdus dans leurs pensées. Sophie savait qu'affronter Danny était la partie la plus facile de ce qui l'attendait. C'était la conversation avec sa mère qu'elle redoutait.

— On dirait bien, acquiesça Jack.

— Comment a-t-il pu croire que je ne découvrirais jamais sa véritable motivation ? Le lien entre mon grand-père et sa famille est évident... N'a-t-il rien appris en droit sur les causes d'annulation de mariage ? À quel point me croit-il naïve et stupide ?

Jack haussa les épaules, ce qui était sans doute la seule réponse prudente, puis il lui fit part de ses propres réflexions.

— Je pense que Paul a décidé de tuer Sabrina parce qu'elle était déjà mariée, pour que tu hérites de toute la fortune de ton grand-père… et Danny avec toi, dit-il. Il avait sans doute l'intention d'expliquer après coup à Danny à quel point il avait été utile pour réclamer une part du gâteau.

— Quels salauds ! grommela-t-elle. Et nous ne savons toujours pas où est Sabrina.

Jack posa une main sur la sienne.

— J'ai appelé le détective Reece sur le ferry, au retour, dit-il.

— Je sais. J'ai entendu des bribes de votre conversation. Je parie que Danny a exigé un avocat et que Paul court toujours.

— Reece a aussi appelé le grand-père de Kyle Woods, au Canada. Celui-ci a répondu que son petit-fils n'était pas venu depuis Noël et n'était pas censé revenir avant son anniversaire, en mars. Reece a vérifié auprès de la police des frontières : la voiture de Kyle n'a pas quitté le pays. En d'autres termes, Kyle a disparu, lui aussi.

— Et la police croit que Sabrina et lui sont ensemble ?

— Oui. Comme la voiture de Sabrina n'a toujours pas été retrouvée, la police est à peu près sûre que Kyle et elle ont fait une escapade amoureuse. Et elle est bien contente de mettre tout le reste sur le dos de Paul Rey, y compris le meurtre de Hank Tyson à Seaport.

— A-t-on trouvé la voiture de M. Tyson ?

— Oui, chez lui. C'est là qu'il a été tué, apparemment, avant que son corps ne soit déposé sur la plage.

— Alors la police ne se base pas sur l'hypothèse que Sabrina a été enlevée...

— Reece dit que son chef a besoin d'une preuve que Sabrina est en danger.

— Nos pressentiments ne suffisent pas, ironisa-t-elle.

— Non. Ils suffisent d'autant moins que je connais mal Sabrina et que tu ne la connais pas du tout. Mais ne t'en fais pas : je trouverai le détective de ton grand-père ce soir et il nous dira qui vous a photographiées, Sabrina et toi. Si le chef de Kyle a besoin d'une preuve, je la lui fournirai. Tu veux m'accompagner ?

Ce qu'elle voulait, c'était Sabrina. Son désir de la voir et de la toucher devint brusquement si intense qu'il lui coupa le souffle. Alors autre chose se produisit : alors qu'elle se trouvait dans une voiture bien chauffée, elle eut l'impression soudaine d'être en train de courir pour échapper à la mort, désespérée et terrifiée.

Un rugissement de puma retentit dans sa tête. Des crocs énormes s'enfoncèrent dans sa jambe pour la faire tomber et l'attirer dans les buissons, dans le néant... Une odeur de putréfaction lui donna un haut-le-cœur puis elle sentit qu'on lui jetait de l'eau froide et sale sur le visage.

Le désespoir était aussi intolérable que la douleur.

Elle ouvrit la bouche pour crier, mais ses sensations, disparurent aussi subitement qu'elles étaient apparues.

— Ça va ? s'enquit Jack.

— Oui, ça va, prétendit-elle d'une voix tremblante.

Si ce qu'elle venait de ressentir était un aperçu de l'âme de Sabrina, celle-ci était en vie, mais plus pour longtemps. Subitement, Sophie eut une envie folle d'être auprès de sa sœur, où qu'elle soit. Comment pouvait-on affronter seul un tel désespoir.

— Tu es bien calme, lui fit remarquer Jack.

— On se trompe peut-être depuis le début, murmura-t-elle. Et si Sabrina avait eu un accident ? Elle est peut-être coincée dans sa voiture, quelque part.

Cela expliquerait la douleur, le froid, le désespoir…

— La police a inspecté les routes, répondit Jack.

— Lesquelles ? Vers le nord, le sud, l'est ? La seule direction qu'elle n'a pas pu prendre, c'est celle de l'océan. Il est impossible que la police ait inspecté toutes les routes. Sabrina est pompier, bon sang ! Pourquoi ses collègues n'organisent-ils pas des battues pour la retrouver ? C'est leur travail de sauver des gens, non ?

— Bonne idée.

— Nous devons retourner à Astoria, conclut-elle.

— Oui, mais il faut d'abord que je parle au détective pour qu'il nous donne les noms des photographes. Nous ne pouvons pas considérer seulement l'hypothèse de l'accident de voiture.

— Je sais, soupira-t-elle. Tu t'occupes du détective, je m'occupe de ma mère, puis nous allons à Astoria.

Il se gara devant chez elle et prit ses mains dans les siennes.

— Parfait, dit-il. Je ne veux pas trop m'éloigner de toi.

— Et je ne veux pas que tu t'éloignes de moi, murmura-t-elle.

— Je reviendrai te chercher tout à l'heure. Et on peut très bien passer la nuit à Portland, si tu changes d'avis.

Elle souleva l'une de ses mains pour y déposer un baiser. Elle ne le connaissait peut-être que depuis trois jours, mais elle était bel et bien amoureuse.

— Je serai prête à partir quand tu reviendras, dit-elle.

Elle sortit de la voiture et le regarda s'éloigner.

— Te voilà ! lui lança Margaret quand elle entra.

Sa mère était dans son fauteuil, comme toujours. Oscar, qui dormait sur ses genoux, se réveilla et vint se frotter aux jambes de Sophie. Elle le prit dans ses bras en se demandant comment allait Gabby, la chatte de Sabrina. Elle se promit de passer chez le vétérinaire le lendemain.

Demain...

S'ils avaient de la chance, ils retrouveraient Sabrina et elle rencontrerait enfin sa sœur.

— Je n'ai pas eu de nouvelles de Danny, dit sa mère, les lèvres pincées. Tu as tout gâché.

Sophie s'assit sur le canapé.

— Oublie Danny, répondit-elle.

Bien consciente qu'elle n'avait peut-être pas beaucoup de temps, elle inspira profondément.

— Je sais ce qui s'est passé, déclara-t-elle.

— Que sais-tu, au juste ? riposta sa mère.

Sophie la fixa. Avait-elle toujours été aussi amère ? Oui. Toute sa vie, Sophie avait cru qu'elle était la cause de cette amertume, qu'elle avait été un fardeau parce que sa mère avait dû élever seule une enfant dont elle ne voulait pas.

À présent, elle n'était plus sûre de rien.

— Je sais que j'ai été adoptée, dit-elle. Je sais que j'ai une jumelle et je sais qui est mon grand-père biologique. Ce que j'aimerais savoir, c'est comment ça a commencé... pour papa et toi, je veux dire.

Elle prit une nouvelle inspiration. Comment pouvait-elle demander à sa mère d'être honnête si elle ne l'était pas elle-même ?

— Ce que j'aimerais savoir, c'est s'il y a eu un moment où tu m'as aimée, maman, ajouta-t-elle.

Sa mère la dévisagea avec méfiance.

Je perds mon temps, songea Sophie.

Elle regarda Oscar trotter dans la cuisine avant de reporter son attention sur sa mère. Avait-elle les larmes aux yeux ?

Le soleil commençait à décliner quand Jack trouva le bureau de Dominick Taylor. L'immeuble était un ancien entrepôt reconverti en appartements. Un panneau conduisit Jack au sous-sol.

Il y trouva une porte vitrée sur laquelle était peint le nom du détective. Jack frappa en espérant que Taylor n'était pas déjà rentré chez lui.

— Il y a quelqu'un ?

Il entendit des pas quelques instants plus tard. Un homme qui avait le double de son âge lui ouvrit. Il portait des lunettes aux verres épais, mais ses yeux pétillaient d'intelligence. Son jean délavé était soutenu par des bretelles et il avait un manteau sur le bras.

— J'étais sur le point de partir, dit-il. Pouvez-vous revenir demain ?

— J'ai bien peur que non, répondit Jack.

Il lui montra sa licence et lui expliqua la situation le plus brièvement possible.

— Je sais que ça va vous paraître exagérément dramatique, mais c'est peut-être une question de vie ou de mort, conclut-il.

L'homme s'écarta pour le laisser entrer.

— Appelez-moi Dom, dit-il en serrant la main de Jack.

Il l'invita à s'asseoir devant son bureau et s'installa dans son fauteuil.

— Je n'ai pas rencontré Cannon personnellement, dit Dom. C'est son avocat qui m'a contacté.

— Il voulait découvrir l'identité de ses petites-filles, déclara Jack.

Dom acquiesça avec réticence. Il voulait protéger ses clients et ses employés, ce que Jack comprenait parfaitement.

— Cette enquête a dû être délicate, dit-il au détective. La gouvernante de Cannon m'a dit qu'il avait détruit tous les documents relatifs à l'adoption. J'ai l'impression qu'il n'a même jamais su les noms des parents adoptifs.

— C'est ce qu'on m'a dit, affirma Dom. Dur à croire, non ? J'ai moi-même trois petits-enfants... Mais nous sommes tous différents. L'avocat qui s'était occupé de tout est mort depuis longtemps et son cabinet a disparu. Nous avons fini par retrouver une secrétaire qui se souvenait des faits parce que...

Dom hésita.

— Parce que des jumelles ont été séparées à la naissance et que ça lui a fendu le cœur, acheva Jack à sa place.

Dom esquissa un sourire.

— C'est vrai, répondit-il. Elle m'a avoué qu'elle avait été tentée bien des fois de les retrouver pour les réunir, mais elle a tenu la promesse qu'elle avait faite et elle n'a rien dit.

— Le secret est éventé, maintenant. Sophie connaît l'existence de Sabrina et elle lui racontera leur histoire dès qu'elle le pourra. C'est pour ça que je suis ici : pour qu'elles aient une chance de se retrouver.

— Sophie a-t-elle été contactée par son grand-père

ou a-t-elle découvert l'existence de Sabrina à cause de l'héritage ? demanda Dom.

— Ni l'un ni l'autre. Sabrina est la femme d'un ami. Elle m'a appelé parce qu'elle se sentait menacée. Sophie, sa jumelle, est arrivée par hasard dans l'hôtel où nous étions. Je l'ai prise pour Sabrina. Nous avons découvert ensemble que Sabrina avait disparu. La police la recherche, mais j'ai l'horrible pressentiment qu'elle suit une mauvaise piste.

— Comment puis-je vous aider ? lança Dom en se mettant à dessiner des yeux sur un calepin.

— Je sais que Cannon a demandé des photos des jumelles.

— J'ai pris celle de Sophie moi-même, répondit Dom.

Il alla chercher un gros dossier sur une étagère et en sortit une photo de Sophie. Elle avait été prise alors qu'elle sortait d'une école, sans doute celle où elle enseignait. Ses cheveux étaient plus clairs et plus longs. Elle portait des bottes et un manteau entièrement boutonné. Elle avait un air timide qu'il n'avait jamais vu sur le visage de *sa* Sophie...

Sa Sophie, songea-t-il, abasourdi. Était-ce ainsi qu'il la voyait ? Il devait avoir perdu la tête.

— Celle-ci a été prise à Astoria, poursuivit Dom en lui montrant une autre photo. Par un type que j'ai rencontré chez un ami. Un type bizarre... Comme je ne pouvais pas aller à Astoria, je l'ai chargé de la mission.

La photo de Sabrina, un gros plan de son buste, avait été prise à travers la fenêtre de sa cuisine. Un nuage de vapeur l'enveloppait et une goutte de sueur perlait à son front.

— Artistique, n'est-ce pas ? ajouta Dom.

— Sabrina m'en a parlé, dit Jack.

— Elle l'a surpris ?

— Oui. Il faisait semblant de repeindre le porche de ses voisins.

Dom fronça les sourcils.

— Je ne sais pas pourquoi il a pris une photo aussi... personnelle. Il avait pour instruction de la prendre en pied, comme j'avais pris Sophie, mais c'est tout ce qu'il m'a envoyé.

— Il me faut son nom, dit Jack.

— Ça me dérange de vous le donner, répondit Dom.

— Écoutez... Il n'est sans doute coupable de rien, mais il a peut-être vu quelque chose qui pourrait nous aider. Je ne suis pas flic. La police ne semble même pas croire que Sabrina est en danger. Je ne lui dirai pas que je l'ai trouvé grâce à vous, mais je n'ai pas le temps d'interroger tous les photographes d'Astoria.

— Je comprends, mais...

Jack s'éclaircit la voix.

— Cannon veut que ses petites-filles héritent de sa fortune parce qu'il sait qu'il a commis une injustice envers elles, coupa-t-il. Il ne voudrait certainement pas qu'il leur arrive du mal à cause d'une chaîne d'événements qu'il a provoquée. Il est sur son lit de mort, et je n'ai pas le temps de retourner à Weather Island pour lui faire signer une décharge. Nous devons nous servir de nos têtes, Dom.

Dom posa ses coudes sur le bureau et son menton sur ses mains jointes.

— Louis, finit-il par dire. Louis Nash. Je ne sais pas s'il travaille beaucoup, vu comme il boite... Et je ne sais pas où il habite. On a tout fait par Internet.

Le cœur de Jack manqua un battement.

— Il boite ?

— Oui.

— De quelle jambe ?

— Laissez-moi réfléchir. La droite, je crois… Je ne l'ai vu qu'une fois. Est-ce important ?

— Sans doute pas, répondit Jack.

Mais il cherchait déjà le dossier de Lisa sur son téléphone. Il montra le portrait-robot du suspect à Dom.

— Est-ce lui ? demanda-t-il.

— Non, affirma Dom. Nash a plus de quarante ans et votre type a l'air d'en avoir à peine trente.

— Ce portrait-robot a été dessiné il y a dix ans, précisa Jack.

Il se sentait stupide. Quelles étaient les chances que l'homme qui avait peut-être enlevé Sabrina soit le meurtrier de Lisa ? Beaucoup de gens boitaient.

Dom observa le dessin plus attentivement, puis rendit son téléphone à Jack.

— Je suis désolé, répéta-t-il. Ça pourrait être lui. Nash est grand, plus mince que ça… Vous savez comment c'est : ces portraits-robots se ressemblent tous. Qui est ce type ?

— Un tueur.

— Alors ce n'est pas Nash. Je ne l'imagine pas capable de tuer.

— Vous avez sans doute raison, répondit Jack.

Il savait que son rapprochement ne reposait pas sur grand-chose et que le photographe pouvait être aussi innocent que l'agneau qui vient de naître.

— Mais vous savez aussi bien que moi qu'on ne peut pas voir l'âme d'un homme.

— C'est bien vrai, soupira Dom.

9

— Combien de temps Lisa a-t-elle survécu après son enlèvement ? s'enquit Sophie alors que Jack conduisait en direction de la côte.

Il ne répondit pas.

— Jack ? insista-t-elle parce qu'elle avait besoin de le savoir.

— Vu l'état de son corps, il était impossible de le savoir avec précision.

— Sabrina a disparu depuis trois jours, murmura-t-elle.

— N'oublie pas que les deux affaires ne sont pas liées, dit Jack. Même si Sabrina a été enlevée, il n'y a aucune raison pour que ce soit par le même homme que Lisa.

— Mais tu as montré le portrait-robot du tueur présumé de Lisa au détective, lui rappela-t-elle. Ne lies-tu pas les deux affaires toi-même ?

— Pas vraiment. Beaucoup de gens boitent, et l'homme qui a enlevé Lisa pouvait même faire semblant. Ça m'a juste frappé quand Dom a parlé du photographe d'Astoria.

— As-tu parlé au détective Reece ? demanda-t-elle. A-t-il arrêté Paul Rey ?

— Je lui ai parlé brièvement. Ils ont trouvé la voiture de Rey abandonnée dans les bois. Ils supposent qu'il a changé de véhicule, ce qui veut dire que tu n'es toujours pas en sécurité. Reece s'est aussi entretenu avec le chef de la caserne. Des battues seront organisées à partir de demain matin, mais il faudra du temps pour couvrir toute la région.

— Si Reece pouvait comprendre la gravité de la situation... Lui as-tu parlé du photographe ?

— Non. J'interrogerai Nash moi-même demain matin. Je ne veux pas lui attirer d'ennuis s'il ne les a pas mérités. De plus, tu as raison : il faut que Reece comprenne la gravité de la situation. Je ne veux pas non plus qu'il me prenne pour un fou qui veut venger un meurtre vieux de dix ans.

Elle soupira.

— Le temps presse, dit-elle.

— Je sais.

Elle se tut et essaya de rétablir son lien psychique avec Sabrina – si c'était bien ce qui lui avait valu les sensations perturbantes qu'elle avait eues un peu plus tôt –, mais rien ne se produisit.

La voix de Jack la fit sursauter.

— Comment ça s'est passé avec ta mère ? demanda-t-il.

— Elle était sur la défensive, au début, mais elle s'est ouverte peu à peu, répondit-elle. Je crois que c'est la première conversation sincère qu'on ait jamais eue toutes les deux.

— C'est une bonne chose, non ?

— Je suppose, soupira-t-elle. Elle m'a dit que plusieurs agences d'adoption avaient refusé leur dossier à cause de leur état de santé. Quand un ami avocat leur a parlé d'une adoption secrète bien moins contraignante, ils ont sauté sur l'occasion. Ils avaient conscience que c'était illégal, mais ils ont vu cette adoption comme leur dernière chance de devenir parents. Ça m'a surprise, mais maman m'a dit qu'elle avait autant envie que papa de fonder une famille.

— Et qu'est devenu son… enthousiasme ? demanda Jack.

— D'après elle, j'ai tout de suite été plus proche de mon père. Mais elle a aussi reconnu qu'elle avait toujours peur que mes « vrais » parents ne me reprennent. Elle ne savait pas qui ils étaient, ni dans quelles conditions ils m'avaient abandonnée. Je pense qu'elle s'est dit qu'il serait moins dur de me perdre si elle ne s'attachait pas trop à moi.

— Alors elle ne savait pas que ton grand-père était richissime ?

— Elle n'en avait aucune idée. Elle est ravie. À présent, elle soutient qu'elle n'a jamais aimé Danny et que je peux trouver mieux.

— Et qu'en penses-tu ?

Elle le regarda tendrement.

— Je pense qu'elle a raison.

Il lui décocha un sourire qui gonfla son cœur de joie.

Quand ils arrivèrent à Astoria, il se rendit à la maison des Cromwell sans la consulter. Ils la trouvèrent comme ils l'avaient laissée : plongée dans l'obscurité et apparemment déserte. Jack alla quand même frapper.

— Si on allait dîner et s'offrir une bonne nuit de repos, suggéra-t-il quand il revint dans la voiture.

— C'est tentant, reconnut-elle.

Jack loua une chambre dans un hôtel construit dans une ancienne conserverie de poisson qui avait son propre restaurant. Ils commandèrent des coquilles Saint-Jacques et une bonne bouteille de vin. Tout autour d'eux, les couples qui dînaient aux chandelles étaient engagés dans des conversations intimes. Sophie n'aurait aimé dîner dans un cadre aussi raffiné avec personne d'autre que Jack, mais elle était préoccupée et elle sentait qu'il l'était aussi.

Rencontrerait-elle jamais sa sœur ? Sa peur de perdre Sabrina était si forte qu'elle ressemblait à une prémonition. Elle fut soulagée de voir Jack poser sa serviette.

— Allons-nous-en, dit-il avec un sourire rassurant.

Ils se promenèrent un moment, mais la pluie la rendit encore plus maussade. Sabrina était-elle blessée sous cette pluie ? Épuisés et tristes, ils regagnèrent leur hôtel. Comme elle voulait prendre le temps de mettre de l'ordre dans le sac qu'elle avait préparé à la hâte en partant de chez elle, Sophie suggéra à Jack de se doucher le premier.

Quand vint son tour, elle prit un bain pour se détendre avant d'enfiler la seule chemise de nuit qu'elle possédait – et qui était presque de la même couleur que ses nouvelles mèches.

Jack siffla quand elle sortit de la salle de bains.

— Je pensais que je regretterais de ne plus te voir dans ma veste de pyjama, mais je me trompais, dit-il. Tu es sublime.

— Merci, répondit-elle en tournant sur elle-même.

Il posa son téléphone sur la table de nuit, écarta la couverture et lui tendit les bras.

— Viens.

Elle se lova contre lui, et il la serra si fort qu'elle eut l'impression que son cœur battait pour eux deux.

Pendant quelques secondes, ils ne firent que se regarder.

— Tu as l'air si triste que ça me brise le cœur, finit par murmurer Jack en lui effleurant la joue.

— Désolée.

Il la serra plus fort.

— Ne sois pas désolée, reprit-il. Moi aussi, je pense à elle. Et j'ai eu des nouvelles de Buzz. Il est en Nouvelle-Zélande et fou d'inquiétude. Il sera là après-demain. Mon Dieu... Il faut que je la retrouve avant – et pas seulement pour lui.

— Pour Lisa et pour toi, aussi.

— Non, Sophie, pour toi, la corrigea-t-il en la fixant intensément. Ne l'as-tu pas compris ?

Les yeux emplis de larmes, elle hocha la tête.

— Si elle est en train de s'amuser avec Kyle, ça va vraiment m'énerver, ajouta-t-il.

— Elle n'est en train de s'amuser avec personne, affirma-t-elle sans le moindre doute.

— Comment peux-tu en être si sûre ?

Elle ferma les yeux.

— J'en suis sûre, c'est tout, se contenta-t-elle de répondre. Elle a besoin de nous.

— Tu le sens ?

Elle rouvrit les yeux.

— Quelque chose comme ça. Je sais qu'elle était encore en vie tout à l'heure. Mais elle est blessée, terrifiée et sur le point de perdre espoir. Nous devons la trouver demain, Jack. Il le faut.

Il déposa un baiser sur son front.

— Nous la trouverons demain, déclara-t-il avec assurance.

Elle ferma les yeux et essaya d'ouvrir sa conscience à Sabrina, mais elle ne sentit rien d'autre que les battements du cœur de Jack.

Il faudrait que cela suffise pour le moment.

Jack se réveilla en sursaut avec l'impression que quelqu'un grattait à la porte. Sophie dormait dans ses bras, son beau visage éclairé par un rayon de lune. Quand le bruit revint, il comprit que c'était le vent qui poussait une chaise contre le mur du balcon.

Sophie ouvrit les yeux.

— Est-ce le matin ? chuchota-t-elle.

— C'est le milieu de la nuit, répondit-il.

Elle tourna la tête et leurs lèvres se rencontrèrent.

Après cela, ils furent emportés par un ouragan qui les déposa sur la plage d'un monde inconnu. Ils s'arrachèrent leurs vêtements et explorèrent le corps de l'autre jusqu'à l'explosion inéluctable. En quelques minutes, ils se retrouvèrent allongés côte à côte, le souffle court. Tout était pareil, et tout était différent. Jack ne pouvait plus s'arrêter de caresser Sophie et de la couvrir de baisers. Elle recommença aussi à explorer son corps, et ils reprirent le chemin de la jouissance.

Jack avait eu des relations au fil des ans, certaines plus sérieuses que d'autres. Il n'avait envisagé de passer le reste de sa vie avec personne depuis Lisa, mais Sophie était unique. Il savait, sans comprendre comment, qu'il ne se lasserait jamais de la tenir dans ses bras.

— C'était comme une tempête, murmura-t-elle alors qu'il lui caressait les cheveux.

— Ça m'a plutôt fait penser à un tsunami, répliqua-t-il.

Son petit rire ensommeillé ressembla au chant d'un ruisseau. Au chant d'un ruisseau ? Oui, il était ensorcelé. Il s'endormit le sourire aux lèvres.

— Il est trop tôt pour le service d'étage, dit Jack en regardant avec méfiance la machine à café de la chambre. Je vais doubler les doses, par prudence.

Comme Sophie n'avait aucune intention de soulever la cloche d'un autre plateau d'hôtel tant que Paul Rey serait en liberté, elle acquiesça. Elle avait enfilé un jean propre, un T-shirt bien chaud, un pull en laine et des bottes. Pour finir, elle mit des boucles d'oreilles en argent. Elle se souvint tout à coup que c'était Danny qui les lui avait offertes, mais elle ne les retira pas. Elle aimait la manière dont les disques argentés reflétaient la lumière.

— Tu es superbe, dit Jack, dont elle rencontra le regard dans le miroir. Jolies boucles d'oreilles.

Elle se retourna.

— Merci. C'est Danny qui me les a offertes.

Il secoua la tête, puis la prit dans ses bras et l'embrassa.

— J'aurais pu survivre au fait de l'ignorer jusqu'à ce soir, répondit-il.

Elle éclata de rire.

— Mais c'est moi qui les ai choisies.

— Bien.

Ils burent un café qui n'était toujours pas assez fort malgré la double dose, puis quittèrent une chambre d'hôtel que Sophie n'oublierait jamais. Ils sortirent au petit matin, main dans la main.

Sophie se sentait déchirée. D'un côté, elle n'avait jamais été aussi heureuse. Jack était un amant merveilleux, généreux et attentionné. Qu'elle soit spéciale à ses yeux emplissait son cœur de joie. De l'autre côté, Sabrina avait disparu depuis quatre jours. Malgré sa joie, son cœur sentait que la retrouver était une question de vie ou de mort.

Jack rangea leurs valises dans le coffre. Alors qu'elle allait ouvrir sa portière, Sophie découvrit un petit sac en plastique opaque attaché à la poignée. Jack s'approcha. Pendant quelques secondes, ils fixèrent l'objet sans rien dire.

— Veux-tu que je l'ouvre ? finit-il par proposer.

— Non, je vais le faire. J'ai des gants.

Elle enfila ses gants avant de décrocher le sac et de l'ouvrir. Ils regardèrent à l'intérieur et ne furent pas surpris de trouver un billet de un dollar plié en forme de renard.

— Il est de retour, dit-elle.

Jack lui prit le sac.

— Monte dans la voiture, chérie. On va voir le détective Reece.

— J'ai mis tous les hommes que j'avais de disponibles sur l'affaire, dit Reece après avoir envoyé le sac au laboratoire.

Il leur servit un café de son pot personnel. Il était aussi fort que celui que Jack buvait au commissariat, à Los Angeles. Certains collègues s'étaient plaints qu'il abîmait les dents... Jack l'adorait.

— Paul Rey devait surveiller la maison de Sabrina, dit Jack. On y est passés quand on est arrivés à Astoria, avant d'aller à l'hôtel.

Le sourire angélique de Reece faiblit.

— Je placerai un homme devant la maison des Cromwell, répondit-il avant d'ouvrir un dossier. Voici à quoi ressemble ce taré.

Il leur tendit une photo. Paul Rey devait avoir trente ans quand on l'avait photographié à son arrivée en prison.

Ses cheveux blonds tirant sur le roux étaient coupés très court. Il avait des lèvres fines et de petits yeux cruels.

— On dirait Danny en plus jeune et plus méchant, commenta Sophie.

— Danny Privet ? demanda Reece. J'ai parlé à un ami de Portland. Il m'a dit que ce type était aussi fuyant qu'une anguille.

— Mais il n'est pas aussi malin qu'il le croit, rétorqua Jack.

Sophie hocha la tête.

Reece ferma le dossier.

— Par ailleurs, la police de Seattle a interrogé leur mère, Nora Rey, reprit-il. Elle reconnaît avoir parlé de l'héritage à Daniel, mais pas à Paul. Surtout, elle prétend ne pas pouvoir le joindre pour lui demander d'arrêter de s'en prendre à vous, mademoiselle Sparrow.

— Il n'a pas eu beaucoup de succès jusqu'ici, et nous savons qu'il est en ville grâce à son dernier origami, dit Sophie. Il n'est pas très subtil…

Elle se leva et jeta un coup d'œil à la pendule.

— Je veux participer aux recherches, déclara-t-elle.

— On a organisé plusieurs battues, indiqua Reece. Il y a peu de chances pour qu'on trouve quelque chose, mais je comprends que vous ayez envie de donner un coup de main. Essayez du côté de River Bend. Il y a une battue le long d'une route qui mène à l'autoroute 5, qui permet de partir dans plusieurs directions. J'ai au moins une bonne nouvelle : je viens d'apprendre que les pompiers de Seaport et d'autres villes de la région organisaient des battues similaires.

— Tant mieux, répondit Sophie. Allons-y, Jack.

— Une minute ! lança le détective. J'ai un service à

vous demander. Pourriez-vous retourner dans la maison de Sabrina au cas où vous trouveriez quelque chose qui nous éclairerait sur sa relation avec Kyle Woods. Le chef me donnerait sûrement plus de moyens si on pouvait éliminer l'hypothèse de la liaison.

— Avez-vous vérifié ses relevés de compte et de téléphone ? s'enquit Sophie. A-t-elle passé de nombreux coups de fil à Kyle dans les jours qui ont précédé sa disparition ?

— Nous aurions besoin d'un mandat pour accéder à ses relevés, argua Reece. Mais nous cherchons aussi Woods. Vous devez reconnaître que c'est bizarre que deux « amis » et collègues disparaissent en même temps, l'une alors que son mari est à l'étranger, l'autre en prétextant une visite imaginaire à son grand-père.

— Alors pourquoi Sabrina m'a-t-elle appelé ? riposta Jack.

— Qui, à part le meilleur ami de son mari, pourrait mieux soutenir l'alibi qu'elle est peut-être en train de concocter ?

— Vous vous trompez, insista Jack.

— Vous devez garder à l'esprit que sa vie peut être en danger si elle a été enlevée, intervint Sophie. Parle-lui de Lisa, Jack. Parle-lui du photographe.

Elle se rassit, et le détective posa ses coudes sur son bureau.

— Qui est Lisa ? s'enquit-il.

— Une vieille amie, qui a été enlevée et tuée il y a dix ans à Los Angeles, répondit Jack.

— Qu'est-ce qui la lie à Sabrina Cromwell ? demanda Reece. Vous ne la connaissiez pas encore à cette époque, n'est-ce pas ?

— Non. Buzz n'avait pas encore rencontré Sabrina.

Les seules choses qui les lient sont la manière dont elles ont disparu et le fait qu'elles aient été prises en photo en train de cuisiner.

Il expliqua que le grand-père de Sophie avait engagé un détective privé pour enquêter sur ses petites-filles et prendre des photos d'elles.

— La photo de Sophie a été prise par le détective lui-même, à Portland, dit-il. C'est une photo en pied banale, prise alors qu'elle sortait de l'école où elle travaille. La photo de Sabrina, elle, est moins anodine.

Il tendit la carte de Dominick Taylor à Reece.

— C'est le détective que M. Cannon a embauché, reprit-il. Il m'a dit que le photographe d'Astoria qu'il avait chargé de prendre la photo de Sabrina boitait.

Reece fronça les sourcils.

— Une minute. Vous parlez de Louis ?

— Louis Nash, répondit Jack. Vous le connaissez ?

— Il travaille en ville. Il a pris les photos de remise de diplôme de mes deux enfants. Il paie ses factures, il subvient aux besoins de sa mère grabataire, c'est un bon citoyen... Personne ne s'est jamais plaint de lui.

— Alors vous le connaissez.

— Comme tout le monde.

— Depuis quand habite-t-il ici ?

— Depuis aussi longtemps que je m'en souvienne. Je suppose qu'il a toujours vécu ici.

— Est-il déjà allé en Californie ?

— Je n'en ai aucune idée.

— Y a-t-il eu d'autres disparitions de jeunes femmes dans les dix ou quinze dernières années ?

— Êtes-vous en train d'accuser Louis de...

— Je ne l'accuse de rien, le coupa Jack. Je pose une question, c'est tout.

— La seule jeune femme qui ait disparu et dont on n'ait pas retrouvé le corps remonte à des années, révéla Reece. On a supposé que son petit ami l'avait tuée, mais on n'a rien pu prouver. Et non : son petit ami n'était pas Louis Nash. Écoutez... Je le croise en ville de temps à autre. Louis n'est pas très bavard, mais il est toujours poli.

Jack lui montra le portrait-robot du meurtrier présumé de Lisa.

— Ressemble-t-il à ça... en sachant que ce dessin a été fait il y a dix ans, demanda-t-il.

— Plus ou moins, répondit le détective. Comme une centaine d'autres types. Est-ce le...

— C'est l'homme que la police suspecte d'avoir tué Lisa et au moins une autre femme, le coupa Jack. Il n'a jamais été identifié.

Reece secoua la tête.

— Vous êtes en croisade, mon ami, dit-il.

— Je me doutais que vous penseriez ça, mais j'essaie juste de retrouver Sabrina. Pouvez-vous au moins interroger Nash à propos de la photo ? Nous savons qu'il est entré chez ses voisins pour faire semblant de repeindre leur porche et prendre la photo qu'il a envoyée à Dominick Taylor. N'est-ce pas une raison suffisante pour l'interroger ?

— Si les voisins viennent porter plainte...

— Allons, détective ! le coupa encore Jack. Ne pouvez-vous pas lui poser quelques questions, tout simplement.

Reece soupira, jeta un coup d'œil à Sophie et se passa la main dans les cheveux.

— Très bien, mais je peux déjà vous dire que ça ne servira à rien, répondit-il. Je suis sûr que c'est Paul Rey le coupable. Je pense qu'il a tué l'agent de maintenance à Seaport pour s'approcher de Sabrina. Elle a dû lui filer entre les doigts quand elle a rejoint son petit ami, mais Sophie est apparue. Il l'a prise pour sa jumelle, et voilà comment on se retrouve dans cette situation !

— Vous supposez que Sabrina a quitté Seaport de son plein gré, mais si ce n'est pas le cas ? insista Jack. Vous pensez comme moi que Paul Rey veut éliminer Sabrina avant que son grand-père ne meure pour que Sophie hérite de toute la fortune, n'est-ce pas ?

— Oui.

— Dans ce cas, il a sans doute déjà tué Sabrina s'il l'a enlevée. Alors pourquoi s'en prendre à Sophie ? Il sait forcément qu'elle n'est pas Sabrina.

— Il s'est peut-être dit que Cannon laisserait sa fortune à sa chère gouvernante et ses deux fils s'il éliminait les jumelles, suggéra Reece.

Jack devait admettre que c'était possible. Rey ne semblait pas d'une intelligence remarquable.

— Je vous remercie de bien vouloir parler à Nash, conclut-il avec un signe de tête. Je vous appellerai plus tard pour savoir si vous avez découvert quelque chose.

Sophie se leva.

— Après les recherches, nous retournerons chez Sabrina, dit-elle au détective. Avez-vous analysé les échantillons qu'on vous a donnés ?

— Le labo n'a pas encore envoyé les résultats, répondit Reece. Comme il y a un jour férié, cette semaine, je ne m'attends pas à les avoir avant vendredi.

Jack sut ce que Sophie pensait parce qu'il le pensa aussi.

Vendredi, soit Sabrina serait en sécurité chez elle avec sa chatte et son mari, soit elle serait morte.

10

Astoria était au milieu d'une plaine côtière, mais on s'enfonçait vite dans la forêt quand on partait vers l'intérieur des terres. De temps à autre, un chemin de terre et une boîte aux lettres signalaient l'existence d'une maison invisible. Sophie aurait sans doute trouvé le paysage beau, quoique mélancolique, si elle n'avait pas été aussi inquiète.

Ils finirent par tomber sur la battue et se garèrent. Sue vint vers eux alors qu'ils sortaient de la voiture. Elle portait un jean et des bottes, comme Sophie. Des boucles rousses s'échappaient de sa casquette.

— Je vous ai vus arriver, dit-elle en guise de bonjour. Je voulais vous parler.

— Bien sûr, déclara Sophie. Qu'y a-t-il ?

Sue regarda ses pieds pendant quelques secondes avant de répondre :

— Je pense que j'ai pris les choses trop légèrement, l'autre jour.

Sophie secoua la tête.

— Vous nous avez seulement dit les choses telles que vous les voyiez, répliqua-t-elle.

— Sauf que la vérité, c'est que j'espérais sortir avec Kyle, quand Barbara l'a quitté, avoua Sue.

— Barbara est la femme de Kyle ? demanda Jack.

— Oui, fit Sue. Mais Kyle passait son temps avec Sabrina. Ils se connaissent depuis le lycée. Ça m'a rendue jalouse. Sabrina ressemble à une star de cinéma et elle a un mari beau et intelligent… Pourquoi lui faut-il aussi Kyle ? Quand la police m'a interrogée, je me suis rendu compte que j'avais été injuste envers Sabrina devant vous. Je suis désolée. Je ferai tout ce que je peux pour vous aider.

— Alors vous ne pensez pas qu'elle est quelque part avec Kyle ?

— Ce n'est pas impossible, mais j'ai du mal à croire qu'elle vous ait lâché comme ça après avoir demandé votre aide.

— Moi aussi, dit Jack.

— Merci d'être venue nous parler, conclut Sophie en posant sa main sur le bras de Sue.

Sue scruta son visage.

— Vous ressemblez à Sabrina, mais vous êtes différente, aussi, dit-elle.

— Elle se cherche, plaisanta Jack en donnant un petit coup de coude dans les côtes de Sophie.

Sophie éclata de rire.

— C'est vrai, admit-elle. Par ailleurs, Sabrina et moi sommes jumelles, mais nous n'avons pas été élevées ensemble. Nous sommes forcément différentes.

Sue acquiesça.

— Tout ce qu'on a trouvé pour le moment, ce sont quelques animaux écrasés et assez de détritus pour remplir une piscine, dit-elle.

Le terrain était très pentu. Il y avait une petite falaise

d'un côté de la route et, de l'autre, une étendue boisée qui descendait jusqu'à une rivière. Celle-ci était invisible entre les branches, mais son rugissement était bien présent.

Étrangement, Sophie sut dès qu'elle mit un pied dans l'herbe que Sabrina n'était pas loin. Mais elle ne savait pas dans quelle condition était sa jumelle, ni même si elle était encore en vie.

Son cœur s'affola.

— Je sens que Sabrina est tout près, chuchota-t-elle à l'oreille de Jack.

— Tu en es sûre ?

— Ce n'est qu'une impression, peut-être illusoire, mais ce n'est pas la première fois que je ressens sa présence.

— Alors, ouvrons l'œil, répondit Jack.

Elle hocha la tête et le suivit en scrutant le bord de la chaussée des yeux à la recherche du moindre indice.

— Ici ! cria quelqu'un.

Comme tout le monde, Jack et elle coururent rejoindre celui qui avait crié. Près de là où il se tenait, plusieurs arbres avaient des branches cassées et on devinait des traces de pneus sur le sol.

— Très bien, écoutez-moi tous ! dit un homme robuste d'une trentaine d'années. Pour ceux qui ne me connaissent pas, je suis le capitaine Philips, de la caserne d'Astoria. Tenez-vous à dix pas d'écart et descendez cette pente, mais pas directement sur cette trajectoire pour ne pas effacer les indices. Si vous trouvez quelque chose, plantez l'un des drapeaux que je vous ai donnés et restez là où vous êtes. Avancez lentement et regardez où vous mettez les pieds.

Sophie se plaça entre Sue et Jack. Elle était si nerveuse qu'elle avait l'impression que des centaines de fourmis lui couraient sur la peau. Et s'ils trouvaient Sabrina morte dans sa voiture ?

Pire : et si un monstre avait abandonné son corps là après l'avoir torturée et tuée ? Et si son corps avait été brûlé, comme celui de Lisa ? Comment se préparait-on à cela ?

Jack la regarda et prit sa main.

Une odeur de putréfaction les frappa à mi-pente. Subitement, la main de Jack devint sa bouée de sauvetage – la seule chose qui l'empêchait de vomir ou de s'évanouir.

— On dirait qu'un 4x4 est descendu jusqu'ici et a fait demi-tour, murmura Jack.

— Jack, l'odeur...

— Ne laisse pas ton imagination s'emballer, répondit-il alors qu'ils s'approchaient d'un rideau de roseaux.

— Mais qu'est-ce que c'est que cette puanteur ? s'écria quelqu'un.

Un pompier armé d'une machette s'attaqua aux roseaux.

Sophie vit peu à peu apparaître un grand objet blanc et rouillé.

— Mon Dieu... Est-ce la Chevrolet de Buzz ? chuchota Jack.

Elle retint son souffle.

Ce n'était pas une Chevrolet, et cette voiture devait être encore plus vieille que celle de Buzz. Elle n'était pas seule au milieu des roseaux. Ils trouvèrent aussi une vieille machine à laver, des pièces de voitures, un rouleau de fil de fer barbelé et une cuvette de WC.

Ils découvrirent aussi la carcasse qui dégageait cette odeur pestilentielle.

— Quelqu'un a chassé un cerf et l'a débité ici, dit Sue.

— Que tout le monde retourne au bord de la route !

ordonna le capitaine. N'oubliez pas de regarder où vous mettez les pieds. Je vais m'assurer qu'il n'y a rien d'autre dans le coin.

Jack prit le visage de Sophie entre ses mains.

— Je vais l'aider, dit-il. Repars avec Sue et attends-moi là-bas, d'accord ?

— D'accord, répondit Sophie qui ne demandait qu'à s'éloigner de cet endroit.

Après avoir poursuivi les recherches sans rien trouver d'autre que des détritus, Jack et Sophie quittèrent la battue.

— Allons à Seaport, dit Jack.

Sophie jeta un coup d'œil à l'horloge du tableau de bord. Elle aurait tant aimé ressentir de nouveau la proximité de Sabrina… Mais elle ne sentait rien.

— Ne devrions-nous pas fouiller la maison de Sabrina comme le détective nous l'a demandé ? rappela-t-elle à Jack.

— Si on a le temps, répondit Jack. Je pense qu'il nous a demandé de faire ça pour nous tenir occupés. Il peut confier cette tâche à quelqu'un d'autre. Pour ma part, j'aimerais interroger une nouvelle fois les gens de l'hôtel.

— Je pourrais fouiller la maison de Sabrina pendant que tu fais ça, suggéra-t-elle.

— Je préfère qu'on reste ensemble. Ça te va ?

— Oui, ça me va.

Elle regarda le paysage pendant quelque temps, puis elle contempla le profil de Jack, tout aussi beau et plus cher à son cœur.

— Alors tu es entré dans la police à cause de ce qui est arrivé à Lisa ? lança-t-elle.

— Oui.

— Pourquoi as-tu démissionné ?

— À cause de Lisa. Son meurtre m'a fait entrer dans les forces de l'ordre, mais le fait que toutes les enquêtes me fassent penser à elle m'en a fait sortir.

— Et te voilà plongé dans une nouvelle enquête…

— Oui. Je ne me le pardonnerai jamais s'il arrive quelque chose à Sabrina. J'ai envie de me fier à mon instinct, qui me dit que sa disparition et le meurtre de Lisa sont liés, mais rien ne le prouve…

— Et ton instinct te dit de retourner à l'hôtel ?

— Et de montrer le portrait-robot à tout le monde. J'aurais dû me procurer une photo de Louis Nash pour la montrer aussi… Pourquoi n'y ai-je pas pensé ?

— Je vais voir s'il y en a une sur Internet, proposa-t-elle.

Elle chercha pendant plusieurs kilomètres, mais finit par admettre sa défaite.

— Il y a beaucoup de photos prises par lui, mais aucune le représentant, dit-elle.

— Est-ce un bon photographe ?

— Pas mauvais. Certaines des jeunes femmes qu'il a photographiées sont assez… provocantes, mais c'est peut-être ce qu'elles voulaient.

Jack se gara sur le parking de l'hôtel, quelques minutes plus tard, et lui décocha un grand sourire.

— Nous y revoilà ! annonça-t-il.

— Je me demande si Paul Rey nous a suivis, murmura-t-elle. Je me demande aussi s'il nous a observés pendant la battue, à Astoria. Si oui, qu'en a-t-il pensé ?

— Qui sait ? J'ai le sentiment qu'il n'est pas loin. J'ai essayé de le repérer, mais tant qu'on ne saura pas ce qu'il conduit…

— Ça m'étonne que sa mère ou son frère ne l'ait pas

encore contacté pour lui dire que son plan était tombé à l'eau.

— Il est possible qu'il ne communique avec personne, répondit Jack en lui ouvrant la porte de l'hôtel. Danny le considère comme une grenade dégoupillée. Il est peut-être assez fou pour vivre dans un isolement complet tant qu'il n'a pas atteint son but.

Ils descendirent au sous-sol, mais il était presque vide pendant la pause de midi et ils eurent du mal à trouver quelqu'un à qui montrer le portrait-robot. La plupart des employés qu'ils connaissaient n'étaient pas là. Néanmoins, ils persévérèrent. Ils visitèrent la cuisine, la lingerie, puis parcoururent tous les étages de l'hôtel dans l'espoir de mettre la main sur Jerry, Brad ou Adam.

Ils finirent par trouver un homme en train de peindre le cadre d'une grande fenêtre au troisième étage. Comme s'il avait senti qu'ils l'observaient, il s'interrompit et tourna la tête. Sans que Sophie comprenne pourquoi, son regard la mit mal à l'aise.

C'était un homme grand et mince, aux cheveux noirs et au regard intense.

— Êtes-vous Adam ? lança Jack.

— Oui, répondit l'homme, son pinceau toujours posé contre la baguette qu'il peignait.

— Vous êtes doué avec ce pinceau !

— Qu'est-ce que je peux faire pour vous ? s'enquit Adam. Je suis seul, pour le moment. Donnez-moi le numéro de votre chambre, ou mieux : appelez la réception et faites inscrire votre demande sur la liste.

Jack lui montra le portrait-robot.

Pendant qu'Adam le regardait, Sophie en fit autant et

fut frappée par sa ressemblance avec l'homme du dessin. Elle était stupéfiante.

— Qui est-ce ? demanda-t-il.

— Quelqu'un à qui on aimerait poser quelques questions, déclara-t-elle.

— Boite-t-il, par hasard ?

Elle sentit Jack réprimer son excitation.

— Oui, il boite, affirma-t-il.

— Je l'ai vu samedi, dit Adam. À cet étage. Il poussait un gros coffre et deux valises sur un chariot.

— Gros comment, le coffre ? poursuivit Jack, les mâchoires crispées.

— Gros, répéta Adam.

— Savez-vous à qui appartenaient ces bagages, ou auriez-vous vu quelle voiture il conduisait, par hasard ?

Adam secoua la tête.

— Je l'ai juste croisé alors que j'allais déboucher des toilettes. Il n'avait pas de badge. Il a poussé le chariot dans l'ascenseur et je ne l'ai plus revu.

Jack se tourna vers Sophie.

— J'appelle Kyle, dit-il.

— Demande-lui de trouver une photo de Nash.

— Bonne idée.

Jack s'éloigna. Tandis qu'il téléphonait, Adam demanda à Sophie pourquoi cet homme les intéressait.

— Une femme qui me ressemble beaucoup a disparu de cet hôtel samedi, répondit-elle. La police voudra interroger cet homme. Elle voudra sans doute vous interroger aussi.

— Moi ?

— Sur ce que vous avez vu.

Il secoua la tête.

— Alors elle ferait bien de se dépêcher, parce que je m'en vais à 17 heures, dit-il. J'ai des tas de choses à faire dans ma nouvelle maison.

— Ici, en ville ?

Il plissa les yeux.

— Non. Pourquoi voulez-vous le savoir ?

Elle haussa les épaules.

— Si la police veut vous parler...

— Elle peut aussi bien me parler ici. Et il se fait tard. Si vous ne voulez rien d'autre, il faut que je termine ça.

— Une dernière question : connaissiez-vous Hank Tyson, l'employé de maintenance qui a été tué ce week-end ? lança-t-elle.

— Pas vraiment. Brad le connaît... le connaissait.

— Et comment connaissez-vous Brad ?

— On a travaillé ensemble dans l'Idaho il y a quelques années. Pourquoi me posez-vous toutes ces questions ?

Le retour de Jack épargna à Sophie de répondre.

— Reece appelle le sergent Jones de Seaport, annonça-t-il. Il est temps qu'on retourne à Astoria.

Alors qu'ils sortaient de l'hôtel, Jack ajouta :

— Kyle est allé voir Nash, qui s'est montré très coopératif, à ce qu'il dit. Il se souvient avoir pris la photo de Sabrina et il pense que c'est l'une de ses meilleures. Il a un alibi pour ce week-end et il est allé jusqu'à proposer à Reece de fouiller sa maison en lui assurant qu'il n'avait rien à cacher.

— Reece l'a fait ?

— Non. Il est toujours convaincu qu'on fait fausse route.

— Il a peut-être raison. As-tu remarqué à quel point Adam Cook ressemblait au portrait-robot ?

— Oui, mais il ne boite pas.

— Tu n'as jamais été sûr que l'homme boitait vraiment, objecta-t-elle. Tu as dit que ça pouvait être une ruse. As-tu remarqué avec quel empressement il nous a fourni ce détail ? Il l'a peut-être fait pour détourner les soupçons.

— Je n'en sais rien. S'il avait enlevé Sabrina, serait-il trois jours plus tard en train de peindre une fenêtre dans l'hôtel où il a commis son crime ?

— C'est toi l'expert, répondit-elle. Néanmoins, je me permets de te rappeler que ce n'est pas le meurtrier de Lisa qu'on cherche, mais l'homme qui a enlevé Sabrina. Que le suspect boite ou non n'a aucune importance dans cette enquête.

— Le fait qu'il ressemble à un portrait-robot vieux de dix ans non plus, répliqua Jack.

Elle soupira.

— Tu te souviens de ce que Brad nous a dit dimanche matin ? demanda-t-elle. Il a dit qu'Adam était parti chercher une pièce. S'il avait déjà enfermé Sabrina dans sa camionnette, il a pu se servir de ce prétexte pour l'emmener ailleurs. Il y avait peut-être Hank, aussi, dans la camionnette. C'est peut-être à ce moment-là qu'il s'est débarrassé du corps.

— S'il a acheté quelque chose à la quincaillerie locale, ils en auront une trace. Et il faudrait que quelqu'un regarde les enregistrements des caméras de l'hôtel.

— Oh ! Et Adam a dit qu'il avait beaucoup de choses à faire dans sa nouvelle maison après le travail. Il était sur la défensive et il m'a regardée comme si… Je ne sais pas. Il m'a donné la chair de poule.

Quand il arriva chez Sabrina, Jack fut rassuré de voir une voiture de police banalisée dans la rue. Une seconde plus tard, un taxi approcha. Était-ce Sabrina qui revenait de Dieu savait où ? Le taxi poursuivit sa route, et Jack ravala sa déception.

Comment pouvait-il reprocher à Reece de ne pas prendre la disparition de Sabrina assez au sérieux, alors que lui-même pensait un instant qu'on l'avait emportée dans un coffre, et l'instant suivant qu'elle pouvait sortir miraculeusement d'un taxi ?

Il eut une idée soudaine.

— Il y a un endroit où j'aimerais aller avant qu'on fouille la maison, dit-il. Ça t'ennuie de m'accompagner ?

— Tu plaisantes, répondit Sophie. Je ne demande qu'à rester auprès de toi.

— C'est réciproque, répliqua-t-il en lui souriant.

— Alors, où allons-nous ?

Il la regarda en se réjouissant qu'elle soit à ses côtés et en s'émerveillant de sa patience. Ils n'avaient bu qu'un café au petit déjeuner et s'étaient contentés d'un sandwich pour le déjeuner. Ce n'était pas très romantique après leur première nuit d'amour. On était loin des roses, du champagne et des chocolats qu'il voulait lui offrir... Il voulait effacer Danny de sa mémoire et lui montrer ce qu'était une relation entre deux personnes qui s'aimaient.

Parce qu'il l'aimait. Il avait eu envie de le lui dire vingt fois dans la journée. Quand elle s'était réveillée et lui avait souri... Plus tard, sous la douche... Puis quand elle avait rassuré Sue – ce qui était d'une grande gentillesse. Et il savait qu'elle avait été terrifiée pour sa sœur durant toute la journée. Elle était plus forte et plus généreuse de jour en jour. Il l'adorait.

— J'ai quelque chose à te dire, déclara-t-il en lui prenant la main.

— Dois-je m'inquiéter ?

— Je ne crois pas. Je voulais te dire que je me rends bien compte qu'on ne se connaît que depuis quelques jours et que tu as trouvé que Danny allait trop vite, mais ce que je ressens...

— Ne dis rien, l'interrompit-elle. Je ressens la même chose. J'ai envie d'annoncer au monde entier que tu es l'homme de ma vie, mais on ne se connaît que depuis quelques jours – et des journées qui n'avaient rien d'ordinaire.

Elle pouffa.

— L'horrible vérité, c'est que je suis la femme la plus ennuyeuse que tu aies jamais rencontrée, reprit-elle. Quand ce sera fini, tu auras envie de dormir dès que j'ouvrirai la bouche, tu verras. Tu ne penseras qu'à fuir.

— Oh ! Sophie ! C'est faux, et je pense que tu le sais.

— C'est vrai. Je ne sais même pas si tu aimes les céréales, les promenades sur la plage, ou aller au cinéma...

— Qui s'en soucie ? la coupa-t-il. Ce sont des choses que les gens découvrent au fil du temps.

— Et le fait que tu vives à six heures de route de chez moi ?

— C'est plutôt neuf heures. Je déménagerai. Tu déménageras. On trouvera une solution. C'est ce que font les gens qui se soucient l'un de l'autre.

— Et la disparition de Sabrina ? Ça fait trop de choses à penser pour le moment. Contentons-nous de vivre le présent. Où allons-nous ?

— J'espère juste que je n'aurai pas oublié ce que je

voulais te dire quand tu seras prête à m'entendre, la taquina-t-il.

Elle éclata de rire et lui donna un coup de coude dans les côtes.

— On va chez Louis Nash, annonça-t-il. J'ai trouvé son adresse sur Internet. C'est près d'ici.

— Qu'en attends-tu ?

— Je veux juste voir où il vit et me faire une idée du bonhomme.

Ils trouvèrent le pavillon de Nash dans une rue en pente à deux pâtés de maisons de chez Sabrina. Jack ne se gara pas juste devant, et ils passèrent cinq minutes à observer les environs. À présent, Sophie et lui savaient à quoi Paul Rey ressemblait. Ce serait sans doute utile la prochaine fois qu'il ferait une apparition.

— J'ai un revolver dans le coffre, finit par dire Jack.

— Pourquoi dans le coffre ?

— J'y range tout mon équipement, expliqua-t-il. Je ne suis pas un flic. Je suis un citoyen ordinaire... surtout hors de Californie. Ma licence n'a presque aucune valeur, ici. Les enjeux augmentent considérablement quand on est armé, alors il vaut mieux ne l'être que pour de bonnes raisons. Cela dit, je vais aller chercher mon revolver dans le coffre et tu t'en serviras si Paul Rey s'approche de la voiture, d'accord ?

— Je ne me suis jamais servie d'une arme.

— Je te montrerai.

Il alla chercher le revolver et balaya encore la rue du regard avant de remonter dans la voiture.

— Tu n'as qu'à retirer le cran de sûreté et appuyer sur la détente, dit-il à Sophie. Tu as compris ?

— Oui. Mais je ne veux pas tuer Paul. Il sait peut-être quelque chose sur Sabrina.

— S'il s'approche de cette voiture, ce ne sera pas pour bavarder. Promets-moi de te protéger.

— D'accord, je te le promets.

Il déposa un baiser sur ses lèvres.

— Es-tu aussi terrifiée que tu en as l'air ? murmura-t-il.

— Oui, mais surtout parce que je ne veux tuer personne.

— Je reviens dans dix minutes, assura-t-il.

— Disons plutôt neuf.

— D'accord.

Il l'embrassa encore, puis se dirigea vers la maison de Nash.

Il y avait un écriteau sur la porte :

NASH PHOTOGRAPHIES. FRAPPEZ.

Jack frappa.

L'homme qui lui ouvrit était grand, brun et dans la quarantaine. Ses cheveux mi-longs encadraient un visage pointu, et ses yeux étaient très cernés.

— Êtes-vous Louis Nash ? demanda Jack d'un ton aimable alors que l'homme ne lui inspirait que de la méfiance.

Ressemblait-il au portrait-robot du meurtrier présumé de Lisa ? Autant qu'Adam Cook. Au fil des ans, Jack avait vu des dizaines de grands bruns qui y ressemblaient. Cet homme avait un visage plus anguleux. Comme Jack n'avait pas vu le meurtrier de Lisa, il ne pouvait pas le reconnaître avec certitude.

Et voilà qu'il prenait encore son subconscient en train d'essayer de confondre le meurtrier de Lisa et le ravisseur de Sabrina alors qu'il était très improbable qu'il s'agisse du même homme.

Il décida brusquement de ne pas parler de Sabrina.

— On m'a dit que vous étiez le meilleur photographe de la ville, prétendit-il.

— Je suis l'un des meilleurs, le corrigea Nash.

— Je me marie cet été, reprit Jack. J'espérais que vous pourriez me montrer quelques-uns de vos travaux.

Jack sentit que Louis était réticent. Cela pouvait dire qu'il avait quelque chose à cacher, ou bien qu'il était occupé. La visite de Reece l'avait peut-être mis sur ses gardes. Il pouvait aussi sentir que Jack lui mentait...

— J'ai quelques minutes de libre, finit par dire Louis. Entrez.

Il suivit Louis dans un escalier très raide, puis dans une pièce sur leur gauche. La maison était en désordre et les murs couverts de photos d'enfants et de paysages.

— Asseyez-vous, dit Louis en lui montrant la table, qu'il débarrassa. Je vais chercher mon book.

Il boita dans une pièce dont il ferma la porte derrière lui. Il *boita*. De la jambe droite. Cela signifiait peut-être quelque chose, peut-être rien. Jack profita de son moment de solitude pour observer ce qu'il pouvait voir de la maison. Il y avait une porte fermée dans la cuisine, qui pouvait être un placard ou l'accès à une cave. Jack avait envie d'ouvrir toutes les portes closes de la maison, mais les pas de Nash se rapprochaient déjà. Il n'avait pas le temps. S'il voulait fouiner, il devait trouver un autre moyen de se débarrasser de Louis.

Celui-ci revint avec deux albums, un petit et un gros.

— Voici un mariage que j'ai couvert l'été dernier, dit-il en tendant l'un des albums à Jack.

Jack l'ouvrit.

— Merci. Depuis combien de temps êtes-vous photographe ?

— J'ai fait ça presque toute ma vie, répondit Louis.

— Vous devez vraiment aimer ça.

— Oui, j'aime ça.

— Ce gros plan de la mariée en train de manger du gâteau est très réussi.

— Merci. C'est une photo standard.

— Il doit être difficile de prendre des photos en extérieur avec un climat aussi imprévisible que celui de l'Oregon... C'est sûrement plus facile dans les régions plus ensoleillées, comme la Californie.

— Je suppose.

— Vous y êtes déjà allé ?

— En Californie ?

Jack lui décocha un sourire.

— Oui.

— Peut-être, reprit Nash avant de froncer les sourcils. Qu'est-ce que ça peut vous faire ?

Louis était passé de prudent à furieux.

— Simple curiosité, affirma Jack en haussant les épaules.

— Merde ! C'est Marie qui vous envoie, c'est ça ? s'écria Louis.

— Marie ? répéta Jack qui n'eut pas besoin de faire semblant d'être surpris. Qui est Marie ?

— Oui, je sais que je suis en retard dans le versement de la pension alimentaire. Mais j'ai une mère, moi aussi. Marie a un bon travail. Ça fait onze ans qu'elle me pourrit la vie. Dites-lui que je vais me trouver un avocat et mettre un terme à tout ça !

Jack secoua la tête.

— Je ne connais pas Marie, dit-il. J'ai juste besoin d'un photographe pour mon mariage l'été prochain.

Louis se détendit un peu.

— Vous ne venez pas de la part de Marie ?

— Non.

— Je suis vraiment désolé, soupira Louis en se passant la main sur le visage.

— Ce n'est pas grave, lui assura Jack. Les ex-femmes ont le pouvoir de nous rendre fous.

— C'est bien vrai.

Nash était-il un tueur en série ou un homme hanté par son ex-femme ? La liste des questions s'allongeait dans l'esprit de Jack.

— C'est un mariage sur la plage, dit-il. Ma fiancée est plus traditionnelle. Elle veut une église. Avez-vous des photos de mariages à l'église ?

Louis inspira profondément.

— J'en fais un demain matin en bas de la rue. Revenez ce week-end, je vous montrerai le résultat.

— Pourquoi pas demain soir ?

— Les photos ne seront pas prêtes. Et je serai fermé demain soir.

— N'avez-vous pas d'autres photos à me montrer ?

Nash ferma l'album.

— À vrai dire, ça ne servirait pas à grand-chose, grommela-t-il. Je suis pris tous les week-ends de juillet. Je ne peux rien pour vous.

— On pourrait changer la date...

— Je suis pris tout l'été, le coupa Nash.

Ils se regardèrent quelques secondes avant qu'un bruit à l'extérieur n'attire leur attention. Jack se précipita dans l'escalier. Il savait reconnaître une détonation. Quand il jaillit de la maison, un taxi vert avec un losange noir sur la portière s'éloignait. Son cœur manqua un battement lorsqu'il découvrit le reste de la scène.

La portière du passager de sa voiture était ouverte et Sophie gisait sur le trottoir, les doigts crispés autour d'un morceau de papier. Sa manche gauche était trempée de sang. Il se précipita auprès d'elle.

Elle était blanche comme un linge, mais il poussa un soupir de soulagement quand il la vit respirer.

Elle le regarda comme si elle avait du mal à le reconnaître, puis elle tourna les yeux vers Nash, qui avait suivi Jack plus lentement.

— Appelez une ambulance ! lança Jack.

Louis repartit en boitant vers sa maison.

Jack s'était agenouillé auprès de dizaines de victimes d'armes à feu, mais il n'avait jamais ressenti une telle panique. Il prit les mains de Sophie et vit qu'elle tenait un plan de la ville.

— Sophie ?

— Je..., balbutia-t-elle.

— Ça va aller, ne t'en fais pas, dit-il en pressant ses doigts.

— Je ne l'ai pas reconnu.

Jack sortit son téléphone de sa poche au cas où Nash n'aurait pas appelé les urgences.

— Paul Rey ? demanda-t-il.

— Il avait une barbe.

— Reste tranquille, lui dit-il.

— Un taxi... Oh ! j'ai mal !

— Je sais, chérie.

Elle avait une entaille sur le front. Il trouva un bandana

dans sa poche et épongea le sang qui lui coulait dans les yeux.

— J'entends une sirène, dit-il quand son cerveau enregistra le son.

Il tourna la tête vers la maison de Nash, dont la porte était fermée.

— L'ambulance arrive, murmura-t-il. Ne bouge pas.

Il s'écarta pour laisser les infirmiers s'affairer autour de Sophie et mit le plan dans le sac en papier de leur déjeuner pour le donner à la police. Il avait du mal à croire que Rey ait finalement laissé des empreintes, mais il tenait à respecter les procédures. Il chercha ensuite son revolver en espérant que le frère de Danny ne l'avait pas pris. Comment expliquerait-il cela à Reece ? Mais il le trouva vite sous son siège, où Sophie avait dû le glisser pour le cacher.

Il répondit aux questions des infirmiers, puis les regarda charger Sophie dans l'ambulance. Avant de suivre dans sa voiture, il appela le détective Reece et lui raconta ce qui s'était passé.

— Le salaud ! grommela Reece. Pourquoi n'arrivons-nous pas à l'attraper ? J'envoie des hommes sur les lieux et je vous retrouve à l'hôpital. S'ils la gardent pour la nuit, nous la protégerons.

— Moi aussi, déclara Jack.

11

— Comment te sens-tu ? demanda Jack plusieurs heures plus tard.

Sophie avait dormi pendant qu'on nettoyait sa blessure et qu'on lui bandait le bras. Quand elle s'était réveillée, un médecin lui avait annoncé qu'il la gardait pour la nuit en observation. Elle avait une chambre pour elle toute seule. Bien installée dans son lit, elle regarda une femme qui portait une blouse rose couverte de chatons entrer en poussant un chariot chargé de machines.

— Je m'appelle Joy, dit-elle. Je suis votre infirmière jusqu'à minuit. Pour le moment, je dois vous faire quelques examens.

Le détective Reece se tourna vers la porte.

— Vous n'avez pas besoin de partir, lui dit Joy. Vous ne me dérangez pas.

Elle rappelait un cupcake à Sophie. Elle était ronde, rose, souriante et elle avait des boucles brunes qui ressemblaient à un nappage en chocolat.

— Comment te sens-tu ? répéta Jack.

Elle se sentait blessée et épuisée.

— Stupide, répondit-elle parce que ça l'emportait sur le reste.

— Alors Paul Rey était déguisé ?

— Il avait une barbe et ses yeux étaient marron, pas bleus. Il ne ressemblait pas du tout à la photo que vous nous avez montrée, détective.

— Que s'est-il passé ? demanda Reece.

Sophie inspira profondément.

— J'étais assise dans la voiture avec le revolver de Jack dans les mains. Alors ce taxi s'est arrêté à côté de la voiture. Le chauffeur a agité une carte en me souriant. J'ai cru qu'il était perdu. J'ai caché le revolver sous le siège et je suis sortie pour l'aider.

Elle regarda les deux hommes tour à tour.

— Je me permets de répéter qu'il ne ressemblait pas du tout au frère de Danny, insista-t-elle.

— Que s'est-il passé ensuite ?

— Il a étalé son plan sur le capot de la voiture de Jack et je me suis penchée pour le regarder. Alors j'ai vu quelque chose du coin de l'œil... Et j'ai compris que j'avais été stupide, que c'était Paul Rey et qu'il était armé. Je me suis retournée et je l'ai attrapée.

— L'arme ? lança Reece en haussant les sourcils.

— Oui. Je l'ai attrapée et le coup est parti. Je n'ai pas compris tout de suite pourquoi je ne sentais plus mon bras gauche. J'ai regardé Paul Rey dans les yeux avant de m'évanouir. Quand j'ai repris conscience, Jack était auprès de moi et Paul avait disparu.

— Mon Dieu ! s'écria Reece. Vous avez beaucoup de chance, jeune femme. Mes hommes trouveront la balle. Au moins, ça nous permettra de la comparer avec celle qu'il a tirée devant la maison des Cromwell.

— Si vous l'attrapez, vous aurez un dossier solide, ironisa Jack. Les battues ont-elles donné quelque chose ?

— Rien, répondit Reece.

Sophie pressa sa joue contre la main de Jack quand il la posa sur son épaule. L'infirmière en profita pour lui mettre le thermomètre dans la bouche.

— Grâce à votre description, nous savons que le véhicule appartient aux taxis Losange Vert. C'est une petite entreprise qui n'a que quatre voitures. Ils supposent que l'une d'elles leur a été volée la nuit dernière. Leur parking n'est pas surveillé et ils ne s'en étaient pas encore aperçus. On a retrouvé la voiture près d'une carrière.

— On est passés chez Buzz en revenant de Seaport, dit Jack. Rey a dû nous repérer là-bas.

Joy retira le thermomètre.

— On a vu un taxi quand on y était, tu te souviens ? demanda Sophie.

— C'est vrai, dit Jack. Merde. On n'aurait pas dû retourner là-bas.

— Rey est soit plus intelligent qu'on ne le croit, soit trop chanceux pour que ça dure, grommela Reece.

— Que pensez-vous de l'histoire d'Adam Cook ? lui demanda Jack. Savez-vous quelque chose sur lui ? Et serait-il possible d'obtenir les enregistrements des caméras de l'hôtel.

— Auriez-vous la gentillesse de poursuivre votre conversation dans le couloir pendant que je pose quelques questions à Mlle Sparrow, messieurs ? intervint Joy.

Jack déposa un baiser sur la main de Sophie.

— Je reviens tout de suite, promit-il.

— Et je poste un garde à votre porte, ajouta Reece avant que les deux hommes quittent la pièce.

Sophie répondit à une quinzaine de questions sur sa santé en général et sa douleur en particulier. Comme elle n'avait pas envie d'être abrutie par les médicaments, même si elle se savait bien protégée, elle affirma qu'elle se sentait bien. Les effets de l'anesthésie n'étaient pas complètement dissipés, de toute manière, et elle avait du mal à garder les yeux ouverts.

— Je n'ai pas pu m'empêcher de vous écouter, dit Joy.

— Oh. Tout le monde essaie d'attraper le cinglé qui m'a tiré dessus, répondit Sophie.

— Bien sûr. Mon mari est pompier et deux de ses amis sont dans la police. J'ai confiance en eux.

— Ici, à Astoria ? demanda Sophie.

— Oui. J'ai entendu dire qu'on cherchait Sabrina... Est-ce qu'elle va bien ? Le savez-vous ? J'ai peur d'apprendre quelque chose aux informations...

Elle plissa les yeux et se pencha vers Sophie.

— Je ne m'en étais pas aperçue avant à cause du bandage, mais vous ressemblez beaucoup à Sabrina Cromwell, n'est-ce pas ?

— Je suis sa jumelle, expliqua Sophie en réussissant à ne pas fondre en larmes.

— Je ne savais même pas qu'elle avait une jumelle.

— C'est une longue histoire.

— Mon Dieu... Quand Charlie – c'est mon mari – m'a dit qu'on cherchait Sabrina... J'espère qu'elle va bien. C'est une femme adorable. Charlie n'était pas là quand j'ai accouché du dernier, et c'est Sabrina qui est venue garder notre fille jusqu'à l'arrivée de ma mère. On n'est même pas proches ! Et ce qu'elle a fait pour leur collègue... Si elle ne s'était pas donné tant de mal pour lui parler... J'ai vu sa femme la semaine dernière. Elle souriait et elle parlait d'un voyage... Sabrina est une perle.

Sophie la regarda. Ce qu'elle venait de dire avait attiré

son attention. Malheureusement, les mots commençaient à se mélanger. Elle essaya de rester éveillée, mais c'était une bataille perdue d'avance.

Quand elle ouvrit les yeux, elle trouva Jack endormi dans un fauteuil au pied de son lit.

— Jack ? murmura-t-elle.

Il se réveilla aussitôt et s'approcha.

— Ce n'est pas comme ça que je comptais passer notre deuxième nuit ensemble, dit-il après l'avoir embrassée.

— Moi non plus.

— Comment te sens-tu ?

— J'ai froid. Est-ce qu'il fait froid ?

— Pas particulièrement, répondit-il en posant sa main sur son front. Je te trouve chaude.

— Ce n'est pas grave. Je dois appeler ma mère pour lui faire savoir que j'ai été blessée mais que je vais bien.

— Ta mère ? répéta-t-il, surpris.

— Oui. Je ne veux pas la chasser de ma vie, ce qui veut dire qu'elle a aussi droit aux mauvaises nouvelles.

— Je vais chercher ton téléphone, dit Jack.

— Non, pas maintenant. Il est tard. Je ferai ça demain.

Jack posa encore sa main sur son front.

— J'appelle l'infirmière, déclara-t-il.

Joy entra avant qu'il n'ait appuyé sur le bouton.

— J'allais vous appeler, lui dit Jack. J'ai l'impression que Sophie a de la fièvre.

Joy prit sa température.

— Ce n'est pas dramatique, mais j'appelle le médecin par prudence, dit-elle après avoir lu le résultat.

Après le passage du médecin, les choses se calmèrent enfin. Jack semblait aussi épuisé que Sophie.

— Et si tu allais dormir un peu chez Buzz, suggéra-t-elle.

— Je veux rester auprès de toi, répondit-il.

— Je sais, mais j'ai juste besoin de dormir et ma porte est gardée.

— Mais...

— On n'a toujours pas retrouvé Sabrina, lui rappela-t-elle.

— Je sais.

— Il est plus de minuit et Buzz arrive aujourd'hui, n'est-ce pas ?

— Ce soir. Je vois ce que tu veux dire. Je vais poursuivre les recherches. Par ailleurs, que tu sois prête à l'entendre ou non, je t'aime, Sophie Sparrow.

Elle lui sourit. Elle n'avait jamais dit ces mots qu'à des animaux ou ses parents, mais elle répondit sans hésiter.

— Je t'aime, Jack Travers.

Il l'embrassa avant de quitter la pièce.

Bien éveillé après le trajet, Jack passa une heure à fouiller le bureau de Sabrina. Il lut ses mails sans rien trouver de louche. Sabrina était en contact avec Kyle, Sue, Buzz et bien des gens, y compris la Bunny que Sophie avait mentionnée. Rien ne suggérait qu'elle avait une liaison, ni projeté une escapade.

Sa conversation avec Reece à l'hôpital n'avait pas été très productive. Reece s'en voulait de ne pas avoir trouvé Paul Rey, mais il traînait encore les pieds concernant Louis Nash. Jack avait appris à Reece que Louis avait une ex-femme, et le détective avait répondu en riant : « Qui n'en a pas ? »

Quant à Adam Cook, Jack avait découvert qu'il vivait dans le sous-sol de Brad Withers. Où avait-il trouvé assez d'argent pour s'acheter une maison ? Il avait un casier judiciaire dans un autre État, mais il se tenait tranquille depuis des années.

Enfin, Reece avait assuré à Jack que ses hommes examineraient les enregistrements des caméras de l'hôtel, le lendemain.

Et le temps passait.

Jack avait envie de jeter quelque chose à travers la pièce. Comment Paul Rey avait-il pu tirer sur Sophie alors que tous les policiers des environs le cherchaient ? Pourquoi Sophie, les collègues de Sabrina et lui étaient-ils les seuls à prendre la disparition de Sabrina au sérieux ? Que dirait-il à Buzz quand il rentrerait ?

Il se servit un whisky et s'assit en face de la cheminée éteinte. Il avait moins de vingt-quatre heures. L'horloge sonna 3 heures. Il posa son verre et alla se coucher.

Il fut réveillé par son téléphone. Il décrocha en se frottant les yeux.

— Bonjour, chéri ! lui lança Sophie. Tu fais la grasse matinée ?

Il éclata de rire.

— Je suis debout depuis des heures, se défendit-il. Je te manque ?

— Terriblement. Mais devine qui me rendra visite aujourd'hui…

— Dis-moi que ce n'est pas Danny.

— C'est amusant que tu parles de lui. Je l'ai appelé tout à l'heure pour lui demander de calmer son frère.

— Et qu'a-t-il dit ?

— Que son avocat ne voulait pas qu'il me parle et qu'il ne pouvait rien pour son frère.

— Je suppose que ce n'est pas lui qui te rend visite, alors.

— C'est ma mère. Elle se fera accompagner par une dame de sa paroisse après le déjeuner.

— Seras-tu encore à l'hôpital ?

— Malheureusement oui. La fièvre est revenue. As-tu trouvé quelque chose chez Sabrina ?

— Rien.

— J'ai l'impression que quelque chose m'échappe, dit Sophie.

— Comme quoi ?

— Je ne sais pas. Il faut que je parle à Joy. Elle arrive à midi.

— Joy ?

— L'infirmière. Je crois qu'elle a dit quelque chose d'intéressant hier, mais j'étais trop fatiguée pour le relever. Nous devons convaincre la police que Sabrina n'a pas disparu de son plein gré, n'est-ce pas ?

— Et qu'elle n'a pas non plus été enlevée par Rey. Reece le croit toujours coupable de tout. J'ai beau lui expliquer que Rey ne s'en prendrait pas à toi s'il la détenait, Reece est trop obsédé par sa capture pour écouter.

— Tu finiras par te faire entendre, j'en suis sûre, affirma-t-elle.

Il l'espérait.

— Je passerai te voir après avoir parlé à Adam Cook et fouillé la maison de Louis Nash, promit-il.

— On dirait que tu vas bien t'amuser, commenta-t-elle. Sois prudent.

Comme Adam Cook ne répondait pas au téléphone, Jack appela Brad Withers.

— Oui, Adam peut être dur à joindre quand il travaille sur sa maison à Glenville. Il l'a héritée d'un cousin, mais elle était dans un état lamentable. Comme il a hâte de quitter mon sous-sol, il y travaille le plus qu'il peut. Je vais vous donner son adresse parce que vous dites que c'est important, mais ne vous attendez pas à un accueil chaleureux.

Voilà donc comment Adam avait obtenu sa maison : il en avait hérité.

— Je ne sais pas où est Glenville, dit Jack.

— À quelques kilomètres au sud-est d'Astoria. Il n'y a qu'un panneau sur la 101. La maison d'Adam est au 33401 Madrone. C'est très isolé.

Pratique pour les activités illégales, songea Jack.

— Merci, répondit-il.

Il passa devant trois églises avant d'en trouver une dans laquelle un mariage devait avoir lieu. Il y trouva une fleuriste en train de décorer l'autel. Il se fit passer pour le frère de la mariée et demanda à quelle heure le mariage commençait.

— Dans un quart d'heure, déclara la fleuriste. Où sont les autres ?

— Je ne sais pas.

— C'est une drôle d'heure pour un mariage, non ? dit la femme. Qui se marie à 11 h 30, un samedi matin.

Elle parut brusquement se souvenir qu'elle parlait à un membre supposé de la famille et sourit.

— Bien sûr, c'est l'amour qui commande, ajouta-t-elle.

— C'est vrai. Je vais attendre les autres dehors.

À la place, il alla chez Nash et se gara dans un endroit discret d'où il pourrait voir son fourgon partir. Il vérifia que son arme était bien chargée. Comme il ne savait pas ce qu'il trouverait chez Nash, il l'avait prise. Si celui-ci détenait Sabrina, il ne fallait pas mégoter.

Nash sortit enfin de chez lui avec un sac et un tripode, qu'il rangea dans le fourgon. Il partit aussitôt. Jack laissa sa voiture où elle était et s'approcha à pied de l'arrière de la maison de Nash. Il s'arrêta devant la porte. Rien n'indiquait qu'il y avait une alarme, mais cela ne voulait pas dire qu'il n'y en avait pas. Jack crocheta la serrure et entra.

La maison resta plongée dans un profond silence. Il ferma la porte derrière lui et essaya de s'orienter. La porte qu'il avait repérée la veille donnait sur une petite réserve aux étagères chargées de boîtes de conserve. Une porte ouvrait sur un escalier qui descendait. Jack s'y engagea, le cœur affolé.

Il trouva un studio élaboré. Les murs étaient ornés de photos que Nash avait dû prendre. Il y avait des cabines pour se changer et toute une collection de costumes et d'accessoires. Une petite scène entourée de projecteur occupait un coin, et il y avait des chaises de tous les styles, alignées contre un mur.

Il frappa les murs et souleva les tapis à la recherche d'un passage secret. Rien. Si Nash avait quelque chose à cacher, c'était sa façade. Jack était dans une impasse.

Il remonta. Il fouilla toutes les pièces du rez-de-chaussée et de l'étage sans rien trouver de louche, ni qui aurait prouvé que Nash était allé à Seaport quelques jours plus tôt. Finalement, il força la serrure de la pièce dans laquelle Nash était entré la veille. Il se retrouva dans un petit bureau. Il y avait une armoire protégée par un cadenas impressionnant. Il l'ignora provisoirement pour se concentrer sur un meuble dont les tiroirs étaient aussi fermés à clé. Il trouva le trousseau correspondant dans l'un des tiroirs du bureau.

Il parcourut les dossiers sans grand enthousiasme jusqu'à ce qu'il tombe sur un baptisé « Affaires ». Il contenait plusieurs photos en gros plan de femmes, y compris celle de Sabrina. Il prit des photos de tout. Un autre dossier baptisé « Betty Nash/maman » attira son attention. Il contenait une liasse de vieux documents d'assurances et un chèque de pension au nom de Betty Nash. Il trouva aussi l'adresse de celle-ci : le 40105, Manzanita Drive. Cette femme avait peut-être des choses à lui apprendre sur son fils. Il avait besoin d'une carte des environs pour trouver cette maison et celle d'Adam Cook.

Il continua à prendre des photos de tout ce qui lui semblait pertinent. Il avait déjà passé une heure dans la maison. Les mariages pouvaient s'éterniser, mais Jack n'avait pas l'éternité devant lui. L'avion de Buzz atterrissait à Portland à 19 h 5. Cela signifiait qu'il serait chez lui vers 22 heures. À ce moment-là, Jack devrait lui fournir, soit Sabrina, soit une bonne explication.

Qu'espérait-il trouver, d'abord ? Si Nash était coupable, il avait enlevé Sabrina plusieurs jours plus tôt. Il pouvait l'avoir déjà tuée et s'être débarrassé de son corps. Jack pouvait chercher un fantôme.

Cette pensée raffermit sa résolution. Buzz méritait des faits, pas des hypothèses. Si Sophie devait ne jamais rencontrer sa sœur, elle méritait au moins de connaître la vérité sur sa mort. On ne pouvait pas aller de l'avant sans comprendre le passé. Que Sabrina soit vivante ou non ne changeait rien.

Il entendit des pas dans la maison et se figea. Les pas se rapprochaient. Jack ferma discrètement le meuble, le verrouilla et remit le trousseau dans le tiroir du bureau. Il y avait un placard de l'autre côté de la pièce, mais il n'avait pas le temps de l'atteindre. Il choisit la seule option qu'il restait : il plongea sous le bureau.

Une seconde plus tard, il entendit une clé dans la serrure et se souvint qu'il n'avait pas verrouillé derrière lui. Il y eut une pause, puis la porte s'ouvrit. Jack ne vit que des mocassins fatigués et un bout de pantalon marron tandis que Nash balayait la pièce du regard. Jack retint son souffle. Finalement, Nash se remit en mouvement. Il devait avoir conclu qu'il avait lui-même oublié de verrouiller la porte. Il ouvrit l'armoire avec une autre clé et en tira un sac en toile noir qu'il laissa tomber par terre près du bureau. Le sac heurta le sol avec un bruit métallique. Jack se fit le plus petit possible quand Nash s'assit dans son fauteuil.

Qu'y avait-il dans ce sac ? Du matériel de photo ? Et pourquoi Nash était-il revenu si vite ?

Nash prit quelque chose dans le meuble à tiroirs, puis se leva, ramassa le sac et quitta la pièce.

Jack resta immobile jusqu'à ce qu'il entende la porte d'entrée claquer. Quand il sortit de sa cachette, il voulut savoir ce que Nash avait pris dans le meuble, mais les clés ne se trouvaient plus dans le tiroir du bureau.

L'armoire, elle, était restée ouverte. Cela signifiait-il que Nash ne voulait protéger que le sac qu'il avait pris ? Jack fouilla l'armoire et ne découvrit que du matériel de photo. Il jeta un coup d'œil à sa montre. Il était temps qu'il s'en aille.

Remonté en voiture, il passa devant l'église, qui était déserte. Nash était peut-être allé chercher quelque chose dont il avait besoin pour la réception.

Bien conscient que le temps avançait comme un soldat déterminé, Jack s'arrêta dans une station-service. Tout en mangeant un sandwich, il localisa la maison d'Adam Cook sur son téléphone et faillit s'étouffer.

Glenville ne se situait qu'à deux kilomètres de l'endroit où avait été organisée la battue à laquelle Sophie et lui avaient participé la veille. Et la maison de la mère de Nash était toute proche, mais de l'autre côté de la rivière qu'ils entendaient. Il se souvint des paroles de Sophie : « Je sens que Sabrina est tout près. »

Son instinct la guidait.

Malheureusement, il n'y avait pas de pont à cet endroit. Pour aller d'une maison à l'autre, il fallait faire un énorme détour.

Jack jeta son sandwich et sauta dans sa voiture.

Le ciel était menaçant. Comme la région ne lui était pas familière, il se trompa plusieurs fois en cherchant la route principale. Frustré et fou d'inquiétude, il finit par rentrer l'adresse dans le navigateur de son téléphone. Étrangement, la voix mécanique le calma. Elle lui fit traverser la rivière et le fit obliquer vers l'est.

Après dix minutes de routes sinueuses, il se retrouva sur Manzanita. Comme s'il était épuisé par ses bons et loyaux services, son navigateur perdit sa connexion.

Aussi loin de la ville, les maisons étaient construites en pleine forêt au milieu de longs chemins de terre. Celle de Betty Nash se dressait au milieu de ce qui devait être une jolie clairière quand le sol n'était pas détrempé. Quelques vaches broutaient dans un enclos.

La maison était une bâtisse à un étage de style victorien. Une dizaine de granges et d'autres bâtiments avaient poussé autour au fil des ans. Il était possible que l'endroit ait été une crémerie, à une époque. Tout était en mauvais état. Il se gara près de la maison et monta les marches d'un perron qui avait besoin de sérieuses réparations. Il frappa, puis sonna, sans le moindre effet.

Il cria.

Rien. Si la mère de Nash était grabataire, comme le lui avait dit Reece, elle pouvait être là et ne pas l'avoir entendu. Il essaya d'ouvrir la porte, mais elle était verrouillée.

Il tourna ses pas vers le bâtiment ouvert le plus proche. C'était un garage, qui ne contenait qu'une voiture des années 1960 sans roues.

La mère de Nash était peut-être incapable d'ouvrir la porte. Ou une amie l'avait emmenée à un rendez-vous. Elle était peut-être en train de le viser avec un fusil depuis une fenêtre, bien décidée à ne pas ouvrir à un inconnu – et il n'aurait pas pu lui en vouloir.

Devait-il fouiller tous les bâtiments ? Certains étaient très loin, à peine visibles dans le brouillard. Cela prendrait des heures.

Nash avait un côté louche. Jack en était certain, mais il n'avait pas de preuve. S'il voulait parler à Betty, il faudrait qu'il revienne plus tard avec Reece.

Il remonta en voiture et fit le détour gigantesque qui menait à Madrone. Il finit par repérer le numéro 33401 sur un panneau. L'allée, qui serpentait entre de grands sapins, était boueuse et obscure. Jack s'attendait à voir une maison en cours de rénovation, pas la bicoque branlante qu'il découvrit au bout. Si Adam y travaillait, ce devait être à l'intérieur.

Il n'y avait aucun véhicule dans les environs, ni aucun signe de vie dans la maison. Jack ne fut pas surpris que personne ne réponde quand il frappa.

Il y avait un fourgon dans un garage, ainsi que des batteries empilées contre un mur et, curieusement, une voiture de golf flambant neuve. Jack jeta un coup d'œil par-dessus son épaule avant d'ouvrir les portes du fourgon. Il y dénicha une dizaine de cartons scellés et en ouvrit un. Adam semblait avoir dévalisé les magasins du coin pour stocker du fioul de lanterne, sans doute en cas de panne d'électricité. Cela devait se produire souvent, par ici. Rien n'indiquait qu'on avait transporté un corps ou un otage dans ce véhicule.

Tandis qu'il se mettait à pleuvoir, Jack entreprit de faire le tour de la propriété. Alors qu'il était presque convaincu qu'il n'y avait rien à trouver, il tomba sur un chemin qui disparaissait dans les bois et le suivit jusqu'à un bâtiment neuf bien caché entre les arbres.

Les sillons creusés dans le sol indiquaient que la voiture de golf avait fait ce trajet avec un lourd chargement.

Ce devait être dans ce bâtiment que Cook passait son temps. Il était relié à un poteau électrique, et un lavabo extérieur prouvait qu'il y avait de l'eau. En revanche, il n'y avait pas de fenêtres, ce qui signifiait que le bâtiment n'était pas destiné à être habité... La porte était condamnée par une chaîne épaisse et deux cadenas.

Il examina les cadenas. Non, il ne réussirait pas à les crocheter. S'il avait trouvé un indice lui permettant de penser que Sabrina était là, il les aurait fait sauter. Malheureusement, rien ne prouvait qu'Adam n'était pas un citoyen modèle.

Un deuxième échec si tard dans la journée lui brisa le cœur et le mit en rage. Il rentra en ville bien décidé à renverser la situation. Pour commencer, puisque les maisons de Betty Nash et d'Adam Cook étaient hors de la ville, il devait parler au shérif.

Il regagna Astoria avec un goût amer dans la bouche.

Sophie quitta l'hôpital contre l'avis du médecin. Sa fièvre était tombée et elle ne tenait plus en place. La visite de sa mère avait été pénible, mais Sophie devait reconnaître que Margaret, pour la première fois, avait fait un effort.

C'était la conversation qu'elle avait eue avec Joy juste avant la visite de sa mère qui l'avait incitée à quitter l'hôpital au plus vite. Elle pouvait peut-être enfin prouver au détective Reece que Sabrina ne faisait pas une escapade amoureuse avec Kyle.

Quant à Jack, il cherchait Sabrina de son côté. Mieux valait qu'elle n'interfère pas.

Elle prit un taxi – pas vert – pour retourner chez les Cromwell. Elle entra en se servant d'un double de la clé qu'elle avait trouvé dans la cuisine la fois précédente. Elle verrouilla derrière elle et s'aperçut que le voyant du répondeur clignotait.

À tout hasard, elle écouta les messages. Il y en avait de Jack, des collègues de Sabrina, du vétérinaire et de Buzz. Et ce n'était que la ligne fixe... Combien y avait-il de messages sur le portable de Sabrina ?

Elle entra dans le bureau, alluma une lampe et chercha dans l'ordinateur de Sabrina le mail qu'elle avait lu quelques jours plus tôt.

> Devine quoi ? Il a insisté. Et c'était différent, cette fois. J'ai eu l'impression qu'il me voyait de nouveau comme avant... Je sais que tu lui as parlé et je voulais te dire que tes conseils nous ont été très utiles. Je l'aime encore. Si on pouvait sauver ce mariage... Alors pas de téléphone, d'Internet, ni de télévision. Juste lui et moi dans une cabane pendant cinq jours... J'espère qu'on retrouvera ce qu'on a perdu.
>
> Tu es un ange. Passe de bonnes vacances de ton côté.
>
> Bunny

La veille au soir, le cerveau ensommeillé de Sophie avait à moitié fait le rapprochement entre ce que Joy lui avait dit et ce mail. Joy venait de lui confirmer que Bunny était le surnom de Barbara Woods, la femme de Kyle.

Sabrina n'était pas la maîtresse de Kyle, juste son amie. Et Kyle et sa femme s'étaient isolés quelque part pour essayer de sauver leur mariage.

Alors que Sophie s'apprêtait à appeler Reece, l'ordinateur et la lampe s'éteignirent. Dehors, la pluie virait à la tempête, ce qui rendait la coupure d'électricité plus inquiétante encore. Elle regarda par la fenêtre. Il y avait de la lumière chez les voisins.

La panique la gagna. Elle devait sortir de cette maison. Alors qu'elle retournait dans la cuisine, la vitre explosa derrière elle. Elle plongea par réflexe et se couvrit la tête. Elle entendit quelque chose de lourd tomber dans la pièce. Elle tourna la tête et vit la silhouette d'un homme qui approchait en écrasant les éclats de verre. Elle se releva et courut vers la porte... Elle n'avait fait que quelques pas quand des mains la saisirent par-derrière. Le chiffon qui lui couvrit la bouche l'empêcha de crier puis elle sombra dans le néant.

12

Après d'âpres négociations avec la secrétaire, Jack se retrouva en face du shérif Leroy Donner.

— Tu vois, mon garçon, Reece doit faire plaisir au chef Holt, et Holt doit faire plaisir au maire, lui dit Donner. En plus, il y a un jour férié cette semaine. Tout s'arrête dans cette ville pendant les jours fériés. En plus, Reece est prudent. Pas moi. Je fais ce qu'il faut quand il le faut, et tout le monde le sait.

Jack voulait un homme d'action et il l'avait trouvé. Mais le shérif, massif, bavard et plein d'arrogance, s'annonçait difficile à manœuvrer.

— Je me souviens du vieil Alastair Becket, qui a légué la maison de Glenville à Adam Cook, poursuivit Donner. Un gars tranquille. Il voyageait beaucoup pour prendre des photos qu'il développait dans son laboratoire, au sous-sol. Il y a des photos de lui sur tous les murs de la mairie et de la bibliothèque.

— Il y a un laboratoire au sous-sol de cette vieille maison ? demanda Jack.

— Oui.

Il se gifla mentalement. Pourquoi n'avait-il pas inspecté le taudis quand il était allé chez Adam Cook.

— Ça ne me dérange pas de faire un tour là-bas et de bousculer un peu Adam, reprit le shérif. Je ferai ça demain matin. Si j'ai la moindre raison de le suspecter d'avoir enlevé Mme Cromwell, je casserai tout. Tu as ma parole, mon garçon.

— Ça me suffit, répondit Jack avant de supporter de se faire écraser la main.

Jack aurait aimé que les recherches se poursuivent immédiatement, mais c'était peut-être mieux ainsi. Le shérif était un bulldozer. Il pouvait faire plus de mal que de bien.

Jack avait quelques heures pour convaincre Cook de lui montrer son sous-sol avant que le shérif intervienne.

Il quitta le bureau du shérif avec de grands projets. D'abord, le sous-sol de Cook. Et, si cela ne donnait rien, une nouvelle visite à Betty Nash. En remontant en voiture, il consulta son téléphone et constata qu'il avait reçu un texto d'un numéro qu'il ne connaissait pas deux heures plus tôt.

C'est moi, Sophie. Je me sers du téléphone de Joy parce que ma batterie est à plat. Je retourne chez Sabrina parce que j'ai besoin de vérifier quelque chose. Ne laisse pas tout en plan pour me rejoindre, d'accord ? Je voulais juste que tu saches où j'étais. Je t'aime.

Il sourit. Elle l'aimait.

Il l'appela aussitôt et tomba sur le répondeur. Elle ne devait pas avoir rechargé son téléphone.

Il décida de passer chez les Cromwell avant d'aller chez Cook. Les essuie-glaces avaient du mal à lutter contre la pluie, de plus en plus violente, et une petite voiture orange le suivait de trop près. La nervosité le gagna. Tant que Paul Rey serait dans la nature, Sophie serait en danger.

Son cœur manqua un battement quand il découvrit la

maison de Buzz plongée dans le noir. Il se munit d'une lampe de poche et courut vers la porte pour s'arrêter net devant le perron. Une vitre était cassée. Il vit quelque chose à ses pieds et se pencha pour ramasser un maudit renard avant d'entrer dans le bureau par la fenêtre. Il ne trouva que le téléphone de Sophie près de l'ordinateur.

Il appela aussitôt la police.

— Une femme a été enlevée, peut-être par Paul Rey, dit-il à la standardiste avant de lui donner l'adresse de Buzz. Elle s'appelle Sophie Sparrow. Prévenez le détective Reece et demandez-lui de m'appeler le plus vite possible.

Il regagna sa voiture et contempla le billet froissé pendant quelques instants. Avaient-ils sous-estimé Paul Rey ?

La sonnerie de son téléphone le fit sursauter. C'était Reece.

— Nous avons enfin eu des nouvelles de Kyle Woods, annonça le détective. Il était avec sa femme, ce qui veut dire que Sabrina Cromwell est en danger. Mon chef prend enfin le problème au sérieux.

— Tant mieux, mais...

— Ce n'est pas tout, le coupa Reece. Un homme qui ressemble à Rey a été aperçu près du parc. Il conduit une vieille Chevrolet noire volée et il y avait une femme brune avec lui. Mes hommes le suivent de loin et se préparent à l'appréhender. On ne peut pas savoir si la femme est Sabrina...

— ... Ou Sophie, le coupa Jack à son tour. Elle a été enlevée chez les Cromwell. J'ai trouvé son téléphone et un renard.

— Rey était donc sur les lieux... Ça s'est passé quand ?

— Dans les deux dernières heures. J'ai appelé le

standard et j'entends des sirènes approcher. Vos hommes interrogeront les voisins. J'arrive.

Il raccrocha sans laisser le temps à Reece de lui dire de ne pas s'en mêler.

Après une minute ou deux, une voiture se mit à le suivre de trop près. Il l'observa dans le rétroviseur et reconnut la petite voiture orange qui l'avait déjà collé.

La seule personne qu'il connaissait qui aimait suivre les gens était Paul Rey. Sauf que celui-ci était censé rouler dans une autre direction...

Jack voulut en avoir le cœur net. Il s'engagea dans la première petite rue qu'il croisa et atterrit sur le parking d'un parc. La voiture orange l'avait suivi. Il écrasa l'accélérateur et fit demi-tour dans un jet de graviers pour bloquer l'entrée du parking. Un homme sortit de la voiture orange, tira trois coups de feu, puis s'enfuit en courant. Jack jaillit de sa voiture pour le poursuivre.

La lumière des phares ne les aida pas longtemps. Ils plongèrent vite dans un monde ténébreux peuplé d'arbres gigantesques et de fougères. Jack suivait plus le bruit des pas de l'homme que sa silhouette. Ceux-ci changèrent de timbre. L'homme devait s'être engagé sur un pont en bois. Peu après, Jack entendit un juron, un choc sourd et le bruit d'un objet qui tombait dans l'eau. Il accéléra et réussit à mettre la main sur le fuyard avant qu'il ne se relève.

Celui-ci était plus petit que Cook et Nash. Jack le fouilla sans trouver d'arme.

— Qu'as-tu fait de ton revolver ? demanda-t-il.

— Il est tombé à l'eau quand j'ai glissé, répondit l'homme. Pourquoi me pourchassez-vous ?

— Bien essayé, grommela Jack avant de pousser son prisonnier vers le parking.

Il retrouva avec soulagement la lumière des phares.

— Paul Rey, dit-il en toisant son prisonnier couvert de boue. Pourquoi ne suis-je pas surpris ?

— Reynard, le corrigea Paul. Je m'appelle Paul Reynard.

— Ta mère a raccourci votre nom il y a vingt ans, lui rappela Jack.

— Je la forcerai à le respecter, vous verrez, gronda Paul. Quand mon précieux frère et elle comprendront ce que j'ai fait pour nous tous, ils changeront de ton.

— Tu te trompes de cible, imbécile, répondit Jack. Sabrina Cromwell a été enlevée il y a plusieurs jours.

— Ne vous foutez pas de moi ! Je n'arrête pas de vous voir ensemble.

— C'est avec Sophie Sparrow, la sœur de Sabrina, que tu m'as vu. Tu as tiré sur l'ancien ticket gagnant de ton frère. Maintenant, Sophie a disparu aussi. Et qui les flics cherchent-ils pour les deux enlèvements, à ton avis ?

— Moi ? fit Paul, qui perdit un peu de son assurance.

— Oui, et ils te recherchent aussi pour un meurtre à Seaport. Tu es très populaire, en ce moment.

Jack ouvrit le coffre de sa voiture et en tira des menottes avec lesquelles il attacha Rey à un arbre.

— À quelle heure as-tu laissé l'origami sur le perron de la maison de Sabrina ? demanda-t-il.

— Je n'ai enlevé personne ! protesta Rey, la joue écrasée contre le tronc.

— Réponds-moi.

— Je l'ai laissé ce matin, avant d'aller à l'hôpital. Quand elle en est sortie, je l'ai suivie jusqu'à la maison, mais elle est entrée par la porte de derrière et elle n'a même pas vu le renard. C'est ma signature, parce que Reynard ressemble à…

— … Renard. Je sais, le coupa Jack.

— Le billet de un dollar signifie la valeur qu'elle a à mes yeux, précisa Rey.

Jack serra les dents.

— Que s'est-il passé ensuite ?

— Pendant que j'attendais, un type est arrivé dans un fourgon. Il est allé derrière la maison.

— Marchait-il bizarrement ?

— Je n'en sais rien. Je surveillais la porte. Juste après, les lumières se sont éteintes dans la maison. Le type est revenu et il a cassé une vitre. Il ne lui a pas fallu longtemps pour ressortir avec la fille sur son épaule. Il l'a mise dans le fourgon et il est parti.

— Boitait-il ? insista Jack.

— Je n'en sais rien, je le jure. Il faisait nuit et il pleuvait.

— L'as-tu suivi ?

— Oui, mais je l'ai perdu. Je retournais à l'hôpital quand j'ai reconnu votre voiture. Retirez-moi ces menottes, s'il vous plaît… J'ai mal aux bras.

— Dommage, répondit Jack en lui enfonçant le canon de son arme dans les reins. Où as-tu perdu le fourgon ? Je jure que les rangers du parc trouveront ton cadavre au printemps si tu me mens.

— Je ne mens pas ! se défendit Rey.

— Parle, ordonna Jack.

Sophie reprit conscience dans une pièce obscure aux murs en ciment. Elle avait la nausée et mal à la tête.

Où était-elle ?

Elle se souvenait qu'un homme était entré par la fenêtre et lui avait mis un chiffon sur la bouche...

Elle n'avait pas vu son visage, mais elle était presque sûre que ce n'était pas Paul Rey.

Un gémissement attira son attention. Il provenait de ce qui ressemblait à un tas de vieux vêtements. Comme elle n'était pas attachée, elle s'en approcha et découvrit une femme.

Elle la fit rouler sur le côté pour voir son visage au peu de lumière qui filtrait sous la porte. Malgré l'obscurité et l'entaille profonde que la femme avait sur la joue, Sophie la reconnut aussitôt. Elle voyait ce visage dans le miroir depuis vingt-six ans.

— Sabrina ? chuchota-t-elle.

Enfin !

Les lèvres de Sabrina tremblaient. Sophie découvrit que sa sœur était nue sous les haillons et qu'elle avait une balle dans la cuisse. La blessure s'était infectée. Elle posa sa main sur le front de Sabrina et le trouva brûlant.

— J'ai soif, gémit Sabrina.

Sophie balaya la pièce du regard. Il y avait un seau dans un coin, avec une longue chaîne attachée à son anse, comme si on l'avait arraché à un puits.

Elle commença par essayer d'ouvrir la porte et ne fut pas surprise d'échouer. Elle ramassa le seau. Le cliquetis de la chaîne la fit grimacer.

Une odeur horrible se dégageait du seau. En y plongeant la main, elle rencontra un liquide épais près du fond. Elle retourna auprès de sa sœur.

— J'ai soif, répéta Sabrina.

— Une minute, répondit Sophie.

Elle déchira un bout de son T-shirt pour filtrer la

substance boueuse au-dessus des lèvres de Sabrina. Cette eau était certainement saturée de microbes, mais c'était le cadet de leurs soucis pour le moment. Sabrina écarta les lèvres, puis déglutit. Sophie persévéra jusqu'à ce que sa sœur ouvre les yeux.

— Bonjour, dit-elle en lui prenant la main.

— Alors c'est vrai, murmura Sabrina.

Sa voix était rauque, comme si elle avait crié pendant des jours – parce qu'elle *avait* crié pendant des jours.

— Il a dit qu'il m'avait vue ailleurs, dit Sabrina. J'ai cru qu'il était fou.

— Qui est-ce ?

— Je ne sais pas.

Elle se mit à trembler et serra la main de Sophie au point de lui faire mal.

— Il faut qu'on sorte d'ici, déclara Sophie.

— J'ai essayé de m'échapper il y a un jour ou deux, mais il m'a tiré dessus et m'a ramenée ici. Je suis désolée que tu sois là aussi… Comment est-ce possible ?

— Jack Travers et moi t'avons cherchée, expliqua Sophie.

— Jack ?

— Oui, on s'est rencontrés et on est tombés amoureux à cause de toi. Buzz est en chemin…

— Mon Buzz ? s'écria Sabrina avant d'essuyer les larmes qui roulaient sur ses joues.

Mon Buzz.

Subitement, Sophie comprit qu'elle devait les tirer de là si elle voulait revoir Jack. *Son* Jack.

— Buzz arrive et Jack nous cherche, mais nous devons agir, nous aussi, dit-elle. Peux-tu te redresser ?

Sabrina s'assit péniblement, ce qui permit à Sophie de lui enfiler quelques haillons.

— Comment t'es-tu échappée ? demanda Sophie.

— Je lui ai sauté dessus. Mais maintenant il vient avec un fusil et il verrouille la porte derrière lui.

— Qu'y a-t-il de l'autre côté de la porte.

— Une petite pièce... une pièce horrible, puis une autre remplie de vieux appareils, répondit Sabrina. Dehors, c'est la forêt.

Elle effleura le visage de Sophie.

— Comment t'appelles-tu ? demanda-t-elle.

— Sophie.

— Sommes-nous jumelles ?

— Oui.

— Ma mère a entendu une rumeur après m'avoir adoptée... Elle a voulu savoir s'il y avait bien un deuxième bébé, mais tous les documents avaient été détruits.

— La rumeur était fondée, répondit Sophie.

— J'ai toujours voulu une jumelle, soupira Sabrina. Je me disais que ce serait amusant de nous faire passer l'une pour l'autre.

— Nous rattraperons le temps perdu quand nous nous serons échappées, promit Sophie.

— Échappées ? Comment ?

— Ça va te demander beaucoup d'efforts, prévint Sophie.

Sa sœur en serait-elle capable ?

— Je suis prête à tout pour revoir Buzz, assura Sabrina.

— Tant mieux. Nous allons échanger nos places, expliqua Sophie en commençant à se déshabiller.

— Non ! s'écria Sabrina. Tu ne sais pas de quoi il est capable.

— Il fera tout ce qu'il veut si nous ne l'en empêchons pas. Nous devons tenter notre chance, insista Sophie.

Elle retira son bandage et le cacha. La pièce devenait de plus en plus froide à mesure qu'elle se déshabillait, mais si Sabrina, nue, avait réussi à affronter ce monstre, elle le pouvait aussi.

Habiller Sabrina fut une opération délicate. Elle avait mal partout. Pour finir, Sophie retira le collier en perles que son père lui avait offert et l'attacha au cou de sa sœur.

— Ça ne marchera pas, murmura Sabrina. Il a des projets horribles…

— Moi aussi, répondit Sophie avec autant d'assurance qu'elle put.

Elle retira les boucles d'oreilles que Danny lui avait offertes dans une vie antérieure.

— Mes oreilles ne sont pas percées, dit Sabrina.

— Ce n'est pas grave. Mais il faut me faire une entaille sur la joue et j'ai besoin de ton aide.

Le bord des disques argentés devait être assez tranchant. Elle tendit l'une des boucles d'oreilles à Sabrina.

— Pense que tu me sauves la vie et vas-y franchement, lui recommanda-t-elle.

Sabrina approcha la boucle d'oreille de la joue de Sophie, puis laissa retomber sa main.

— Je ne peux pas, murmura-t-elle.

— Si, tu peux. Faisons-le ensemble.

Sophie posa sa main sur celle de sa sœur. Ce fut horriblement douloureux, mais elles réussirent à lui couper la joue assez profondément pour que du sang lui coule sur la gorge et la poitrine. Après cela, elle se mit de la boue sur le visage et dans les cheveux, en veillant à bien cacher ses mèches mauves. Elle noua un morceau de tissu ensanglanté autour de sa jambe, puis couvrit de boue les points de suture de son bras. Elle allait devoir prendre des antibiotiques pendant un mois, après cela – s'il y avait un après.

Elle aida Sabrina à aller s'installer à l'endroit où elle s'était réveillée quelques minutes plus tôt.

— Fais semblant d'être évanouie et tourne-toi vers le mur pour qu'il ne voie pas ta joue, lui dit-elle.

Alors qu'elle regagnait la pile de haillons, elle entendit un bruit de pas. Son cœur s'affola. Elle jeta un coup d'œil à Sabrina, qui s'était couchée.

Elle ramassa sa boucle d'oreille, qui pouvait aussi bien couper la peau du monstre que la sienne, et se cacha sous les haillons.

La nuit sans lune était aussi obscure que le fond d'un puits. Heureusement, Jack était déjà venu. Par prudence, il se gara bien avant la maison pour ne pas être trahi par la lumière de ses phares, prit son fusil et poursuivit à pied.

Il était rongé d'angoisse. Il n'était là que sur la base de ce que Paul Rey lui avait dit, et Paul Rey pouvait parfaitement lui avoir menti. Comme il n'avait que le shérif Donner pour renfort, il devait d'abord prendre la mesure de la situation lui-même.

La maison était obscure et silencieuse. Alors qu'il tendait l'oreille, une lumière s'alluma dans l'un des autres bâtiments. Il s'en approcha en prenant garde à ne pas trébucher sur les pierres du chemin.

La porte était ouverte. En avançant prudemment, Jack se souvint qu'il n'était venu là que sur la base des informations que Rey lui avait fournies. C'était aussi ce que lui suggérait son instinct.

Quand il fut à peu près sûr qu'il ne s'apprêtait pas à tomber dans un piège, il entra. Il y avait des congélateurs le long de deux des murs et une table qui servait visiblement à couper de la viande.

La lumière jaunâtre de l'ampoule rendait l'atmosphère encore plus macabre.

Il y avait un sac en toile noir posé sur la table – le sac que Louis Nash avait sorti de son armoire. Jack s'en approcha et comprit pourquoi le sac cliquetait : il était rempli d'outils et d'instruments chirurgicaux. Jack en frémit d'horreur.

Le son d'une clé dans une serrure au fond du bâtiment attira son attention. Il devait se dépêcher, mais il prit quand même le temps d'ouvrir l'un des congélateurs. Ce qu'il y découvrit le paralysa un instant avant de lui donner la nausée.

Il laissa tomber le couvercle du congélateur et s'enfonça dans le bâtiment, son fusil à l'épaule. Il entra dans une pièce faiblement éclairée au milieu de laquelle trônait un matelas crasseux. Des menottes étaient fixées au mur par des chaînes et il y avait un appareil photo posé sur le matelas.

Une deuxième porte faisait face à celle par laquelle il était entré.

Il entendit un homme grommeler de l'autre côté. Jack s'en approcha et vit qu'elle était verrouillée. Il hésita à faire sauter la serrure de peur de blesser quelqu'un. Parce qu'il était certain que Sophie se trouvait dans cette pièce – et peut-être aussi Sabrina.

Un cri perçant mit fin à son hésitation.

Sophie vit l'ombre des pieds, puis la porte s'ouvrir. Trop tard, elle se demanda si elle aurait dû se cacher derrière. Non. Il vérifiait sûrement. C'était sans doute pour cela qu'il mettait autant de temps à entrer dans la pièce.

Elle n'eut pas la chance qu'il oublie de verrouiller derrière lui. Au lieu de venir vers elle, il s'approcha de Sabrina. Le cœur de Sophie se serra quand il lui attrapa les cheveux pour soulever sa tête. Il allait sûrement voir sa blessure à la joue...

— Réveille-toi ! dit-il en donnant un coup de pied dans sa jambe blessée.

Sabrina ne réagit pas. Elle avait dû s'évanouir. L'homme la lâcha et s'approcha de Sophie.

— Très bien. Je commence par toi, dit-il en se penchant au-dessus d'elle.

Elle le laissa la soulever en poussant de petits gémissements et en serrant sa boucle d'oreille de toutes ses forces. Il laissa courir ses mains sur son corps comme s'il la possédait avant de la hisser sur son épaule.

Elle choisit cet instant pour lui entailler la gorge le plus profondément possible d'un coup de boucle d'oreille.

Il la repoussa, puis se jeta sur elle. Du sang coulait de sa gorge, mais il était d'une force inimaginable. Il s'assit sur elle, le sourire aux lèvres et le fusil encore en main.

Alors Sophie vit apparaître Sabrina par-dessus son épaule. Elle tenait la chaîne du seau. Quand l'homme leva le poing pour frapper Sophie, Sabrina la lui enroula autour du cou. Bien sûr, Sabrina n'était pas de taille contre ce monstre. Il se releva et la projeta contre un mur. Elle poussa un cri perçant en le heurtant.

Sophie avait profité du moment où le monstre était occupé pour ramasser la chaîne et elle réussit à l'enrouler autour de son cou, même si elle savait qu'elle n'avait pas la force de l'étrangler. Il la repoussa à son tour avec un rugissement féroce, puis il attrapa sa jambe et la tira vers la porte. Son pied boueux lui glissa entre les doigts. Dès qu'elle fut libre, Sophie rampa vers Sabrina. Il les tuerait toutes les deux si elle ne faisait rien, mais elle était à court d'idées...

Une détonation l'assourdit. Elle crut un instant que l'homme avait tiré, mais ni Sabrina ni elle n'étaient touchées. Alors qu'il se tournait vers la porte, qui venait d'être défoncée, un deuxième coup de feu l'abattit.

Un sanglot de soulagement échappa à Sophie quand Jack apparut dans l'embrasure de la porte. Il se précipita auprès de l'homme et éloigna son fusil d'un coup de pied.

L'homme était aussi immobile qu'une statue.

Alors Jack accourut auprès d'elles.

— Sophie ! s'écria-t-il en s'agenouillant.

Il jeta un coup d'œil à Sabrina et demanda :

— Comment va-t-elle ?

— Elle est en vie, répondit Sophie, les joues inondées de larmes.

— Dieu merci !

Jack lui effleura la joue avant de retirer sa veste pour la lui offrir. Quand elle l'eut enfilée, il la serra dans ses bras à lui couper le souffle.

Mais avait-on besoin de respirer quand on venait d'être arraché à l'enfer pour être emporté au paradis ?

— Allons-nous-en, murmura-t-il.

Jack s'entretenait avec Reece dans la salle d'attente de l'hôpital. Le shérif Donner était venu et reparti comme un orage d'été. Sabrina venait de sortir du bloc opératoire, Sophie se faisait soigner, et Buzz était coincé du mauvais côté d'une coulée de boue.

— Nash va s'en tirer, dit Reece.

Jack, qui n'avait plus confiance en sa voix, se contenta d'acquiescer.

— Et il est bavard, ajouta Reece. Mais il peut difficilement se prétendre innocent. Vous avez vu ce qu'il y a dans ces congélateurs...

— Des têtes, répondit Jack en sachant que cette image ne sortirait jamais de son esprit.

Reece acquiesça.

— Il a enlevé des femmes pendant des années, pour les séquestrer dans cet horrible endroit et les tuer.

— Et sa mère ? demanda Jack.

— Elle est dans le congélateur aussi. Nash touchait ses chèques de pension.

— Et le shérif Donner, qui est allé rendre une visite à Adam Cook, m'a livré son grand secret : il fabriquait de la méthamphétamine dans le laboratoire, au fond de sa propriété. J'aurais dû m'en douter quand je suis tombé sur son stock de fioul.

Reece secoua la tête, puis le regarda droit dans les yeux.

— J'aurais dû vous écouter, Jack, dit-il. Sophie et Sabrina auraient pu se faire tuer à cause de moi. Si vous voulez un emploi, j'en ai un pour vous.

Jack esquissa un sourire.

— Merci. Qui sait ? Je pourrais l'accepter. Je suis sûr que Sophie ne pourra plus se passer de Sabrina. Elles ont du retard à rattraper. Une dernière chose, à propos de Nash...

Reece devina le fil de ses pensées.

— Nous avons retrouvé son ex-femme, et elle vit en Californie, dit-il. Nous n'arriverons peut-être jamais à mettre le meurtre de Lisa sur le compte de Nash, mais nous ferons de notre mieux.

Jack hocha la tête. Il s'en contenterait. Pour sa part, il était certain de la culpabilité de Nash.

Lisa pouvait enfin reposer en paix.

Un homme entra dans la salle. Il était aussi grand que Jack, un peu plus musclé, et il portait une barbe et une parka. Le regard inquiet de Buzz se posa immédiatement sur Jack.

— Où est-elle ?

Jack se leva.

— Elle se remet de l'opération, répondit-il en serrant son ami dans ses bras.

— Je veux la voir.

— Assieds-toi. Je vais te rapporter ce que le médecin nous a dit.

Buzz salua Reece d'un signe de tête. Celui-ci les salua en retour et s'en alla.

Buzz s'assit lourdement.

— Qu'est-ce que ce salaud lui a fait ? demanda-t-il.

— Je ne connais pas les détails, mais ça a été dur pour elle, confia Jack. Sa blessure la plus grave était une balle dans la cuisse. Elle est hors de danger et elle s'en remettra.

Une infirmière entra dans la salle.

— Vous pouvez me suivre, messieurs, leur dit-elle.

Quand ils entrèrent dans la chambre de Sabrina, Buzz se figea. Son regard passa de Sabrina, qui lui souriait, à Sophie, qui tenait la main de sa sœur. Même si elles étaient toutes les deux couvertes de bandages, leur ressemblance sautait aux yeux. Buzz se précipita auprès de Sabrina.

— Je ne voulais pas que tu t'inquiètes, murmura celle-ci.

Buzz déposa un baiser sur son front.

— Je suis là, chérie, dit-il. On ne te fera plus jamais de mal, je te le jure.

Il posa sa joue sur le front de sa femme et ferma les yeux.

Jack rencontra le regard de Sophie et s'approcha d'elle. Elle lâcha la main de sa sœur et se leva. Elle portait un jogging bleu qui devait lui avoir été prêté par une infirmière. Elle avait des pansements sur le front et sur la joue. Elle était d'une beauté éblouissante.

Il enroula ses bras autour d'elle quand ils se rejoignirent.

— Merci de nous avoir sauvées, souffla-t-elle.

— Je t'aime, Sophie Sparrow, répondit-il. Je ne peux pas imaginer vivre sans toi.

Elle effleura ses lèvres.

— Tu n'auras pas à le faire, parce que je ne te lâcherai plus.

Ils décidèrent que Jack devait aller mettre de l'ordre dans ses affaires en Californie et que Sabrina devait être assez rétablie pour être demoiselle d'honneur avant qu'un mariage puisse avoir lieu. Le jour où Sabrina fut enfin autorisée à quitter l'hôpital, les deux sœurs se retrouvèrent assises sur son lit. Sophie, qui était au téléphone, raccrocha et se tourna vers sa jumelle.

— Grand-père nous attend le week-end prochain, annonça-t-elle. Comme Jack sera rentré, on pourrait aller le voir tous les quatre…

Sabrina acquiesça.

— Une petite virée me fera du bien, déclara-t-elle. Mais que nous veut-il ?

— Il a hâte de nous parler de l'héritage. La maison, l'île… Tout ça.

Sabrina esquissa un sourire.

— J'en suis ravie, mais ce que j'aimerais vraiment, c'est qu'il nous parle de notre mère, qu'il nous dise qui était notre père, si nous avons des cousins… Ce genre de choses, dit-elle.

— Moi aussi, répondit Sophie. Mais, même s'il n'y a personne d'autre dans la famille, nous avons gagné quelque chose.

— Nous sommes là l'une pour l'autre ! conclurent-elles à l'unisson.